AD VITAM AETERNAM

Thierry Jonquet est né en 1954. Depuis 1981, il a publié une douzaine de romans noirs – dont *Mygale* (1984), *Les Orpailleurs* (1993) et *Moloch* (1998) chez Gallimard, *Rouge, c'est la vie* (1998) et *Mon vieux* (2004) au Seuil. Il est également scénariste et auteur de textes pour la jeunesse.

Thierry Jonquet

AD VITAM AETERNAM

ROMAN

Éditions du Seuil

TEXTE INTÉGRAL

ISBN 2-02-089093-3
(ISBN 2-02-059078-6, 1ʳᵉ publication poche)
(ISBN 2-02-038550-3, 1ʳᵉ publication)

© Éditions du Seuil, mars 2002

dernier souffle... jamais Anabel n'oublia Monsieur

Longtemps, si longtemps après, durant les interminables années de sa vieillesse, et jusqu'au bout, à
quelques minutes de sa mort, à quelques secondes
même de son dernier souffle, jamais Anabel n'oublia
Monsieur Jacob. Les traits de son visage étaient
enfouis au plus profond de sa mémoire. Elle aurait
tant voulu, tant désiré qu'il lui tienne la main, qu'il la
réconforte, l'encourage à sauter dans l'inconnu, sans
crainte, à cet instant ultime. Elle aurait tant aimé,
avant de perdre conscience, quitter la vie avec la certitude – acquise comme une dernière consolation, une
promesse d'apaisement – que ce soit la main de Monsieur Jacob qui rabatte ses paupières sur ses yeux
soudainement devenus aveugles au monde. Que les
doigts de Monsieur Jacob, ses doigts si doux, si caress-
sants, accomplissent ce geste de compassion qu'ont
les vivants à l'égard des défunts, depuis la nuit des
temps.

– Va-t'en en paix, mon amie, ma douce, ma tendre,
lui aurait-il dit, tu as vu tout ce que tu avais à voir, et
à présent n'aie pas de regrets, et encore moins de
remords, c'est fini, c'est fini, c'est fini...

Oui, longtemps, si longtemps après, durant les
années de sa vieillesse, et jusqu'au bout, à quelques
minutes de sa mort, à quelques secondes même de son

dernier souffle, jamais Anabel n'oublia Monsieur Jacob. Où se trouvait-il, à l'instant du trépas d'Anabel ? Nul ne le sait. Il courait le monde, inlassable, insaisissable, comme toujours.

1

La première fois qu'Anabel croisa Monsieur Jacob, ce fut dans le square, à quelques pas de la boutique. Elle s'y rendait souvent, à chaque pause que Brad lui octroyait. Brad était une loque. Six mois consacrés à le côtoyer l'avaient amenée à s'en convaincre. Trois semaines, trois jours, voire trois heures auraient suffi. Un médiocre qui aurait bien voulu en jeter, frimer, et se contentait d'épater toute une galerie de tocards, de barjots. Lesquels payaient ses services au prix fort, cash. Brad était impitoyable avec la clientèle, il ne faisait aucun crédit, quelle que soit la durée ou la nature de la prestation. C'est aux États-Unis – il disait « aux States » – qu'il avait appris les rudiments du métier, dans les années 70. Il ne s'appelait pas réellement Brad, mais plus prosaïquement Fernand. Dans sa branche, mieux valait porter un prénom à consonance exotique, on peut le comprendre. Le marketing a certaines exigences.

Anabel avait fait sa connaissance alors qu'il venait de subir une rupture amoureuse. Il approchait la cinquantaine et sa dulcinée en ayant vingt-cinq de moins, elle ne tenait pas à s'attarder davantage. Déprimé, meurtri dans son ego, Brad avait arrêté le body-building et se consolait au pur malt. En quelques mois, il se mit à grossir, ce qui le rendit encore plus dépressif. Il ne pouvait plus porter les tee-shirts ultra-moulants qu'il affectionnait auparavant et tentait de camoufler la débandade à l'aide de chemises amples. Il n'empêche. Sa belle gueule s'empâtait irrésistiblement, ses fesses et ses cuisses se chargeaient de cellulite. Au-delà des apparences, déjà alarmantes, plus en profondeur, son organisme gorgé de stéroïdes anabolisants, de créatine et d'hormones de croissance commençait à lui réclamer des comptes. La facture risquait d'être salée. Jour après jour, Anabel évaluait le désastre d'un regard dont elle ne cherchait même pas à dissimuler la cruauté.

Elle ne se demandait plus comment elle avait pu aboutir dans un tel cloaque. Il y a une raison à tout, le hasard n'était nullement en cause. Qui se ressemble s'assemble. Lorsqu'elle ouvrait les yeux, à l'aube, dans ces moments fugaces d'intense lucidité qui succèdent au sommeil, même le plus profond, Anabel en convenait volontiers : à tout bien considérer, chez Brad, elle était à sa juste place. Une paumée parmi les déjantés. Elle essayait juste de sauver sa peau. De rétablir un semblant de normalité dans une vie à la dérive. Son salaire viré à la banque, la studette à deux mille sept charges comprises du côté de la place de Stalingrad – un copain de Brad la lui louait en attendant mieux –, des horaires de boulot réguliers – onze heures/dix-neuf heures du mardi au samedi –, avec l'assentiment de l'inspecteur du travail. Un type consciencieux, l'inspecteur. Anabel avait beaucoup ri lors de sa visite. Il s'était donné la peine d'éplucher les comptes, en prenant son temps, sans rien trouver à redire sur l'activité elle-même. Un peu épaté, le gars, toutefois, déboussolé, forcément, bousculé dans ses repères en tout cas.

Huit mille francs net, plus un treizième mois, c'était ce que Brad avait proposé à Anabel lors de l'entretien d'embauche. En vérité, il avait d'abord tenté de négocier à sept mille mais elle s'était montrée intraitable, faisant valoir son diplôme. Huit mille ou rien, elle n'avait pas transigé. Ce n'était certes pas le Pérou, mais il y avait pire.

*

La première fois qu'Anabel croisa Monsieur Jacob, ce fut donc dans le square, à quelques pas de la boutique. Quai de Jemmapes, près des berges du canal Saint-Martin. Le 6 avril 2001. Des touristes japonais étaient occupés à photographier la façade de l'*Hôtel du Nord* et l'écluse attenante. Le guide leur avait assuré que ça valait le coup, que c'était très typique, cet immeuble, ce panorama, cette rue d'apparence pourtant anodine, bordée par les eaux vertes et gluantes du canal, la mécanique un peu poussive, presque anachronique de l'écluse, vraiment très typique, et les touristes japonais avaient acquiescé sans rechigner. Ils avaient inévitablement eu droit au couplet sur l'« atmosphère ».

Assise sur un banc, un sandwich au kebab dégoulinant de graisse à la main, Anabel les observait avec un mélange de commisération et d'amusement. Le chauffeur du car n'avait pas coupé le contact et le moteur continuait de tourner, de sorte que le pot d'échappement crachait des volutes de fumée de gasoil qui empuantissaient progressivement tout le pâté de maisons et notamment le petit square où jouaient quelques gosses accompagnés de leurs mères. Anabel se mit à toussoter. Un type entre deux âges était assis sur un autre banc, en face d'elle. Il leva les yeux de son journal et la dévisagea en hochant la tête. Lui aussi était incommodé. Les touristes nippons réintégrèrent sagement le car, qui démarra en direction du château de Versailles. L'incident était clos. Monsieur Jacob replongea dans la lecture de son journal, et Anabel dans la mastication de son sandwich.

11

Le lendemain, en arrivant dans le square à l'heure de la pause-déjeuner, Anabel aperçut de nouveau Monsieur Jacob, assis sur le même banc, occupé à lire son journal. *La Stampa*. La veille, c'était *The Times* qu'il parcourait. Le surlendemain, il se plongea dans *Die Welt*. Peu à peu, sans savoir lequel d'entre eux en avait pris l'initiative, ils s'adressèrent un bref salut, une simple inclination de la tête. Un échange de politesses entre deux habitués du lieu. Ainsi, au fil des jours, les traits du visage de Monsieur Jacob devinrent-ils familiers à la jeune femme. Anabel remarqua qu'il levait de plus en plus souvent les yeux de son journal. Son regard s'attardait sur elle, avec une insistance tranquille. Il ne la trouvait pas particulièrement jolie. D'ailleurs, elle ne l'était pas. Maigrichonne, pâlotte, quelconque, assez petite, avec un visage curieusement asymétrique, osseux, des yeux gris, des lèvres minces, perpétuellement figées dans une moue qui semblait souligner son dépit, sa déception devant le sort qu'elle avait connu jusqu'alors, des cheveux ramassés en un chignon assez fouillis dont on devinait qu'il lui évitait, précisément, de se soucier outre mesure de cet aspect des choses. Une petite rousse au visage chafouin. Dans la rue, les garçons ne se retournaient guère sur son passage. Quoique. A la piscine, où elle se rendait parfois, les courbes de ses hanches, le galbe discrètement insolent de ses seins menus, sa démarche gracieuse attiraient le regard des connaisseurs. Sans même qu'elle en ait conscience, persuadée qu'elle était de son peu d'intérêt. Elle s'habillait sans aucune recherche, de jeans aux contours informes, de tee-shirts trop grands pour elle, de parkas dans lesquelles elle semblait se perdre. Aucun bijou, boucles d'oreilles ou colifichet, à l'exception d'un large bracelet tressé de petites perles multicolores qu'elle portait bien serré au poignet gauche.

Que dire de Monsieur Jacob ? Physiquement parlant, s'entend. S'agissant du reste, la tâche serait des plus ardues et découragerait le plus tenace des biographes, à l'avance accablé par l'ampleur du travail à accomplir. Il ne pourra être question, dans ces quelques chapitres, que d'effleurer le sujet, faute de place, et, surtout, faute de moyens. Un jour peut-être, dans un futur plus ou moins proche, un collectif de chercheurs s'attellera à l'ouvrage, qui sait ? On se penchera sur la vie de Monsieur Jacob. Il faudra, pour élucider le mystère, réunir tout un aréopage de savants appartenant aux disciplines les plus variées. Nous n'en sommes pas là. Que dire donc de Monsieur Jacob ? Qu'il était d'un aspect fort commun ? Assurément. Petit, très petit même, un mètre soixante à peine, râblé, trapu, perpétuellement vêtu d'un costume de Tergal gris cendre, le cou engoncé dans un col de chemise blanche rehaussé par un nœud de cravate noire, chaussé de mocassins, il n'attirait guère l'attention, et c'était à dessein. Sa longue expérience de la vie, de la méchanceté de ses divers contemporains, l'avait peu à peu persuadé de se plier à la règle du « pour vivre heureux, vivons cachés ». Il n'avait pourtant rien à se reprocher mais, bien qu'il eût fait preuve, tout au long de son existence, d'un profond altruisme, jamais il n'en avait été récompensé. Il pratiquait une sorte de camouflage, issu d'une vieille habitude, patiné par le temps. Son visage ne comportait aucun signe particulier, distinctif – verrue, angiome, cicatrice, barbe ou moustache. Ses traits étaient désespérément réguliers, fins, son nez droit, ses sourcils broussailleux, ses yeux d'un brun sans éclat. Seule sa mâchoire inférieure, massive, anguleuse, prognathe, aurait attiré le regard d'un observateur averti. La rudesse de caractère, la brutalité qu'elle aurait pu suggérer, était aussitôt corrigée par un sourire d'une grande douceur. Quant à son âge, il était difficile à évaluer. Monsieur Jacob semblait naviguer dans la cinquantaine paisible, si l'on se fiait à ses cheveux poivre et sel coupés très court, aux multiples petites rides qui creusaient son front, aux taches de son qui commençaient à parsemer ses mains.

*

Au fil des jours, les arbres du square se mirent à fleurir, les pollens à se disperser. Les enfants allergiques toussaient, les amoureux s'embrassaient sur les bancs devant le bac à sable, les sacs plastique voletaient au gré de la brise, les péniches patientaient dans le sas de l'écluse et les touristes japonais n'emmerdaient le monde qu'à doses homéopathiques. Anabel mastiquait son sandwich-kebab à l'heure de la pause-déjeuner. Monsieur Jacob lisait son journal. L'habitude s'était installée.

Monsieur Jacob était un orfèvre en matière d'habitudes. Il savait que, tôt ou tard, il ferait connaissance avec la demoiselle rousse qui s'asseyait tous les midis sur le banc en face du sien. Rien ne pressait. Elle l'intriguait. Pourquoi ? Il eût été bien en mal de le préciser. Une intuition, simplement, pareille à des milliers d'autres qui lui avaient traversé l'esprit, au fil du temps. La demoiselle rousse avait rendez-vous avec lui. C'était inéluctable. Il le savait. Inutile pour autant de précipiter les choses, de bousculer les événements. Le hasard les avait réunis sur ce misérable espace vert, un décor somme toute propice aux rencontres, pour peu qu'on se laisse aller.

L'intérêt que Monsieur Jacob portait à la demoiselle rousse n'était pas d'ordre érotique, voire carrément copulard. De tout cela, il était revenu depuis belle lurette. Certes, de temps à autre, malgré sa grande sagesse, il se sentait en verve, et c'était le typhon sous la ceinture, l'embellie priapique, la bandaison qui soufflait en rafales. Il se rendait alors à certaines adresses fort discrètes, visiter des professionnelles auprès desquelles il trouvait l'apaisement, sinon l'abandon. Pas de quoi en faire un plat. Rien que de très banal.

Quelques jours passèrent encore avant qu'une violente pluie d'orage ne vienne balayer le square à l'instant même où Anabel s'asseyait sur le banc, son sempiternel sandwich à la main. Une femme poussant son landau à toute allure pour se soustraire à l'ondée la bouscula, si bien que le sandwich chuta dans le bac à sable. Anabel resta immobile, les cheveux déjà trempés, agacée par cet incident ridicule.

Elle venait de s'engueuler avec Brad à propos d'un nouveau client, qu'elle n'avait pas assez choyé, aux dires du patron. En fait un emmerdeur, le client, un type qui ne savait pas ce qu'il voulait, qui n'en finissait plus de poser question sur question. Anabel lui avait servi le baratin habituel, résumé par Brad dans un des prospectus gracieusement distribués à tous les curieux qui pénétraient dans la boutique. La douleur faisait partie intégrante du parcours, il fallait savoir la subir, à la manière d'un rituel initiatique. Anabel avait consciencieusement relayé la parole du maître, mais en l'accompagnant de quelques remarques de son cru. Remarques que le client n'avait que moyennement appréciées. D'où sa colère et ses récriminations auprès de Brad. Et d'où le savon qu'Anabel avait dû encaisser avant la pause-déjeuner.

Monsieur Jacob quitta son banc dès les premières gouttes. Une de ces pluies tiédasses chargées de mille saletés qui poissent le bitume. Il replia son journal – *Hurriyet*, ce jour-là, un quotidien turc – pour le placer au-dessus de sa tête en guise de parapluie. Le papier avait commencé à s'imbiber, l'encre à se diluer, quand il s'avança vers Anabel, qui demeurait prostrée, le regard absent, rivé sur le bac à sable où le sandwich attirait quelques piafs au plumage déglingué.

– Vous n'allez pas rester là à vous faire doucher, tenez, vous ressemblez déjà à un de ces moineaux, ce serait idiot d'attraper la crève, non ?

Anabel sursauta. La voix douce, onctueuse, étonnamment grave, de Monsieur Jacob la tira de sa rêverie. Elle le dévisagea. La première pensée qui lui traversa l'esprit fut de l'éconduire, de le prier d'aller se faire foutre, et sans y mettre de gants. Casse-toi, le vioque, dégage et autres aménités du même tonneau, les mots se bousculaient au seuil de ses lèvres.

– Allez, venez, murmura-t-il doucement, en lui prenant le bras.

Plus tard, bien plus tard, chaque fois qu'Anabel évoqua le souvenir de Monsieur Jacob devant de nouveaux interlocuteurs, tous aussi incrédules les uns que les autres, elle insista sur ce point : sa voix était de celles auxquelles on ne résiste pas. C'étaient la tessiture, l'articulation, le timbre, le phrasé – les mots manquent pour décrire le phénomène – qu'il aurait fallu analyser pour expliquer son implacable pouvoir de séduction. La voix de Monsieur Jacob vous enveloppait comme un manteau jeté sur des épaules frigorifiées ou, au contraire, vous rafraîchissait comme un verre d'eau glacée savouré dans la torpeur d'un après-midi de canicule. Quelle que soit la façon dont elle vous parvenait, en toutes circonstances, elle s'insinuait en vous, glissait jusqu'au plus profond de votre être pour entrer en résonance avec une multitude de capteurs qui ne demandaient qu'à en être rassasiés. Existe-t-il une explication rationnelle, scientifique, à ce phénomène ? Un jour peut-être, les chercheurs apporteront une réponse à la question. Quelque part à l'intersection entre l'acoustique et la biologie, ils mettront en évidence un continuum d'interactions et l'exprimeront dans leur jargon, à l'aide de courbes asymptotes et de formules chimiques. Pour le vérifier, il faudra obtenir le concours de Monsieur Jacob, à supposer qu'il se laisse capturer pour se prêter à l'expérience. Ce qui est au plus haut point improbable.

– Allez, venez, répéta Monsieur Jacob. Je vous invite à déjeuner.

Anabel n'avait d'autre choix que d'obéir. Il se défit de la veste de Tergal gris de son costume, la passa sur la tête de la jeune femme, puis la guida sur le trottoir de la rue de la Grange-aux-Belles, jusque *Chez Loulou*, un petit restaurant ouvrier situé en face de l'hôpital Saint-Louis. Les anciens bâtiments de brique rouge voisinaient avec les pavillons neufs, à la façade glacée, alternance de surfaces de béton et de vitres opaques derrière lesquelles s'esquintaient, s'abîmaient quelques vies anonymes, derrière lesquelles, pire encore, la vie tout court, singulière, sombrait parfois dans l'abîme.

Anabel se retrouva assise face à Monsieur Jacob, au fond de la salle du restaurant. La table semblait lui être réservée. Un petit rond de serviette en bois verni, décoré de lettres tracées en caractères gothiques à l'aide d'une pointe de pyrogravure, reposait sur la nappe à carreaux rouges et bleus. C'est ainsi qu'elle apprit son nom : Monsieur Jacob. Le serveur apporta aussitôt un couvert supplémentaire.

– Et vous, comment vous appelez-vous ? demanda-t-il en retournant entre ses doigts le rond de serviette.

– Anabel.

– C'est joli, très joli. Eh bien vous voyez, Anabel, je déjeune tous les jours ici...

Il semblait apprécier l'endroit. Un aquarium occupait tout un pan de mur, près de l'entrée de la cuisine. Des poissons rouges aux yeux globuleux s'y prélassaient dans un décor de plantes en plastique, agrémenté de l'épave d'un bateau de pirates posée sur le sable, d'où émergeait un appareil d'aération qui produisait des bulles à profusion. Un grand chromo aux couleurs agressives représentant un groupe de biches occupées à brouter l'herbe d'une clairière lui faisait face, de l'autre côté de la salle. Les clients du lieu avaient l'habitude d'expédier des cartes postales à chacun de leur départ en vacances, et Loulou, le maître queux, les affichait sur un panneau, près du percolateur. Anabel aperçut quelques paysages de montagne, de mer bleue, de terrains de camping, et aussi des saynètes d'inspiration égrillardes – *bathing beauties* surprises dans le plus simple appareil par des faunes aux attitudes lubriques et autres bergères aux formes rebondies succombant dans les sous-bois aux assauts de mimiles aux bras velus, etc. –, le registre était vaste. Pour couronner le tout, un juke-box déversait en sourdine un pot-pourri de valses musettes. La clientèle était à l'unisson. Retraités débonnaires, artisans en salopette, ouvriers du bâtiment à la chevelure couverte de résidus de plâtre, au bleu de travail maculé de taches de peinture, sans oublier quelques poissardes à la trogne couperosée, munies de cabas, qui sirotaient leur ballon de muscadet au comptoir en préparant leur Loto.

Loulou s'avança vers la table de Monsieur Jacob pour y déposer une bouteille de *Cuvée du patron* d'une jolie robe cramoisie et annonça le menu du jour : œuf mayonnaise, petit salé aux lentilles, pointe de brie et tarte aux fraises. Le tout pour soixante-huit francs cinquante.

– Ça vous ira ? demanda doucement Monsieur Jacob.

A quoi bon résister ? Elle s'était laissé attirer dans cet endroit sans renâcler, alors autant ne pas faire la fine bouche.

– Vous êtes toute pâlotte, il faut vous sustenter, adopter une alimentation saine, variée, ça sera mieux que votre sandwich, ajouta-t-il en remplissant son verre. Santé ?

– Santé ! acquiesça-t-elle en trinquant.

Le picrate avait une saveur un peu âcre mais, à tout bien considérer, il vous réjouissait les papilles sitôt passé la deuxième gorgée. Anabel et Monsieur Jacob mangèrent d'abord en silence. A chacune des bouchées qu'elle absorbait, il l'encourageait à poursuivre d'un hochement de tête. Anabel fut surprise par sa discrétion. Il semblait se contenter de sa présence, sincèrement réjoui de la voir se restaurer, sans la questionner. Elle ne croyait pas trop à un plan de drague, encore que. Elle avait connu des types sournois, des pervers à qui on aurait donné le bon Dieu sans confession, très amicaux, très détachés, qui cachaient si bien leur jeu.

– Vous habitez le quartier ? se risqua-t-elle enfin.

– Non, j'ai une petite entreprise, rue Bichat. Et vous ?

– Moi non plus, je... je travaille dans une boutique, là, tout près.

– Une boutique ? Vous êtes vendeuse ?

– Pas vraiment, non, en fait, je suis chargée de l'accueil de la clientèle.

Elle ne voulait manifestement pas s'attarder sur le sujet. Il lui tint des propos sans intérêt sur la vie du quartier, le square près du canal qui était très plaisant, une chance d'avoir un tel lieu à proximité, c'était curieux comme le spectacle qu'offrait le plus insignifiant cours d'eau, même une eau sale comme celle du canal Saint-Martin, apaisait aussitôt le promeneur. Le passage des péniches, le cri des mouettes qui remontaient la Seine depuis son estuaire, la présence de pêcheurs à la ligne, tout cela formait un petit tableau bien agréable à contempler, une oasis de douceur nichée dans la grisaille de la ville.

– Votre entreprise, c'est quoi ? lui demanda-t-elle alors que Loulou apportait le plat de résistance.

– Pompes funèbres, marbrerie ornementale, organisation d'obsèques, vous voyez ? Un commerce qui n'est pas près de péricliter, annonça-t-il d'un ton détaché, en versant un nouveau verre de vin.

C'était bien la première fois de sa vie qu'Anabel déjeunait avec un croque-mort. Elle scruta attentivement les mains de Monsieur Jacob, occupées à découper sa portion de petit salé, en songeant qu'il s'agissait là de mains habituées à manipuler des cadavres, mais elle n'en éprouva aucun dégoût. L'espace d'un instant, elle ferma les yeux. Des cadavres, elle en avait déjà vu, évidemment, durant ses nuits de garde à l'hôpital. Des cadavres anonymes, ou presque. Les malades défilent, se succèdent dans tel ou tel lit, telle ou telle chambre, on oublie, à force, on confond. Le seul qu'elle gardait en mémoire, c'était celui de Marc. Quand elle était entrée dans la pièce, elle avait aussitôt compris. Les flics n'avaient même pas pris soin de le dissimuler sous une couverture. Ils l'avaient embarquée, menottée, sans l'autoriser à rester, ne fût-ce que quelques secondes, auprès de lui. Elle aurait aimé lui caresser le visage une dernière fois, presser ses lèvres contre les siennes, malgré le sang.

Monsieur Jacob fronça les sourcils, prêt à répondre à bien des questions concernant son métier, qui ne manquait jamais d'aiguiser les curiosités – souvent malsaines –, mais Anabel haussa les épaules et plongea obstinément le nez dans son assiette. Il parla alors avec volubilité des clients du restaurant, de la longue carrière de Loulou, qui avait tenu une auberge cotée avant de renoncer – suite au départ de sa femme qui l'avait cocufié avec un contrôleur du fisc venu le persécuter, un sacré pataquès ! –, ou des mémères à chats, qui engraissaient quantité de greffiers près de l'écluse, et d'autres habitants du quartier. Il parlait, parlait, de tout et de rien, non pour combler le silence, mais simplement parce qu'il en avait envie. Et aussi parce qu'il n'était pas pressé. Pour apprivoiser Anabel, il prendrait tout son temps. Une denrée dont il n'était pas avare.

D'emblée, il avait senti qu'elle avait la fibre, le feeling. Son intuition. Elle ne l'avait jamais trompé. Mais il savait aussi que la plus impétueuse des vocations peut mettre longtemps à se révéler, qu'il ne faut en aucun cas bousculer le cours des choses, au risque de tout gâcher. Tout est affaire de patience, de savoir-faire, de doigté. Dans le passé, Monsieur Jacob, armé de sa longue expérience, avait aidé de nombreux talents, a priori insoupçonnés, à éclore, à s'épanouir. Anabel ne savait pas encore que leur rencontre allait infléchir le cours de sa vie. Tout ça à cause d'une nuée d'orage, d'un mauvais sandwich tombé dans un bac à sable ? D'un landau qui l'avait malencontreusement bousculée ? Allons donc ! Était-ce réellement si anodin ? D'autres forces, plus implacables que le simple jeu du hasard, n'étaient-elles pas entrées en jeu la première fois où elle avait dirigé ses pas vers le square ? Durant les interminables années de sa vieillesse, Anabel ne cessa de ressasser cette question. Sans parvenir à trouver de réponse.

A force de bavardages, plus d'une heure s'était écoulée. Loulou avait servi les cafés, rendu la monnaie sur le billet de deux cents francs que Monsieur Jacob lui avait tendu. Un peu étourdie par la *Cuvée du patron*, Anabel commençait à sentir ses paupières s'alourdir. Comme pour la tirer de sa rêverie, Monsieur Jacob consulta sa montre et frappa dans ses mains.

— Bon sang, déjà quatorze heures, s'écria-t-il, et j'ai mon client de Levallois qui attend !

Elle sursauta, dégrisée.

— Le client de Levallois ? dit-elle en allumant une cigarette.

— Suicide par pendaison. Il a demandé à être incinéré. Je dois être au Père-Lachaise d'ici vingt minutes. A demain ?

– A... à demain..., bredouilla Anabel, stupéfaite, en serrant la main qu'il lui tendait.

A demain ?! Comme s'il s'agissait là d'une évidence, d'un rendez-vous auquel elle n'aurait pu se soustraire. Drôle de type, songea-t-elle, alors qu'il se précipitait vers la sortie en récupérant sa veste qu'il avait mise à sécher près d'un radiateur. Loulou, boudiné dans son tablier de toile bleue parsemé de taches de graisse, la dévisageait avec un sourire bonasse. Elle grilla sa cigarette jusqu'au ras du filtre, puis se leva à son tour.

Elle remonta la rue de la Grange-aux-Belles, obliqua à droite rue Juliette-Dodu, et pénétra dans la boutique. Sitôt la porte refermée, elle grimaça, les oreilles meurtries. Brad s'obstinait à pousser la sono à fond, même aux heures creuses. Elle n'en pouvait plus du hard-rock, du heavy metal, de toute cette soupe de décibels qui lui blessaient les tympans et dont Brad se délectait sans même s'apercevoir que ça n'était plus trop *tendance*. Il trépignait, excité, derrière le comptoir. La boutique était plongée dans une semi-pénombre. Des tentures de tissu épais obscurcissaient la façade ; les murs intérieurs étaient peints au minium et seuls quelques spots recouverts de films multicolores disposés çà et là diffusaient de faibles halos de clarté. Sans oublier la rampe halogène près de l'entrée des toilettes, dans un recoin de couloir.

– Enfin, te voilà ! beugla Brad. T'as vu l'heure ? J'ai presque failli t'attendre.

D'autorité, elle arracha le fil de la prise qui alimentait la chaîne hi-fi. Le vacarme cessa illico. Elle le dévisagea, prête à lui tenir tête si d'aventure il s'avisait de l'engueuler. L'arrivée d'un client mit fin à ses récriminations. C'était un habitué, un type très motivé. Cadre à la BNP, chargé de clientèle, si bien qu'il ne pouvait se permettre de trop se « traiter » le visage. En revanche, il s'en donnait à cœur joie sur le reste du corps. Brad l'invita à gagner la cabine spécialement aménagée à l'étage. Un petit escalier en colimaçon permettait d'y accéder.

– T'as bien préparé le matos ? demanda-t-il à voix basse en passant devant Anabel.

– Juste avant de partir déjeuner, ça baigne, acquiesça-t-elle en prenant place derrière le comptoir, alors que Brad suivait le client.

L'esprit vide, elle entreprit d'astiquer consciencieusement la vitrine horizontale où étaient exposés les différents bijoux et implants disponibles ; éclairés par une barre lumineuse, ils brillaient de tout leur éclat et attiraient irrésistiblement le regard des curieux. Elle fit de même avec les photographies sous verre qui ornaient le fond de la boutique et mettaient en valeur les plus plaisantes réussites de Brad. Quoi qu'on puisse penser de lui, force était de convenir qu'il n'était pas dépourvu de talent. Étudiant, il avait vaguement traîné aux Beaux-Arts et s'était laissé glisser dans une douce bohème, en gagnant sa pitance place du Tertre ou sur le parvis de Beaubourg, parmi les nombreux rapins qui grugeaient les touristes. Excellente école. Il lui en restait un joli coup de main. Le tatouage est un art incertain. Il faut savoir composer avec le support, qui ne demande qu'à se dérober, contrairement à la toile ou au papier. La peau peut s'avérer réfractaire à la piqûre, allergique à l'encre, sans compter les tissus musculaires qui, fondant ou au contraire acquérant un nouveau galbe, sabotent inopinément le boulot. Pour un papillon sur une épaule, une ancre de marine sur un avant-bras, un dragon sur une fesse, aucun problème. Mais Brad voyait plus grand : il était un spécialiste de la fresque, ce qui lui valait une certaine renommée. Il y prenait même son pied. Il avait toutefois bien d'autres cordes à son arc et savait satisfaire les moindres caprices de la clientèle.

23

Anabel avait rebranché la hi-fi pour la régler sur France-Musique. Deux ados d'une quinzaine d'années pénétrèrent dans la boutique. La mélodie du troisième *Concerto brandebourgeois* ne parut pas les déranger, ni même les surprendre. Les gamins scrutèrent les bijoux exposés dans la vitrine, et, les yeux exorbités par l'envie, commencèrent à s'enquérir des tarifs.

– Pour n'importe quelle pose, il faut une autorisation parentale, les prévint sèchement Anabel.

– Même pour une narine ? Ou pour un sourcil, allez, quoi, juste un anneau ? insista l'un d'entre eux.

– Pour n'importe quelle pose, c'est clair ? trancha Anabel.

Les deux ados claquèrent la porte, dépités. Sur ce point, les consignes étaient fermes. Brad était âpre au gain mais se montrait très prudent. Quelques confrères avaient eu des ennuis à la suite d'infections, aussi faisait-il signer une décharge de responsabilité à chaque client. Hors de question de traiter les mineurs à l'aveuglette.

De la cabine située à l'étage parvinrent bientôt des cris étouffés. Le chargé de clientèle à la BNP dégustait. La porte d'entrée de la boutique s'ouvrit une nouvelle fois. Ralph, un grand copain de Brad, passait faire une petite visite. C'est à lui qu'appartenait le studio dans lequel Anabel s'était installée. Un type à la carrure imposante, vêtu de cuir des pieds à la tête. Ses oreilles, ses narines, ses lèvres, tout comme celles de Brad, portaient de nombreux anneaux de tailles diverses. Quant à son cou, il était orné d'un tatouage en forme de toile d'araignée bleu nuit. Le corps de l'insecte, rouge carmin, avait été dessiné sur la pomme d'Adam et semblait s'agiter à chaque soubresaut de celle-ci, comme pour se saisir d'une proie.

– Bonjour Anabel, toujours aussi resplendissante ! s'écria-t-il.

Il parlait avec un défaut de prononciation presque imperceptible. La petite bille de métal qu'il portait incrustée à la surface de la langue était la cause de ce léger zézaiement. Son sourire s'ornait de deux magnifiques crocs d'acier, des prothèses qu'il s'était fait poser « aux States », sur les canines, par un dentiste spécialisé. La totale.

Désignant la mallette qu'il portait, il annonça à Anabel qu'il venait présenter à Brad les derniers modèles d'implants en Téflon disponibles sur le marché. Billes à glisser sous l'épiderme – quelque part entre la verge et le sternum, peu importe –, prothèses de cornes pour les fanas des rites sataniques ou les fêtards déconneurs, sans oublier, pour les filles, des petites barres en titane, destinées à être posées entre les seins après une incision au scalpel ménageant une boutonnière, ce qui vous agrémentait un buste en moins de temps qu'il ne faut pour le dire. Il ouvrit la mallette sur le comptoir et montra les merveilles dans leurs écrins. Anabel en avait déjà vu de semblables, sur catalogue. Avec une mine de conspirateur, Ralph souleva le double fond et dévoila une batterie de flacons, de tubes pharmaceutiques, de seringues pré-emplies de produits anesthésiants, tout un kit conçu pour opérer sur-le-champ.

Brad enrageait de ne pouvoir disposer de tout ce matériel. « Aux States », on pouvait louer à l'heure une salle d'opération dans une clinique privée et s'y livrer à toutes les facéties. En France, hélas, une réglementation tatillonne lui interdisait d'exercer librement son art. Les clients les plus déterminés, les plus fortunés, n'hésitaient pas à régler le prix d'un billet d'avion et d'une chambre d'hôtel pour aller se faire taillader la couenne en Californie, et c'était un véritable crève-cœur de constater que les plus modestes, les plus démunis des adeptes devaient renoncer devant la barrière de l'argent.

Considérant le manque à gagner, Brad se sentait pousser des ailes de réformateur radical. S'il n'avait été aussi déprimé, il aurait pris la tête des confrères qui rêvaient de bousculer la législation. Sans se leurrer sur les chances d'y parvenir, on se réunissait, de temps à autre, entre professionnels. Personne n'osait le dire, mais un embryon de syndicat, une amorce de ligue commençait à poindre. Après tout, les sourciers, les astrologues, les devins de fête foraine, voire les tenanciers de site www@bourse.com, chacun défendait son bout de gras, bec et ongles ! L'union fait la force, c'est bien connu.

– Eh oui, murmura Ralph, on y arrivera, un jour ou l'autre, mais en attendant, quel temps perdu, comme c'est dommage... t'es pas d'accord ?

Il baissa le couvercle de la mallette en lançant un regard interrogatif à Anabel. Elle n'eut pas le loisir de répondre. Brad descendait l'escalier en colimaçon. D'un geste vif, il se défit de ses gants en latex, les roula en boule et les expédia dans une corbeille en plastique près du comptoir.

– J'ai terminé. Tu vois avec lui, pour la suite ? dit-il en désignant d'un coup de menton l'entrée de la cabine.

Anabel acquiesça en soupirant et gravit les quelques marches. Elle poussa la porte capitonnée, un simple rembourrage de molleton destiné à garantir un semblant d'intimité acoustique. Le client, nu comme un ver à l'exception de ses chaussettes, était allongé sur ce que Brad appelait pompeusement la « table de soins », une merveille achetée à l'annexe du BHV spécialisée dans le matériel médical. D'une pression sur un bouton de commande, on la rehaussait ou on l'abaissait à volonté. Un petit chuintement du système hydraulique et hop, le tour était joué. Ça ne servait pas à grand-chose, mais le client avait l'impression qu'on ne se foutait pas de lui, il était persuadé d'être entre de bonnes mains. De même, Brad avait fait l'acquisition, lors d'une vente aux enchères à la suite de la mise en liquidation judiciaire d'une clinique privée, d'une trousse chirurgicale emplie d'instruments étranges ; négligemment disposés sur une paillasse parmi des bocaux aux formes alambiquées, ils pouvaient laisser croire au visiteur qu'il se trouvait dans l'annexe d'un véritable service hospitalier. Le gogo ne demande qu'à être rassuré.

Nu comme un ver, donc, le client se tortillait sur la « table de soins ». Les deux mains crispées sur son sexe, il frétillait telle une carpe tout juste pêchée dans l'aquarium, jetée sur l'étal du poissonnier, battant des ouïes.

– Vous avez très mal ? demanda Anabel.

Le type se contenta, en guise de réponse, de pousser un long gémissement.

– Allez, laissez-moi voir ça... enlevez vos mains, cramponnez-vous aux montants de la table, serrez les dents, inspirez fort, expirez, lentement, lentement, une deux, on inspire, on expire, on se calme ! ordonna Anabel.

Elle enfila des gants de latex, se couvrit le bas du visage d'un masque chirurgical, se pencha sur le thorax du client, commença par jeter un coup d'œil aux deux seins. A droite, pas de problème, mais à gauche, ça suppurait.

– Vous êtes allé consulter ? Je vous l'ai déjà dit la dernière fois ! C'est bien infecté, il faut vous faire prescrire des antibiotiques, annonça Anabel.

Le type se mit à rougir. Comme tant d'autres, après s'être fait charcuter, il n'osait aller exhiber le résultat de ses turpitudes devant un médecin. Elle haussa les épaules.

– Ce n'est pas avec des produits délivrés sans ordonnance que vous allez réussir à vous en sortir, insistat-elle. Enfin, c'est vous qui voyez, hein ?

Elle manipula délicatement le téton, puis l'anneau qui le transperçait. Le type gémit de plus belle. En

27

pressant l'aréole, elle fit jaillir quelques grosses gouttes de pus qu'elle épongea à l'aide d'un coton hydrophile.

– Vraiment, ça ne peut plus attendre !

– Je pensais que ça allait cicatriser tout seul, bredouilla le client. Mais vous, vous ne pouvez rien me prescrire ? Brad m'a dit que...

– Rien du tout ! coupa Anabel. Je suis infirmière, et alors ? Je ne peux que vous conseiller. Brad a dû vous expliquer, non ? Il vous pose tout ce que vous demandez, mais ensuite, c'est de votre responsabilité de vous faire suivre !

Son regard descendit jusqu'au nombril. Rien à redire. C'était par là que Brad avait commencé. L'anneau, les billes, tout était en place, à peine pouvait-on y distinguer une rougeur, un résidu d'inflammation. La cicatrisation définitive était en bonne voie.

– Bon, voyons le reste, soupira-t-elle.

Sans précautions excessives, elle saisit la verge du type et la redressa pour mieux profiter de la lumière du spot qui surplombait la table. Elle pressa le gland pour élargir la plaie qui suintait de sang. Les mains du client se crispèrent sur les accoudoirs de la table. Elle courba la verge, pour examiner l'autre côté, près du prépuce. Même topo. L'opération qu'avait subie le chargé de clientèle était désignée dans le jargon ad hoc sous le vocable d'*Apadravya*. Une barre de métal transperçait le gland, verticalement. Ses terminaisons filetées étaient destinées à recevoir des billes, elles aussi filetées mais en creux, de façon à produire un assemblage dont elles seules resteraient visibles. Variante, l'*Ampallang*, qui embrochait le gland suivant le même procédé, mais dans le sens horizontal. Ce que Brad préférait pratiquer, c'était le *Prince Albert*, un anneau introduit dans le méat et qui traversait les chairs pour en ressortir au niveau du frein. Tout ce charabia était issu des récits de rites hindous ancestraux, ou, dans le cas du *Prince Albert*, de fantaisies auxquelles s'étaient livrés quelques aristocrates du XIXe siècle, tels George V, George VI d'Angleterre, le tsar Nicolas II, le roi Bernadotte de Suède et ledit prince Albert lui-même, à tout saigneur, tout honneur. Aux dires des intéressés, le port de telles orthèses démultipliait le plaisir sexuel, pour eux-mêmes, et pour leurs partenaires.

– Brad m'a assuré que tout allait bien, marmonna le client, les mâchoires serrées. Lors des trois dernières séances, il a suffisamment élargi le conduit, et, la prochaine fois, il me pose le bijou définitif. Je l'ai déjà acheté, c'est très joli. De l'or 18 carats, tant qu'à faire !

– Bien sûr, bien sûr, acquiesça Anabel.

Elle saisit un flacon de Dakin et pressa sur la pipette. Le désinfectant pénétra la plaie, s'y insinua. Elle répéta le geste à plusieurs reprises, en massant les tissus. Comme elle s'y attendait, le type se mit à bander doucement.

– Ça me fait plutôt du bien, bredouilla-t-il.

– Ah oui ? J'aurais plutôt cru que ça ferait mal, c'est bizarre, des fois, les idées préconçues ! Bon, je vais vous poser un pansement, mais sitôt rentré chez vous, vous devriez vous faire des bains désinfectants, le plus longtemps et le plus fréquemment possible. Et je vous le répète, allez voir un médecin. Faute d'antibiotiques, vous courez à la catastrophe. Rhabillez-vous.

Le client se redressa sur la table et contempla stupidement l'excroissance de son sexe emmailloté de gaze. Une petite poupée affublée d'une folklorique coiffe de dentelle blanche. Pourquoi ce type, et tant d'autres, se faisaient-ils ainsi charcuter, Anabel avait renoncé à se poser la question. A chacun son trip.

Elle lui tendit une compresse et deux morceaux de sparadrap pour qu'il s'en couvre le sein gauche. Puis, tandis qu'il commençait à enfiler ses vêtements, elle entreprit de ranger le jeu d'aiguilles de diamètre de plus en plus large que Brad avait utilisées pour évaser le conduit creusé dans le renflement du gland afin de préparer la pose de l'implant. Tout en s'habillant, le client l'observait avec attention.

Brad lui avait fait la leçon, pour le rassurer. La stérilisation se pratiquait en trois temps. Une décontamination liquide, par simple bain, un nettoyage par ultrasons et enfin un cycle dans l'autoclave à 135 degrés et sous haute pression, à 2,1 bars. Anabel répétait mécaniquement les gestes que Brad lui avait enseignés. En sachant fort bien que tout cela était totalement bidon. La dangerosité résidait dans la pièce elle-même, qui n'était absolument pas stérile. La boutique voisinait avec d'autres commerces, dont une charcuterie, et les parties communes de l'immeuble n'étaient séparées de la « salle de soins » que par une mince cloison de placoplâtre où s'épanouissaient diverses moisissures. La situation ne faisait que s'aggraver depuis que le voisin du dessus avait subi un dégât des eaux. Les infiltrations menaçaient la boutique et Brad était en procès avec le syndic de l'immeuble. Évidemment, tout cela était top secret. Brad envisageait de s'installer dans de nouveaux locaux, indépendants, mais son banquier renâclait à lui avancer les fonds nécessaires.

Le client, rhabillé, se dandina vers la sortie, les cuisses discrètement écartées.

– Encore un qui va passer une bonne soirée, pronostiqua Anabel, sans pour autant éprouver une quelconque pitié.

A force de négligence, il prenait le risque de contracter une septicémie. De l'époque qui lui paraissait si lointaine où elle travaillait à l'hôpital, elle n'avait rien oublié de ses cours de prophylaxie. Mieux valait ne plus y penser. Après son aventure avec Marc, elle ne retrouverait jamais plus de travail en milieu hospitalier. Son casier judiciaire le lui interdisait. Alors, tant qu'à faire, autant supporter Brad et ravaler sa rancœur chaque fois qu'il annonçait à un nouvel adepte, comme gage de sérieux dans la gestion de son établissement, qu'il était secondé par une infirmière diplômée. Anabel ne s'était toutefois pas laissé piéger. Sur son contrat de travail, il n'était fait aucune mention de sa qualification. Elle n'était qu'une vague « assistante », on ne pourrait l'accuser d'exercice illégal de sa profession.

La suite de l'après-midi fut plutôt morne. Après avoir éclusé quelques whiskies en compagnie de Ralph, Brad se consacra à des tatouages sans grand intérêt, qui permettaient de faire gentiment bouillir la marmite. Peu avant qu'elle ne s'en aille, vers dix-neuf heures, un représentant passa livrer un petit stock d'un album photo concernant les scarifications rituelles pratiquées par les tribus Massaï. L'ouvrage se vendait à la pelle auprès des habitués. Elle enregistra la facture sur l'ordinateur et disposa quelques exemplaires bien en vue sur les présentoirs, puis elle enfila sa parka et quitta la boutique.

D'un pas lent, comme tous les soirs, elle remonta la rue de la Grange-aux-Belles puis longea le canal Saint-Martin en direction de Jaurès pour rentrer chez elle. Elle croisa des adeptes du roller et aussi quelques jeunes garçons qui erraient en petites bandes, dans l'attente de la tombée de la nuit, afin de commencer à tapiner dans les parages.

L'immeuble où se trouvait son studio était situé en bordure du bassin de la Villette, juste derrière le cinéma MK2. La pièce était minuscule, et elle n'avait guère pris soin de la décorer. Les murs dénudés portaient encore l'empreinte des posters qu'y avait affichés le précédent locataire. Près de son lit, elle avait punaisé un agrandissement Ektachrome.

Marc, souriant, sur la plage d'Étretat. Elle avait elle-même pris la photo à l'aide d'un appareil jetable, lors d'un week-end passé dans un petit hôtel face à la mer, six ans plus tôt. Ils n'avaient quasiment pas quitté la chambre, faisant l'amour ou somnolant, avant de se faire servir des plateaux de fruits de mer arrosés de muscadet qu'ils dégustaient allongés sur le lit.

En six ans, ses couleurs avaient perdu de leur brillance. Les rayons du soleil les avaient peu à peu ternies mais Anabel ne souhaitait pas déplacer la photo, ou la protéger en la mettant sous verre. Elle pensait qu'au fil du temps l'image s'effacerait, jour après jour, imperceptiblement, inexorablement. Viendrait le moment où elle ne pourrait plus distinguer les traits de Marc. Ils seraient réduits à des contours flous, fantomatiques. Alors, alors seulement, elle n'éprouverait plus de chagrin. C'est du moins ce qu'elle espérait, sans trop y croire.

Comme tous les soirs, elle prit une douche interminable, se frottant la peau au gant de crin pour se débarrasser de la crasse qui s'y était accumulée tout au long de la journée. Une crasse purement imaginaire, mais qui ne cessait de la tourmenter. Dégoulinante d'eau, elle enfila un peignoir. Son frigo était vide. Elle téléphona pour commander une pizza, qu'elle mangea assise en tailleur sur la moquette face à l'écran de la télé. Elle regarda un feuilleton insipide, puis le journal de la nuit, in extenso, après quoi, elle essaya de lire un roman dont on lui avait dit le plus grand bien mais auquel elle ne parvenait décidément pas à s'intéresser. Elle vint se placer devant la baie vitrée et contempla les eaux du bassin de la Villette qui luisaient sous la clarté de la lune, presque pleine, avala une demi-barrette de Lexomil, s'allongea à plat ventre sur son lit et se laissa glisser dans le sommeil.

*

Elle ouvrit l'œil très tôt comme tous les matins, la poitrine écrasée par l'angoisse qui ne manquait jamais de la saisir à chacun de ses réveils. Suivant son habitude, elle prit un café au comptoir du *Soleil de Djerba*, un bistrot situé à l'entrée de l'avenue de Flandre.

Sa rencontre avec Monsieur Jacob lui avait laissé une sensation d'étrangeté. Elle en avait rêvé, un rêve long et obsédant qui était revenu, lui semblait-il, en boucle au cours de la nuit. Ce n'avait pas été un cauchemar, simplement la réitération des moments passés en sa compagnie, hachurée d'autres souvenirs, plus désagréables. Le psy qu'elle allait consulter deux fois par mois depuis sa libération aurait sûrement été très intéressé par le récit de ce rêve, mais le prochain rendez-vous était lointain, et elle aurait sans doute tout oublié d'ici là. Il lui avait recommandé de prendre des notes, chaque matin dès son réveil, mais ce jour-là, elle y renonça, par flemme, ou plutôt par indifférence par rapport à sa propre vie.

Elle sortit du bistrot et se trouva désœuvrée, désemparée, seule sur le trottoir, parmi tous ces gens qui se hâtaient vers on ne savait quoi. Une rame du métro aérien filait en direction de Jaurès. Obéissant à une impulsion soudaine, elle se dirigea vers la station Stalingrad et attendit le train suivant. Un quart d'heure plus tard, elle descendit à Père-Lachaise. Les portes de la grande entrée du cimetière étaient encore fermées, aussi patienta-t-elle, assise sur un banc, jusqu'à leur ouverture... Elle acheta un petit bouquet de tulipes chez un des fleuristes voisins et s'engagea dans les allées de la première division.

Elle venait rarement se recueillir sur la tombe de Marc, contrairement aux parents de celui-ci, pour lesquels c'était devenu un rituel bihebdomadaire incontournable. Ils s'habillaient consciencieusement de noir, prenaient le train et quittaient leur banlieue le temps d'une journée pour venir sangloter devant la pierre de marbre gris. A sa sortie de prison, elle les avait accompagnés à plusieurs reprises mais c'étaient eux qui lui avaient gentiment demandé de ne plus le faire. Parce qu'elle sortait épuisée de ces visites, et aussi parce qu'ils préféraient ressasser seuls leur douleur.

La tombe était très bien entretenue, la surface de la pierre soigneusement nettoyée, ses abords débarrassés des touffes de mauvaises herbes qui envahissaient celles des alentours, moins souvent visitées. Elle s'accroupit et déposa son bouquet de tulipes d'un geste lent. Puis elle se redressa et resta figée quelques minutes, le visage lisse, les yeux secs, bras croisés, avant de tourner brusquement les talons et de se diriger vers la sortie. Elle consulta sa montre. Brad ne pourrait pas râler, elle serait à l'heure à la boutique.

*

Les quelques instants qu'elle avait passés devant la tombe n'avaient pas échappé à Monsieur Jacob. Il était en vadrouille dans les parages, occupé à discuter avec un employé municipal en vue du rachat de certaines concessions. Dès qu'il l'avait aperçue, il avait pris soin de ne pas se montrer, restant dissimulé à l'abri d'une sépulture en forme de chapelle lézardée et couverte de lierre qui servait de refuge à quantité de matous. Il ne put réprimer un sourire, satisfait de constater qu'il ne s'était pas trompé. Son chemin devait fatalement croiser celui de la demoiselle rousse. Il ne lui restait plus qu'à découvrir pourquoi. Il entraîna l'employé dans l'allée que venait de quitter Anabel et ne tarda pas à repérer la tombe devant laquelle elle s'était recueillie. Le doute n'était pas permis. Le bouquet de fleurs fraîches, la proximité d'un monument qu'il connaissait fort bien, tout concordait. Marc Cansot. 1976/1996. Un médaillon incrusté dans la stèle comportait une photo du jeune homme. Monsieur Jacob se pencha pour mieux étudier ses traits. Une bouche charnue, des cheveux bouclés, un regard insolent. Un beau jeune homme, la demoiselle rousse avait bon goût. Sa discussion avec l'employé municipal terminée, il quitta le cimetière en sifflotant.

Une heure plus tard, après avoir passé quelques coups de fil depuis le bureau attenant à son magasin de la rue Bichat, il savait à quoi s'en tenir. Le 26 juin 1996, près de Sablé, dans la Sarthe, Marc Cansot avait été abattu par les forces de police, après qu'il eut résisté à l'assaut donné contre la maison de campagne isolée dans laquelle il s'était réfugié. Deux mois plus tôt, il avait déjà fait feu contre des inspecteurs de la brigade des stupéfiants, dans une brasserie de la place d'Italie, à Paris, blessant gravement l'un d'eux. Cansot avait arnaqué un gros dealer, auquel il était parvenu à dérober un joli paquet de doses d'héroïne. Via leurs indics, les flics des Stups l'avaient pisté dans sa cavale, jusqu'à cette maison retirée en plein bois, maison qui appartenait aux parents d'un de ses amis. Les écoutes téléphoniques de tout le petit milieu que fréquentait Cansot avaient permis ce résultat.

Monsieur Jacob parcourut le fax qu'on venait de lui expédier. Quelques feuillets photocopiés dans un journal. Une jeune fille accompagnait Cansot dans sa fuite. Anabel Lorgnac, une de ses amies d'enfance devenue sa maîtresse. Une photographie la montrait encadrée par deux inspecteurs, les menottes aux poignets. Au moment de son arrestation, les flics trouvèrent une arme de poing dans une de ses poches, sans que jamais elle n'eût fait mine de l'utiliser. Ils l'avaient cueillie alors qu'elle rentrait du village voisin où elle était allée faire des courses.

35

Lors du procès, ses avocats parvinrent à limiter la casse. Anabel avait été présente dans la brasserie de la place d'Italie le jour où Marc avait blessé un flic, et ne l'avait jamais quitté depuis le début de sa cavale. Indéniablement complice. Mais surtout amoureuse, follement amoureuse de Marc Cansot, au point de le suivre aveuglément. Dans la maison de Sablé, les enquêteurs mirent la main sur une lettre, expédiée par Anabel à son amant lors d'un bref séjour à Paris. Il lui avait demandé de s'y rendre pour tenter de nouer contact avec un fournisseur de faux papiers. Son projet était de filer à l'étranger le plus vite possible. La démarche fut vaine. Dans cette lettre, Anabel conjurait Marc de se livrer aux flics. Elle lui expliquait qu'elle n'en pouvait plus de vivre ainsi traquée, que cette aventure la dépassait totalement. Ce fut l'atout maître, le joker des défenseurs d'Anabel. Celui qui amena les jurés à ne prononcer qu'une peine légère en regard de la gravité des faits. Trois ans d'incarcération, plus trois de sursis. Monsieur Jacob plia soigneusement le fax et quitta son magasin. Il était temps d'aller attendre Anabel, là-bas, dans le square bordant le canal Saint-Martin, sur son banc habituel.

Elle arriva vingt minutes plus tard, un sandwich à la main, et lui adressa un léger signe de tête. Monsieur Jacob fronça les sourcils, contrarié, en la voyant s'asseoir à l'autre extrémité du square. Il prit son journal sous son bras – ce jour-là, il s'agissait de *Ha'aretz*, le quotidien israélien – et la rejoignit. Elle tourna les yeux vers lui.

– Vous ne venez pas déjeuner ? demanda-t-il. Hier, pourtant, nous avions pris rendez-vous !

– Écoutez, répondit Anabel, je ne sais pas qui vous êtes, ni ce que vous voulez, mais je peux vous assurer qu'avec moi vous perdez votre temps !

36

– Je suis persuadé du contraire, rétorqua calmement Monsieur Jacob.

– Je n'ai rien à vous dire ! Laissez-moi ! insista-t-elle.

– Rien à me dire ? Je crois que si. Vous pourriez me parler de Marc, non ?

Anabel tressaillit et recula sur le banc, sans pour autant se lever. Le geste avait été si brusque qu'elle laissa tomber son sandwich, exactement comme la veille.

– Vous... vous êtes flic, c'est ça ? reprit-elle, angoissée.

– Mais pas du tout, ne vous tracassez pas, je vous l'ai déjà dit, je tiens un magasin de pompes funèbres. Vous ne me croyez pas ? Venez !

D'autorité, il lui avait pris le bras pour l'amener à se lever. Elle se laissa faire. Après tout, mieux valait en avoir le cœur net et savoir ce que voulait réellement ce type. Ils quittèrent le square, remontèrent la rue de la Grange-aux-Belles et tournèrent à droite, rue Bichat. A moins d'une cinquantaine de mètres, il lui montra la vitrine de son magasin, où étaient exposés différents objets destinés à décorer les sépultures.

– Regardez, vous voyez bien, dit-il en désignant l'enseigne. *Pompes Funèbres Jacob.* Vous ne me croyez toujours pas ?

Il poussa la porte. Un homme d'une soixantaine d'années, à la mine lugubre, était assis derrière un bureau, prêt à recevoir le client.

– Tout va bien, Maxime ? demanda-t-il.

– Tout va bien, monsieur Jacob ! confirma l'employé.

– Alors ? Vous voilà rassurée ? Je ne suis pas de la police...

Deux minutes plus tard, Anabel se trouvait attablée face à lui, au fond de la salle, chez Loulou. Il avait posé son journal sur la table et étudiait le menu. Anabel remarqua les caractères hébraïques et se dit que, décidément, Monsieur Jacob était doué pour les langues. Il commanda deux plats du jour, ainsi qu'une bouteille de *Cuvée du patron*.

– Comment avez-vous su, pour Marc ? demanda-t-elle.

Il hésita un instant avant de répondre, la regarda droit dans les yeux et lui prit la main gauche avec fermeté. Ce geste était dénué de toute équivoque. Un geste presque paternel, affectueux.

– Dès que je vous ai aperçue, j'ai senti que vous étiez profondément malheureuse. Tout dans votre attitude le suggère, et puis, il y a ça...

Monsieur Jacob manifesta un tel aplomb qu'elle ne put se dérober. Il retourna la main de la jeune femme, et ses doigts effleurèrent le large bracelet de perles de pacotille qui recouvrait son poignet. Il le fit glisser de plusieurs centimètres en direction du coude, dévoilant ainsi de vilaines cicatrices. Les larmes aux yeux, Anabel retira instinctivement sa main et l'enfouit sous la table.

– J'étais au Père-Lachaise, ce matin... pour mon travail, poursuivit Monsieur Jacob. Je vous ai aperçue, de loin. Dès lors, c'était facile de vérifier. J'ai quelques amis journalistes.

Il lui tendit la photocopie de la coupure de presse qu'on lui avait transmise une heure plus tôt.

– Voilà, conclut-il, c'est tout simple. J'ai beaucoup de sympathie pour vous. Ne me demandez pas pourquoi, c'est spontané, inexplicable. Et très sincère. Mangez, ça va refroidir.

Loulou venait de déposer les deux assiettes sur la table. Monsieur Jacob saisit son rond de serviette et déplia soigneusement celle-ci, pour en enfoncer un coin sous son col de chemise, dissimulant ainsi sa cravate.

Ils déjeunèrent en silence. Quand Loulou apporta le fromage, Monsieur Jacob se racla la gorge, avala une rasade de vin et fixa Anabel.

– Alors, dit-il, si vous me parliez enfin de Marc ?

Sidérée par tant de culot, elle céda. Après tout, qu'avait-elle à cacher ? La presse avait largement fait état de son histoire. Elle raconta Marc, elle raconta leurs jeux d'enfants. Leurs parents respectifs habitaient des maisons mitoyennes dans un lotissement de lointaine banlieue, au fin fond de la Seine-et-Marne, un de ces lotissements jaillis de terre au milieu des années 70, destinés à séduire les membres des classes moyennes qui avaient su épargner et gardaient encore les reins suffisamment solides pour régler leurs traites alors que le chômage commençait à exercer ses ravages. Marc et Anabel avaient grandi côte à côte, fréquenté la même école primaire, puis le même collège, année après année. Les parents étaient très liés, aussi passaient-ils leurs vacances ensemble. Autant dire qu'ils ne se quittaient pas. Et puis, l'adolescence venue, leur complicité avait tout naturellement dérivé vers l'amour. Anabel n'avait jamais connu d'autre garçon que Marc, et réciproquement.

– Quand je l'ai vu mort, j'ai réellement senti qu'on venait de m'arracher la moitié de moi-même, vous comprenez ? poursuivit-elle. Ce n'est pas une formule, une expression, une façon imagée de dire les choses, je vous parle d'une sensation physique. Une amputation. Vous comprenez ?

– Bien sûr que je comprends, assura Monsieur Jacob en lui caressant la joue avec tendresse.

Elle ne s'y trompa pas et inclina la tête pour mieux s'abandonner.

– C'est bête, ce que je vous dis, c'est vrai que vous devez avoir l'habitude d'entendre les gens pleurnicher. Avec votre métier, forcément ! Vous faites ça depuis longtemps ?

– Depuis toujours, Anabel, depuis toujours !

Elle évoqua ensuite leur entrée dans l'âge adulte. Elle avait toujours voulu être infirmière. Pour partir au bout du monde, soigner les plus démunis. Quand elle était gosse, elle avait vu les images télévisées, l'aventure de ces *french doctors* qui s'en allaient soulager la douleur dans les coins les plus reculés de la planète.

— J'avais la vocation... enfin, je croyais. J'étais une gamine naïve. Je me sens ridicule de vous raconter ça, vous allez me prendre pour une gourde, s'excusa-t-elle.

— Pas du tout. Mais Marc, il ne l'avait pas, la vocation, n'est-ce pas ?

— Oh non, il était un peu paumé. Il traînait à la fac, en philo, sans parvenir à boucler sa licence. Il se la jouait un peu frime, style génie méconnu, si vous voyez ce que je veux dire... On vivait ensemble, ses parents nous avaient offert un studio. Moi, j'allais tous les matins prendre mon service à l'hosto, et lui, il restait au lit, avec ses bouquins. Et puis un soir, il a rapporté de la dope et une seringue. Soi-disant pour l'expérience. On s'est shootés, et on a recommencé. Le reste, vous l'avez lu dans le journal, ça a été la déglingue rapide, la course au fric, et il s'est cru plus fort que tout le monde, plus malin en tout cas que les petites ordures qu'il fréquentait pour le deal.

— Vous lui en avez voulu ?

— Oui, des fois, le soir, quand j'étais à Fleury. C'est dur, la prison, vous savez ?

— Je sais, Anabel, je sais.

— Ah ouais, vous croyez ça, se rebiffa-t-elle, c'est pas en lisant un article qu'on...

— Si je vous dis que je sais, Anabel, c'est que je sais ! l'interrompit fermement Monsieur Jacob.

— Vous... vous y êtes allé ? balbutia-t-elle, surprise. Enfin, je veux dire, vous-même, vous... ?

— Oui, il y a très longtemps et croyez-moi, à l'époque, c'était bien plus dur qu'aujourd'hui. Je ne veux pas minimiser vos souffrances, mais...

Il ferma les yeux un bref instant. Cette fois, ce fut Anabel qui lui prit la main.

– C'est drôle, ça m'a fait du bien de vous parler. Et de parler de Marc.

– Ah, vous voyez que j'ai eu raison d'insister !

– Chez moi, près de mon lit, j'ai punaisé une photo, un agrandissement de lui, poursuivit-elle. Je l'avais prise durant un week-end, à Étretat. Près de l'Aiguille, vous savez, la dent de craie qui se dresse face à la mer. Comme ça, il est toujours près de moi, toujours !

Loulou servit les cafés. Anabel avala le sien en regardant sa montre. Il était plus que temps de retourner à la boutique.

*

Ainsi, jour après jour, Anabel retrouva Monsieur Jacob à l'heure de la pause-déjeuner. Elle se confia totalement, évoqua longuement son incarcération, sa tentative de suicide. Le hasard et lui seul avait décidé qu'elle en réchappe. Elle s'était procuré une lame de rasoir au prix fort auprès d'une détenue, une braqueuse endurcie qui avait déjà écopé de plusieurs condamnations. Le soir où elle avait décidé d'en finir, les matonnes déclenchèrent une fouille-surprise à la suite d'un vol de médicaments à l'infirmerie. La sonnerie d'alarme retentit dans les couloirs à vingt-deux heures. Anabel gisait sur le carrelage de sa cellule, dans une large flaque de sang. On la transporta en catastrophe à l'hôpital, où elle fut transfusée. La veille ou l'avant-veille, elle y serait restée.

– Il faut croire que la mort ne voulait pas de moi, dit-elle dans un sourire.

– Exactement, confirma sobrement Monsieur Jacob, d'ordinaire, elle n'agit pas à la légère.

41

Après deux mois de ces rendez-vous quotidiens, il savait quasiment tout d'elle. Et, elle, presque rien de lui. Il répondait volontiers à ses questions concernant son métier, mais demeurait évasif dès qu'elle abordait un domaine plus personnel. Monsieur Jacob était célibataire et habitait une grande maison, à Nogent, sur les bords de Marne. Point. Anabel n'ignorait désormais plus rien des soucis d'un propriétaire de magasin de pompes funèbres, de l'organisation des cérémonies d'obsèques, des tarifs de capitonnage de cercueil, de l'utilisation de packs de glace carbonique pour retarder la décomposition des corps, etc. Mais au-delà de l'évocation de ces aspects purement techniques, professionnels, Monsieur Jacob ne se livrait guère. Alors qu'il avait lu en elle comme à livre ouvert, lui-même restait insaisissable. Elle était désormais persuadée que la grande sollicitude qu'il manifestait à son égard était totalement dénuée d'arrière-pensées troubles : après l'avoir questionnée sur sa vie amoureuse depuis sa sortie de prison, il s'était montré sévère quand elle lui avait avoué que, sur ce plan-là, c'était plutôt le calme plat.

– Allons, allons, Anabel, avait-il dit, vraiment, vous n'êtes pas raisonnable ! Examinez-vous dans une glace : depuis que vous déjeunez avec moi tous les midis, vous avez pris quelques kilos, vous voilà carrément pulpeuse ! Ne me dites pas que vous n'attirez pas les regards des garçons de votre âge !

C'était vrai. La tambouille roborative de *Chez Loulou* l'avait bien remplumée. Elle ne ressemblait plus au petit épouvantail auquel elle faisait penser huit semaines auparavant. Sans savoir ce qui l'y avait poussée, sur un coup de tête, elle avait même acheté des produits de maquillage, de nouveaux vêtements, et notamment une robe aux couleurs fraîches. Le matin, avant de se rendre à la boutique, elle se prélassait au soleil sur un banc, près des berges du bassin de la Villette. A ce régime, elle fut bientôt aussi bronzée qu'après un séjour en bord de mer. Les changements survenus dans son comportement laissaient Brad perplexe.

– Je sais bien que vous éprouvez un grand chagrin depuis la mort de Marc, insista Monsieur Jacob, mais, croyez-moi, vous devriez vous laisser aller un peu. A votre âge, on a certains besoins, et c'est très mauvais de ne pas les satisfaire ! C'est une histoire à se ruiner la santé, ça !

Pour la première fois depuis bien longtemps, Anabel avait ri aux éclats. En rentrant chez elle ce soir-là, elle écrivit une lettre à Cécile, une toxico qui occupait la cellule voisine de la sienne, à Fleury-Mérogis. Cécile avait écopé de cinq ans ferme et tenait le choc, vaille que vaille. Dans sa lettre, elle lui parla de Monsieur Jacob, ce curieux croque-mort qui lui redonnait goût à la vie.

Le seul point sur lequel Anabel s'était montrée peu loquace, c'était son emploi d'assistante chez Brad. Elle éprouvait une certaine honte à gagner ainsi sa pitance. Elle ne doutait pas de l'indulgence de Monsieur Jacob, mais préférait garder secret ce pan de sa vie, le dernier qu'elle n'avait pas encore dévoilé, tout en se doutant qu'un jour ou l'autre, fatalement, lors de ses déambulations dans le quartier, il découvrirait le pot aux roses. Monsieur Jacob connaissait tous les commerçants des environs, tous les potins du quartier, tous les ragots des concierges à trois cents mètres à la ronde. Rien ne lui échappait. Aussi, chaque fois qu'elle entrait ou sortait de chez Brad, Anabel jetait-elle un coup d'œil furtif alentour, dans la crainte qu'il ne la surprenne.

2

Au centre de détention de Darnoncourt, dans le département de l'Oise, la réunion concernant la situation des détenus – libérables ou admissibles – se tient le premier lundi de chaque mois. Les participants sont peu nombreux : le directeur de l'établissement, le gardien-chef, le juge d'application des peines, l'assistante sociale et le médecin, sans oublier un psychiatre vacataire. On s'y ennuie ferme.

Dans la jungle des établissements pénitentiaires français, Darnoncourt occupe en effet une place à part. Vétuste, comme beaucoup d'autres prisons – cent vingt des cent quatre-vingt-six prisons du pays ont été construites au XIXᵉ siècle ! –, elle est dévolue à l'accueil des taulards de longue peine, en fin de parcours, malades, laminés, amoindris par des décennies de séjour en cellule. Sur les trois cent trente-sept détenus septuagénaires et les vingt et un octogénaires recensés dans les statistiques nationales au second semestre 2001, Darnoncourt en hébergeait une bonne proportion, et ce mouroir est destiné à être détruit dans un avenir proche. Certains bâtiments tombent presque en ruine, le grillage d'enceinte est facile à traverser, les conditions d'hygiène sont à l'avenant. L'Observatoire international des prisons considère Darnoncourt comme une véritable cour des miracles, tout juste bonne à abriter des vieillards ou des impotents. Encore qu'il faille se méfier puisqu'un dénommé Stan Ercovicz, dit le Muet à la suite d'un cancer de la gorge, ainsi que le Bel Angelo, proxénète de la vieille école, tous deux d'âge canonique, s'en sont évadés !

Pour toutes ces raisons, peu de détenus quittent Darnoncourt sur leurs deux jambes, en franchissant le portail leur baluchon à l'épaule. C'est plutôt allongés dans un corbillard qu'ils font leurs adieux à leur dernier lieu de villégiature ici-bas. Ils meurent de vieillesse, de maladie, désocialisés, coupés du monde depuis si longtemps que leur retour à une vie normale n'est tout simplement pas envisageable. Assassins, braqueurs, caïds du pain de fesse, ils mâchonnent leurs dentiers vermoulus en contemplant sur l'écran de télévision de la salle commune des images auxquelles ils ne peuvent plus rien comprendre. S'ils en avaient, leurs enfants ont eu tout le temps de vieillir, leurs femmes de s'enlaidir. Certains d'entre eux, qui pourraient bénéficier d'une libération anticipée à la suite d'une remise de peine, renoncent même à faire valoir leurs droits, de crainte de se retrouver précipités sans défense dans un monde hostile. A Darnoncourt, les visites sont rares, les parloirs déserts, l'ambiance gériatrique.

*

Le 14 mai 2001, on étudia le cas du détenu matricule 2057 C, un certain Jacques Ruderi. Incarcéré en préventive le 18 août 1961, jugé aux assises de Douai cinq ans plus tard, le 26 janvier 1966. Eu égard à la gravité des faits – complicité d'effraction de domicile, complicité pour coups et blessures sur adulte ayant entraîné la mort sans intention de la donner, complicité dans des actes de barbarie sur enfant ayant entraîné de graves séquelles –, Ruderi fut condamné à une peine conséquente : trente ans de réclusion. Il échappa à la guillotine, ainsi qu'à la perpétuité, grâce au talent de son avocat qui sut semer le doute dans la conscience des jurés. Ruderi était certes coupable de complicité dans le supplice enduré par les victimes, mais précisément, simplement coupable de complicité. Lui-même s'était contenté d'assister à la séance de torture mais ne s'y était pas directement sali les mains.

Son procès passa quasiment inaperçu. Il faut croire que, en ce qui concerne les sévices à enfants, l'opinion avait été copieusement rassasiée, ou était devenue de plus en plus exigeante en matière d'horreur, qu'elle avait appris à classer sur une sorte d'échelle de Richter de la monstruosité. Durant l'année 1964, un fait divers horrible tint la une de tous les journaux. Le petit Luc Taron, âgé de onze ans, fut tué par un psychopathe qui, durant trente-neuf jours, organisa un sinistre jeu de piste avec les enquêteurs en signant ses messages du pseudonyme de « l'étrangleur », avant d'être enfin capturé. Il s'appelait Lucien Léger. Et, comme en arrière-fond, un autre procès remontant à 1957 hantait encore les mémoires, celui de Guy Desnoyers, alias le curé d'Uruffe. Condamné à la réclusion à perpétuité pour avoir tué et dépecé une jeune fille de dix-neuf ans « enceinte de ses œuvres », suivant l'expression consacrée. Au cours de la session d'assises, à Nancy, on entendit ce dialogue :

– *Que s'est-il passé, alors ?* demanda le président de la cour, faisant allusion à l'instant où l'ecclésiastique allait en finir avec sa maîtresse.

– *Je lui ai dit :* « *Je vais te donner l'absolution.* » *Et j'ai ajouté :* « *Est-ce que tu me pardonnes ?* » *Elle a murmuré :* « *Oui, je te pardonne. Mais je ne veux pas de ton absolution.* » *Puis elle a fait quelques pas, me tournant le dos. Quand j'ai tiré, j'étais à un mètre d'elle. Elle est tombée à la renverse, les bras en croix.*

– *Vous vous êtes agenouillé ?*

– *Oui.*

– *Penché sur son corps, vous l'avez dévêtue, et, à l'aide d'un couteau, vous avez pratiqué dans son ventre une césarienne monstrueuse qui vous a permis d'extraire l'enfant du cadavre de sa mère...*

– *Oui...*

– *Comment se présentait l'enfant ?*

– *Il n'a pas crié, il avait seulement les yeux grands ouverts sur moi.*

– *Alors vous l'avez baptisé et poignardé dans le dos, avant de lui taillader le visage pour le défigurer, car vous craigniez qu'il vous ressemble ?*

– *Oui...*

Ruderi régla en quelque sorte la note, *in memoriam* pour le curé d'Uruffe, et à chaud pour Lucien Léger. A tout prendre, comparé à ces deux monstres, il n'était qu'un criminel ordinaire, un amateur. Ce que les jurés admirent à contrecœur, mais avec une sagesse certaine. Sa peine fut aggravée de dix années supplémentaires à la suite d'une pitoyable tentative d'évasion à laquelle il se trouva mêlé en 1970, à Clairvaux. Avec les trois codétenus de sa cellule, il avait concocté une cavale à hauts risques dont l'artifice n'était autre que la séquestration du maton de service nocturne. Un des complices simula une crise d'épilepsie avec une force de conviction telle que le surveillant, dédaignant les procédures habituelles, pénétra seul dans la cellule pour se rendre compte de la situation. Il fut ligoté, bâillonné, son trousseau de clés fut confisqué et les quatre lascars tentèrent l'impossible, à savoir ouvrir une à une les différentes grilles qui permettaient d'accéder à la cour. Des complices munis de cordes et de crochets les attendaient dans la rue voisine. Les évadés furent surpris par les projecteurs, canardés par les gardes perchés sur les miradors et expédiés au mitard pour les trois plus chanceux, à l'hôpital pour celui qui servit de cible aux tireurs alors qu'il était juché à califourchon sur le mur d'enceinte, prêt à basculer à l'extérieur, vers la liberté.

Le hic, c'est que le maton, saucissonné par des bandelettes de tissu découpées dans des couvertures, mourut des suites d'un infarctus. D'une simple tentative d'évasion, on passa illico presto au chef d'inculpation de coups et blessures ayant entraîné la mort sans intention de la donner. Les candidats à l'évasion furent jugés un an plus tard par la cour d'assises de Loudun, et Ruderi eut droit à une nouvelle volée de bois vert de la part de l'avocat général. Les syndicats des personnels de la Pénitentiaire, outre la famille de la victime, s'étaient constitués partie civile. La balance de la Justice, déjà si sensible, oscilla vers la sévérité la plus extrême : dix ans, comme les autres évadés. Trente plus dix égalent quarante, le compte était rond, Ruderi devrait régler l'addition.

*

Au cours de sa longue carrière de prisonnier, il connut bien des établissements, au gré de ses transferts de maison d'arrêt en centrale, suivant une logique dont seule l'administration pénitentiaire est à même de démêler les arcanes. La Santé, Clairvaux, Bapaume, Saint-Martin-de-Ré et enfin Darnoncourt, depuis le début des années 90. Quoi qu'il en soit, Ruderi avait purgé l'intégralité de sa peine et serait libérable le 16 octobre 2001. Lors de son arrestation, il avait trente-cinq ans, c'est du moins ce qui était indiqué sur sa carte d'identité. A sa libération, il en aurait donc soixante-quinze.

– Un prisonnier exemplaire, marmonna le directeur en feuilletant le dossier...

48

Le gardien-chef Tierson, qui connaissait bien Ruderi, approuva d'un hochement de tête. Il n'y avait rien à redire. A Darnoncourt, les gardiens ne craignent pas les agressions, les gestes incontrôlés des détenus junkies qui se montrent parfois très violents, voire les morsures des sidéens, ainsi qu'en témoignent leurs collègues des autres établissements. Le bulletin syndical ne mégote pas sur les anecdotes horrifiques, le stress enduré par le peuple maton, ainsi encouragé à quémander primes et augmentations de salaires en juste compensation des préjudices subis. Non, à Darnoncourt, le plus pénible à supporter, outre la décrépitude des lieux, c'est bien la déchéance des détenus. Incontinents, gâteux, séniles, ils passent leur temps à radoter, offrant à leurs gardiens, jour après jour, l'image de la vieillesse à laquelle ils n'échapperont pas eux-mêmes, le spectacle des corps avachis, torturés par mille maux, perclus de mille douleurs, partant en lambeaux avant l'heure, déjà à demi putréfiés *ante mortem*. Le gardien-chef Tierson n'était plus qu'à trois ans de la retraite et ce théâtre digne du Grand-Guignol l'emplissait d'effroi. Ce qui lui foutait le plus la trouille, au gardien-chef Tierson, c'étaient les maladies de peau, la contagion à force de contacts furtifs avec toute la plèbe dont il avait la responsabilité. Les murs suintant de salpêtre fournissaient un formidable bouillon de culture pour les affections dermatologiques. Durant la douche hebdomadaire où les détenus se retrouvaient tous à poil, c'était un véritable festival de mycoses, de croûtes, de dartres, de gourme, d'impétigo, une orgie de pustules, de papules, de macules.

– Ruderi ? Un prisonnier exemplaire, répéta obstinément Tierson, ça, c'est sûr !

Quand il croyait tenir une idée, ou ce qui pouvait y ressembler, le gardien-chef s'y cramponnait et n'hésitait jamais à la régurgiter après l'avoir longuement ruminée. Depuis le temps qu'il pratiquait Ruderi, forcément, il s'était livré à diverses observations. C'était son boulot. Quelques mois auparavant, en tant que doyen des détenus, Ruderi avait eu droit à un traitement privilégié : on lui avait fait quitter un des dortoirs que les taulards du tout-venant se partageaient par groupes de vingt pour lui octroyer une cellule individuelle, parmi celles d'ordinaire réservées aux infirmes ou aux grabataires. Celle-ci était toujours très propre, Ruderi la nettoyait régulièrement à la Javel. Il lavait ses vêtements avec méticulosité, et menait une guerre résolue contre les punaises et les blattes à coups de bombes aérosols qu'il se fournissait grâce au pécule amassé depuis le début de sa détention. Jusqu'à une date récente, en effet, le détenu Ruderi n'avait cessé de fréquenter les ateliers pénitentiaires. Buanderie, cuisine, jardins, menuiserie, pliage de cartons, dans tous les établissements où il avait séjourné, il avait tué le temps en travaillant. Si bien qu'après toutes ces années passées derrière les barreaux, il s'était constitué un petit bas de laine. Près de cinquante mille francs.

Le juge d'application des peines – un jeunot qui débutait dans la carrière et ne tenait pas à faire le malin devant les vieux briscards réunis à ses côtés – n'avait pas grand-chose à dire à propos du matricule 2057 C, qu'il n'avait d'ailleurs jamais rencontré. Les dernières photographies anthropométriques face/profil jointes au dossier dataient de l'admission de Ruderi à Darnoncourt, soit dix ans auparavant. Après consultation des pièces, de son point de vue, tout était clair. Le détenu avait purgé sa peine, sa dette envers la société était réglée, il n'y avait plus qu'à le libérer, bon débarras, basta et au suivant. Un coup de tampon sur un formulaire et on n'en parlerait plus. A son âge, ce serait bien le diable s'il se mettait en tête d'empoisonner l'existence de ses contemporains par des facéties dont il avait déjà usé dans le passé.

Le gardien-chef s'était exprimé, le JAP idem, restait à entendre le médecin. Le directeur l'interrogea d'un froncement de sourcils. Le docteur Chevelot était un de ces praticiens incapables de tenir un cabinet en ville tant leurs diagnostics sont hasardeux mais auxquels l'administration pénitentiaire offre une rente de situation, faute de pouvoir s'adjoindre les services de confrères plus compétents.

– En pleine forme, il est en pleine forme, marmonnat-il en montrant les résultats des derniers examens sanguins. Pour un type de son âge, c'est étonnant. Cholestérol zéro, glycémie normale, tension artérielle idem, un cœur de jeune homme. Sa dentition est impeccable, fait rarissime parmi la population carcérale. La seule ombre au tableau, c'est un rhumatisme au genou droit, l'arthrose, n'est-ce pas, comment y échapper ? A part ça, je crois bien qu'il est foutu de finir dans la peau d'un centenaire !

Le tour de table se poursuivit. L'assistante sociale n'avait rien à signaler. Ruderi l'envoyait paître à chacune de ses visites. Son pécule le dispensait en effet de mendier les quelques aumônes qu'elle était à même de distribuer.

– Il a un point de chute, de la famille ? insista le directeur. On ne sort pas de chez nous à soixante-quinze ans sans savoir où aller !

L'assistante sociale eut une mimique évasive. A sa connaissance, depuis son admission à Darnoncourt, Ruderi n'avait jamais reçu de courrier. Pas la moindre lettre, le moindre colis. Ruderi était un solitaire, un éclopé affectif, comme tant de pauvres bougres qu'un séjour prolongé derrière les barreaux transforme en épaves, en zombies dont tout le monde a oublié l'existence.

– Bon, après tout, ça ne nous concerne pas, nous avons fait notre travail..., conclut le directeur. C'est à lui de se débrouiller pour les quelques années ou les quelques mois qui lui restent à vivre. Il sort donc en octobre, affaire classée, à moins que l'un d'entre vous n'ait un mot à ajouter ?

Le psychiatre se permit de toussoter. Tous les regards se tournèrent vers lui. André Goldstayn n'en menait pas large. Il avait décroché ses quatre vacations hebdomadaires, de trois heures chacune, après avoir évincé une vingtaine d'autres postulants au cours des entretiens préliminaires destinés à départager les impétrants, à la suite d'une petite annonce parue dans une revue du ministère de la Justice. Un appel d'offres, en quelque sorte.

– Eh bien, vous avez une précision à apporter ? insista le directeur, soudainement agacé. Le dossier Ruderi semble clair, limpide, même... je me trompe ?

Contrairement aux autres participants à la réunion, Goldstayn croyait encore un peu, un tout petit peu, à la mission qui lui avait été confiée : soulager la souffrance des détenus. Il ne venait pas à Darnoncourt en simple figurant d'un jeu de rôle des plus sinistres pour accumuler des points de retraite ou payer les mensualités d'un pavillon, comme les matons qu'il croisait à chacune de ses visites dans l'établissement, tous installés dans les villages des environs, menant une vie de campagnards pépères, envoyant leurs gosses chercher le lait à la ferme dans un bidon de fer-blanc, chères petites têtes blondes qui crottaient leurs Nike dans les bouses de vache semées sur la chaussée avant de rentrer jouer avec leur PlayStation.

– Je... je n'ai pas encore pu avoir accès au dossier, bredouilla-t-il après s'être éclairci la voix d'un raclement de gorge. Mais le cas Ruderi me semble être un exemple assez intéressant d'adaptation à la vie carcérale.

Goldstayn ne parlait pas à la légère. Les différents psychiatres qui avaient croisé le détenu 2057 C en étaient tous arrivés à la même conclusion : Ruderi semblait se taper comme de l'an quarante de la peine qui lui avait été infligée. Quarante ans, en l'occurrence. Il prenait littéralement son mal en patience, et, lorsqu'il consentait à se livrer, c'était pour évoquer avec joie le jour de sa libération, sans même se rendre compte qu'à cette date il ne lui resterait que quelques années à vivre, deux ou trois tout au plus, suivant la norme statistique, et encore.

– Eh bien, où voulez-vous en venir, monsieur Goldstayn ? demanda le directeur.

– J'aimerais beaucoup m'entretenir avec lui, je veux dire, longuement, il me semble qu'il y a des enseignements à tirer de son histoire. C'est une évidence : l'incarcération prolongée, la certitude de se voir privé des plaisirs que peut offrir la vie génèrent dans la population pénitentiaire tout un éventail de pathologies somatiques, psychosomatiques, voire psychiatriques, des plus variées. Rien de tel chez lui. Ruderi semble avoir surmonté l'épreuve avec un stoïcisme, une indifférence a priori inexplicables. Il est serein. C'est le terme, *serein*. Depuis le début de son incarcération, il n'y a aucune trace d'un quelconque incident. Si l'on excepte évidemment l'affaire de la tentative d'évasion. Voilà un type qui entre en prison à trente-cinq ans, qui va en sortir à soixante-quinze, et tout cela semble glisser sur lui comme une pluie d'orage sur les plumes d'un canard !

Goldstayn se tut, tétanisé par les regards apitoyés qui se portaient sur lui. Ses divagations n'intéressaient personne et, pire encore, le rendaient suspect de visées sournoisement subversives. Le directeur haussa les épaules, miséricordieux. La belle affaire ! Dans l'immense armée de miséreux formée par les pensionnaires de l'administration pénitentiaire, des taulards parfaitement adaptés à la vie carcérale, il en avait croisé plus d'un durant sa carrière. Malfrats endurcis faisant régner la terreur autour d'eux, petits sultans entourés d'un harem de gitons serviles, c'était là le b.a-ba que le plus borné des professionnels avait su intégrer après quelques années de pratique !

– Vous « entretenir » avec Ruderi, gloussa-t-il, mais comment donc, cher monsieur Goldstayn, il me semble que vous êtes précisément payé pour cela, avec l'argent des contribuables ! Banco, mon petit, banco, allez-y tant que vous voudrez, pressurez-lui le citron, faites-en dégorger tout le jus que vous pourrez en extraire, et confiez-nous vos conclusions, nous ne manquerons pas d'en prendre note !

Mortifié, humilié, Goldstayn piqua du nez dans les dossiers suivants. Le 4097 D, un braqueur atteint d'une tumeur de la prostate, libérable sous conditions, le 8578 C, proxénète souffrant d'une syphilis avec complications neurologiques – au moins celui-là était-il puni par là même où il avait péché ! ricana le directeur –, le 6098 F, monte-en-l'air dénoncé par son fourgue à la suite d'un différend concernant le montant du partage, cancer du larynx, l'avocat rétribué par sa sœur plaidait la remise de peine pour qu'il puisse mourir en paix parmi les siens, accordé, décida la commission suivant l'avis du JAP. Et tutti quanti. On passa ensuite aux admissions. A midi, le dernier dossier était bouclé. Le directeur poussa un grognement de satisfaction : ç'avait été une bonne commission, sans problèmes, sans anicroches. De la belle ouvrage.

La réunion se termina par un barbecue servi dans la petite cour d'honneur de la prison, dont la pelouse jouxtait le terrain de promenade réservé aux détenus. Son assiette en carton remplie de chips à la main, Goldstayn scrutait les prisonniers, au-delà du grillage qui encerclait le terrain. Le docteur Chevelot s'approcha de lui et lui tapota amicalement l'épaule, en toute confraternité.

– Ruderi, c'est celui qui est adossé contre le marronnier, près de la fontaine, lui dit-il.

Goldstayn s'approcha du grillage et plissa les yeux. La cour de promenade était très calme. Un groupe de détenus, parmi les plus vaillants, disputait une partie de pétanque, certains jouaient aux cartes, d'autres discutaient, assis sur des bancs. Sans la présence des miradors, on aurait pu se croire dans une maison de retraite. Quelques prisonniers arpentaient péniblement la pelouse, appuyés sur des cannes tripodes, les pantalons boursouflés par les couches destinées à endiguer les menus désastres occasionnés par d'irrépressibles défaillances sphinctériennes. D'autres encore tremblotaient dans leur coin, les mains agitées de soubresauts désordonnés, le menton luisant de bave.

A côté de ces pitoyables créatures, Ruderi avait bien meilleure allure. Les yeux clos, le cou rejeté en arrière, visage tendu face au soleil, le dos légèrement voûté, les mains jointes sur sa canne, il patientait, comme il l'avait fait durant ses quarante années de réclusion. Goldstayn l'observa avec attention. Il longea le grillage en direction du marronnier, si bien que Ruderi n'était plus à présent qu'à une dizaine de mètres de distance.

Que dire de Ruderi? Qu'il était d'un aspect fort commun? Assurément. Petit, très petit même, un mètre soixante à peine, râblé, trapu, il n'attirait guère l'attention. Comme tous les autres détenus, il portait un survêtement d'un bleu passé et était chaussé d'une paire d'espadrilles dont la semelle de corde s'effilochait. Son visage couturé de rides ne comportait aucun signe particulier, distinctif : verrue, angiome, cicatrice, barbe ou moustache. Son crâne était rasé. Bien des détenus optaient pour la boule à zéro afin de se préserver des poux qui pullulaient dans l'établissement, en dépit des nombreuses tentatives d'éradication. Ses traits étaient désespérément réguliers, fins, son nez droit, ses sourcils broussailleux, ses yeux d'un brun sans éclat. Seule sa mâchoire inférieure, massive, anguleuse, prognathe, intrigua Goldstayn : la rudesse de caractère, la brutalité qu'elle aurait pu suggérer, était aussitôt corrigée par un sourire d'une grande douceur.

– Ne vous y fiez pas, susurra Chevelot qui semblait décidé à coller aux basques de son confrère, au premier coup d'œil, on lui donnerait le bon Dieu sans confession, mais c'est un fauve, enfin, ça l'a été. Vous m'en direz des nouvelles après avoir parcouru le dossier. Je veux dire, pas le dossier médical ou le dossier carcéral, non : le dossier pénal !

Le prisonnier semblait avoir remarqué qu'on l'observait. Il ouvrit les yeux, fixa longuement les deux médecins, et tourna brusquement les talons pour rejoindre l'autre extrémité de la cour, d'un pas lent mais assuré. Il s'appuyait sur sa canne et claudiquait légèrement de la jambe droite. Une inflammation rhumatismale au genou, ainsi que l'avait indiqué Chevelot.

*

Dès le lendemain matin, Goldstayn fit une incursion dans les bureaux de l'administration où étaient archivés les dossiers des pensionnaires de l'établissement. Il s'installa dans la bibliothèque et feuilleta l'épaisse liasse de papier pelure relatant la session des assises de Douai, qui avaient condamné Ruderi à trente ans d'emprisonnement, le 26 janvier 1966. Les faits étaient établis, et l'accusé n'avait jamais cherché à les nier, ni durant l'instruction, ni pendant le procès. Pas plus qu'il n'avait tenté de minimiser ses responsabilités lors de sa seconde comparution aux assises, après la malheureuse tentative d'évasion à Clairvaux.

*

Reprenons depuis le début. Le 18 août 1961, à vingt-deux heures, Ruderi et deux complices, un homme et une jeune femme, s'étaient introduits dans la villa des époux Moedenhuik, à Rueil-Malmaison. Après avoir ligoté le majordome, puis la femme de ménage, ils avaient violemment rudoyé Wilfrid Moedenhuik, un diamantaire pratiquant le négoce des pierres entre Paris, Anvers et New York. Son épouse, Clara, était présente et avait elle aussi eu droit au même traitement. Coups de poing, de pied, coups de tisonnier, rien ne leur fut épargné. Le but de Ruderi et de ses complices était d'obtenir la combinaison du coffre-fort dont la villa était équipée. Une petite quantité de pierres s'y trouvait à l'abri, dans l'attente d'un transfert aux États-Unis.

Wilfrid Moedenhuik succomba, le crâne fracassé, au bout d'un quart d'heure. Les malfaiteurs se rabattirent sur sa femme Clara, qui eut beau jurer ses grands dieux qu'elle ne connaissait pas la clé, rien n'y fit. Le complice de Ruderi amena alors leur fillette Margaret, âgée de cinq ans, dans le salon de la villa. On venait de fêter son anniversaire. Les reliefs du gâteau, les bougies reposaient encore sur la table. Et là, sous les yeux de sa mère, il commença à la torturer méthodiquement.

Aux dires de Clara Moedenhuik, Ruderi ne toucha pas l'enfant. De même, la jeune femme qui les accompagnait s'abstint-elle de tout geste agressif envers la petite. Lors de son témoignage devant la cour, elle insista bien sur ce point. Mieux encore, Ruderi et sa compagne tentèrent de dissuader leur complice de martyriser Margaret. Peine perdue. L'homme, qui semblait être le chef, s'acharna sur l'enfant avec une violence sauvage. Elle eut les membres brisés, les mains, la poitrine piétinées à coups de talon, les ceintures scapulaire et pelvienne fracassées à coups de tisonnier, et le visage aspergé de soude caustique. Le tortionnaire en avait déniché un flacon destiné à l'entretien des tuyauteries de la villa dans un placard de la cuisine.

Durant le calvaire enduré par la fillette, la femme de ménage, abandonnée dans le vestibule, était parvenue à se débarrasser de ses liens et donna l'alerte en téléphonant depuis une des chambres situées à l'étage. Quelques minutes plus tard, une patrouille de gendarmerie surgit sur les lieux. Ruderi fut le seul à être capturé. Le «chef» et la jeune femme qui les accompagnait réussirent à escalader le mur d'enceinte de la villa en prenant appui sur un appentis, alors que Ruderi vidait le chargeur de son arme en direction des gendarmes pour retarder leur progression. Les précieuses secondes qu'il gagna ainsi permirent aux deux autres de s'enfuir. Puis il s'avança tranquillement vers les hommes en uniforme, bras levés, et se laissa menotter.

*

Goldstayn essuya ses mains moites à l'aide d'un Kleenex et poursuivit sa lecture. Les rapports médicaux concernant la petite Margaret indiquaient qu'après le traitement qu'elle avait subi, elle n'aurait jamais dû survivre. Durant toute l'instruction, Ruderi refusa obstinément de révéler qui étaient ses complices. La carte d'identité qu'il portait était manifestement fausse. Le numéro qui y était consigné renvoyait à un voyageur de commerce, né trente-cinq ans auparavant à Caen, et décédé dans un accident ferroviaire six mois plus tôt. La carte avait été volée, et maladroitement trafiquée. «Ruderi» ne s'appelait donc pas réellement Ruderi. Il persista à ne pas décliner sa véritable identité.

Clara Moedenhuik expliqua au juge que lors de la longue séance de torture infligée à son mari, à elle-même, puis enfin à leur fille, les trois malfrats communiquaient dans une langue étrange qu'elle n'était pas parvenue à identifier. Elle ne parlait pas à la légère. Elle avait suivi des études de philologie et maniait couramment le néerlandais, le français, l'italien, l'allemand, l'anglais, l'espagnol, le russe et quelques langues slaves dérivées. Elle possédait en outre de solides notions d'arabe, de chinois, de sanskrit et de dialectes africains – peuhl, wolof et bambara, entre autres. Malgré son insistance, le juge d'instruction s'intéressa peu à cet aspect des choses, un détail il est vrai. Clara Moedenhuik décrivit la jeune femme comme une sauvageonne, très fruste, vêtue d'une robe à demi déchirée, marchant pieds nus. Une sorte de gitane. L'homme ressemblait trait pour trait à Ruderi. Semblable à un frère. Même taille, même carrure, même visage lisse, à la mâchoire prognathe. Une cicatrice boursouflée, chéloïde, s'étendait sur son cou, transversalement, du larynx à la clavicule, comme s'il avait été victime d'une tentative d'égorgement à laquelle il aurait miraculeusement survécu. Le juge d'instruction fit réaliser de grossiers portraits-robots que l'on compara avec le stock de photographies que détenaient les différents services de police, en vain. Un appel à témoin, paru dans la presse, *France Soir* notamment, ne donna pas plus de résultats. En son for intérieur, le magistrat finit par conclure que le prétendu Ruderi et ses complices n'étaient que des vagabonds primaires, au passé plus que louche, et qu'en conséquence il ne convenait pas de prendre de gants avec le seul qui s'était fait pincer.

Malgré les mises en garde répétées du juge d'instruction concernant son silence, «Ruderi» s'entêta dans son mutisme. Il comprenait parfaitement toutes les questions qu'on lui posait et parlait le français avec une pointe d'accent indéfinissable. Son avocat, commis d'office, passa de longues heures à tenter de le fléchir, mais se résigna peu à peu. Si étrange que cela puisse paraître, Ruderi semblait se désintéresser de son propre sort.

Après cinq années de détention préventive, il comparut enfin devant le tribunal. Le deuxième jour du procès, Mme Moedenhuïk s'adressa aux jurés lors d'une intervention pathétique. Elle évoqua les souffrances infinies de la petite Margaret, que l'on traînait d'hôpital en hôpital, de salle d'opération en salle d'opération. Une enfant pleine de joie de vivre, jolie et intelligente. Les séquelles consécutives à ses fractures étaient lourdes, et sa croissance en serait gravement affectée. Elle ne pourrait jamais plus marcher, ni même se tenir droite sur ses membres inférieurs à l'ossature déformée par les nombreux cals cicatriciels. Elle passerait le reste de sa vie dans un fauteuil roulant. Quant à son visage, la soude caustique y avait exercé de terribles ravages. Inutile de préciser qu'au milieu des années 60, la chirurgie plastique n'en était qu'à ses balbutiements ! L'œil droit n'existait plus. Les tissus des joues, des lèvres étaient profondément atteints, rongés par l'acide. D'importantes pertes de substance étaient à déplorer. Clara Moedenhuik, d'une voix sépulcrale, ne cacha rien du terrible tableau aux jurés épouvantés. Le réquisitoire de l'avocat général fut implacable. Ruderi l'écouta en bâillant à de multiples reprises. Lorsque le verdict fut proclamé, il hocha la tête, apparemment indifférent. Les journalistes qui rendirent compte du procès évoquèrent un profil de psychopathe insensible à la douleur d'autrui, totalement irrécupérable.

*

Accablé, André Goldstayn referma le dossier. D'un geste machinal, il resserra la sangle de toile s'entourant sur une boucle qui enveloppait l'épaisse chemise de carton gris et soupesa le tout. Une vie, toute une vie ou presque, était retenue prisonnière dans cette liasse de papier gorgé d'une encre qui commençait à pâlir, à s'effacer, à s'estomper, rongée, ingérée, digérée par d'insignifiantes bactéries, d'infimes créatures qui s'en régalaient, y puisant les ressources pour se reproduire, proliférer. Le dossier Ruderi s'étiolait et Ruderi lui-même mourrait bientôt. Tout ce qui resterait de lui, ce serait d'une part cet amas de feuillets jaunis, cette misérable empreinte d'infamie qu'il avait malencontreusement laissée dans la mémoire de ses contemporains, et d'autre part quelques kilos de viande enfermés dans une caisse de bois, promis à la putréfaction sous deux mètres de terre dans un quelconque cimetière. Le processus de disparition, d'effacement, de Ruderi-le-criminel, dont les exploits avaient été consignés dans les annales du ministère de la Justice, s'accompagnerait alors de celui de son double de chair et d'os, vague cadavre d'*homo sapiens* perdu parmi la multitude de ses semblables, dépouille dont se goinfrerait toute une cohorte d'insectes puis d'organismes de plus en plus microscopiques au fil du temps, suivant une échelle évolutive inversée, du plus gros au plus petit, à l'infini, à l'infini.

*

Dès le lendemain matin, Goldstayn rencontra Ruderi, non dans sa cellule, mais dans la salle des archives de la prison, où il l'avait fait venir. Un maton bedonnant introduisit le prisonnier dans la pièce et fit mine de s'installer sur une chaise. Goldstayn l'en dissuada. Il tenait à un entretien intime, afin de mettre son

61

interlocuteur en confiance. Le maton, docile, s'éclipsa. Ruderi était assis ratatiné sur sa chaise, les deux mains rivées sur sa canne, les yeux mi-clos. Il avait posé sa casquette sur son genou droit. Goldstayn se présenta, *ès qualités*.

— Je ne suis pas fou ! décréta aussitôt Ruderi, à l'énoncé du titre.

— Personne n'a dit cela, rétorqua Goldstayn. Je voudrais simplement discuter avec vous, savoir comment vous avez vécu votre détention, sur la durée, voyez-vous... vous êtes un des plus anciens prisonniers de ce pays. Je voudrais que vous me disiez si vous avez souffert, certainement, je crois, mais surtout, comment vous avez surmonté cette souffrance !

— Ah oui ? murmura Ruderi. Vous voulez pas savoir si j'éprouve des remords ? Chaque fois que j'ai été convoqué par des psychiatres, c'était toujours ce qu'ils me demandaient. A Clairvaux, à Bapaume, à Saint-Martin-de-Ré, ils m'ont toujours fait le coup. Ils en avaient que pour la gosse. Margaret Moedenhuik. Ils me demandaient si je rêvais d'elle, parfois... Si ça me tourmentait, ce qu'elle avait subi, ce qu'elle continue de subir, et tout le saint-frusquin, puisque je crois savoir qu'elle est toujours vivante, Margaret !

— Non, tout ça ne m'intéresse pas, protesta Goldstayn, je ne me préoccupe pas de cet aspect des choses, vous avez été jugé, condamné, voilà tout. Je n'ai pas à... à vous juger une seconde fois.

— Vous êtes sûr ?

— Absolument.

— Vous avez bien lu mon dossier ?

— Oui...

Ruderi se redressa, surpris. Intrigué. Les rayons du soleil inondaient la salle des archives. D'innombrables particules de poussière faiblement agitées par les maigres courants d'air y flottaient en suspension.

– Il fait une chaleur à crever, on pourrait ouvrir, non ? suggéra le prisonnier.

Goldstayn hésita. Ruderi n'avait pas tort. Lui-même transpirait abondamment. Le problème, c'était que les fenêtres du bâtiment administratif étaient dépourvues de barreaux.

– De quoi vous avez la trouille ? ricana Ruderi. Que je me jette dans la cour ? Il y a bien dix mètres de haut, je pourrais y rester, mais figurez-vous, j'en ai pas envie, je sors dans cinq mois, n'oubliez pas ! Allez, ouvrez, qu'on respire un peu...

Goldstayn obéit, déterminé à jouer la carte de la confiance. Au besoin, si Ruderi tentait le moindre geste suspect, il se sentait capable de l'immobiliser, le temps que le maton qui patientait dans le couloir intervienne. Durant ses stages aux urgences psychiatriques, il avait déjà été confronté à des situations bien plus périlleuses. Une brise fraîche et douce envahit aussitôt la pièce. Ruderi ferma les yeux, ses narines se dilatèrent.

– Putain que c'est bon, le printemps ! murmura-t-il. Vous sentez ? Il y a un champ de colza pas très loin, j'suis sûr, et du blé, et quelques hectares de sapins, et des coquelicots, c'est bon, c'est bon... vous voulez savoir de quoi on souffre, en prison ? De la puanteur... Ici, avec tous les vieux qui pissent dans leur froc, ou qui chient, on moisit dans les vapeurs de Crésyl, y en a partout, partout. Dans les couloirs, dans les cellules, et même dans la cour de promenade, du désinfectant, de la Javel, faut bien, avec toute la vermine qui grouille, alors forcément, petit à petit, on oublie, on oublie...

– Monsieur Ruderi, je...

– Une minute, juste une minute, laissez-moi respirer ! Ce qu'il y avait de bien, à Saint-Martin-de-Ré – j'y ai passé quinze ans –, c'était l'odeur de la mer, du sel, des algues, les cris des mouettes. Ici, à Darnoncourt, ça pourrait être pas mal non plus, les senteurs de la campagne, le beuglement des vaches, manque de bol, on est loin de tout, tout ce qu'on entend, c'est les coups de klaxon sur la nationale, les saloperies de camions qui en finissent plus de nous pourrir la vie, qu'est-ce que vous en pensez, monsieur Goldstayn ?

– Je comprends, je comprends..., murmura gravement le psychiatre.

– Que dalle, vous pigez que dalle, ouais ! ricana le prisonnier. Bon, c'est pas grave, vous voulez qu'on parle, alors on parle ! De vous, d'abord ! Faut qu'on fasse connaissance, pas vrai ? Ensuite, on verra. Où c'est que vous habitez ?

– Rue Frochot, à Paris, dans le IXe ! répondit Goldstayn, sans réfléchir. Quelle importance ?

– Pas possible, merde alors ! s'esclaffa Ruderi. Rue Frochot... Pigalle ! Un chouette coin ! Comment qu'elles se portent, les putes, depuis le temps ?

L'évocation de la vie de ce quartier parisien semblait plonger le détenu dans un abîme de nostalgie. Il l'avait assurément fréquenté.

– Il n'y en a plus beaucoup, monsieur Ruderi, juste quelques bars, avec des entraîneuses, et des sex-shops...

– Ah ouais, j'en ai entendu parler des sex-shops, j'en ai même vu à la télé, dans des reportages, c'est complètement barjot, ça, hein ?

Goldstayn ne put s'empêcher de rougir. Pour se donner une contenance, il martela doucement le plateau de la table derrière laquelle il était assis avec la pointe de son stylo.

– Nom de Dieu, rue Frochot, j'vous dis qu'ça ! Dans les années 50, vous étiez même pas né, docteur, y avait de ces gonzesses, des p'tits lots qui tapinaient, qui trémoussaient de l'arrière-train, du pétard, avec leurs jupes fendues jusqu'au ras du berlingot, parole, c'était à vous rendre maboul ! Et côté roploplos, c'était kif-kif, ça explosait de partout ! J'en ai connu quelques-unes, j'peux vous dire, je regrette pas ! Des frangines qu'avaient pas froid aux yeux, et au contraire plutôt chaud là où j'pense, allez savoir c'qu'elles sont devenues aujourd'hui, comment qu'elles sont, j'veux dire point d'vue physique, j'ose même pas imaginer ! C'est con, c'que j'vous dis, le temps qui passe, qui passe, qu'en finit plus de passer. Il a que ça à foutre, le temps, faut croire, et nous, on doit faire avec !

Il se tut un long moment, perdu dans ses pensées, hochant la tête. Goldstayn eut pitié de l'homme qui lui faisait face.

– Monsieur Ruderi, reprit Goldstayn, qu'allez-vous faire, quand vous sortirez d'ici, dans cinq mois ?

– Ce que je vais faire ? Me balader. Dans Paris, j'aime beaucoup Paris, j'ai toujours aimé, toujours. J'imagine que ça a bien changé.

– Vous avez un point de chute ? insista Goldstayn, un ami, des parents ?

Ruderi le toisa d'un regard méfiant.

– Depuis le temps que je moisis en taule, j'ai eu quelques potes libérés, ils me donneront un coup de main ! Vous bilez pas pour ma pomme, toubib, ça permettra de voir venir.

– Vous n'aurez aucune ressource pour vivre, pas de retraite, de pension, s'entêta Goldstayn. Le pécule que vous avez amassé en travaillant dans les ateliers de la Pénitentiaire vous a permis de cantiner confortablement, mais une fois à l'extérieur, il s'amenuisera comme une peau de chagrin !

– Cinq millions, je crois, c'est pas rien ! protesta le prisonnier.

Goldstayn fronça les sourcils. A quelques semaines du passage à l'euro, Ruderi comptait encore en anciens francs ? A son âge, il n'était pas le seul. Goldstayn lui dressa un rapide état des lieux, lui indiqua le prix d'un ticket de métro, d'un café à une terrasse, d'un pantalon, d'une chemise, d'un sandwich, d'une nuit d'hôtel. Le vieil homme acquiesça sans sembler trop s'émouvoir et assura qu'il ne fallait surtout pas se faire de souci, il s'en sortirait, il s'en était toujours sorti. Non pas avec ses cinq millions ? Soit, avec ses cinquante mille francs, la belle affaire ! Goldstayn présuma qu'il existait probablement un vague fonds d'aide sociale destiné aux pauvres types dans son genre. Sans doute pourrait-il grappiller quelques tickets de restaurant de-ci de-là, des bons de séjour dans des centres d'accueil pour SDF, mais fatalement un jour ou l'autre, à moins de mendier à l'entrée d'une bouche de métro et de succomber à l'hypothermie une nuit de décembre, il échouerait dans un mouroir de l'Assistance publique, où il pourrait se réfugier dans une routine soporifique pareille à celle de la prison, distribution de soupe après distribution de soupe, promenade après promenade, avant le grand saut dans la fosse commune.

– Vous en faites pas pour moi, toubib ! répéta Ruderi.

Goldstayn l'observa avec une curiosité accrue. Le prisonnier avait peut-être joliment trompé son monde. Pour afficher tant d'insouciance, il était bien capable d'avoir amassé un magot, planqué dans un endroit sûr. Mais qui sait, en billets périmés ? De bouche à oreille, entre matons, on se racontait des histoires similaires. Tel truand endurci avait nargué l'administration pénitentiaire des années durant, avant de réaliser, à l'heure de sa sortie, que le bas de laine censé assurer ses vieux jours ne comportait plus que du papier sans aucune valeur.

Avec l'intention un peu sadique de bousculer son interlocuteur, Goldstayn ouvrit son portefeuille, en tira cent, deux cents, cinq cents francs... Des billets tout neufs, craquants, tirés au distributeur, le matin même, à l'agence de la Société générale de la rue Blanche. Ruderi effleura les billets du bout des doigts. Il les rendit à leur propriétaire, souriant, nullement troublé. Goldstayn se dit alors qu'il devait avoir préparé plus solidement ses arrières, avec des bijoux, des pierres précieuses dont la valeur était toujours négociable. N'était-ce pas un tel butin qu'il était venu chercher en s'attaquant aux époux Moedenhuik ? Devinant les pensées du psychiatre, Ruderi plissa les yeux d'un air narquois. Il s'était tu, obstinément tu durant près de quarante ans, ce n'était pas aujourd'hui, à quelques semaines de sa libération, qu'il allait cracher le morceau. En tout cas, le braquage chez les Moedenhuik s'était soldé par un joli fiasco. Il fallait donc croire que Ruderi n'en était pas à son coup d'essai. Ce n'était là qu'une pure hypothèse policière, et si Goldstayn était rétribué par le contribuable, comme le directeur lui avait si délicatement fait remarquer, ce n'était pas pour jouer au limier.

– Qu'est-ce qui vous a aidé à tenir le coup, durant si longtemps ?

– J'ai pris mon mal en patience, soupira le prisonnier.

– Votre... votre mal en patience ! répéta Goldstayn, incrédule. Mais enfin, Ruderi, il s'agit de votre vie, de toute votre vie !

– Ma vie ? murmura Ruderi, soudain grave. Qu'est-ce que vous appelez une vie, hein, qu'est-ce que vous en savez ? Quel âge vous avez ?

– Trente-cinq ans !

– Trente-cinq piges, ah ouais ? Ça vous fait une belle jambe ! Ma vie ? Il y a eu un avant et il y aura un après...

Le prisonnier fixa la fenêtre. Un papillon venait de se risquer à l'intérieur de la bibliothèque. Il se posa sur un volume à la couverture reliée de cuir, un vieux Code pénal, sans doute obsolète. Ruderi se leva, lui tendit délicatement son index d'une main qui ne tremblait pas. L'insecte hésita avant de se poser sur l'ongle.

Ruderi tourna doucement la main vers le dehors, le ciel bleu. Le papillon battit des ailes et reprit son envol vers les jardins.

– Voilà, dit-il, pour lui, ça a duré trente secondes, pour moi quarante ans ! C'est simple, non ?

– Ruderi, je ne comprends pas..., insista Goldstayn.

– A partir du moment où on est au fond du trou, y a pas à tortiller, faut prendre son mal en patience ! La preuve, j'ai essayé de me faire la belle et j'ai écopé de dix années de rabiot !

Le psychiatre se passa la main sur le visage. A tout bien considérer, Ruderi n'était absolument pas un cas exemplaire d'adaptation à la vie carcérale, comme avaient cru judicieux de le souligner les précédents confrères qui s'étaient penchés sur son dossier. Sa détention lui avait simplement fait perdre les repères essentiels : la jeunesse, la vieillesse, la perspective de la mort prochaine. Il en était venu à l'accepter comme une fatalité, une norme à laquelle il avait fini par se conformer, sans plus pouvoir discerner d'autre issue dans l'existence. Pour lui, le temps ne se conjuguait pas dans la durée, celle d'un futur plus ou moins indéterminé, plus ou moins brumeux, mais dans l'immédiateté du présent, un présent morcelé par les divers rituels obsessionnels imposés par le règlement. Du lever au coucher, de l'heure de la promenade dans la cour à celle des repas, etc. La prison lui était entrée dans la tête, s'y était immiscée jusqu'au tréfonds des neurones. La conduite exemplaire de Ruderi en détention n'avait été qu'une forme de déni de la réalité, un bricolage imaginaire lui permettant de ne pas sombrer dans la folie. Du moins dans une folie parée d'atours démonstratifs : délire, agitation, conduites agressives envers autrui ou envers lui-même. Il s'était laissé tout simplement enfermer sous une chape de plomb, celle de la résignation, de la soumission à un destin accablant, borné par des murs d'enceinte, des miradors et, pire encore, par des douves temporelles d'une profondeur insondable. A l'instant du prononcé de sa condamnation, on lui avait confisqué sa vie en lui promettant de la lui rendre quand elle ne servirait plus à rien.

– Vous n'avez même pas essayé de demander une libération conditionnelle, une remise de peine ? s'entêta Goldstayn. Des détenus condamnés pour des faits similaires aux vôtres ont pourtant tenté leur chance ! Parfois avec succès !

Ruderi haussa les épaules. Des assassins d'enfants, effectivement, pouvaient, malgré l'extrême sévérité de l'opinion publique devant de tels actes, espérer grappiller quelques petites années de remise de peine. Pourquoi pas lui, alors que Margaret Moedenhuik n'était même pas morte ?

– Vous avez entendu parler d'un certain Guy Desnoyers ? soupira Goldstayn.

– Le curé d'Uruffe ? s'écria Ruderi. J'ai été son voisin de cellule pendant dix piges ! Drôle de mec !

– Il a été libéré en 78 !

– Je sais, il s'est retiré dans un monastère, en Bretagne, il s'occupe de la bibliothèque. Il doit bien avoir dans les quatre-vingts balais, ce vieux salaud, à l'heure qu'il est !

– Mais alors, pourquoi pas vous ? s'étonna Goldstayn. Pourquoi cette résignation ?

– A quoi bon ? murmura Ruderi.

Le prisonnier avait asséné cette dernière réplique avec une telle froideur, un tel détachement, que Goldstayn sentit un filet de sueur glacée lui descendre le long de la colonne vertébrale. Il en frissonna. Avant de postuler pour ces quelques vacations auprès de l'administration pénitentiaire, il s'était infligé la lecture d'une abondante documentation concernant la population carcérale. Sans prétendre en avoir acquis une vision exhaustive, il pensait avoir approché certaines réalités, d'une grande cruauté. Il n'avait cependant jamais imaginé que la prison puisse vider ainsi un homme de toute sa substance.

– Ruderi, enfin, je ne sais pas trop comment vous appeler, puisque vous avez toujours refusé de décliner votre véritable identité, soupira le psychiatre, et non seulement ici, à Darnoncourt, mais comme vous l'avez dit, à la Santé, à Bapaume, à Saint-Martin-de-Ré, partout où vous êtes passé, depuis tout ce temps, vous avez menti. Dès l'instant de votre arrestation ! Menti aux gendarmes, menti dans le cabinet du juge d'instruction, menti aux matons, menti peut-être à vous-même ? Ruderi, qui êtes-vous ? Réellement ? Vos papiers étaient faux, sur ce point, vous n'avez trompé personne ! Ditesmoi d'où vous veniez, ce qui vous est arrivé avant, ça n'a plus aucune importance pour vous, à présent, tout ce qui pourrait vous être reproché est prescrit !

Le prisonnier se tut, un long moment. Il triturait la casquette posée sur son genou.

– Je suis le matricule 2057 C. J'ai purgé ma peine et je sors dans cinq mois. Le 16 octobre 2001, je me tire, vu ? murmura-t-il enfin.

– Vous avez oublié tout le reste ? Ce que vous étiez, qui vous étiez ? Vraiment ?

– Je suis le matricule 2057 C et je sors dans cinq mois. J'ai purgé ma peine, vous êtes sourdingue ou quoi ? Maintenant, monsieur, si vous me permettez, j'aimerais bien retourner en cellule, pour la sieste.

Il se leva, coiffa sa casquette d'un geste sec et toqua à la porte derrière laquelle attendait le maton. Goldstayn referma le dossier, découragé. D'autres entretiens seraient parfaitement inutiles.

3

—Demain soir, vendredi, annonça Brad, je compte sur toi, on a une soirée privée, ta présence est indispensable ! Je te paie en heures sup', et en plus le client versera une petite enveloppe, vraiment, t'auras pas à te plaindre. C'est réglo.

Anabel fit la grimace. Brad lui avait déjà fait le coup. Des extras en sus de ses trente-cinq heures de présence régulière à la boutique. Brad lui tendit un Post-it sur lequel il avait consigné toutes les coordonnées.

—Sape-toi un peu, précisa-t-il. Tu sais, comme d'habitude, tu vois le topo, je te fais confiance. Fais un effort, vraiment, le client va casquer un max, il ne faut pas le décevoir. Coiffeur, manucure, tu y vas à fond la caisse ! Tu prépareras le matos, mais c'est moi qui l'apporterai sur place. N'oublie pas de te faire remettre une facture, pour le coiffeur et le taxi. Tu te présentes à la réception avec un bristol de la boutique, et on te guidera jusqu'à l'appart', pigé ?

Anabel hocha la tête, résignée. Comme d'habitude... Effectivement, peu après son embauche, Brad l'avait traînée dans un sex-shop pour lui offrir une tenue de « cérémonie » – petite jupe de cuir noir, bustier, bas résille et hauts talons assortis –, en prenant soin de conserver la facture afin de la faire figurer dans ses frais professionnels. Les soirées privées, elle savait ce que cela signifiait pour l'avoir secondé une bonne dizaine de fois chez des particuliers. Elle s'efforça de ne plus y penser.

Ce fut une matinée des plus calmes. A onze heures, Brad reçut un couple très BCBG. C'était Madame que Brad traitait. Pour un piercing des lèvres vaginales. Deux petits anneaux destinés à être reliés par un minuscule cadenas en argent serti de quelques rubis. Une pure merveille. Monsieur en avait fait l'acquisition auprès d'un bijoutier de la place Vendôme et portait – déjà ! – la clé suspendue à une chaînette, autour de son cou. Il pourrait l'installer, ou l'ôter à sa guise. Tandis que sa femme reposait sur la table de soins, cuisses écartées, il ne pouvait s'empêcher de caresser l'objet, délicatement, de la pulpe du pouce et de l'index, le faisant rouler entre ses doigts.

Après trois séances de préparation, Brad avait grandement avancé dans le travail. Madame détournait le regard, soumise, tandis qu'il s'affairait. Elle avait bien supporté la pose des anneaux, qui coulissaient désormais sans dommage à l'intérieur des chairs, sans les meurtrir. Brad se redressa, adressa un clin d'œil complice à Monsieur et appela Anabel. Celle-ci se livra au triste rituel coutumier, à l'aide de son flacon de désinfectant et de ses compresses. Madame réenfila sa culotte, se réajusta, quitta la table de soins puis vint embrasser son mari, à pleine bouche, les yeux clos.

*

Une demi-heure plus tard, Anabel rejoignit le petit square en bordure du canal Saint-Martin. Monsieur Jacob l'y attendait, tout sourire. Ce jour-là, c'était une édition d'*Al Watan*, le quotidien algérien, qu'il feuilletait. Comme à l'accoutumée, ils se dirigèrent vers *Chez*

72

Loulou. A l'instar de Monsieur Jacob, Anabel disposait désormais d'un rond de serviette à son nom, tracé à l'aide d'une pointe de pyrogravure, en lettres gothiques. 𝕸𝖑𝖑𝖊 𝕬𝖓𝖆𝖇𝖊𝖑. Loulou en offrait un à chacun de ses clients réguliers, et Anabel fut émue par ce geste, qui signifiait qu'elle était admise dans cette petite communauté si chaleureuse que, quelques semaines plus tôt, elle eût qualifiée de ringarde ou d'autres adjectifs encore plus méprisants. Sitôt servi le menu du jour, cervelas, boudin aux pommes et chaource, elle se résolut à questionner Monsieur Jacob à propos de ses surprenants talents de polyglotte. Depuis le temps qu'elle le voyait lire tous ces journaux aux titres ou à la calligraphie exotiques, c'était bien le moins. Il plissa les yeux et lui sourit avec indulgence.

– J'ai beaucoup voyagé, et disons que j'ai probablement une sorte de don...

– Vous... vous avez séjourné dans tous ces pays ? insista Anabel.

– Oui. Dans tous ces pays. Si bien qu'à force, par nécessité, je me suis adapté. Le moyen de faire autrement ? Et depuis, pour ne pas oublier, je lis les journaux. Et je ne perds jamais une occasion de discuter avec les étrangers que je suis amené à rencontrer. Paris est une ville très cosmopolite, vous l'avez peut-être remarqué, dès lors, rien de plus facile : ça stimule les neurones, il ne faut pas se laisser gagner par la paresse intellectuelle, vous ne pensez pas ?

Anabel hocha la tête, admirative. Au lycée, elle avait copieusement roupillé durant les cours d'allemand, un peu moins en anglais, si bien qu'il lui en restait des rudiments, de quoi alimenter une conversation banale, sans plus. Monsieur Jacob alluma un cigare et commanda un cognac que Loulou lui servit aussitôt.

– Vous avez pu le constater, j'ai aussi quelques vices, murmura-t-il avec le même sourire.

Anabel touillait avec application le sucre, au fond de sa tasse de café. Les explications de Monsieur Jacob ne l'avaient qu'à moitié convaincue. Il n'avait sans doute pas franchi la cinquantaine, et, à supposer qu'il ait passé sa jeunesse et une grande partie de l'âge adulte à vadrouiller, le résultat restait surprenant. Elle se souvint du jour, peu après leur première rencontre, où il lui avait affirmé qu'il pratiquait la profession de croque-mort depuis toujours. Depuis toujours. C'étaient les mots exacts qu'il avait employés. Anabel, perdue dans ses pensées, haussa les épaules. Pourquoi mettre sa parole en doute ? Il était tout à fait possible que Monsieur Jacob ait exercé ses talents aux quatre coins de la planète avant de venir s'établir dans ce vieux quartier parisien et d'y ouvrir son commerce un peu ingrat mais ô combien utile.

Anabel était bien placée pour le savoir. Après la mort de Marc, les parents de celui-ci s'étaient trouvés totalement désemparés devant la dépouille de leur fils, qu'il leur avait fallu aller reconnaître à l'Institut médico-légal. Les garçons morguistes étaient en cheville avec quelques officines de pompes funèbres dont les responsables affichaient peu de scrupules. La mort violente de leurs « clients », le caractère dramatique de l'événement, les autorisait à laisser libre cours à leur cynisme pour gruger les proches, éperdus de douleur, assommés par la confrontation avec les médecins légistes, les policiers, les magistrats, si bien qu'il n'était guère difficile de gonfler les factures et de ponctionner allégrement les comptes en banque de familles tétanisées par le chagrin. Pour les cadavres anonymes, ceux que personne ne venait réclamer, il suffisait de traiter avec les services municipaux, et, là encore, en s'y prenant bien, on pouvait arrondir l'addition.

Anabel, pensive, n'en finissait plus de touiller le fond de sa tasse de café.

– Je vais vous en commander un autre, celui-ci est déjà froid, dit Monsieur Jacob.

– Excusez-moi, je pensais à...

– Vous pensiez à la mort de Marc, assura Monsieur Jacob.

– Comment... comment pouvez-vous le savoir ? balbutia Anabel.

– Simple déduction, chère Anabel. Vous m'interrogez sur ma vie passée, vous vous dites que je ne corresponds décidément pas à l'idée que vous vous faisiez de quelqu'un qui exerce ma profession, et, tout à fait logiquement, vous cherchez des points de comparaison avec la seule expérience similaire qui ait pu vous marquer, à savoir la mort de votre ami Marc. Je me trompe ?

Anabel secoua la tête, les larmes aux yeux. Monsieur Jacob lui prit la main alors que Loulou apportait un autre café.

– Pardonnez-moi, je ne voulais pas vous peiner, murmura-t-il. Parfois, je me montre d'une telle maladresse ! Je me sens alors un peu, un peu... primitif ! Je m'excuse, vraiment, je m'excuse.

Anabel avala la nouvelle tasse de café en se brûlant les lèvres. Depuis le début du repas, Monsieur Jacob avait remarqué qu'elle consultait fréquemment sa montre.

– Vous semblez nerveuse, aujourd'hui, poursuivit-il en rallumant son cigare. Dites-moi, ça n'a pas trop l'air de marcher fort, à la « boutique », n'est-ce pas ?

– Pas trop, non, avoua-t-elle, machinalement.

– Ça ne m'étonne guère. C'est une activité un peu curieuse... Des « boutiques » comme celle-là, il en fleurit à tous les coins de rue ou presque, c'est un signe des temps. Un symptôme. Les gens se sentent perdus, accablés d'ennui, ils se réfugient dans ces pratiques que l'on croyait révolues. Ils ont peur de se diluer dans la grisaille, l'anonymat planifié par des forces, des autorités auxquelles ils savent qu'ils n'échapperont pas, alors ils sont prêts à tout, même à souffrir, surtout à souffrir, pour tenter de se persuader qu'ils restent maîtres d'une petite parcelle de leur pitoyable destin. Leur corps est bien la dernière chose, le dernier objet qui leur appartient, du moins le croient-ils. Le reste leur a été volé depuis longtemps.

Anabel contempla Monsieur Jacob, bouchée bée.

– De... depuis combien de temps savez-vous ? bégaya-t-elle.

– Loulou... Loulou promène son chien tous les matins rue Juliette-Dodu entre dix et onze, après la livraison de sa marchandise et avant de se mettre aux fourneaux. Cela fait des mois qu'il vous voit pénétrer chez ce... Brad ? C'est cela ? *Scar System*. On jase beaucoup dans le quartier depuis l'ouverture de ce que vous appelez la « boutique ».

– Décidément, rien ne vous échappe ! balbutia Anabel. Eh oui, c'est le seul job que j'ai pu dégotter à ma sortie de prison après avoir galéré plusieurs mois au RMI ! Je n'en suis pas très fière. Avec mon casier, plus aucune clinique, aucun cabinet libéral ne veut m'embaucher. Désolée si je vous déçois. Il faut bien que je gagne ma vie.

– Mais je ne vous juge pas. De quel droit pourrais-je me le permettre ? Je crois simplement qu'il est temps que vous tourniez la page.

Anabel se leva, furieuse. Monsieur Jacob, le dos confortablement calé contre la banquette du restaurant, exhala une nouvelle bouffée de son cigare.

– Tourner la page ? répéta-t-elle, mais qu'est-ce que vous voulez dire ?

– Vous verrez bien, Anabel, c'est pour bientôt, je le sens, ne soyez pas inquiète, j'ai confiance en vous !

En quelques enjambées nerveuses, elle se dirigea vers la sortie. Loulou lui ouvrit la porte en lui servant son sourire bonasse, comme d'habitude.

– Mouchard ! grinça-t-elle entre ses dents.

Loulou referma la porte, vexé, et se tourna vers Monsieur Jacob, qui le fixa d'un air faussement contrit, en écartant les mains d'un geste fataliste.

*

A vingt-deux heures trente, alertée par un léger coup de klaxon, Anabel se pencha à la fenêtre de son studio. Le taxi que Brad lui avait commandé était ponctuel. Elle avait suivi ses recommandations en matière vestimentaire et contempla sa silhouette dans le miroir en pied installé dans le vestibule. Elle trouva la jupe de cuir et le bustier qu'elle avait l'habitude de porter en de telles circonstances bien trop moulants à présent que le régime de *Chez Loulou* avait remodelé ses formes. Brad aurait préféré un look maladif, quasi anorexique, mais tant pis, il devrait s'accommoder de ses rondeurs. Par contre, son chignon était parfait. Elle avait passé plus d'une heure et demie chez Maniatis, boulevard Saint-Germain, et la fille qui s'était occupée d'elle, assurée d'être gratifiée d'un juteux pourboire, s'en était donnée à cœur joie, maniant couleurs et gels avec la dextérité d'un prestidigitateur. Idem pour la manucure, qui lui avait verni les ongles. De noir, évidemment. Rien à redire. Par-dessus sa tenue « soirée privée », elle endossa sa parka habituelle pour ne pas attirer l'attention. Avant de quitter son studio, sachant que la soirée risquait d'être pénible, elle avala deux comprimés de Maalox et en glissa deux autres dans son sac à main.

*

Quelques cars de supporters d'un club de foot de retour du Parc des Princes semèrent la zizanie sur les Champs, si bien qu'il était plus de vingt-trois heures quand le taxi la déposa à l'adresse indiquée par Brad, une tour située sur le front de Seine, près de l'hôtel Nikkô. Tout au fond du hall d'entréé, elle aperçut un garde affublé d'un uniforme chamarré qui évoquait celui des policiers d'une quelconque république bananière. Le type était embusqué derrière un vaste comptoir équipé d'une batterie d'écrans reliés à des caméras de contrôle. Elle traversa le hall sur toute sa longueur, contournant de grands bosquets de cactus aux formes tarabiscotées plantés en chicane et séparés les uns des autres par de petites dunes de ciment couleur sable. A mi-parcours, elle dépassa une fontaine d'eau bleutée qui glougloutait dans une vasque de marbre rose. Comme si tout cela ne suffisait pas, sur l'un des murs surplombant l'entrée des cabines d'ascenseur, une colossale fresque en bas-relief évoquait une scène de cueillette du sorgho dans une quelconque savane empourprée par le soleil couchant. Anabel balaya ce désastre d'un regard panoramique et navré.

Le garde s'était levé à son approche. Comme convenu, elle lui tendit le bristol de la boutique *Scar System*. Le type pianota sur le clavier d'un ordinateur. Moins d'une minute plus tard, les portes coulissantes d'un des ascenseurs s'ouvrirent. Un Black en smoking à la carrure d'haltérophile se tenait à l'intérieur de la cabine et fit signe à la nouvelle venue de l'y rejoindre. Il portait une oreillette et un minuscule micro semblait jaillir du col de son veston, supporté par une tige de plastique translucide.

– Assistante *Scar System* réceptionnée, annonça-t-il, très pro, à l'adresse d'un interlocuteur inconnu, avant d'appuyer sur la touche du dix-septième étage.

Anabel eut un léger hoquet lorsque la cabine entama son ascension. Le Black lui souriait d'un air qu'il voulait bienveillant. Anabel en fut impressionnée. De toute évidence, ce type appartenait à une société de gardiennage privée haut de gamme. L'organisateur de la soirée avait fait très fort. Arrivée au dix-septième étage, elle fut surprise de découvrir un décor de chantier. Des bâches souillées de peinture couvraient le sol, les plafonds étaient éventrés en maints endroits, laissant entrevoir des entrelacs de fils électriques et de canalisations. Suivant son cerbère, Anabel erra dans un dédale de corridors encombrés d'échafaudages où s'empilaient pots de peinture, brosses et pinceaux, et parvint enfin devant une porte où deux autres Blacks du même gabarit montaient la garde. Sur un signe du premier, ils s'effacèrent pour la laisser entrer. L'un d'eux se saisit de la parka qu'elle lui tendait.

L'intérieur de l'appartement était lui aussi en réfection. Dès qu'elle eut dépassé l'entrée, Anabel aperçut un très vaste séjour dont les baies vitrées s'ouvraient vers la Seine. A quelques dizaines de mètres en contrebas, toute une noria de bateaux-mouches illuminés par des guirlandes de lampions trimbalait ses cargaisons de touristes en direction de l'île de la Cité. La pièce était plongée dans une semi-pénombre. La pleine lune, éclatante de blancheur, dont le disque parfait se profilait dans un ciel sans nuages, scrutait de son gros œil rond, timide, incrédule, une scène à laquelle personne ne l'avait conviée. C'était là en effet le seul éclairage qui permît à Anabel de distinguer la trentaine de personnes, hommes, femmes et aussi quelques créatures au sexe indéterminé, réunies près d'un buffet derrière lequel s'activait un serveur. Une coupe de champagne ou un verre de scotch à la main, on parlait à voix basse, en petits groupes. De temps à autre, un briquet s'allumait. L'extrémité rougeoyante des cigarettes, agitées par des mains nerveuses, évoquait autant de lucioles emportées dans une sarabande aussi frénétique qu'éphémère. Deux serveurs circulaient de place en place, proposant des plateaux garnis de diverses victuailles. Autant qu'elle le put, Anabel détailla le visage des invités, leurs vêtements, et crut reconnaître deux femmes déjà croisées à la boutique, mais peut-être se trompait-elle. Qui étaient tous ces gens, Anabel l'ignorait et ne tenait pas à faire plus ample connaissance.

Les plus jeunes, sapés cuir et crâne rasé, lèvres, paupières et oreilles abondamment piercées, frôlaient des silhouettes en smoking ou robes de soirée. Les couples approchant ou ayant dépassé la soixantaine formaient le gros de la troupe. Les hommes, de vieux beaux qui pouvaient encore se donner l'illusion de tricher avec leur âge, lorgnaient sans vergogne sur les convives à peine sortis de l'adolescence, filles et garçons, indistinctement. Leurs épouses, plus cruellement marquées malgré force liftings et divers artifices de maquillage, affichaient la même gourmandise. Les corps s'effleuraient, on échangeait de petits signes de tête, on riait avec retenue. En dépit de la banalité de la situation – quelques personnes réunies devant un buffet comme ç'aurait pu être le cas durant le vernissage d'une quelconque exposition –, mille indices quasi imperceptibles trahissaient l'impatience, la fébrilité des présents, leur hâte de voir le temps s'écouler en accéléré pour qu'enfin on en vienne à l'essentiel. Anabel savait pertinemment que le but de l'opération n'était pas de palabrer entre gens de bonne compagnie dans un appartement en plein chantier pour se régaler de Dom Pérignon, déguster des petits-fours et respirer les effluves de peinture glycérophtalique qui imprégnaient les lieux, malgré la brise douce et tiède que laissaient pénétrer les fenêtres grandes ouvertes. Sans rien avoir demandé, elle se retrouva une coupe de champagne dans une main, un blini nappé de caviar dans l'autre. Elle tourna un instant sur elle-même, hébétée, avant qu'on ne lui saisisse le coude. Brad lui faisait face.

– Je sais, murmura-t-elle, t'as failli attendre. Le taxi, c'était galère !

– Mais non, ça baigne, pourquoi t'es toujours à cran ? protesta-t-il. La séance ne commencera pas avant une demi-heure, on attend encore un peu de monde. Détends-toi.

Il recula d'un pas, la toisa de la tête jusqu'aux talons et se fendit d'un sourire enjôleur. Elle haussa les épaules, reposa sa coupe sur la table et expédia le blini d'une pichenette droit devant elle, sans se soucier du calcul de sa trajectoire.

– Ça va avoir lieu où ? demanda-t-elle.

– Là-haut, chuchota Brad en désignant un escalier en vrille situé à l'une des extrémités du séjour. C'est un duplex. Quatre cents mètres carrés, deux fois deux cents, plus une terrasse. Un couple de petits branleurs qui se sont fait des couilles en or avec leur start-up l'a acheté cash ! Huit plaques, tu te rends compte ? Ils emménagent dès que les travaux seront terminés, ces enflures ! On monte pour préparer ?

Anabel le suivit. La partie supérieure de l'appartement était elle aussi en pleins travaux et empestait le white spirit. Brad s'était muni d'une puissante torche électrique et il la guida vers un salon d'une cinquantaine de mètres carrés au milieu duquel trônait une longue table métallique équipée de lanières de cuir rivetées à chaque coin. Il y posa sa torche, ouvrit un grand sac plastique et en sortit une large pièce de satin rouge, dont il recouvrit la table.

– Ça en jette, non ? demanda-t-il, concentré, en se mordillant le bord des lèvres.

Anabel inspecta la pièce d'un coup d'œil circulaire. Des candélabres, une vingtaine, étaient disposés un peu partout sur le sol. Du fond de son sac, Brad extirpa de nouveaux trésors : une brassée de cierges d'un calibre tout à fait respectable, du genre de ceux qu'on allume les jours de grande fiesta, le 15 août, dans la sainte grotte de Lourdes.

– Allez, on y va, ils mettent plus de trois heures à se consumer, c'est garanti par l'évêché, ou alors c'est carrément l'arnaque, ricana-t-il, tu me files un coup de main ?

Il alluma un briquet et en lança un autre à Anabel, qui le cueillit au vol. Moins de cinq minutes plus tard, tous les candélabres supportaient leur cierge allumé. Brad ferma les fenêtres pour empêcher que le vent ne vienne en souffler la flamme.

– Putain, ça en jette, répéta-t-il, satisfait.

Une chaîne hi-fi avec ses baffles reposait dans un coin de la pièce. Brad se frotta nerveusement les mains.

– On va se faire un max de thune, assura-t-il.

– Le type qui organise la soirée, ça me regarde pas, mais c'est qui ? demanda Anabel.

– Un ponte du BTP, la tour lui appartient, c'est pour ça qu'on peut disposer de l'appart', il voulait pas faire ça chez lui. Le décor un peu destroy, ça le branche pas mal, c'est vrai que c'est une bonne idée. Faut tout le temps se renouveler, pas se laisser piéger par la routine, hein ?

La dernière fois que Brad avait officié en privé, ç'avait été dans un hôtel particulier du Marais, devant tout un aréopage de culs serrés rameutés par un bouche à oreille de chuchotis mondains. Sans parler de bide, ça n'avait pas été un franc succès.

– Ce soir, tu vas voir, on n'a que des accros, des gens qui en veulent !

– Et je peux savoir qui tu vas traiter ?

– Un jeune type, vingt-cinq ans à peine, il baise la fille de... de ce ponte du BTP, mais je crois bien qu'il passe lui-même à la casserole avec le père. Un petit malin, le genre de gus qui sait bâtir un vrai plan de carrière, tu piges ?

Brad ouvrit un placard et en sortit une valise Samsonite qu'il déposa sur la table. Elle contenait un mini-chalumeau, une bouteille de propane, divers produits pharmaceutiques, des pansements, des gants de latex et une série de poinçons à la pointe ultrafine en acier inoxydable, au manche de plastique ergonomique, pré-moulé à la forme de la paume et des doigts de l'utilisateur. Brad les avait fait confectionner par un artisan spécialisé. Ils étaient adaptés à la morphologie exacte de ses mains, de telle sorte que, si quelqu'un d'autre s'en était servi, ils auraient perdu de leur efficacité, de leur précision.

Anabel l'observa préparer tout ce matériel avec minutie. Il installa son chalumeau au pied de la table, fit quelques essais d'allumage, disposa ses poinçons en rang d'oignons sur un plateau d'acier et prit soin de pulvériser le tout à l'aide d'un spray désinfectant.

– Voilà, murmura-t-il, tout est OK ! Bon, faut que je me concentre !

Il s'isola dans un coin de la pièce pour s'asseoir en position du lotus, jambes croisées, coudes sur les genoux, paumes ouvertes vers le plafond. Anabel resta plantée près de la table, à se balancer doucement d'avant en arrière, saisie par la nausée. Elle avala un comprimé de Maalox. A l'étage du dessous, les éclats de voix devinrent plus perçants. L'alcool et sans doute aussi quelques autres denrées – poppers, coke, GHB – commençaient à produire leurs effets.

Dix minutes plus tard, un à un, les convives gravirent les marches qui menaient au second étage du duplex. Brad les accueillit l'un après l'autre et les encouragea à gagner une chambre attenante, où se dressaient des portiques munis de cintres. Chacun leur tour, les convives se dévêtirent et revinrent dans le salon.

Les flammes qui montaient des candélabres éclairaient leurs corps d'une lueur spectrale d'une grande douceur, avec de délicats reflets orangés. Les cierges se consumaient à une soixantaine de centimètres du sol, si bien que les visages des présents restaient presque captifs de l'obscurité, alors que l'abdomen, le sexe, les jambes s'offraient aux regards. Certains tournoyaient lentement sur place, pour laisser admirer le bas de leur dos, leurs fesses. Ils s'épiaient les uns les autres, non pas à la dérobée, mais avec avidité. Bien qu'elle ne vît pas leurs yeux, Anabel le savait, le devinait. Le premier acte de la pièce avait commencé, sans que personne n'eût frappé les trois coups rituels. Sans doute était-ce inutile, chacun connaissant par cœur la dramaturgie à venir, sa mise en scène lancinante, son inexorable crescendo.

*

– Je te préviens, avait averti Anabel quelques minutes plus tôt, il est hors de question que je me désape...

– Je t'ai jamais demandé ça, avait acquiescé Brad, de toute façon, t'as rien à montrer. Tu joueras le rôle, comment dire, je sais pas, d'une sorte de vestale chargée de veiller au respect de la liturgie. Pour te le dire franchement, avec la tronche que tu tires, t'as la tête de l'emploi !

Tout autour d'Anabel, c'était un véritable festival de marquages corporels qui s'affichait désormais. Tatouages, traces de brûlures, de lacérations à la lame de rasoir, scarifications, piercings des parties génitales, il y en avait pour tous les goûts. Toutes les fantaisies étaient représentées. Brad lui-même s'était dévêtu. Sur son torse qui avait jadis été fortement bodybuildé mais qui s'alourdissait à présent de bourrelets graisseux, s'étalait une vaste fresque dont les motifs empruntaient au folklore de l'heroic fantasy, avec ses elfes, ses goules, ses vampires. Deux fines chaînettes d'argent, incrustées dans son nombril, descendaient jusqu'à ses testicules et s'enroulaient sur d'autres, formant ainsi un réseau très dense, enchevêtré dans des anneaux insérés à travers l'épiderme des bourses ainsi que de l'aine jusqu'au périnée, dans une parfaite symétrie. Anabel avait déjà eu l'occasion de contempler ce tableau lors des précédentes soirées « privées ». L'anatomie intime du gérant de la boutique *Scar System* n'avait plus aucun secret pour elle.

Brad n'était toutefois qu'un plaisantin. Certes, il portait un gros anneau au bout du gland, un *Prince Albert* de circonférence plus que respectable. Tout cela n'était que billevesées, roupies de sansonnet, en comparaison de ce qu'exhibaient d'autres convives. Certains des participants de sexe mâle présentaient une verge criblée d'anneaux, de la racine pubienne jusqu'au méat. La moindre parcelle de peau, le plus petit centimètre carré disponible à la surface de la muqueuse du gland avaient été mis à contribution. Il s'agissait des plus âgés des convives, déterminés à se venger d'eux-mêmes, de cette partie de leur corps qui avait déjà sonné le tocsin, comme s'ils s'étaient résignés à lui infliger des souffrances infinies, transformant ces pauvres lambeaux de viande en une sorte d'œuvre d'art pathétique.

Les dames n'étaient pas en reste. La nature est cruelle, et, pour laisser apprécier leur adhésion à ces pratiques, elles n'avaient d'autre ressource que de s'agenouiller, menton fiché sur le sol, nuque incurvée, épaules affaissées, cuisses écartées, tandis que, bras tendus vers l'arrière, elles empoignaient leurs fesses, les ongles plantés dans le gras de la chair, pour mieux dévoiler la fente de leur sexe, la surface de leur périnée ainsi que l'œil noir qui le surplombait, autant de fissures et de replis de peau perforés d'anneaux, de bijoux en forme d'épingles à nourrice, de bagues, de cadenas et diverses fantaisies du même tonneau.

Sur les encouragements discrets de Brad, les candé-labres passèrent de main en main et s'inclinèrent pour mieux éclairer ces lèvres vaginales flétries, ces clitoris asséchés, ces anus au pourtour boursouflé. Les bougies suintaient et parfois, l'une d'elles laissait goûter quel-ques millilitres de cire brûlante sur la chair ainsi offerte à l'étal. C'était alors l'occasion de laisser échapper un râle d'exquise souffrance.

*

Sans que Brad eût prononcé le moindre mot, le ballet se mit en place. La chaîne hi-fi déversa une musique planante, d'inspiration incertaine, peut-être indienne, Anabel n'aurait pu en jurer, mais en tout cas fortement exotique. La table garnie de lanières de cuir et couverte de satin rouge fut bientôt entourée de ces femelles à la croupe tendue, disposées là comme de vulgaires acces-soires ornementaux. Les mâles restant en retrait. Cer-tains bandaient déjà avec aplomb, d'autres se tripo-taient modestement. Les jeunes gens au crâne rasé qui ricanaient en sirotant leur coupe de champagne quelques minutes plus tôt comprirent qu'il était plus que temps de justifier leur présence en ces lieux. Des godemichés firent leur apparition. Des tubes de gel lubrifiant cir-culèrent de main en main. Les doigts enduits de crème gluante, ces mercenaires rompus aux exigences de ce dur labeur pelotèrent tout ce qui passait à leur portée, un sein, une fesse, une verge alourdie par différents ustensiles. Ils frottèrent leur jolie peau juvénile sur des ventres ridés et flasques, esquissant, sans trop se donner la peine d'aboutir – le moment n'était pas encore venu –, des pénétrations hasardeuses. Leurs copines, par simple souci d'efficacité, se mirent à sucer ou à lécher tout ce qui se présentait, sans discrimination aucune. Parfois sans résultat. Ce qui n'avait pas grande

86

importance. Tout cela n'était en quelque sorte qu'une entrée en matière, une mise en bouche. La panoplie d'implants métalliques dont était pourvu chacun des convives s'agitait, brinquebalait, tressautait à l'unisson, provoquant des cliquetis, des froissements de ferraille.

Brad guida un jeune homme totalement nu jusqu'à la table et l'encouragea à s'y allonger sur le dos, bras et jambes écartés. Anabel l'aida à lui entraver les chevilles, les poignets, utilisant les lanières préparées à cet effet. Le jeune homme était consentant. Il transpirait abondamment. De trouille. Brad avait prévu le coup et demanda à Anabel de lui essuyer le torse, le bas-ventre, les aisselles, d'éponger les flots de sueur qui ruisselaient sur sa peau. Docile, elle saisit un paquet de lingettes parfumées, et se mit au travail. Elle noua autour du bras droit du jeune homme un de ces tensiomètres disponibles en pharmacie, actionné par piles et fonctionnant automatiquement. Il suffisait d'appuyer sur une touche pour lire le résultat sur un petit écran à cristaux liquides.

A cet instant, elle vit surgir Ralph, qui souriait de tous ses crocs artificiels, pointant entre ses lèvres gourmandes le bout de sa langue toute rose, ornée de sa perle d'acier. Il s'était lui aussi dénudé et n'avait rien à envier à son vieux compère Brad en matière de décoration corporelle. Il ouvrit une trousse et déballa un attirail d'ampoules et de seringues qu'il mania avec une grande dextérité. Il les disposa sur un second plateau, semblable à celui sur lequel Brad avait rangé ses poinçons, et actionna délicatement le piston des seringues, l'une après l'autre, faisant jaillir quelques gouttelettes d'un liquide translucide. Puis il posa un cathéter dans la saignée du coude, au bras gauche du jeune homme.

Brad annonça alors qu'il allait commencer le branding, un marquage par brûlure de la peau. Il dessinerait une rosace sur le torse à l'aide des poinçons dont il chaufferait préalablement la pointe au chalumeau. La rosace était déjà esquissée en un tatouage léger, des tétons jusqu'au nombril, si bien qu'il n'aurait qu'à en suivre fidèlement le tracé.

Le travail requérait une grande précision et par conséquent un éclairage adéquat. C'eût toutefois été dommage de rompre le charme produit par la lueur des cierges en illuminant brutalement la pièce. Il se ceignit donc le front d'une lampe de spéléologue et l'alluma. Ralph enflamma le chalumeau. Anabel observait la scène, le cœur au bord des lèvres. L'éclat bleuté de la torche de propane, le rond de lumière blanche produit par la lampe spéléo, le flamboiement des cierges, la ronde des corps qui commençaient à s'enchevêtrer dans un méli-mélo de plus en plus dense, tout cela semblait irréel et n'avait pourtant rien d'un rêve.

– Anabel ? Ralph ? Je suis prêt..., souffla Brad.

Le jeune homme qui allait subir le branding s'était évidemment rasé le torse. Anabel le nettoya à l'aide d'un coton imbibé d'alcool, puis l'enduisit d'une crème hypoallergénique. Après quoi, elle effectua quelques va-et-vient à l'aide d'un sèche-cheveux. Le moment était venu. Brad éleva le premier poinçon à l'extrémité rougie par la chaleur intense produite par la flamme du chalumeau, afin que chacun des présents, quelle que fût la gymnastique à laquelle il se livrait à cet instant précis, pût en distinguer les contours incandescents. A la première application du métal sur sa peau, le jeune homme se raidit, serrant les poings. Des filets de sang s'échappèrent de ses paumes. Anabel en voulut à Brad de ne pas lui avoir recommandé de se couper les ongles à ras avant la séance.

L'extrémité des poinçons refroidissait en quelques secondes. Brad s'en défaisait, Ralph lui en tendait aussitôt un autre, travaillé à la flamme de propane, et préparait déjà le suivant, et ainsi de suite, jusqu'à ce que la rosace fût achevée. Aux effluves de cire fondue, aux émanations entêtantes de white spirit, aux fragrances délicates de parfums – Givenchy, Dior, Kenzo, etc. –, à la senteur douceâtre de la sueur, du sperme, de la mouillure, ainsi qu'aux haleines chargées d'alcool, se mêla l'odeur animale, porcine, de la peau calcinée.

*

Il était près de trois heures quand Brad éteignit enfin son chalumeau. Son visage ruisselait. Il était épuisé. A plusieurs reprises, Anabel avait dû lui asssécher le front avec des tampons de gaze pour éviter que la lampe spéléo ne lui glisse sur le nez. Elle avait actionné le tensiomètre automatique toutes les dix minutes, pour vérifier que systoles et diastoles, emportées dans leur élan effréné, ne précipitent le jeune homme vers l'arrêt cardiaque. Et toutes les demi-heures, Ralph, dédaignant pour un instant les poinçons et le chalumeau, avait injecté, via le cathéter, le contenu de ses ampoules dans les veines du candidat au branding, pour l'aider à supporter la douleur. A chacun de ses cris, puis de ses hurlements de plus en plus aigus, le magma de corps vautrés sur le sol autour de la table était saisi d'un long spasme collectif, communiant comme par procuration au supplice enduré par le héros de la soirée. Son visage, exsangue, évoquait les pires des tableaux inspirés par la souffrance christique. Sa tête dodelinait de droite à gauche, sa bouche laissait échapper de longs filets de salive mousseuse mêlés de sang, tant il se mordait les lèvres et l'intérieur des joues à grands claquements de mandibules.

Le temps s'égrena. Les chairs se fatiguèrent. De minute en minute, puis d'heure en heure, après des pauses de plus en plus longues, le rythme de la baise collective s'était ralenti, assagi, les enculades s'étaient faites moins violentes, les suceuses, harassées, massaient leur mâchoire endolorie de crampes et se rinçaient la bouche en tétant le goulot des magnums de champagne qui jonchaient le sol. Les cierges eux-mêmes n'en pouvaient plus de se consumer. Seuls quelques-uns d'entre eux flamboyaient encore. La cire s'étiolait en rigoles au tracé aléatoire sur le socle des candélabres. Les mèches s'étaient affaissées, noircies.

Le jeune homme qui avait subi le branding fut évacué sur un fauteuil roulant par des collègues des Blacks en smoking qu'Anabel avait croisés à l'entrée de l'appartement. Dans les semaines qui allaient suivre, ses plaies le feraient atrocement souffrir, mais, si la cicatrisation s'effectuait sans accroc, au bout de plusieurs mois le dessin de la rosace resterait bien lisible sur son torse, en un chapelet cicatriciel de teinte sombre qu'il porterait jusqu'à la fin de ses jours...

La plupart des convives s'étaient rhabillés avant de s'éclipser. Ne restaient que les couples les plus jeunes. La mine hagarde, rescapés au beau milieu du champ de bataille, ils passèrent à leur tour dans la chambre pour récupérer leurs vêtements sur les portiques. Ralph enfouit ses seringues et ses ampoules dans un sac-poubelle, qu'il alla jeter dans le vide-ordures tandis que Brad rangeait son outillage dans sa Samsonite.

– OK, voilà, c'était pas mal, non ? demanda-t-il à la cantonade en refermant le couvercle.

Quelques grognements approbatifs firent écho à sa question. Brad ouvrit la marche, suivi par Anabel, en direction de l'étage inférieur. A présent que la fête était terminée, une rampe halogène illuminait le vaste séjour. Chacun attendait le versement de ses honoraires. Anabel n'eut pas l'occasion d'identifier l'hôte qui avait lancé les invitations. Sans doute était-il présent durant toute la séance, mais rien dans son comportement n'avait permis de le repérer. Un des Blacks en faction à l'entrée de l'appartement ouvrit une grande enveloppe de papier kraft qui en contenait d'autres, de dimensions plus réduites. Il en distribua une à chacun des présents. Celles qui étaient réservées à Brad et à Ralph portaient leur prénom inscrit au marqueur.

Ce fut le signal du départ. On se dispersa dans les quatre ascenseurs qui desservaient l'étage. Anabel se retrouva en compagnie des inséparables Ralph et Brad. Ceux-ci soupesaient leur enveloppe, la palpaient avec volupté. Brad ouvrit la sienne, en extirpa une liasse de billets de cinq cents francs enroulée dans un gros élastique et la tendit à Anabel, qui l'empocha. Vint enfin le moment de se séparer. Ralph montra sa voiture, garée tout près de là.

– On te dépose, si tu veux ? proposa-t-il avec gentillesse.

Anabel secoua la tête, élevant déjà la main pour stopper un taxi.

– OK, admit Brad, alors à lundi ! Viens un peu plus tard, je ferai l'ouverture à la boutique. Bon week-end !

Installée sur la banquette arrière du taxi, Anabel compta les pascals que Brad lui avait remis. Il y en avait trente. Elle ignorait le montant du salaire moyen des participants que leur hôte avait consenti à rétribuer, les autres invités n'étant venus que pour le fun. Sans oublier la prestation des vigiles. Le coût global de la petite sauterie constituait un joli pactole.

– Et où elle va la petite demoiselle, sapée ça-com' ? demanda le chauffeur, en jetant un coup d'œil au rétroviseur.

– Elle va se pieuter, t'as aucune chance ! lança Anabel.

A cette heure avancée de la nuit, Paris était presque désert. Le taxi atteignit la place de Stalingrad en moins d'un quart d'heure. Anabel tendit un billet au conducteur avant d'ouvrir la portière et s'éloigna de quelques pas, sans attendre la monnaie. Sidéré, le gars la klaxonna et pencha la tête par-dessus la vitre.

– C'est quand elle veut, la petite demoiselle ! lança-t-il, hilare, avant de redémarrer.

Anabel avança d'un pas lent vers le canal. Près de l'écluse, des motards en goguette s'amusaient à faire vrombir le moteur de leurs bécanes en longeant le quai en direction de la Villette et retour, avec moult coups de freins, crissements de pneus et virages ultra-serrés. L'éclat des phares aveugla Anabel. Elle ferma les yeux. Son estomac la torturait. Elle croqua son dernier comprimé de Maalox, tout en continuant de triturer sa liasse de billets de la main droite. Un de ses hauts talons se rompit, coincé dans l'interstice de deux pavés. Elle s'en défit et poursuivit son chemin, en titubant, balançant la chaussure de la main gauche. Le talon de son bas ne tarda pas à se déchirer sur les graviers. Quelques déchets, bouteilles de plastique, débris de planches, lambeaux de vêtements, flottaient au gré du courant sur les eaux du bassin irisées par des flaques d'huile.

Un spasme lui secoua soudain l'estomac. Elle n'avait rien avalé depuis le déjeuner, aussi, penchée sur la berge, ne parvint-elle à cracher que des glaires acides qui lui brûlèrent l'œsophage. Étourdis par le vacarme produit par le moteur de leurs engins, sonnés à la bière, les motards ne lui prêtèrent aucune attention. Anabel se mit à pétrir sa liasse de billets avec rage. En quelques secondes, elle n'avait plus entre les doigts qu'une grosse boule de papier compact, un chiffon qui résistait encore. Elle tendit le bras en arrière, prête à la jeter au loin, le plus loin possible, pour qu'il s'engloutisse lentement dans le flot fangeux. Le visage de sa copine Cécile, sa voisine de cellule à Fleury-Mérogis, lui revint brusquement en mémoire. Cécile, toxico, séropo, qui faisait des pipes à cent balles le client dans les sanisettes du cours de Vincennes. Cécile aujourd'hui

92

désespérément fauchée, lâchée par sa famille, et qui avait besoin de cantiner. Balancer cette petite fortune dans l'égout à ciel ouvert du bassin de la Villette, vraiment, ça n'était pas raisonnable.

Anabel se ressaisit et regagna précipitamment son studio, défroissa les billets. Elle constata que les dégâts n'avaient rien d'irrémédiable. Quelques coups de fer à repasser, des morceaux de Scotch tape par-ci par-là, et le mal serait réparé. Elle se dévêtit, passa sous la douche une bonne heure durant, se frottant inlassablement la peau au gant de crin, puis resta nue, accroupie en tailleur sur son lit, secouée de violents frissons qui décrurent peu à peu en intensité. Calmée, elle avala sa demi-barrette de Lexomil et s'endormit à l'aube.

4

Tous les samedis matin, quand il n'était pas
d'astreinte à la maison d'arrêt, le gardien-chef Tierson
s'accordait une grasse matinée et ne se levait que vers
dix heures. Lors d'une récente visite à la médecine du
travail, au vu de son électrocardiogramme, on lui avait
conseillé – fermement conseillé – de faire un peu
d'exercice, aussi forçait-il sa nature paresseuse, et dès
huit heures enfourchait-il son vélo, un superbe VTT
que ses enfants lui avaient offert pour son cinquante-
septième anniversaire. Il quittait son appartement de
fonction situé juste à côté des bâtiments de la prison
et pédalait deux bonnes heures en terrain plat, dans la
campagne environnante, ménageant son souffle et
s'octroyant plusieurs pauses avant de s'arrêter au
centre-ville de Darnoncourt, au tabac *Le Balto*, pour y
siffler quelques pastis avec les copains et parier sur les
courses de chevaux d'Auteuil ou de Vincennes.

*

Ce samedi 16 juillet, il se leva un peu plus tôt, prit
soin de ne pas réveiller sa femme, enfila son survêtement, chaussa ses baskets, avala une tasse de café et
descendit jusqu'au box qui lui était réservé dans la
rangée où les collègues garaient leurs voitures. Il ouvrit

le rideau de fer, le souleva et contourna sa Peugeot 306. Le gardien-chef avait toujours été fidèle à la marque au logo léonin. Un de ses beaux-frères était contremaître à l'usine de Montbéliard, aussi se sentait-il obligé de manifester un peu de solidarité familiale face à la concurrence japonaise. Mme Tierson, qui ne se mêlait jamais de politique et restait muette de stupeur, d'incompréhension, chaque fois que les éditorialistes de TF1 dissertaient sur les bienfaits de la mondialisation, se montrait inflexible à ce propos. Hors Peugeot, point de salut, tel était son credo.

A vrai dire, ce matin-là, le gardien-chef Tierson se contrefoutait de sa bagnole, de son beau-frère, de son dernier électrocardiogramme, du calcul de ses points de retraite complémentaire, ainsi que des fonds de pension et autres salades. Il se faufila dans le box, souleva une vieille caisse à outils tachée de cambouis et extirpa d'un tiroir empli de clous, de boulons et de ressorts rongés par la rouille, une pochette de plastique de la Maison de la presse de Darnoncourt. Il la fourra dans un sac à dos et se mit aussitôt en route. Contrairement à ses habitudes, il fila en direction de la nationale 16, par Gauffry et Villers-Saint-Maxence pour rejoindre Creil. Trente kilomètres à se taper, c'était plus que d'habitude, mais pour rien au monde il n'aurait effectué ce trajet en voiture. Il lui aurait fallu inventer un prétexte vaseux pour ne pas éveiller la méfiance de son épouse, qui n'aurait pas manqué de le questionner à propos de ce rendez-vous qu'il tenait à garder secret.

Le gardien-chef Tierson pédala avec prudence en s'efforçant de ventiler correctement ses poumons, ainsi que les médecins le lui avaient indiqué. Une longue inspiration, deux petites expirations, les bras et les épaules bien relâchés. En dépit de ces judicieux conseils, au fil des kilomètres parcourus, son rythme cardiaque s'emballa, non pas en raison de l'effort accompli, mais à cause de l'état de grande anxiété qui l'oppressait depuis plusieurs jours déjà.

Durant toute la semaine, ce rendez-vous l'avait obsédé et, bien pis, tourmenté. Lors de ses tournées dans les couloirs de la maison d'arrêt, de ses déambulations dans la cour au milieu des prisonniers, il n'avait cessé d'épier Ruderi, le matricule 2057 C, lequel vaquait à ses menues occupations, dans une solitude totale, ignoré des matons comme de ses compagnons de détention.

*

Cramponné au guidon de son VTT, le gardien-chef Tierson ne parvenait toujours pas à réaliser ce qui lui arrivait. Il avait largement dépassé l'âge de croire aux contes, mais il devait en convenir, une curieuse fée s'était penchée sur son berceau. En fait de berceau, un lit conjugal modèle Conforama d'où ne jaillissait plus aucun scintillement, que ne venait inonder aucune pluie d'étoiles, depuis bien longtemps. Contre toute attente, la créature avait déjà commencé à agiter sa baguette magique.

*

Elle l'avait abordé un mois plus tôt, alors qu'il venait de siroter ses deux ou trois pastis habituels avec les copains au bar-tabac *Le Balto*, au centre-ville de Darnoncourt, avant de faire poinçonner son formulaire de turf, Blue Moon dans la troisième à Auteuil, une jument du tonnerre, classée gagnante à dix contre un. Alors qu'il regagnait son domicile à vélo, une Safrane le doubla sur la départementale, après la sortie de Buchy-Saint-Éloy. Les feux de freins arrière s'allumèrent à plusieurs reprises, puis la Safrane s'immobilisa au beau milieu de la chaussée déserte, lui bloquant ainsi le passage avant de se ranger sur l'accotement. Le gardien-chef, surpris, posa pied à terre. Une femme blonde, d'une quarantaine d'années, au visage lisse, vêtue d'un imperméable de couleur prune, en descendit et vint à sa rencontre. Tierson n'ignorait pas que dans les bois avoisinants quelques professionnelles de la turlute maraudaient à la recherche du client, mais, dès le premier coup d'œil, il eut l'intuition qu'il s'agissait de tout autre chose.

– J'aimerais parler cinq minutes avec vous, d'accord ? proposa l'inconnue. Vous montez ? On sera plus à l'aise pour discuter !

Elle s'était exprimée d'une voix claire, glacée, impérative, une voix qui ne supportait pas la contradiction. Sidéré, un peu inquiet qu'un collègue ne passe dans les environs et ne le surprenne, Tierson fit basculer son VTT dans un talus garni de hautes herbes et prit place dans la Safrane.

– Vous vous appelez Tierson, Georges Tierson, vous avez cinquante-sept ans, vous êtes gardien-chef à la maison d'arrêt de Darnoncourt, c'est à huit kilomètres d'ici, annonça la conductrice. Vous vivez dans un logement de fonction que vous octroie l'administration pénitentiaire, mais vous êtes propriétaire d'une petite maison dans le Perche. Durant la tempête de décembre 1999, la toiture a été gravement endommagée, si bien que, pour effectuer les réparations, vous avez été obligé de souscrire un emprunt à la banque BNP de Darnoncourt, compte numéro 615 11 88 06. Deux cent mille francs. Votre assurance refuse de vous rembourser tout simplement parce que cette toiture, c'est vous-même qui l'aviez posée. De sorte que vous n'avez aucune facture d'artisan à présenter à l'expert.

Le gardien-chef ferma les yeux, un bref instant. Cette femme ne mentait pas. La foutue toiture, il l'avait montée, tuile par tuile, bardeau par bardeau, avec son beau-frère, trois ans auparavant. Il avait même failli se casser la gueule du haut de l'échafaudage. Malgré tout, c'était un bon souvenir. Les soirées passées dans le jardin à siroter un bon petit rosé, les merguez qui grillaient sur le barbecue...

– Vous avez de gros soucis financiers, exact, monsieur Tierson ?

– C'est vrai, confirma-t-il. Mais je...

– Je peux vous aider. Ne me demandez pas pourquoi. Ne posez aucune question.

Elle se pencha pour ouvrir la boîte à gants, côté passager.

– Prenez, ce ne sera qu'un acompte.

La gorge nouée, le gardien-chef aperçut une liasse de billets de banque d'une épaisseur appréciable.

– Cinquante mille. Prenez-les, ordonna la femme, vous en avez besoin. Vous avez à portée de main la fin de tous vos soucis.

– C'est hors de question, je ne suis pas un...

Il s'apprêtait à ouvrir la portière, effrayé de cette situation dans laquelle il s'était laissé piéger, déterminé à prendre la fuite à toute vitesse sur son vélo, dût-il s'en faire exploser les coronaires. Son interlocutrice lui bloqua le bras et le fixa droit dans les yeux.

– N'ayez pas peur, je ne vais rien vous demander d'extraordinaire, ni même, au fond, de bien répréhensible. Vous m'écoutez ?

Le gardien-chef prit une profonde inspiration. Les histoires de matons ripoux qui s'étaient bêtement laissé corrompre, il aurait pu en citer des exemples à la pelle. Les commissions disciplinaires en traitaient à tour de bras, et, à quelques misérables mois de la retraite, c'était vraiment stupide de se laisser fléchir. Le petit discours que son interlocutrice venait de lui tenir indiquait toutefois qu'elle avait minutieusement enquêté sur son compte. Elle-même, ou un complice, un associé, peu importe le qualificatif. Quoi qu'il en soit, c'était en quelque sorte un gage de sérieux. Il n'avait pas affaire à des plaisantins, des margoulins, des amateurs. Au contraire.

– Qu'est-ce... qu'est-ce que vous voulez ? murmura-t-il à contrecœur.

– Eh bien voilà, nous y venons, répliqua l'inconnue, avec un pâle sourire. Ruderi, le détenu matricule 2057 C, il sera bientôt libérable. Exact ?

Ruderi ?! Il s'agissait donc de Ruderi. Ce salopard ne lui avait jamais paru très franc du collier, mais de là à imaginer... imaginer quoi, d'ailleurs ? Ruderi n'était plus qu'un fantôme, un candidat au cimetière.

– Exact, bientôt libérable ! Mais Ruderi, ce serait vraiment idiot, à son âge, d'essayer de le faire évader !

Une cavale, à soixante-quinze piges ? C'était bien la seule idée qui avait germé dans sa cervelle embrouillée pour expliquer la tentative de corruption dont il faisait l'objet.

– Qui a parlé d'évasion ? rétorqua l'inconnue, dans un sourire délicatement méprisant. Quelle absurdité ! Il sortira dans à peine quatre mois ! Ce que je vous demande, c'est une photocopie de son dossier d'incarcération. Depuis le début. Surtout le volet médical. L'intégralité. C'est tout à fait à votre portée. Je vous donne un mois, c'est plus que confortable. Si vous acceptez cet acompte, vous recevrez le triple de la même somme, soit deux cent mille francs au total, en liquide. Comme aujourd'hui. Pour quelques dizaines de photocopies, avouez que je ne me moque pas de vous. Vous prenez, ou vous ne prenez pas ?

Le gardien-chef Tierson tendit la main vers la boîte à gants, caressa les billets du bout des doigts, la gorge serrée.

99

– Juste... juste pour des photocopies ? bégaya-t-il d'une voix haut perchée.

– L'intégralité du dossier. Je vous donne rendez-vous dans un mois, dans un mois très exactement, devant la gare de Creil, à onze heures précises. Vous pouvez descendre, à présent. Faites vite, je crois bien qu'il va pleuvoir. Vous avez juste le temps de rentrer chez vous avant de vous faire saucer.

Les doigts du gardien-chef se refermèrent sur les billets, tout neufs, craquants. Le pacte était scellé.

– Juste les photocopies, répéta l'inconnue, et après, vous n'entendrez plus jamais parler de moi, je vous le jure. Vous vous souviendrez bien ? Le samedi 16 juillet, onze heures précises, face à la gare de Creil.

*

Blue Moon, victime d'une tendinite au jarret, arriva bonne dernière dans la troisième à Auteuil. Le gardien-chef avait perdu sa mise. Durant les jours qui suivirent, l'humeur de Tierson étonna beaucoup ses collègues. Il ne tenait pas en place, arpentait les corridors d'un pas nerveux, se montrait tatillon dans l'application des moindres alinéas du règlement, bref, il emmerda son monde au point de susciter un début d'irritation chez les délégués syndicaux. Le directeur de l'établissement se résigna à le convoquer pour lui faire part de son inquiétude.

– Allons, allons, Tierson, lui dit-il, vous et moi, nous avons passé l'âge de nous agiter, la boutique roule, bientôt elle s'écroulera, et ni vous ni moi n'y pouvons rien. Vous avez des soucis personnels, des tracas ? On en a tous, mon vieux ! L'important, c'est de ne pas s'énerver, on ne va pas refaire le monde, pas vrai ?

Ainsi sermonné, le gardien-chef fit de son mieux pour se calmer. Il ne cessait de penser au petit pactole qui lui avait déjà été confié et qu'il avait planqué au fin fond de la paire de cuissardes qu'il utilisait lors de son mois de congé estival, pour aller à la pêche à la mouche, avec son inévitable beau-frère, le long d'une rivière voisine de sa maison de campagne, là-bas, dans le Perche. Au moins était-il sûr que sa femme ne viendrait jamais fourrer le bout de son nez dans cette cachette.

Il passa de longues heures devant son écran de télé, tous les soirs, à échafauder des stratégies qui lui permettraient d'utiliser la manne promise, et ce, sans attirer l'attention du percepteur et encore moins de son épouse. Par mesure de précaution, afin de vérifier qu'on ne cherchait pas à l'arnaquer, il avait déjà changé quelques coupures de cinq cents francs dans les différents commerces des environs. Elles étaient passées au détecteur de faux billets sans encombre. Il continuerait de les caser en douce, l'une après l'autre, en trichant sur la note des courses à l'hypermarché, les chèques à la pompe à essence. Ce serait le comble de la malchance si Mme Tierson s'apercevait de quoi que ce soit. Quant à l'artisan couvreur qu'il avait chargé de restaurer la toiture de sa maison, ce filou serait ravi d'être rétribué en liquide, de la main à la main, échappant ainsi à l'œil inquisiteur des gabelous de l'Urssaf.

*

Quatre semaines s'étaient donc écoulées. Vingt-huit jours interminables que le gardien-chef avait mis à profit pour photocopier l'intégralité du dossier de détention de Ruderi matricule 2057 C, par paquet de vingt pages. Personne ne s'était étonné de ses multiples incursions à la section des archives, fréquemment visitée par des médecins, des avocats, des magistrats en formation, voire des étudiants qui préparaient un sujet de thèse sur les longues peines, la grande spécialité du cru. Tierson avait bien réfléchi. Même s'il se faisait prendre, il ne risquerait pas gros. Il n'était même pas question de violation de secret de l'instruction, puisque toutes les affaires consignées ici étaient classées depuis belle lurette ; quant au reste, tant de personnes pouvaient avoir accès aux archives que ce serait bien le diable si l'on parvenait à prouver que c'était lui qui était à l'origine de la fuite des documents.

*

Il en avait extrait presque un kilo de papier enfermé dans une chemise cartonnée qu'il trimbalait à présent dans son sac à dos en pédalant sur la nationale 16 en direction de Creil. Il arriva avec cinq minutes d'avance, histoire de jeter un coup d'œil aux alentours de la gare, supputant quelque sournoiserie. Mais non. La femme qui l'avait contraint à stopper sa course en VTT sur la départementale près de Buchy-Saint-Éloy un mois auparavant l'attendait paisiblement, assise au volant de sa Safrane. Il ouvrit la portière avant droite et s'installa à ses côtés. Ils n'échangèrent aucun salut, aucune formule de politesse, même la plus rudimentaire. Le gardien-chef ouvrit son sac à dos et en sortit la chemise.

– Voilà, dit-il simplement, tout y est.

Elle vérifia qu'il ne mentait pas. La tâche était aisée. Sur chacun des documents figurait une cote numérotée dans un ordre chronologique impeccable. Rien ne manquait.

– Voilà, tout y est, annonça à son tour l'inconnue en posant sur les genoux du gardien-chef une pochette de papier cadeau couleur fuchsia.

Fallait-il y voir un trait d'humour teinté d'une méchante ironie, ou a contrario une attention destinée à lui témoigner sa gratitude ? Voire le simple fruit du hasard ? N'avait-elle rien trouvé d'autre pour enrober l'argent sale qu'il était venu chercher en échange de sa petite, toute petite trahison envers le ministère de la Justice auquel il avait prêté serment d'allégeance ? Tierson renonça à répondre à cette question et même à se la poser. Seul comptait le résultat.

– Vous ne vérifiez pas ? Je l'ai fait moi-même. Vous auriez pu me tromper sur la marchandise ! souligna l'inconnue en tapotant du bout des doigts la chemise contenant les photocopies du dossier Ruderi.

– J'ai... j'ai confiance, balbutia Tierson, pétrifié, pressé d'en finir.

Le rêve lui paraissait trop beau, comme si une catastrophe de dernière minute allait soudain s'abattre sur lui et briser sa misérable existence. Il ouvrit brusquement la portière et détala, serrant contre sa poitrine la pochette couleur fuchsia. C'est à peine s'il osa se retourner pour voir la Safrane s'éloigner des abords de la gare.

Il erra quelques minutes, de trottoir en trottoir, puis pénétra dans un café et commanda un cognac au comptoir. Avant même qu'on le lui serve, il se précipita vers les toilettes. La cuvette à la turque n'était guère ragoûtante et le fumet qui s'en dégageait lui fouetta cruellement les narines. Ses mains fébriles ouvrirent la pochette. Il compta et recompta, émerveillé. La fée n'avait pas menti. Un consommateur souffrant de diarrhée s'impatientait dans le couloir et frappait sans vergogne à la porte du réduit pour mieux souligner l'urgence de sa demande. Tierson, désormais rompu aux subtilités de la clandestinité, prit soin de tirer la chasse d'eau avant de céder la place, afin de justifier son long séjour dans les lieux. De retour au comptoir, il avala d'un trait son cognac, lança quelques pièces au loufiat et s'éclipsa.

5

Le dossier Ruderi avait déjà pris le large. Des environs de Creil, il gagna l'aéroport de Roissy, passa les contrôles de sécurité sans attirer l'attention – qui donc aurait pu s'en soucier ? –, prit place à bord d'un vol Alitalia et, quatre heures à peine après avoir quitté les mains du gardien-chef, arriva à Venise, où il était attendu avec impatience.

6

Ce samedi 16 juillet, Anabel ne s'éveilla qu'en début d'après-midi. En ouvrant les yeux, elle fut aveuglée par les rayons du grand soleil printanier qui plongeaient droit sur elle, à travers la baie vitrée de son studio. La nuit avait été paisible. En dépit de la soirée de branding organisée par Brad, la boîte à cauchemars était restée close, cadenassée par le verrou des anxiolytiques. De même, elle ne ressentit pas l'impression d'étouffement, d'étau lui comprimant la poitrine, à laquelle elle s'était habituée à chacun de ses retours à la vie après la petite mort du sommeil, depuis si longtemps.

Elle s'étira dans son lit, enroulée dans les draps, et tourna la tête vers la portion de mur où était punaisée la photographie prise à Étretat quelques années plus tôt. Marc souriant sur la plage de galets, avec la mer en arrière-plan. Anabel frissonna, fonça vers la salle de bains, se passa la tête sous l'eau froide et revint vers le lit, le visage et la chevelure dégoulinant de perles glacées. Elle écarquilla les yeux. En six ans, les couleurs de la photo avaient perdu de leur brillance, s'étaient peu à peu ternies... Et elle n'avait pas voulu la protéger en la plaçant sous verre. Elle avait toujours pensé qu'au fil du temps l'image s'effacerait, jour après jour, imperceptiblement, inexorablement. Que viendrait le moment où elle ne pourrait plus distinguer les traits de Marc. Alors, alors seulement, elle n'éprouve-rait plus de chagrin.

Ce moment était venu. Les traits de Marc s'étaient estompés. Ou plus exactement, ils semblaient s'être dissous vers un ailleurs indéfinissable, quelque part, là-bas dans le gris de la mer, comme absorbés par une force invisible, pour se perdre dans la dentelle que formait l'écume à la crête des vagues. Les ailes déployées d'une nuée de mouettes s'unissaient pour dessiner une sorte d'auréole blanchâtre autour de ce qui n'était plus qu'une empreinte, une trace. Une absence. Le cœur battant, Anabel effleura de l'index cette image dont le temps avait gommé la réalité. Une image qu'elle avait crue à jamais chevillée dans sa mémoire.

Elle resta plusieurs minutes immobile, bouleversée, agenouillée devant ce qui n'était plus qu'une relique. Ce fut très précisément le premier mot qui lui traversa l'esprit. Une relique. Comme ces ossements enfermés dans une châsse, qu'on conserve pieusement dans les églises pour vénérer le souvenir d'un martyr canonisé, ou de quelque illuminé décrété tel par les autorités ecclésiastiques.

Une relique. Dès les premiers jours qui avaient suivi la mort de Marc, sitôt après son arrivée à Fleury-Mérogis, elle n'avait cessé d'être hantée par le long processus de disparition qui était à l'œuvre, là-bas, dans le cercueil enfoui au fond du caveau du Père-Lachaise. Alerté par les matonnes, le psy de la prison, inquiet, à court d'idées, s'était résigné à étudier avec Anabel les dessins qu'elle réalisait au fusain sur de grandes feuilles de papier Canson et qui tentaient, maladroite-ment, de rendre compte de ses obsessions. Peu à peu, au fil des mois, elle se laissa convaincre de remiser fusains et dessins dans un carton. Ils sommeillaient, menaçants, dans un recoin de la cellule. Toujours présents, disponibles, prêts à resurgir au moindre appel. A jaillir de leur tanière pour précipiter Anabel dans la folie.

Des nuits entières, elle avait tenté de chasser de sa tête les visions d'horreur des chairs en déshérence, de la putréfaction des viscères, avec leur cortège d'émission de gaz, d'éclatements de tissus sous l'effet des macérations. Une alchimie fantasmagorique, une orgie de sons, de couleurs et d'odeurs dont son esprit ne parvenait à se détacher. Elle voyait comme sur un écran, en quadrichromie, le visage de son amant se couvrir de moisissures, puis enfler de cloques sous la furie dévastatrice des bactéries, de toute la vermine qui venait y festoyer. Des lambeaux de chair s'en détachaient, des fragments de peau qu'elle avait jadis couverts de baisers et parfois de larmes se liquéfiaient pour dévoiler peu à peu un relief osseux, pathétique dans son acharnement à refuser de disparaître à son tour, d'abdiquer devant le destin d'anéantissement auquel il était promis. De Marc, il ne subsistait qu'un squelette. La carcasse, le substrat fondamental, la charpente d'une vingtaine de petites années de vie, comme l'ébauche d'une sculpture – que plus personne ne viendrait jamais modeler, enrober par la tendresse, l'affection –, le condamnant ainsi à l'enfermement éternel dans un caisson de chêne muni de poignées de cuivre, au fond duquel l'avaient précipité quelques balles de 9 mm reçues en pleine poitrine, tirées par les flics des Stups.

Durant les premières semaines de son incarcération, dans la solitude de sa cellule, incapable d'avaler la moindre nourriture, la bouche emplie de remontées de bile, Anabel était saisie de violentes nausées chaque fois qu'une matonne lui présentait un plateau-repas. Recroquevillée au fond de son lit, elle s'imaginait empoignée par le cadavre de Marc, prisonnière d'une étreinte sans cesse recommencée, les seins pétris par des mains décharnées, la bouche engluée de suintements nauséabonds, la caverne de son sexe rageusement fouaillée, cette caverne aux parois si douces, au creux de laquelle Marc, ou ce qu'il en restait, ne cessait de s'agiter en des va-et-vient désespérés, pour y déverser des flots de sanie.

Harassée, elle trouvait encore la force de se lever d'un bond, se précipitait alors vers le siège des WC, s'y installait à califourchon, cuisses grandes ouvertes, puisait dans la cuvette à pleines paumes des gerbes d'eau pour se purifier, enfouissait ses doigts au plus profond d'elle-même, inlassablement, se meurtrissait le sexe en le griffant. Elle hurlait de toutes ses forces, provoquant les gueulantes de ses voisines de cellule qui tenaient à préserver les maigres heures de quiétude que la nuit leur permettait d'apprécier.

*

C'était donc fini. Marc ne viendrait plus jamais la tourmenter. Du bout des ongles, de ses ongles toujours vernis de noir après la séance de soins de la manucure chez Maniatis, elle détacha une à une les punaises qui retenaient la photo de Marc incrustée dans le plâtre. Tout autour, la peinture s'était assombrie, si bien que la superficie que la photographie avait jusqu'alors recouverte se détachait en un rectangle très net, de teinte plus claire. Anabel la remit en place dans la même position, au même endroit, bord à bord, en suivant scrupuleusement le périmètre de ce rectangle, mais à l'envers. La photo, qu'elle ne voulait pas détruire, avait perdu toute sa capacité de nuisance. Ce geste – absurde, elle en convint sans hésitation tout en l'accomplissant – acquit à ses yeux valeur de symbole. Il n'y avait nulle trace de superstition stupide, de crainte irrationnelle dans ce retournement, simplement le signe, l'affirmation, qu'une page, précisément, était tournée. Et cela méritait d'être célébré. Ce fut une cérémonie paisible, à laquelle elle s'adonna avec recueillement, en ayant pleinement conscience de la grande solennité de l'instant.

Ensuite, elle se passa les ongles au dissolvant, prit un long bain, se caressa les seins, les cuisses, le ventre avec volupté, heureuse de prendre possession de ce corps désormais redevenu libre, comme délivré d'un maléfice, ce corps qui ne serait plus jamais la chair siamoise de Marc.

*

Saïd, le tenancier du *Soleil de Djerba*, le restaurant installé au début de l'avenue de Flandre, n'en revenait pas. La demoiselle rousse aux yeux si tristes qui venait tous les matins prendre un petit noir et mâchouiller un croissant au comptoir de son bistrot était assise depuis trois quarts d'heure au fond de la salle. Elle avait commandé un couscous royal, une demi-bouteille de sidi-brahim rosé et malmenait le contenu de son assiette à grands coups de fourchette.

Il était plus de quinze heures quand elle avait débarqué dans le restaurant ; en temps normal, le service était terminé, mais Saïd n'avait su résister aux œillades de supplication qu'elle lui avait lancées. Pois chiches, semoule, brochette d'agneau, merguez, elle avait tout avalé et restait assise, repue, l'air un peu évaporé, sur la banquette de moleskine rapiécée de grosses rustines de Rubafix. Saïd lui avait offert un café et une boukha, et la contemplait, attendri, près de son percolateur, occupé à récurer la machine à l'aide d'un chiffon graisseux.

Bechir, un consommateur habitué des lieux, lorgnait lui aussi en direction de la demoiselle rousse. Un demi de 1664 débordant de mousse planté devant lui, *Paris-*

Turf grand ouvert sur le comptoir, il marmonna quelques mots inintelligibles. Il était question de Blue Moon, une jument du tonnerre, sur laquelle il avait misé gros un mois plus tôt. Et tout perdu. Le rédacteur de l'article jurait qu'elle s'était remise de sa tendinite au jarret et s'apprêtait à casser la baraque, dans la troisième attelée le lendemain à Longchamp.

– Blue Moon, elle est pas douée pour le trot, c'est du baratin, qu'est-ce t'en penses, Saïd, tu paries cent balles avec moi ?

– Je parie rien du tout, marmonna Saïd, la vie de ma mère, mate la meuf, elle, je sais pas pourquoi elle est douée, le trot ou le galop, mais je la monterais bien !

Bechir hocha la tête, approbatif. Anabel se leva et se dirigea droit vers eux, pour régler l'addition. Les deux hommes détournèrent les yeux, par pure sagesse. A sa sortie du restaurant, Anabel héla un taxi et se fit déposer à la poste de la rue du Louvre, ouverte vingt-quatre heures sur vingt-quatre, d'un bout de l'année à l'autre. Elle y expédia un mandat destiné à la pensionnaire de la cellule 34 B de Fleury-Mérogis. Ces deux mille francs aideraient grandement Cécile, sans risquer d'éveiller la curiosité de l'administration. Si elle commençait à recevoir de plus fortes sommes d'argent, l'information ne tarderait pas à remonter de la matonne de base jusqu'au juge d'application des peines, lequel serait bien capable de venir titiller Anabel, pour l'interroger sur les raisons de sa mansuétude. Inutile d'attirer les emmerdes, elle avait déjà été largement servie.

*

Jusqu'à la fin de l'après-midi, elle marcha au hasard des rues, n'obéissant qu'aux caprices de ses pas, qui la menèrent à la grande cour du Louvre, puis le long des quais, jusqu'aux abords du Palais de Justice. Elle s'accouda aux parapets qui soutenaient les étalages des bouquinistes et contempla la bâtisse, ses tours et ses façades, la tête pleine de sinistres souvenirs. Sa nuit passée dans une cellule du dépôt après son arrestation, ses errances dans les souterrains labyrinthiques de la Souricière, les mains liées par des menottes, tirées par un gendarme qui l'entraînait à sa suite à l'aide d'une laisse de cuir, comme une bête, puis sa comparution devant un substitut, avant le départ immédiat pour la prison dans un fourgon cellulaire.

Elle marcha encore, saisie d'un sentiment de légèreté, d'insouciance, une impression si nouvelle, si délicieuse, qu'elle ne parvenait pas à s'en lasser. De la place du Châtelet, elle remonta tout le boulevard Sébastopol, obliqua à gare de l'Est vers la rue des Récollets pour rejoindre les abords du canal Saint-Martin.

Comme chaque week-end, ses berges étaient interdites à la circulation automobile. Une foule compacte de gosses à rollers, de cyclistes, de familles entourées de marmots avait pris possession des lieux et y déambulait d'un pas paisible, s'arrêtant devant une fanfare ou reprenant en chœur, un peu plus loin, le couplet entonné par un joueur d'orgue de Barbarie coiffé d'une casquette gavroche. Anabel se laissa aller à fredonner quelques mesures d'une de ces rengaines.

Comment ne pas perdre la tête,
*   serrée par des bras audacieux,*
Comment ne pas croire aux doux mots d'amour,
*   quand ils sont dits avec les yeux ?*
Elle qui l'aimait tant, son bel amour,
*   son amant de Saint-Jean,*
Elle restait grisée, sans volonté, sous ses baisers...

Cette chanson, elle l'avait souvent écoutée avec Marc, du temps de leur cavale, dans la maison près de

111

Sablé. Farfouillant le grenier, ils avaient découvert de multiples trésors. D'abord toute une collection de bottines, de guêpières et de bas de soie dont la couture courait du talon jusqu'au milieu de la cuisse. La grand-mère ou la grand-tante du propriétaire de la villa avait sans doute été une sacrée coquine, une allumeuse hors pair. Puisant dans cet arsenal, Anabel s'en donna à cœur joie. Devant la cheminée embrasée d'une flambée de bûches de hêtre, elle se livra à quelques petits numéros grivois d'une savoureuse obscénité que Marc appréciait, l'air faussement détaché, vautré dans un fauteuil, un verre de scotch à la main.

Et, dans les malles qu'ils forcèrent une à une, ils découvrirent aussi un phonographe et une collection de 78 tours, vénérables antiquités, Fréhel, Mistinguett, Damia, Édith Piaf. Les aiguilles étaient usées et raclaient la cire, provoquant moult grésillements. Mistinguett, Fréhel, Édith Piaf ou Damia, qui, qui donc parmi toutes ces femmes à la voix surgie d'outre-tombe, mais miraculeusement préservée, chantait la nostalgie de cet amant aux bras musclés, au regard de velours ? Anabel ne s'en souvenait plus. Les feux de la Saint-Jean venaient de s'éteindre dans sa mémoire le matin même, et elle ne tenait pas à les ranimer.

Elle fendit la foule, traversa le pont de l'écluse, près de la façade de l'*Hôtel du Nord*, après avoir longé le petit square où elle avait fait la connaissance de Monsieur Jacob, remonta la rue de la Grange-aux-Belles et ne tarda pas à croiser la rue Juliette-Dodu. Le volet métallique était tiré sur la façade de *Scar System*. Les taggers s'en étaient donné à cœur joie, barbouillant le rideau de tôle de gribouillis abscons. Anabel grilla une cigarette, songeuse, sur le trottoir. Elle ignorait à quoi Brad pouvait bien occuper ses week-ends. Un peu plus loin, l'officine de pompes funèbres de Monsieur Jacob était elle aussi fermée à l'aide d'un rideau en tout point

112

semblable. Était-ce l'effet de quelque superstition, la crainte d'on ne sait quel châtiment, toujours est-il que les bombes à peinture des taggers l'avaient épargnée... Elle s'en approcha. Comme sur la vitrine des pharmacies, un panonceau indiquait les coordonnées d'un confrère de garde auquel on pouvait faire appel. Anabel haussa les épaules. Eh oui, songea-t-elle, c'est bête, mais on peut aussi mourir dans la nuit d'un samedi au dimanche, et, comme pour une rage de dents ou un lumbago à soulager, il n'y avait alors pas de temps à perdre. De petits maux en petits maux, la vie s'amenuise, jusqu'à ce qu'il faille en effacer les traces, sans tarder, en urgence.

*

Le lundi matin, Anabel ne se présenta pas à la boutique. Elle dormit jusqu'à midi, écrivit quelques lettres à ses ex-copines de détention, aussi bien celles qui y moisissaient toujours qu'à celles qui tentaient de rafistoler leur vie, ailleurs, à l'air libre ou supposé tel. Comme elle s'y attendait, le téléphone ne tarda pas à sonner. Brad s'impatientait. Elle ne décrocha pas et laissa le répondeur dévider son message.

– Anabel, tu changeras jamais, râlait-il, je t'avais dit de pas te presser, mais là, il est plus de quinze heures, c'est bourré de clients et j'ai personne à l'accueil, bordel, c'est pas sérieux... en plus, à dix-huit heures, j'ai ma séance de sauna, tu me pourris la vie, Anabel, y a pas d'autre mot !

Depuis le début du mois, en effet, il tentait de perdre du poids, et suait tant qu'il pouvait, trois fois la semaine, dans un hammam près de la place de la République. De quart d'heure en quart d'heure, il rappela, laissant percer son agacement, puis il déversa sa colère à grandes bordées d'injures. Il menaça même de débarquer chez son « assistante » pour la traîner de force au boulot, au besoin à coups de pied dans le cul.

Rien n'y fit. Après un long dimanche d'oisiveté, occupé à de nouvelles balades sans but dans les rues de Paris, Anabel s'était rendue à l'évidence. En fin d'après-midi, ce lundi, elle gagna la rue Juliette-Dodu. Restait à assumer les conséquences de sa décision. Quand il la vit débarquer, Brad ferma les yeux comme s'il avait déjà deviné ce qu'elle venait lui annoncer, et, d'un revers de manche, balaya la bouteille de Jack Daniels presque vide qui traînait sur le présentoir où étaient exposés les différents modèles d'implants. A son teint cramoisi, Anabel supputa qu'il s'était copieusement arsouillé. Brad continua de s'agiter, usant des divers objets qui passaient à portée de ses mains comme d'un punching-ball. Nullement impressionnée par ces gesticulations, Anabel lui confirma la nouvelle. Elle se tirait.

– Mais pourquoi, pourquoi ? gueula-t-il, sincèrement désemparé. T'es pas bien, ici ? T'as une planque pépère, pour une ex-taularde, tu peux pas rêver mieux... j'ai besoin de toi, moi, t'es à ta place, ici !

– Justement, je l'ai longtemps cru, mais basta, c'est plus la peine de me baratiner. Je suppose que pour le studio, j'ai qu'à dégager ?

– Exact ! confirma Brad, Ralph et moi, on t'a rendu service, et voilà comment tu nous remercies ? Allez, gicle, pouffiasse, je veux plus te voir !

– OK, alors voilà la question réglée, acquiesça Anabel. Pour la Sécu, le contrat de travail et tout le tremblement, je me démerderai !

– Attends, attends, tu te fous de ma gueule, ou quoi ? Et les quinze mille balles que t'as palpés vendredi soir, tu crois que c'est cadeau ?

– Tu peux te brosser, protesta-t-elle, je les ai gagnés, c'est réglo !

114

– Réglo, non mais je rêve, tu vas me les rembourser, et vite fait, encore ! s'étrangla Brad.

– Ben voyons, ricana Anabel, tu veux que j'avertisse les flics, je peux témoigner, tes petits numéros au chalumeau, et les seringues de Ralph, ça, c'est limite légal, tu crois pas ?

Brad avait blêmi. Il hésita à saisir la batte de base-ball qu'il tenait toujours dissimulée derrière le comptoir, près de la caisse. Il y renonça mais poursuivit Anabel sur le seuil de la boutique, alors qu'elle reculait jusqu'à une camionnette garée le long du trottoir. Elle s'adossa à la carrosserie, le défiant du regard, décidée à parer la volée de baffes qu'il rêvait de lui assener. Durant ses trois années passées à Fleury, elle avait été mêlée à quelques castagnes entre détenues et ne redoutait nullement l'assaut, plus spectaculaire mais infiniment moins vicieux, d'un lourdaud tel que Brad. S'il s'avisait de passer à l'acte, il le regretterait amèrement. Elle en frémissait déjà, mains ouvertes, ongles pointés, lèvres retroussées, prête à mordre, à griffer. Elle savait que si elle parvenait à empoigner l'entrecuisse de son adversaire, les dégâts seraient irrémédiables. La quincaillerie qui lui enserrait les génitoires s'avérerait d'un précieux concours pour réduire celles-ci en charpie.

Le gérant de la boutique *Scar System* tituba quelques instants, poings dressés. Les passants qui déambulaient alentour s'approchèrent, ravis de l'attraction qui leur était proposée. Anabel les dévisagea l'un après l'autre, sans illusion. Si Brad se mettait à la frapper, ces braves gens détourneraient les yeux et s'éclipseraient, mais, pour l'instant, ils regardaient ce grand type qui dépassait de plus d'une tête sa victime potentielle, l'écrasant à l'avance de toute sa masse.

– On va pas se donner en spectacle devant tous ces tordus, mais crois-moi, les comptes sont pas apurés ! jura-t-il.

Il se résigna à battre en retraite et claqua violemment la porte de la boutique après avoir brandi le majeur en un geste qu'il eût voulu humiliant. Anabel s'éloigna, abandonnant les curieux à leur frustration. Elle n'avait pas un moment à perdre. Elle se hâta de rejoindre la station de taxis la plus proche, près du métro Goncourt. Le programme était simple. Primo, entasser ses affaires dans des sacs, secundo, dégoter un copain chez qui les entreposer, tertio, se mettre au vert quelques semaines, le temps que Brad et Ralph se calment. Facile à dire.

Elle patienta, plantée près de la borne, précédée dans la file d'attente par des mères de famille accompagnées de marmots, d'ados qui soliloquaient à voix haute, l'oreille vissée à leur téléphone portable, ainsi que de pauvres gens au teint gris, qui sortaient de l'hôpital Saint-Louis, après une visite dans la chambre d'un malade, pressés de rentrer chez eux. Aucun taxi en vue. Anabel piétina de longues minutes, agacée. Brad avait eu tout le temps de téléphoner à Ralph, et un comité d'accueil pouvait bien l'attendre à son retour chez elle. Elle y avait laissé l'argent gagné lors de la soirée de branding et s'en voyait déjà délestée.

Une limousine stoppa bientôt devant la station. Une Mercedes aux vitres opaques. Le conducteur abandonna le volant et contourna le capot pour venir ouvrir la portière arrière droite. Anabel peina quelques instants à le reconnaître. Maxime ? Oui, c'était bien Maxime, ce curieux bonhomme à la mine lugubre qui siégeait dans la boutique de *Pompes Funèbres Jacob*, prompt à accueillir le client alors que son patron sirotait café et pousse-café chez Loulou ou vadrouillait dans quelque cimetière. Maxime invita Anabel à monter dans la voiture. Monsieur Jacob était assis à l'arrière.

– Venez, Anabel, dit-il, on m'a informé de la petite altercation avec votre patron. Enfin, votre ex-patron... j'ai cru comprendre que vous aviez des ennuis ?

Elle resta tout d'abord scotchée sur le trottoir, stupéfaite, mais déjà des coups de klaxon retentissaient, sommant la Mercedes de dégager le passage. Elle obéit et prit place à côté de Monsieur Jacob.

– Eh bien, si vous m'expliquiez ?

Au point où elle en était, elle n'avait plus rien à cacher. Elle raconta, sans entrer dans les détails, la soirée de branding, et tout ce qui avait suivi. Sa décision d'en finir avec Brad.

– Je l'avais prévu, nota Monsieur Jacob, vous vous souvenez ?

Elle fronça les sourcils, sans comprendre. Puis elle se remémora leur dernière conversation. Elle avait quitté leur restaurant habituel, furieuse de constater que Monsieur Jacob l'avait en quelque sorte fait espionner par Loulou en personne ! Il était parfaitement au courant de la nature de son travail chez *Scar System*.

– *Mais je ne vous juge pas. De quel droit pourrais-je me le permettre ? Je crois simplement qu'il est temps que vous tourniez la page !* avait-il dit.

– *Tourner la page ?* avait-elle répété, interloquée, *mais qu'est-ce que vous voulez dire ?*

– *Vous verrez bien, Anabel, c'est pour bientôt, je le sens, ne soyez pas inquiète, j'ai confiance en vous !*

Oui, c'étaient bien là les paroles prémonitoires que Monsieur Jacob avait prononcées, les yeux mi-clos, la dernière fois qu'ils s'étaient vus. La Mercedes se faufilait dans la circulation. L'habitacle était totalement silencieux, les bruits de la ville, tout comme celui du moteur, rien ne venait perturber le silence qui régnait dans ce cocon.

– Si j'ai bien saisi, reprit Monsieur Jacob, vous devez déguerpir de chez vous, ce Ralph et ce Brad, n'est-ce pas, prétendent que vous avez contracté une dette envers eux ?

– Brad est un minable, mais Ralph, je m'en méfie. En plus, je lui ai pas versé le montant du dernier loyer ! Ça ne va pas arranger les choses...

– Bien, ne vous faites pas de souci ! Maxime ? Demain matin, je serai moi-même très occupé. Mais vous, vous irez rendre une petite visite à ces messieurs, vous me comprenez, Maxime ?

– Parfaitement, cela va de soi, assura celui-ci d'une voix monocorde.

Anabel fut secouée d'un rire nerveux. Monsieur Jacob la dévisagea, contrarié.

– Maxime est quelqu'un de très fiable, je vous l'assure ! Dites-moi, vous avez beaucoup d'affaires à déménager ?

Sans qu'Anabel ne l'ait remarqué, la limousine avait enfilé une rue après l'autre, d'un carrefour au suivant, droit vers les abords de la place de Stalingrad. Elle contourna la rotonde et s'engageait à présent sur la rive gauche du quai de Loire, derrière le cinéma MK2. Maxime coupa le contact juste devant son immeuble. Anabel dévisagea Monsieur Jacob avec un mélange d'incrédulité et de résignation.

– Ah d'accord, vous... vous connaissez *aussi* mon adresse ?

– J'étais un peu inquiet, je ne sais pas, une intuition, avoua-t-il penaud. Voilà donc plusieurs jours que Maxime, hum, disons, « veille » sur vous...

– Il m'a filé le train, c'est ça ?

– On peut formuler les choses ainsi, en effet, concéda Monsieur Jacob. Mais c'était pour votre bien. La preuve, non ?

Anabel hocha la tête, vaincue. Il lui prit la main et l'étreignit avec douceur. Trois minutes plus tard, elle lui ouvrait la porte de son studio.

118

– Les meubles, la télé, la machine à laver, ça ne m'appartient pas, tout est à Ralph, il n'y a que les vêtements et les bouquins..., expliqua-t-elle.

Elle enfourna ses affaires dans deux grands sacs de voyage. Maxime s'en saisit et se dirigea vers le palier. Seuls restaient, jetés pêle-mêle au pied du lit, la jupe de cuir noir, le bustier, les chaussures à hauts talons et les bas résille dont un des talons était déchiré. Le regard de Monsieur Jacob ne semblait pouvoir se détacher de la photographie de Marc, toujours punaisée à l'envers sur le mur, près de la tête du lit. Anabel lui en avait longuement parlé. Elle tendit la main en un geste hésitant.

– Laissez-la ici, elle est à sa place..., murmura-t-il. Le temps a fait son œuvre. Venez, Anabel, venez.

7

Oleg travaillait de préférence à l'arme blanche. L'orgueil de l'artisan, l'amour du travail bien fait, la satisfaction de voir la victime prendre pleinement conscience de ce qui lui arrive, de la force implacable qui s'abat sur elle à l'instant fatidique. Pour peu qu'on sache s'y prendre, l'arme blanche vide le corps de sa sève avec toute la lenteur requise, et offre, en quelque sorte, un tapis rouge à la mort qui n'a plus qu'à y cheminer en toute quiétude. A plusieurs reprises, surmontant ses répugnances, Oleg s'était pourtant résigné à utiliser un matériel plus sophistiqué – revolver au canon muni d'un réducteur de son, poison, explosifs – en fonction de la nature des contrats ou des habitudes de la cible choisie, voire du camouflage destiné à masquer les circonstances exactes du décès, mais cela lui déplaisait, l'incommodait. Il avait accepté de gagner sa vie en donnant la mort et en éprouvait une jouissance certaine.

Cette fois, il s'agissait du PDG d'une petite entreprise de transport routier. Un contrat modeste, une broutille, la routine inévitable, à l'instar de n'importe quel métier. Trois cent mille francs, tout de même. De quoi régler de menues factures. Les repérages n'avaient posé aucun problème. Le patron, un dénommé Le Tallec, avait quitté sa femme quelques mois plus tôt. Une histoire très classique, la cinquantaine, *le démon de midi*, curieuse expression dont Oleg n'avait jamais percé le sens, le mystère, depuis qu'il tentait de se familiariser avec les subtilités de la langue française. Depuis son premier séjour à Paris, en fait, au printemps 91. Le 26 avril 1991, soit cinq ans, cinq ans exactement après la catastrophe, jour pour jour. Faisant office de moniteur d'une étrange colonie de vacances, il avait quitté Kiev pour accompagner un petit groupe d'enfants qui devaient être soignés à Paris, à l'hôpital Necker, dans le cadre d'un programme d'entraide international. On l'avait désigné pour mener à bien cette mission précisément parce qu'il avait étudié le français au lycée, et obtenu de bons résultats dans cette matière. Un de ses voisins l'aidait à rédiger thèmes et versions et ne cessait de l'encourager à persévérer. Un ingénieur de la centrale qui avait lui-même séjourné à Paris dans les années 70.

Inutile d'égrener les souvenirs. Il fallait se consacrer au dossier Le Tallec. *Démon de midi ?* Pourquoi pas ? Oleg s'en foutait, éperdument. Le dossier ? 1) Quelques photographies de Le Tallec. 2) Un relevé topographique, l'agrandissement d'une carte IGN de l'île de Groix, située face à Lorient. Et voilà tout. A lui de se débrouiller, de choisir le *modus operandi*. Oleg avait sillonné l'île de long en large, du bourg jusqu'au port de Locmaria, en passant par le phare de la pointe des Chats, en mal d'inspiration. Il avait même pris quelques pots au bar *Ty Beudef*, une taverne pouilleuse fréquentée par les marins, les vrais, des lascars qui se tapent les traversées dans le rail de Sein ou d'Ouessant par tous les temps, de janvier jusqu'à décembre, et les autres, des petits m'as-tu-vu qui friment sur leur voilier dès que le bulletin météo leur promet le grand calme.

La cible, donc. Le Tallec. La cinquantaine avenante, la silhouette élancée. Rien à redire. Un de ces looks de top model que s'arrachent les news magazines destinés à la clientèle masculine angoissée par les stigmates du vieillissement. Le siège de son entreprise – une centaine de camions frigorifiques qui sillonnaient l'Europe du nord au sud – était sur le continent, à Lorient, mais il possédait une maison dans l'île. Tous les vendredis soir, il montait à bord d'un confortable *cabin-cruiser* qu'il pilotait lui-même et accostait à Locmaria, un village resserré autour de son port de pêche, de sa digue battue par les flots. Sa maîtresse, une petite brune salace âgée de vingt-six ans, l'accompagnait souvent lors de ces escapades. Oleg avait dû patienter durant plus d'un mois avant qu'elle n'en fût empêchée pour des raisons familiales. La cible serait seule. Le contrat ne portait que sur Le Tallec. Il ne s'agissait pas d'une vengeance d'épouse délaissée, ou plutôt jetée comme un Kleenex, ménopause oblige. Il prit la décision d'agir le dimanche soir, le dimanche 17 juin, lors du retour de Le Tallec sur le continent, à bord de son *cabin-cruiser*. Ce qui faciliterait son propre rapatriement.

*

A vingt et une heures, Le Tallec quitta sa maison – une jolie villa couverte d'un toit de chaume, juchée sur le bord de mer – et s'avança sur la digue du port de Locmaria. La marée était haute. Il tira sur un bout pour amener le *cabin-cruiser* près de la volée de marches qui longeait la digue et permettait d'accéder aux bateaux. Il prit la barre, sans se douter qu'un passager clandestin s'était glissé dans la cale, et suivit le chenal, traçant la route bien au milieu des balises, clignant des paupières en fixant les derniers éclats du soleil couchant. Deux minutes plus tard, il s'effondra, sous le coup d'une matraque plombée, enrobée de caoutchouc, qu'Oleg lui assena sur le sommet du crâne.

Le Tallec fut réveillé par un jet glacé, le contenu d'un seau d'eau salée puisé dans l'océan. Il écarquilla les yeux, suffoqua, tenta de se redresser, mais réalisa bien vite qu'il était ligoté, accroupi dans la cabine. La cordelette qui lui enserrait les poignets et les chevilles courait le long de sa poitrine, de son abdomen, de ses cuisses, l'obligeant à se tenir recroquevillé en position fœtale. Le bateau tanguait doucement, moteur coupé. La cabine était éclairée par une grosse ampoule autour de laquelle s'agitaient quelques papillons de nuit. On y voyait comme en plein jour.

Le Tallec dévisagea son agresseur. Un type d'une trentaine d'années, au visage blafard, émacié, surmonté d'une épaisse chevelure brune. Les yeux étaient profondément enfoncés dans leurs orbites ; la chair avait reflué des joues, et sur les tempes palpitaient de petites veinules d'un bleu sombre.

– Je suis désolé de vous l'apprendre, monsieur Le Tallec : vous allez mourir, annonça Oleg. Personnellement, je n'ai rien contre vous, mais voilà, j'ai été payé pour vous tuer.

Le Tallec secoua la tête, se débattit, s'agita tant qu'il put, rien n'y fit. Au contraire, à chacun de ses soubresauts, les liens resserraient leur étreinte.

– Vous êtes complètement cinglé, c'est une erreur ! bégaya-t-il, à bout de souffle. Qu'est-ce que c'est que cette histoire, qui êtes-vous ? C'est impossible, impossible...

– Mais si, monsieur Le Tallec, c'est tout à fait possible, c'est même inéluctable. Je suis un tueur professionnel, c'est... c'est mon métier. Vous n'êtes pas en train de rêver, ou plutôt de cauchemarder, je vous l'assure, vous venez de passer un week-end très agréable, vous vous apprêtiez à rejoindre votre maîtresse, et vous alliez la baiser, n'est-ce pas ? Elle vous attend, elle a pris un bain, à l'heure qu'il est, elle a dû glisser son joli petit cul entre des draps de satin. Sa peau doit sentir bon, mais voilà, manque de bol, vous ne serez pas au rendez-vous... vous serez mort, monsieur Le Tallec, mort, vous comprenez ce que ça signifie ?

Le Tallec secoua la tête, sidéré. Il ne comprenait rien à ce qui lui arrivait, mais ne doutait plus de la réalité de la situation. Ce type voulait vraiment le tuer.

– Écoutez, balbutia-t-il, on peut peut-être s'arranger ? Hein ? OK, OK, vous êtes un tueur professionnel, je vous crois, je ne mets pas votre parole en doute, je vous assure que je... je ne pense pas que vous êtes un dingue, un mythomane ! Un tueur, un tueur professionnel, je sais pertinemment que ça existe ! Alors bon, si on vous a recruté pour me... pour me tuer, c'est qu'on vous a promis une certaine somme ? Qui ? Ma femme ? Parce que je l'ai larguée ? Cette gourde, comment elle aurait pu entrer en contact avec un type comme vous, j'ose même pas y penser, merde, je veux pas crever ! Vous m'écoutez ? Comment vous vous appelez ? Moi c'est Bernard, Bernard Le Tallec !

– Je sais. Moi, c'est Oleg.

– Oleg ? Tu es russe ?

– Ukrainien ! corrigea Oleg. Mais on s'en fout, non ?

– OK, on s'en fout, on s'en fout, tu parles très bien français, mais tu as un accent, un accent slave, c'est vrai... Écoute, Oleg, on peut se tutoyer, non ? Je sais pas qui tu es, mais si tu as besoin de fric, on pourrait toujours...

– Tss... tss.... tss... M'acheter ? En doublant la mise ? ricana Oleg. Enfin, Bernard, chaque profession obéit à un minimum de règles, à une certaine déontologie, allons, voyons, ne rêvez pas, je vais vous tuer, vraiment vous tuer, j'y suis obligé.

Le Tallec se mit à claquer des dents. Les vagues frappaient la coque du bateau dans un clapotis lancinant. Le *cabin-cruiser* dérivait au gré du courant, entre les reliefs de l'île de Groix, désormais imperceptibles, et les lumières du port de Lorient, déjà bien visibles. Oleg avait étudié les cartes marines et n'ignorait pas la présence de hauts-fonds dans les parages. Il fallait en finir.

– Voilà comment je vais procéder, monsieur Le Tallec, annonça-t-il. Je vais vous trancher les veines, au poignet, à droite et à gauche, et nous attendrons quelques minutes, dix tout au plus, que vous commenciez à vous vider de votre sang. Après quoi, je vous délivrerai de vos liens et je vous balancerai à la flotte. Elle doit être à 15 degrés, ça va vous secouer. Vous aurez alors le choix. Soit vous noyer, tout de suite, sans perdre de temps. Il faudra emplir vos poumons d'eau salée, le plus vite possible, ce serait le plus sage. Je vous le recommande. Mais c'est pas facile, vous verrez, la glotte se bloque, le larynx se contracte, vous savez, le fameux instinct de conservation ! Soit, et c'est plus probable, vous vous résignerez à nager en direction de la côte, tout en sachant que vous n'y parviendrez jamais. Le froid, l'épuisement, je ne sais pas combien de temps vous tiendrez. Désolé, Bernard, quel que soit le cas de figure, la mort ne sera pas douce, elle fera durer le plaisir, tant qu'elle pourra... et Dieu sait si elle sait s'y prendre ! Vous avez bien saisi ?

– Mais pourquoi, pourquoi ? hurla Le Tallec.

Oleg ouvrit son blouson et en sortit une photographie. Un gosse d'une dizaine d'années. Tout souriant.

– C'est une des clauses du contrat, précisa-t-il, pour que vous compreniez, pour que vous ne mouriez pas sans savoir. On m'a payé pour que je vous montre cette photo. Alors je vous la montre. Désolé, Bernard.

Le Tallec contempla longuement la photographie, les yeux écarquillés.

– Le petit Fabrice ? C'est trop con, vraiment trop con, sanglota-t-il. C'est sa mère, c'est cette folle qui t'a payé ? J'ai gagné le procès, je l'ai gagné, ça a duré plus de deux ans, expertises, contre-expertises ! On n'en finissait plus ! Elle est cinglée, si son môme est mort, j'y suis pour rien... Le chauffeur, il a été condamné, bien sûr, mais c'est moi qui ai réglé les honoraires de son avocat, et durant l'année qu'il a passée en taule, j'ai continué de lui verser l'équivalent du montant de son salaire. J'y suis pour rien ! Les experts étaient formels, le chauffeur a freiné, sur plus de soixante mètres, on a pris des photographies des traces de pneus sur le bitume ! Si cette bonne femme avait correctement surveillé son gosse, elle ne l'aurait pas laissé jouer sur la route !

– Elle affirme le contraire. Le gosse, comme vous dites, courait après son ballon, mais il ne jouait pas sur la route. Elle m'a expliqué que vous exploitiez vos chauffeurs, que vous les poussiez aux heures sup', qu'ils pilotaient leurs quinze-tonnes jusqu'à seize heures par jour, alors fatalement, celui qui a foutu le gosse en l'air, il n'était plus en état de contrôler son bahut. La route, il l'a quittée, et d'une bonne quinzaine de mètres, pour pénétrer dans le jardin ! Le jardin où jouait le môme.

– Alors, c'est pour ça, seulement pour ça ? gémit Le Tallec.

– Juste pour ça, oui, juste pour un gosse... juste pour la vie d'un gosse, confirma Oleg.

– Ces experts, c'est de la foutaise ! Les magistrats ont tranché ! La responsabilité, c'était celle du chauffeur, j'étais pas derrière lui, au volant, à le pousser à griller les étapes, s'il l'a fait, c'était de son plein gré, il voulait rentrer chez lui au plus vite, j'y suis pour rien, pour rien !

– Bernard, le bateau dérive, et si je veux attraper le TGV de vingt-deux heures pour la gare Montparnasse, je n'ai plus de temps à perdre, annonça calmement Oleg. Alors on y va ?

– Comment ça, on y va ? beugla Le Tallec. Combien tu veux, dis-moi combien tu veux, je te jure que je te file tout, tout ce que j'ai, mon appart', ma baraque, je vide mon compte en banque, ma boîte bat de l'aile mais sur mon compte personnel, j'ai deux cents briques, je te file tout, merde, mais je veux pas crever !

– Bernard, allons, soyez raisonnable ! l'interrompit Oleg. Je n'ai pas l'intention de marchander, je fais mon boulot, simplement mon boulot.

Une nouvelle fois, il plongea la main dans la poche intérieure de son blouson pour en sortir un rasoir. Un de ces coupe-choux jadis utilisés par les barbiers qui tenaient échoppe au coin des rues, remisés dans la galerie des accessoires démodés depuis l'apparition des jetables. Le manche était d'ivoire, la lame de pur acier. Oleg ne transigeait jamais sur la qualité.

– Voilà, le moment est venu ! annonça-t-il.

Le Tallec renonça à se débattre. Il ressentit une vague douleur, à deux reprises, à droite, à gauche, un effleurement, une brûlure discrète. Le sang coula le long de ses paumes. Comme un vin chaud.

– Je n'avais pas imaginé la mort comme ça, pleurnicha-t-il. C'est doux, c'est très doux... c'est moche, bon Dieu que c'est moche, mais c'est doux !

– Ne vous y trompez pas, le pire reste à venir, corrigea Oleg.

Il alluma une cigarette mentholée, aspira de longues bouffées. Les médecins lui avaient vivement recommandé d'arrêter mais il négligeait leurs conseils. Quelques oiseaux, goélands, mouettes, cormorans, se mirent à tournoyer autour du bateau. Leur caquetage strident l'agaça.

– Je pense que vous êtes prêt, maintenant, ça va aller, Bernard ? demanda-t-il.

– Pitié, laisse-moi me vider, Oleg, personne n'en saura rien, je veux pas crever en me noyant ! Sois pas salaud ! supplia Le Tallec.

– Eh non, le contrat, c'est le contrat, vous devez endurer votre part de souffrance, jusqu'au bout. Je m'y suis engagé.

– Ce gosse, je t'assure que je l'ai pas tué, reprit Le Tallec, d'une voix qui faiblissait. C'était un accident, un simple accident...

Oleg haussa paisiblement les épaules. D'une part, il ne tenait pas à en savoir plus, d'autre part, il ne fallait surtout pas venir lui chatouiller la glande à pitié à ce propos, il avait déjà été servi, et copieusement. Sacha, Anatoli, Macha, ses frères, sa petite sœur. Et tous les autres, Boris, Alexeï, Genia, Vladimir, Anton, Svetlana, Liova, Nikolaï, Natacha, Sergueï, la liste n'en finissait plus. Là d'où Oleg venait, là d'où il s'était échappé, plus personne ne versait plus le moindre sanglot sur les tombes des enfants.

C'est à peine si Le Tallec sentit les mains du tueur qui s'affairaient, tranchaient les liens, nœud par nœud, d'une simple saccade. La cible délivrée, l'exécuteur balança le rasoir et les bandelettes dans les vagues. Le Tallec n'opposait plus la moindre résistance. Ses forces l'avaient déjà quitté, au goutte à goutte, en un chapelet de petites perles rouges qui suintaient de ses blessures. Oleg l'empoigna à bras-le-corps, comme prévu. Et le précipita par-dessus bord, avant de remettre le moteur en route. L'hélice traça aussitôt son sillon, fouettant la masse inerte de l'eau en une longue traînée mousseuse qui se dilua, absorbée par l'indolence des flots obscurs.

*

Le Tallec ne parvint pas à suivre le conseil qu'Oleg lui avait donné. La mer était très calme. Il nagea. La

128

brasse. Ses muscles exigeaient leur apport de sang pour se contracter, se détendre, se contracter de nouveau. Son cœur fournit l'effort nécessaire, tant qu'il le put.

*

Oleg pilota le *cabin-cruiser* droit vers le port de Lorient. Il accosta vingt minutes plus tard et sauta sur un quai réservé aux plaisanciers, sans se donner la peine d'amarrer le bateau, qui reprit sa lente dérive. Il avait arraché sa perruque et s'était débarrassé des lentilles de contact destinées à modifier la couleur de ses yeux. Tout ce petit attirail avait accompagné Le Tallec lors de sa descente aux enfers dans le sombre domaine des homards, des maquereaux et des étoiles de mer.

D'un pas rapide, Oleg se dirigea vers un arrêt d'autobus, un sac de voyage à la main. La gare SNCF n'était qu'à quelques arrêts de distance, dix minutes tout au plus. Les passagers anonymes ne lui portèrent aucune attention. Confortablement installé dans son compartiment de première classe, il tenta de s'endormir, en vain. Il avait ressenti les premiers signes d'essoufflement l'avant-veille, alors qu'il sillonnait l'île de Groix, les poumons emplis de l'air du grand large. Comme un manque au creux du sternum, un vide, un appel. Il savait parfaitement ce que cela signifiait.

*

Oleg aimait beaucoup Paris. Ses revenus, confortables, lui avaient permis d'acquérir un appartement dans l'île Saint-Louis, un petit bijou d'une soixantaine de mètres carrés au troisième étage d'un immeuble situé quai de Béthune, avec vue sur Notre-Dame. Il projetait d'investir bientôt à Amsterdam, ou à Londres. Pourquoi pas, même si l'avenir était plus qu'incertain ? Il louait aussi un studio dans une cité du XVe arrondissement. C'était là son adresse « légale » : une pièce unique perchée en haut d'une tour de la rue de la Convention. Il ne s'y rendait que rarement, deux fois par mois en moyenne, par acquit de conscience, histoire de saluer le gardien, sans omettre de lui verser de généreuses étrennes à la fin de l'année.

Officiellement, Oleg travaillait pour un tour operator qui organisait des séjours tous azimuts dans l'ex-Union soviétique, depuis les visites au musée de l'Ermitage jusqu'aux escapades dans le Transsibérien – de grandes classiques –, sans oublier des fantaisies d'inspiration plus récente telles que la chasse au renne en Yakoutie ou les randonnées dans la steppe kazakhe. L'emploi était totalement fictif mais le siège de l'agence, bien réelle, était sur l'avenue de l'Opéra. Son salaire était viré sur un compte ouvert à la Société générale, et il bénéficiait ainsi d'une couverture sociale en bonne et due forme puisqu'il avait acquis la nationalité française en 1995. Il cotisait même à une vague caisse de retraite complémentaire pour cadres ! Tous les mois, il reversait le montant de son salaire, augmenté d'un copieux bonus, en liquide, de la main à la main au directeur de l'agence, et ce *gentleman's agreement* lui avait jusqu'alors donné pleine et entière satisfaction. Jamais personne n'était venu lui chercher des poux dans la tête. La « couverture » fonctionnait à merveille.

*

Toute la matinée du lundi 18 juin, il paressa quai de Béthune, en zappant sur le bouquet satellite auquel il était abonné. Les pitreries de Tom Cruise dans ses missions plus qu'impossibles lui arrachèrent quelques éclats de rire sans pour autant parvenir à lui faire oublier les premiers signes d'essoufflement ressentis durant son bref séjour à Groix. La masseuse sonna à midi. Il la fit entrer, lui offrit une tasse de thé, se dévêtit et s'abandonna. Comme à l'accoutumée, elle s'abstint de tout baratin superflu. Elle s'était dévêtue, elle aussi. Ses mains s'affairèrent sur le corps amaigri de son client.

– Voilà, c'est bien, c'est bien..., murmura-t-elle, la bouche collée contre son oreille, à l'instant où il commença à jouir, après s'être longuement retenu.

A vingt heures, il prit un taxi pour aller dîner dans une brasserie proche de la Bourse. Puis il acheta la dernière livraison d'*Ouest-France* dans la boutique des NMPP, rue Montmartre. La découverte du bateau de Le Tallec et la disparition de celui-ci étaient relatées en page huit. Oleg se dirigea vers une cabine téléphonique, inséra une carte à puce dans la fente.

– Le travail est fait, dit-il simplement, sitôt que sa correspondante eut décroché. Vous en aurez la preuve si vous ouvrez le journal, vous savez lequel.

– Il a souffert ? demanda-t-elle. Il s'est bien rendu compte de ce qui lui arrivait ?

– Je pense pouvoir l'affirmer, acquiesça Oleg. Tout s'est déroulé ainsi que vous l'aviez exigé.

– Parfait, le virement sera effectué selon nos accords. Je vous remercie.

Oleg raccrocha. L'enquête avait déjà commencé. Si jamais, dans les jours qui allaient suivre, la marée drossait la dépouille de Le Tallec sur une plage quelconque, le légiste en charge du dossier constaterait les marques de coupures aux poignets et ne manquerait pas de conclure au suicide à la suite d'une bouffée dépressive. Hypothèse plus qu'admissible. Sa récente séparation d'avec son épouse, sa liaison avec une maîtresse qui avait l'âge d'être sa fille, le stress résultant de la gestion de sa PME, tout ce charivari pouvait être pointé d'un sigle, CMV, *crise du milieu de vie*, un syndrome qui

131

frappe les apprentis quinquagénaires et les incite aux pires conneries. Quant au bateau, c'était simple, très simple, si simple, désespérément simple, les courants l'avaient miraculeusement rabattu jusqu'au port, dès lors que son propriétaire s'était balancé à l'eau pour en finir.

Oleg arpenta la rue Montmartre en s'efforçant de ne plus penser à la pauvre femme à qui il venait de parler. Abrutie de chagrin après la mort de son enfant. Le procès qui l'avait opposée à Le Tallec pourrait intriguer les fouineurs et, d'après ce qu'Oleg savait d'elle, elle serait bien capable de tout avouer, par défi. Quant à retrouver la trace de l'exécuteur, ce serait une autre paire de manches... Les trois cent mille francs qu'elle lui avait garantis – la moitié à la commande, la seconde à l'exécution – constituaient toutes ses économies. Elle avait tout misé dans cette balance de Thémis qu'Oleg manipulait à sa guise en appuyant sur un plateau plutôt que sur un autre. La sentence était rendue. Pour lui, l'affaire était close. Il était temps de passer à la suivante.

*

Nouer le contact avec un tueur professionnel n'est pas chose aisée. Il faut user de patience, savoir faire preuve de ténacité. Et surtout parier sur la chance. Quelques phrases murmurées dans la moiteur d'un bar un peu louche, une confidence qui s'échappe du bout des lèvres sur un quai de gare, ou le décryptage d'un site web pervers à souhait, et voilà, cela suffit, tout est dit. Les rabatteurs sont à l'affût. Parfois l'information s'égare, emprunte de poisseux méandres, se perd, se dilue. Dans d'autres cas, au contraire, elle s'affole comme la boule d'acier sous la plaque de verre du flipper. Le destin, la fatalité, le hasard ou la nécessité, allez savoir. La boule rebondit de plot en plot, percute les obstacles, ricoche de l'un à l'autre, et ainsi de suite. Jusqu'à ce que la nouvelle parvienne à des oreilles averties, réceptives. Et soudain, *game over*, la partie est gagnée.

C'est alors tout un ballet qui se met en place. Les intermédiaires s'agitent en une ronde frénétique. La commande remonte, inexorablement, jusqu'à son destinataire, le bourreau, puisqu'il faut bien le désigner ainsi. Désormais, les cartes sont abattues sur le tapis. Madame La Mort, sereine, scrute le déroulement de la partie, épie les mimiques des joueurs, sonde leur moindre battement de cœur, leur palpe le pouls, sans même qu'ils s'en aperçoivent. Elle se lèche les babines, enchantée du spectacle. On va lui faciliter la tâche, faire le sale boulot à sa place, que demander de plus ?

Oleg, ou plutôt les sbires qu'il rémunérait pour ce faire, n'avaient pas tardé à flairer l'odeur du fric. Les rémoras, fonctionnant à l'instinct, guidèrent le squale dans des eaux plus que troubles. En l'occurrence, celles, particulièrement polluées, de la lagune de Venise. Il fit le voyage durant la nuit du 18 au 19 juin. Une nuit paisible, en wagon-lit. Il évitait autant que possible la fréquentation des aéroports, truffés de flics, de caméras, de tout cet arsenal de surveillance qui ratisse large, mais dont les filets peuvent se révéler fatals.

*

Il n'avait jamais mis les pieds à Venise. Dès sa descente du train, il confia son bagage à un voyagiste qui lui avait réservé une chambre d'hôtel et prit place à bord d'un vaporetto, une de ces coques de noix poussives qui descendent puis remontent le Grand Canal, inlassablement. Pour un gosse qui avait connu une enfance pouilleuse dans son Ukraine natale, ce fut un véritable émerveillement. Le Rialto, la danse des gondoles sous le pont des Soupirs, la façade du palais des Doges, les orchestres qui jouaient sur la piazza San Marco, il s'accorda quelques moments de quiétude. Il sillonna le cœur de la ville en économisant ses forces, prenant soin de ménager son souffle.

Le rendez-vous était fixé à seize heures. Sur la Strada Nuova, à proximité du Ca' d'Oro. Oleg fixa la façade de cette belle expression du gothique fleuri, sans vraiment pouvoir en apprécier les charmes. En matière d'architecture, sa culture laissait à désirer. Durant les contacts préliminaires, il avait été convenu que le signe de reconnaissance ne serait autre qu'un livre. C'est Oleg lui-même qui avait fixé le titre, l'éditeur, après une balade sur les quais de Paris, chez les bouquinistes. Un vulgaire *Que sais-je ?* de la collection éponyme des PUF. Le numéro 2379. *La Superstition*, d'une certaine Françoise Askevis-Leherpeux. Illustre inconnue. Pourquoi la superstition ? Ou pourquoi pas ? Cela n'avait aucune importance. Superstitieux, Oleg ne l'était pas. Ou presque. Il avait vérifié que des exemplaires étaient disponibles en librairie et que son correspondant pourrait s'en procurer un sans difficulté. Il attendit, assis sur un banc, l'ouvrage à portée de main.

Une femme blonde, d'une quarantaine d'années, au visage lisse, vêtue d'un imperméable de couleur prune, vint bientôt l'y rejoindre. Elle ouvrit un sac à main et en sortit le sésame, ce vilain petit opuscule à la couverture ornée d'une boussole, comme tous les titres de la collection. Oleg hocha la tête, satisfait.

– Venez, lui dit-elle, c'est à trois minutes d'ici.

Il la suivit jusqu'à une demeure à la façade décrépite, barrée par une lourde porte de bois ornée de ferrures torsadées. Sitôt cette porte franchie, on pénétrait dans un jardin agrémenté d'une fontaine d'inspiration dionysiaque : une créature ventrue, de sexe mâle, soufflait, joues gonflées, dans une flûte de Pan d'où jaillissait un flot d'eau claire. Les rebords du bassin étaient couverts d'un lichen qui rongeait la pierre, s'y incrustait sans souci du temps qui s'écoulait, persuadé d'en venir à bout, de la dissoudre à force de patience. Oleg fit quelques pas supplémentaires. La femme qui lui servait de guide s'effaça à l'entrée d'un vaste salon dont les fenêtres s'ouvraient sur le Grand Canal. La pièce était au rez-de-chaussée et l'on pouvait apercevoir le ballet des gondoles, des vaporettos et des canots-taxis qui filaient sur les flots verdâtres. Là, tout près, à quelques dizaines de centimètres à peine en dessous du niveau de la maison. A la moindre crue, au moindre caprice de la marée dans la lagune, une boue gluante submergerait le sol dallé de marbre. Des bâtonnets d'encens se consumaient, fichés dans de petites coupoles disposées çà et là. L'odeur douceâtre était sans doute destinée à combattre celle, nauséabonde, qui montait du Grand Canal. Oleg balaya des yeux ce décor, les sens aux aguets.

*

Le contact direct avec le commanditaire est toujours un moment délicat, un carrefour difficile à négocier. A la moindre erreur de trajectoire, l'attelage peut déraper dans des marchandages sordides, voire chavirer. Oleg, pressé par le temps, ne pouvait se permettre de tergiverser. Le contrat, brut de décoffrage, tout de suite, sur la table, pas de simagrées, la totale, sans délai, c'était toujours ce qu'il exigeait. Ce jour-là, il ne fut pas déçu.

– Approchez, je vous attends depuis longtemps déjà !

Oleg ne put réprimer le frisson qui monta de ses reins pour courir jusqu'à sa nuque. Il prit une profonde inspiration, maîtrisa le tremblement qui agitait sa main droite. Foutue main droite, celle qui ne devait surtout pas lui faire défaut. Les médecins lui avaient affirmé qu'il ne s'agissait en rien d'un des effets secondaires du traitement. Ils penchaient pour une vulgaire manifestation psychosomatique, due à l'angoisse. Oleg ne savait pas trop s'il devait les croire.

– Approchez ! répéta la voix.

Jamais Oleg n'en avait entendu de pareille. Une voix cassée, broyée, éraillée, meurtrie. Une voix d'une laideur sans nom. Emplie de fureur, saccagée de chagrin, une voix nourrie de haine, qui semblait l'avoir tétée à la mamelle, s'en être rassasiée. Une voix féminine, à n'en pas douter, pourtant. Comme si un soupçon de douceur, une misérable inflexion de tendresse, s'y était dilué pour adoucir la coulée de fiel qu'elle déversait. Une voix qui n'appartenait plus au monde, à la vie, une voix surgie d'ailleurs, déjà retranchée dans les ténèbres.

– Approchez, je ne vous vois toujours pas !

L'ordre, de nouveau répété. Dieu sait s'il avait pu gorger sa mémoire de hurlements de souffrances, de cris de supplications, toute une symphonie de plaintes qui n'en finissait plus de lui emplir le crâne, dès qu'il se laissait aller à songer au passé. Sacha, Anatoli, Macha. Ses frères, sa sœur. Et tous les autres, Boris, Alexeï, Genia, Vladimir, Anton, Svetlana, Liova, Nikolaï, Natacha, Sergueï, la liste n'en finissait pas, n'en finirait jamais. La moisson n'était pas terminée. Mais une telle voix, même en fouillant les plus noirs de ses cauchemars, jamais, jamais il n'en avait entendu de semblable.

– Approchez ! insista la voix, impatiente.

Tout au fond de la salle se dressait un massif de plantes grasses, opulentes. Leurs racines s'enfonçaient dans le sol et puisaient leur force, leur vigueur, là, dans les profondeurs d'une terre gorgée de la fange onctueuse du Grand Canal. Une silhouette se tenait recroquevillée sur un fauteuil roulant, près d'une des fenêtres. Une silhouette enrobée de noir, des pieds à la tête. Le visage lui-même était dissimulé par une voilette au maillage serré qui pendait d'un chapeau, une toque de satin. Le corps devait être très petit, peut-être était-ce celui d'une naine. Les pieds qui s'appuyaient sur les reposoirs du fauteuil roulant portaient de grosses chaussures orthopédiques. La femme eut un mouvement du bassin, à peine perceptible. Sa poitrine enfla. Oleg entendit très nettement un craquement, celui d'un corset, probablement une de ces coques de cuir ou de plastique dans lesquelles on enferme le torse de certains grands infirmes. Pour en avoir croisé à l'hôpital Necker, lors de ses premières visites avec ses petits protégés, à Paris, en 1991, Oleg pensa à la maladie des os de verre, cette affection qui empêche toute croissance normale et provoque des déformations terribles du squelette.

– Venez, prenez place, dit la femme en désignant une chaise proche.

La voix s'était adoucie. La rage y frémissait toujours, mais un ton en dessous. La main qui s'était tendue pour lui montrer la chaise semblait déformée par l'arthrite. Sa peau ne portait pourtant aucune ride, aucune tache de son. Oleg avait obéi et s'était assis. Son visage se trouvait en pleine lumière, sous les rayons du soleil. Il ne s'était pas grimé, maquillé, ne portait pas de perruque. Il se sentit épié, scruté par le regard qui scintillait derrière la voilette noire. Son interlocutrice pouvait discerner ses joues creusées, constater sa pâleur extrême.

– Voilà donc ce qu'on appelle un tueur professionnel ? reprit la voix. Si j'ai bien analysé les renseignements qui me sont parvenus, vous êtes fiable, efficace ?

Oleg confirma d'un simple hochement de tête. En quelques années de pratique à peine, il avait assis sa réputation. La main de l'infirme s'agita de nouveau

137

pour montrer un guéridon sur lequel reposait une pochette de cuir noir.

– Votre prochaine cible, annonça la voix. Le premier virement a été effectué sur le numéro de compte que vous m'avez indiqué. Vous le savez ?

Avant de quitter Paris, Oleg avait consulté sur Internet un des multiples établissements dans lesquels il dispersait ses avoirs, en l'occurrence, cette fois, une banque luxembourgeoise. Tout était en ordre. Les intermédiaires n'avaient pas menti, le contrat était juteux et le resterait, même quand il aurait arrosé la petite armée de parasites qui ne se salissaient jamais les mains et se contentaient de le guider dans les sentiers obscurs du meurtre programmé et salarié. Cette question réglée, il s'apprêta à se saisir du dossier de cuir noir.

– Attendez, lança la femme. Je tiens d'abord à vous montrer mon visage.

Ses mains soulevèrent la voilette. Oleg ne détourna pas le regard. Le spectacle était terrible, mais il avait déjà vu pire, bien pire. La femme le fixait de son œil unique, le gauche, celui qui était resté intact, tandis qu'à droite les paupières ne servaient plus d'écrin qu'à un globe blanchâtre, crémeux. De multiples cicatrices lacéraient les joues, le front. Les reliefs du visage, le galbe des pommettes, des mandibules étaient totalement ravagés. La lèvre inférieure manquait, si bien que les dents étaient apparentes. La femme rabattit lentement la voilette. Ses mains descendirent le long de son torse, de son ventre, de ses cuisses, en une esquisse de caresse.

– Je ne vais pas vous en infliger davantage, murmura-t-elle, ce serait indécent. Sachez que le reste est à l'avenant. L'homme, l'homme qui m'a fait cela, puisqu'il ne s'agit pas d'une maladie, voyez-vous, mais des séquelles d'une longue séance de torture, cet homme est en prison, depuis quarante ans. Il a payé, c'est ce que prétend la justice. Mais moi, ce que je subis, depuis quarante ans, la vie que j'ai dû mener...

Elle n'acheva pas sa phrase, la voix cassée par les sanglots. Et cette voix, quelques instants auparavant si terrible, perdit soudain toute sa hargne pour redevenir celle d'une petite fille.

*

Margaret Moedenhuik raconta, sans négliger aucune péripétie, ce qui s'était passé durant la soirée du 18 août 1961, dans la villa de Rueil-Malmaison. Comment Ruderi et ses deux complices, un homme et une jeune femme aux allures de petite sauvageonne, s'étaient d'abord attaqués à son père qui succomba. Puis à Mme Moedenhuik, avant que l'un d'eux, le chef, ne s'acharne sur son corps de fillette, dans l'espoir d'arracher à sa mère la combinaison du coffre-fort dans lequel étaient enfermées quelques pierres précieuses.

– Pendant plus de quinze ans, je n'ai vécu que dans les hôpitaux, les maisons de convalescence, poursuivit-elle. J'ai subi un nombre incalculable d'opérations. En France, en Allemagne, aux États-Unis. Sans aucun résultat. Jamais je n'ai pu me tenir sur mes deux jambes. Les médecins, les chirurgiens s'obstinaient. Par pur orgueil. Parfois même, le remède était pire que le mal. Au siècle dernier, on m'aurait exhibée dans des cirques, ou des baraques de fête foraine. Ma mère est morte de chagrin. Mais, en dépit de ce que j'étais devenue, je me suis acharnée à vivre, à suivre des études, de droit, d'économie. J'avais hérité d'une fortune assez considérable, les fonds ne me manquaient pas. J'ai donc réalisé quelques affaires très fructueuses. Très, très fructueuses. Vous comprendrez sans peine que j'étais une négociatrice assez redoutable... enfin, assez redoutée ! Je me suis amusée à mettre bien des gens sur la paille. Quel autre plaisir pouvais-je trouver dans l'existence ? J'ai voyagé, beaucoup, avant de me retirer ici, voici une dizaine d'années. Je n'ai plus aucun goût à vivre, si tant est qu'on puisse appeler ça une vie... Venise est une ville qui se meurt. Une ville malade, infirme. Elle pourrit sur pied, rongée par l'eau de la lagune, malgré les efforts des architectes pour la maintenir à flot. C'est l'endroit que j'ai choisi pour y finir mes jours, je ne pouvais rêver mieux.

Essoufflée, elle marqua une pause, prit plusieurs inspirations. Chaque fois que sa poitrine se soulevait, le corset grinçait. Oleg patienta. Il fallait toujours laisser parler le commanditaire, afin qu'il se justifie. La plupart d'entre eux tenaient à s'excuser de ne pas faire eux-mêmes le sale boulot. Certains avouaient quelquefois éprouver un vague remords à passer la commande. Dans le cas de Margaret Moedenhuik, il en allait tout autrement.

– Vous pourriez tenter d'imaginer ce qu'a été mon existence, ajouta-t-elle, mais vous n'y parviendrez jamais. J'ai été amoureuse, de plusieurs hommes, confia-t-elle. Follement amoureuse. Mais évidemment...

Sa main se leva dans un geste éloquent, avant de retomber sur ses genoux.

– J'ai fait l'amour une fois, une seule fois dans toute mon existence. Avec un jeune type, très beau, un miséreux appâté par les « honoraires », appelons ça ainsi, qui lui avaient été promis. Il avait un peu bu pour se donner du courage, et il est parvenu à surmonter son dégoût. Il m'a satisfaite. C'était très bon. Lorsqu'il a quitté le lit, il s'est précipité dans la salle de bains, pour aller y vomir. J'entends encore les bruits, les raclements de gorge, le gargouillement de la chasse d'eau. Voilà. Avant que nous n'entrions dans le vif du sujet, je tenais à vous dire tout cela. A présent, je crois que vous pouvez consulter ces documents.

Oleg ouvrit la chemise de cuir qui contenait de maigres extraits du dossier d'incarcération du détenu 2057 C, depuis les années 60. La première page n'était autre qu'une photographie anthropométrique de Ruderi prise lors de son admission à Darnoncourt, à l'âge de soixante-cinq ans. Le visage ne comportait aucun signe particulier, distinctif : verrue, angiome, cicatrice, barbe ou moustache. Les traits étaient désespérément réguliers, fins, le nez droit, les sourcils broussailleux. Seule la mâchoire inférieure, massive, anguleuse, prognathe, intrigua Oleg. La rudesse de caractère, la brutalité qu'elle aurait pu suggérer, était aussitôt corrigée par un sourire d'une grande douceur. D'autres feuillets indiquaient que Ruderi jouissait d'une parfaite santé, en dépit de son âge déjà avancé.

– Bon, acquiesça-t-il. Ruderi va bientôt sortir après quarante ans de détention. Pourquoi avoir attendu si longtemps ? Vous auriez pu vous en débarrasser bien avant. Liquider quelqu'un en prison est plus facile qu'à l'extérieur !

Margaret Moedenhuik actionna la manette qui commandait le moteur électrique de son fauteuil. Les pneus de caoutchouc couinèrent sur les dalles de marbre. Elle lui tourna le dos.

– Permettez-moi de ne pas répondre à cette question. Je savais que vous me la poseriez. A vrai dire, je ne tiens pas à ce que vous le tuiez. Du moins, pas tout de suite. Vous le tuerez un jour, ici, devant moi. Je vous demanderai même de le faire souffrir, atrocement souffrir, pour que la mort soit lente à venir. Je prendrai un grand plaisir à ce spectacle. C'est pour cette raison que je vous ai recruté. Mais avant, je voudrais que vous vous attachiez à ses pas, dès qu'il mettra les pieds hors de la prison. Préparez-vous à le suivre n'importe où. Où qu'il aille. Je voudrais savoir qui il va rencontrer, où il va se rendre, qui...

Elle marqua un temps. Oleg l'entendit déglutir. Ses mains tremblaient, elle les dissimula maladroitement sous l'étole de soie qui reposait sur ses cuisses.

– Voyez-vous, après son arrestation, les enquêteurs se sont très vite rendu compte que son identité était fausse. Depuis quarante ans, il se tait à ce sujet. Eh bien, moi, avoua-t-elle, avant qu'il ne meure, je voudrais savoir qui il est *réellement*.

De nouveau, elle actionna la manette du fauteuil pour reprendre sa position initiale, face à Oleg. Celui-ci se passa la main sur le visage, perplexe. Il détestait les complications.

– Ce que vous me demandez est assez inhabituel, dit-il. Ce travail de filature, puisqu'il faut l'appeler ainsi, je ne pourrais le mener à bien seul sans prendre le risque de me faire repérer. Ce qui suppose le recrutement d'une petite équipe. Des gens fiables. Tout cela entraîne des frais, beaucoup de frais. Je pratique peut-être un métier à hauts risques mais je tiens à travailler en toute sécurité. Et puis, il faudra l'acheminer jusqu'ici, encore des soucis supplémentaires, et prévoir un moyen de se débarrasser du cadavre.

– Eh bien, pas de problème, annoncez-moi le montant de la facture. J'ai bien dit de la facture, et non pas du devis, ricana Margaret Moedenhuik.

Oleg lança un chiffre, à tout hasard, un chiffre astronomique, persuadé que son interlocutrice renoncerait. Dans les secondes qui allaient suivre, il se lèverait, traverserait en sens inverse le chemin parcouru jusqu'à la Strada Nuova, délaisserait les abords du Ca' d'Oro, sans regret. Cette petite virée à Venise ne lui aurait servi à rien. Un coup d'épée dans l'eau. Les aléas du métier.

– Parfait, s'écria Margaret. La moitié versée sur le compte dont j'ai déjà les coordonnées, dès demain ?

– Marché conclu, annonça-t-il, stupéfait.

Il avait parfaitement saisi que Margaret Moedenhuik lui cachait quelque chose. Que derrière cette commande d'assassinat du dénommé Ruderi se dissimulait une autre attente, pour l'instant indéchiffrable. Égorger un vieillard à sa sortie de taule ne lui posait aucun problème. Il y avait bien longtemps qu'on lui avait enseigné à mépriser la vie humaine. Et toute autre forme de vie, hormis la sienne. Mais travailler à l'aveuglette, se sentir ainsi manipulé, cela lui déplaisait. La pauvre chose terrassée de douleur qui se tenait devant lui promettait cependant un pactole qui le délivrerait de tout souci financier pour les années qui lui restaient à vivre.

Margaret Moedenhuik plongea de nouveau une main sous l'étole de soie. Elle en sortit une clochette qu'elle agita vigoureusement. Quelques secondes plus tard, la jeune femme blonde au visage lisse qui était venue accueillir Oleg fit son apparition dans le salon.

– Apportez-nous une bouteille de grappa, ordonna Margaret. Nous allons fêter notre accord !

Oleg contempla la coupe de pur cristal finement ciselée et emplie de liquide translucide qu'on venait de lui tendre. Il la fit lentement tournoyer entre ses doigts. Les deux mains de Margaret étaient agrippées à un verre de facture plus grossière. Ses gestes, imprécis, saccadés, lui interdisaient de manipuler un objet si fragile, si délicat, au risque de le briser. Sa main gauche souleva la voilette, tandis que la droite approchait les rebords du verre jusqu'à sa bouche, ou tout au moins ce qu'il en restait. Oleg entendit un bruit de succion. Il trempa ses lèvres dans la grappa, s'en humecta la langue, puis reposa poliment la coupe sur le guéridon.

*

Le soir même, il reprit le train pour Paris et se retrouva seul dans son compartiment de wagon-lit. La lumière artificielle laissait à désirer mais, quand il retroussa ses manches pour scruter la peau de ses avant-bras, il aperçut très nettement les petites taches rougeâtres qu'il avait déjà appris à identifier. Elles ne manquaient jamais le rendez-vous. Les symptômes n'évoluaient pas, ne s'aggravaient pas. D'abord l'essoufflement, ensuite, les taches, les marbrures. Rien d'autre. Pour l'instant.

Deux jours plus tard, il se rendit à l'hôpital Saint-Louis. Il patienta dans la longue file d'attente, à l'accueil du service d'hématologie, attendit qu'une aide-soignante récupère son dossier, puis fut reçu par un interne qui l'examina avant qu'on le balade de bureau en bureau, de salle de soins en salle de soins. On lui transfusa enfin quelques décilitres de sang neuf, sain, en remplacement du sien, vicié, et ce avec un risque infinitésimal de complications, c'est du moins ce qu'on lui promettait. La contagion éventuelle par le VIH ou l'hépatite constituait à vrai dire le cadet de ses soucis. Allongé sur un lit, la saignée des coudes transpercée à droite et à gauche par un cathéter, il observa le curieux échange qui s'opérait de poche en poche, l'une absorbant la promesse de mort lente qui s'accumulait dans ses artères, l'autre emplissant son organisme du précieux liquide incarnat, pour le régénérer.

Il avait pris l'habitude de se soumettre à cette cérémonie et y assistait avec détachement, comme s'il n'était en rien concerné par l'issue de la bataille. La mort et la vie s'affrontaient sous ses yeux dans un duel mécanique, régulé par le truchement de vulgaires aiguilles plantées dans sa chair. Le sang ponctionné ici injecté là. Deux entités antagonistes. A l'image de son existence fractionnée par les exigences de la clandestinité, cloisonnée à l'aide d'un jeu de faux passeports, de fausses identités. D'une part un Oleg de chair et d'os, de souffrances, bien réel, de l'autre, son double fictif, indifférent à son propre destin, suspendu dans le vide, pauvre marionnette captive d'un scénario schizophrénique. Un jour, tout ce château de cartes pourrait bien s'effondrer sous la simple chiquenaude d'un flic un peu plus malin, un peu plus clairvoyant, un peu plus scrupuleux que la moyenne de ses congénères. Un jour ? Oleg s'efforçait de ne pas penser au futur. D'année en année, l'intervalle entre les transfusions s'était inexorablement amenuisé. Cinq mois, puis quatre, puis trois. Un jour, la maladie se déclarerait vraiment, c'en serait fini des prémices, des avertissements, des signaux d'alarme. Un jour, le compte à rebours commencerait pour de bon.

8

Lorsque Anabel ouvrit les yeux, il lui fallut de longues secondes pour réaliser où elle se trouvait. Elle frissonna, écarta les draps et quitta le lit pour s'approcher de la fenêtre. La chambre était située au premier étage d'une imposante maison de pierre meulière entourée d'un vaste jardin bordé par les eaux de la Marne. Elle aperçut des rameurs juchés sur des skifs qui suaient en remontant contre le courant, le visage tordu par l'effort. Un bruit de moteur la fit sursauter. Elle était nue et tendit précipitamment la main vers les vêtements qu'elle portait la veille au soir. La voiture s'éloigna dans un crissement de pneus, quelque part, un peu plus loin dans la rue. Fausse alerte. Anabel prit une douche rapide dans la salle de bains voisine de la chambre. Un lot de serviettes de différentes tailles, parfumées à la lavande, reposait près de la baignoire. Monsieur Jacob avait décidément tout prévu.

*

Elle n'avait pas protesté quand il lui avait tout naturellement annoncé qu'il l'emmenait chez lui, à Nogent, après son déménagement à la cloche de bois de chez Ralph. Il l'hébergerait le temps qu'il faudrait, avait-il décrété. Le temps qu'elle se remette de ses émotions,

146

qu'elle reprenne ses marques, qu'elle trouve un moyen de rebondir dans l'existence après les années de galère par lesquelles elle venait de passer. Sur qui d'autre aurait-elle pu compter ? A la suite de son séjour en prison, tous ses amis ou presque s'étaient détournés d'elle. Quant à ses parents, accablés de honte, aveuglés par la colère, ils nourrissaient une profonde rancœur à son égard et l'avaient pour ainsi dire reniée. Ils n'avaient pas daigné se déplacer pour assister à son procès. Ne restaient que les pauvres filles croisées à Fleury-Mérogis. Même si elle gardait le contact avec certaines d'entre elles, ce n'était pas dans cette direction qu'elle trouverait la bouée de secours dont elle avait tant besoin. Elle avait donc accepté l'invitation. Pour le moment, l'avenir était flou. Repartir de zéro ? Bien sûr. Il le fallait. Comment ? Il était encore trop tôt pour échafauder un quelconque scénario.

*

Elle ouvrit un des sacs de voyage que Maxime avait enfournés dans le coffre de la Mercedes et qui reposaient sur une commode, en sortit une culotte, un jean et un tee-shirt propres qu'elle enfila avant de quitter la chambre. Elle s'engagea sur une sorte de coursive, où s'ouvraient plusieurs portes et qui surplombait une pièce aux dimensions impressionnantes, une bonne centaine de mètres carrés, au bas mot. Les pieds nus, elle descendit un escalier dont les marches étaient recouvertes d'un tapis rouge, moelleux. Tout était calme. Elle fit lentement le tour de cette pièce, meublée avec austérité. Une longue table de chêne occupait le centre de l'espace, un vaisselier était adossé à l'un des murs, une lourde horloge à un autre. Une grande cheminée où rougeoyaient encore quelques braises leur faisait face, tandis qu'un peu plus loin des canapés de cuir étaient disposés en U, dans une véranda dont les vitres s'ouvraient sur un jardin. Anabel s'attarda devant un téléviseur, une chaîne hi-fi, une volumineuse collection de CD mais aussi de vieux disques vinyle et de 78 tours couverts de poussière. Jazz, musique classique, baroque, médiévale, chants des quatre coins du monde, de l'Arabie jusqu'à la Chine, du Pérou jusqu'à la Nouvelle-Guinée, elle en fit rapidement l'inventaire. Près de la chaîne se dressait un grand globe terrestre, juché sur un trépied de bois verni. Elle le fit tournoyer sur son support, à plusieurs reprises, observant la course des continents, des océans, le défilement des méridiens, la ronde des parallèles.

Puis elle traversa la pièce de long en large. L'empreinte humide de ses pas s'imprimait sur le dallage de tomettes, pour s'en effacer progressivement, par évaporation. Les murs étaient nus, recouverts d'un crépi rugueux. Un plateau n'attendait que son bon vouloir sur la table de la salle à manger. Garni des ingrédients d'un petit déjeuner aussi varié que possible, café, thé, chocolat, jus d'orange, assortiment de confitures, croissants, tranches de pain frais, ainsi qu'une coupe de fruits exotiques. Près du plateau, elle remarqua la présence d'une enveloppe, qu'elle décacheta, avant de déplier la feuille de papier qu'elle contenait. L'écriture était fine, précise, ornée de pleins et de déliés.

> *Très chère Anabel, mon amie,*
> *J'espère que vous avez bien dormi, installez-vous,*
> *vous êtes ici chez vous, faites le tour du proprié-*
> *taire. Je ne rentrerai qu'en début de soirée.*
> *Votre dévoué, M. Jacob.*

Elle fit réchauffer le café au micro-ondes de la cuisine attenante, une cuisine toute simple, mais pourvue d'un bric-à-brac électroménager du dernier cri. Elle prit place à la table et avala quelques tartines beurrées, une tasse de café, croqua une pêche, une tranche de melon. La maison l'intriguait. Elle reprit la visite, ou plutôt l'inspection. Au rez-de-chaussée, il n'y avait qu'une buanderie et un garage. Restait l'étage. Cette coursive où s'alignaient une dizaine de portes. Elle les ouvrit, une à une. Pénétra dans des chambres pareilles à celle où elle avait passé la nuit. Moins richement meublées. Monsieur Jacob lui avait réservé la plus belle, la plus fraîche. Tout indiquait que les autres étaient inoccupées. Une odeur de naphtaline y flottait et quelques moutons de poussière fleurissaient dans l'interstice des lattes du plancher. Un peu honteuse, elle s'introduisit dans les deux dernières chambres qu'elle n'avait pas encore visitées. Ici, nulle odeur de naphtaline. Bien au contraire. Elles embaumaient l'encaustique.

La première, tout d'abord. Anabel ouvrit l'armoire. Maxime mesurait près d'un mètre quatre-vingts. Les costumes et les chemises accrochés aux cintres lui appartenaient manifestement. Il vivait donc ici, dans cette maison, dans cette chambre, aux côtés de Monsieur Jacob. Employé au magasin, chauffeur, domestique. Qui était-il ? Il semblait se passionner pour la chose militaire. Diverses revues concernant l'armement, du plus léger – pistolets, revolvers – au plus lourd – obusiers et chars d'assaut –, reposaient en vrac sur la table de chevet. Le lit était fait au carré, pas un gramme de poussière ne traînait sur le sol. Elle referma les portes de l'armoire, dont les charnières grincèrent.

Quant à la seconde chambre, il s'agissait sans nul doute de celle de Monsieur Jacob, à en juger d'après les mêmes critères, taille des costumes, encolure des chemises, soigneusement rangés dans un placard. Elle reconnut d'ailleurs certaines des cravates qu'elle lui avait vu porter, jour après jour, depuis leur première rencontre. C'était donc là la chambre de Monsieur

Jacob ? Le lit dans lequel il dormait ? Il n'y avait aucune photo, aucun bibelot sur la table de chevet, pas la moindre gravure suspendue à l'un des murs couverts d'un papier peint gris terne, dépourvu de tout motif, qui commençait à manifester des signes de fatigue. Rien qui pût rappeler un quelconque attachement à un passé, aux divers souvenirs qui jalonnent une vie, incitent à la baliser de quelques points de repère, autant de petites croix tracées d'une main hésitante sur la carte du destin, avec ses carrefours hasardeux, ses chemins de traverse, ses sens interdits, ses impasses. Rien, il n'y avait rien. Anabel s'éloigna à reculons.

Revenue au rez-de-chaussée, elle s'arrêta devant les premières marches d'un escalier situé tout au fond de la pièce, à l'opposé de la cheminée. Un escalier recouvert de tapis rouge, pareil à celui qui menait aux chambres, mais celui-ci s'enfonçait vers les sous-sols. Aucune balustrade ne l'entourait, un visiteur distrait aurait très bien pu y basculer, y dégringoler. Il permettait d'accéder à une cave, dont l'entrée était jadis recouverte d'une trappe : des gonds étaient encore scellés dans le pourtour de ciment bordé par les tomettes. Elle descendit une quarantaine de marches, l'équivalent de deux étages au moins, et se trouva face à une nouvelle porte, entrouverte. Elle hésita, puis se souvint du mot que son hôte avait déposé près du plateau du petit déjeuner. *Anabel, mon amie, faites le tour du propriétaire, vous êtes ici chez vous.* Elle poussa la porte, tâtonna du bout des doigts le long des murs pour rencontrer un commutateur, y parvint, l'actionna. Il commandait une série de rampes de néons qui crépitèrent, lançant tout d'abord quelques flashes timides avant de consentir enfin à remplir pleinement leur mission.

Anabel découvrit alors un capharnaüm insensé. La pièce s'étirait tout en profondeur, sur une trentaine de mètres au moins. Une cave, creusée dans un sol calcaire. Les rampes de néons pendaient le long du sommet de la voûte, plus ou moins alignées, et grésillaient alternativement, de domino en domino, reliées entre elles par des câbles électriques entrelardés de toiles d'araignées, couverts de moisissures, de chiures de mouches, de filaments de poussière.

Une cave encombrée de rayonnages branlants, supportant des piles entières de livres soigneusement classés, tandis que d'autres s'effondraient, se répandaient sur le sol, en une coulée dont le flot s'avérait impossible à endiguer. Anabel leva les yeux jusqu'au plafond, qui lui parut haut d'une bonne dizaine de mètres. Il y avait là de quoi entasser plusieurs milliers de volumes. Des échelles, des escabeaux permettaient d'accéder aux niveaux les plus haut perchés.

De place en place ronronnaient des appareils électriques, des climatiseurs qui propulsaient un souffle d'air tiède destiné à assécher l'atmosphère, à combattre l'humidité. Anabel enjamba des monticules d'ouvrages entassés à même le sol, de classeurs emplis d'une paperasse rongée par les mites, ternie, froissée, prenant soin de ne pas fouler les feuillets épars, et poursuivit sa progression vers un ordinateur de modèle récent, équipé d'une puissante unité centrale, installé sur un bureau, tout au fond de la cave. Une multitude de Post-it étaient scotchés sur le pourtour de l'écran, dans les interstices des touches du clavier. Tous couverts de gribouillis abscons.

Anabel fit demi-tour et s'intéressa aux livres. Certains étaient fort anciens. Pour ne pas dire antiques. Des grimoires. Leur reliure s'étiolait, tombait en miettes. Elle renonça à gravir les barreaux des différentes échelles, des escabeaux, pour les examiner de plus près. D'autres, en moins piteux état, semblaient rescapés d'époques plus récentes. Anabel était totalement incapable de les dater, même approximativement.

Une seule certitude, il s'agissait là d'un véritable trésor. Monsieur Jacob avait dû consacrer sa vie entière à rassembler une telle profusion de livres. Et à les lire, à les annoter. Entre les pages de chacun d'entre eux, elle remarqua la présence de signets, de feuillets couverts de commentaires. Des carnets suspendus aux rayonnages à l'aide de vulgaires ficelles semblaient indiquer des renvois, des correspondances, bref, servir de mode d'emploi, de guide dans ce labyrinthe.

Son regard ébahi balaya la bibliothèque, de haut en bas. Plus l'on descendait, plus les ouvrages étaient récents. A un mètre soixante du sol environ, un sol recouvert de lino gris, on entrait de plain-pied dans le XIXᵉ siècle. Anabel parcourut les titres sur les reliures de cuir, puis de carton, puis de papier glacé, au fur et à mesure qu'elle avançait dans la chronologie du classement, c'est-à-dire de plus en plus bas, jusqu'au ras du plancher. Jusqu'au présent, aux années 1990-2000. Toutes les langues, toutes les formes d'écriture étaient représentées. Caractères arabes, cyrilliques, hébraïques, chinois, grecs... et enfin latins, les seuls qu'elle put déchiffrer.

*

Mors, Muerte, Morte, Tod, Death, Smierc. Anabel le constata, toute cette documentation, colossale, convergeait vers un seul point. La mort. Sous toutes ses formes. Toutes ses déclinaisons possibles. Ses représentations picturales, religieuses ou profanes. Du bout des doigts, elle balaya des albums photographiques illustrant l'histoire de l'art funéraire. Et aussi des traités philosophiques. Et encore des dictionnaires, des encyclopédies de médecine, voire de simples fascicules, des copies de thèses traitant de telle ou telle maladie en particulier. La genèse d'une épidémie, la biographie d'un médecin ayant décroché un prix Nobel ou de tel autre, resté inconnu mais auquel un chercheur tenait malgré tout à rendre hommage... Anabel fouilla, ici, là, en prenant soin de ne rien déranger. Des photocopies tirées d'un magazine britannique, sur les pathologies présentées par les survivants de la catastrophe de Tchernobyl, cancers de la thyroïde et leucémies. Des monographies concernant des maladies récentes, VIH, virus Ebola et autres fièvres hémorragiques, sans oublier le mystérieux syndrome de la guerre du Golfe. Autant de revues auxquelles Monsieur Jacob était abonné, à en juger d'après les factures punaisées un peu partout, accompagnées d'avis de recommandés postaux avec accusé de réception, et sur lesquelles il avait scotché des Post-it portant cette simple mention manuscrite : *« A régler, urgent, le rappeler à Maxime. »*

Tout en bas des rayonnages, à ras du sol, sur plus de cinq mètres, s'entassaient également des cassettes vidéo, des documentaires ayant trait au même sujet. Anabel alluma une cigarette, exhala de longues bouffées, l'esprit assailli de pensées confuses. Mordillant le bout filtre de sa cigarette, les mains enfoncées dans les poches de son jean, elle rebroussa chemin, quitta la bibliothèque, gravit l'escalier en sens inverse et sortit dans le jardin. Ses pieds nus foulèrent une herbe tendre. Vue de l'extérieur, la maison ressemblait en tout point à celles du voisinage. La même façade cossue, chenue, le même toit d'ardoise grise, les mêmes garnitures de zinc, les mêmes gouttières couvertes de mousse. Une balancelle était installée près d'un saule pleureur, à deux pas des rives de la Marne.

Anabel y prit place et se berça lentement en donnant de petits coups de talon sur le sol. La taille de la maison, la limousine, le chauffeur-domestique, les sommes importantes que Monsieur Jacob avait dû dépenser pour acquérir tous les ouvrages entassés dans la cave, tout cela excitait sa curiosité. Le commerce des pompes funèbres est peut-être rentable, mais il fallait croire que son hôte y excellait pour s'offrir un tel train de vie. Peut-être avait-il fait un juteux héritage ? Un canard s'approcha et la fixa de ses yeux ronds où brillait une lueur de profonde stupidité. D'une pichenette, elle le fit déguerpir en le bombardant du mégot incandescent de sa cigarette. Vexée, meurtrie, la bestiole battit l'eau boueuse de ses pattes palmées, décrivit un demi-cercle et revint défier la créature qui avait manifesté tant d'agressivité à son égard.

– Après tout, t'as raison ! murmura Anabel. Je vais me montrer aussi obstinée que toi ! Hein ? Pourquoi foutre le camp ? On verra bien !

*

Elle s'était éveillée à onze heures passées. Monsieur Jacob ne rentrerait qu'en début de soirée, ainsi qu'il l'en avait avertie. Elle partit pour une promenade. Un double des clés de la maison était suspendu dans le vestibule. Elle enfouit le trousseau au fond d'une poche de sa parka et claqua simplement la porte avant de s'éloigner. D'un pas lent, elle longea les allées aménagées sur les bords de la Marne, en direction de Champigny, puis de Chenevières. Elle croisa des pêcheurs à la ligne, des adeptes du jogging, des amoureux qui se pelotaient sans vergogne, allongés sur un carré de gazon, des lycéens séchant leurs cours et fumant un pétard... Vers quatorze heures, elle déjeuna dans un restaurant, près du pont de Chenevières. La liasse de billets de cinq cents francs que Brad lui avait remise gonflait l'une des poches de son jean. Elle régla l'addition avec l'un d'entre eux, encaissa la monnaie et fit un rapide calcul mental. Il lui restait à peine treize mille francs. Son CCP était à découvert, et il y avait fort à parier que Brad ne lui ferait pas de cadeau après sa démission-surprise. Elle était bien trop heureuse d'avoir échappé à l'univers glauque de *Scar System* pour aller batailler afin de faire valoir ses droits, si toutefois elle en avait. D'ici quelques jours, elle irait s'inscrire à l'ANPE.

Elle parcourut le chemin en sens inverse, croisant la même faune d'oisifs qu'à l'aller. Il était plus de dix-huit heures quand elle fut de retour chez Monsieur Jacob. Puisqu'elle était là, autant jouer le jeu. Elle enfourna son linge sale dans une machine à laver, rangea le reste de ses affaires dans l'armoire de sa chambre, ses produits de toilette et de maquillage sur les étagères de la salle de bains attenante, et vint s'allonger sur un canapé au rez-de-chaussée. Elle avait ouvert les portes-fenêtres de la véranda et écouta quelques disques, en s'efforçant de ne plus penser à rien. Le temps était orageux. Une brise tiède soufflait, chargée d'humidité. La surface de la Marne était agitée de vaguelettes.

Peu avant vingt heures, elle entendit le portail qui s'ouvrait. La Mercedes s'engagea sur l'allée de gravier menant au garage. Monsieur Jacob en descendit. Il s'avança, souriant comme à l'accoutumée, prit place dans un fauteuil, étira ses jambes et poussa un profond soupir de contentement, pareil à n'importe quel banlieusard rentrant chez lui après une longue journée de labeur.

– Tout s'est bien passé, pour vous ? demanda-t-il.

Anabel confirma d'un simple hochement de tête. Maxime fit aussitôt son apparition dans la véranda avec un plateau et deux verres à cocktail.

– Pina colada, précisa Monsieur Jacob, vous n'avez rien contre ?

Il savoura le breuvage à petites gorgées, les paupières closes.

– En ce qui concerne Ralph et Brad, la question est réglée, je peux vous garantir qu'ils ne chercheront plus

155

à vous ennuyer, reprit-il. Mon Dieu qu'il fait chaud, ce soir, l'orage ne va pas tarder ! Ah, j'oubliais, Ralph a remis à Maxime le courrier qui est arrivé chez vous. Il faudra penser à régler les questions de changement d'adresse, n'est-ce pas ?

Il lui tendit quelques enveloppes qu'elle renonça à ouvrir. Des relevés de CCP, de la Sécurité sociale, ainsi qu'une lettre des parents de Marc. Elle reconnut l'écriture de sa mère.

– Le changement d'adresse ? répéta-t-elle, interloquée.

– Mais oui, vous habitez ici, désormais. Aussi longtemps qu'il vous plaira. Le jour où vous souhaiterez partir, nous aviserons, n'est-ce pas ? En attendant, il faut bien que votre courrier suive.

Anabel plongea le nez dans son verre pour éviter de répondre. Partir ? Elle devrait d'abord recommencer à travailler et économiser un peu avant de pouvoir louer un nouveau studio, verser les deux mois de caution, voire acheter quelques meubles, le strict minimum.

– J'ai... j'ai fait le tour du propriétaire, comme vous m'y aviez invitée, annonça-t-elle. Elle marqua un temps d'arrêt avant de préciser : Même le sous-sol...

– Ah, cette bibliothèque me donne tant de souci, marmonna Monsieur Jacob, contrarié. Il faudrait pouvoir protéger toute cette paperasse de l'humidité, mais ce n'est guère facile, ça coûte une fortune. Une véritable fortune. Et dites-moi, ça vous a... intéressée ?

– Je n'ai jeté qu'un bref coup d'œil. Il y a bien des trésors, et de plus, je ne lis que le français, un peu l'anglais...

– Je suis certain que vous y trouverez votre compte. Voyez-vous, Anabel, la mort est un curieux sujet d'étude. Les hommes n'y ont jamais rien compris. Ou s'y sont refusés. Tout est inscrit dans le fil du temps, il s'agit d'un événement inéluctable, comme l'alternance des saisons, la rotation de notre planète autour du Soleil, et pourtant, elle demeure inacceptable, nous nous révoltons contre elle. Je ne parle pas de la mort accidentelle, voire violente, comme celle qui a emporté votre ami Marc, ou de celle d'un enfant, non, je veux parler de la mort naturelle, celle qui ronge peu à peu les corps, à coups d'imperceptibles égratignures, qui creuse son sillon dans les chairs, qui les corrompt jusqu'à ce qu'un beau matin on ne puisse plus transiger. On meurt et voilà tout. La conscience que l'individu a de lui-même s'éteint brusquement, avec le dernier battement de cœur, alors qu'en vieillissant il a depuis longtemps pris l'habitude de regarder son propre corps avec méfiance. Et personne ne s'y résigne. Ce qui m'a toujours étonné. Toujours. C'est mon métier, il me passionne. J'essaie de l'exercer de la meilleure façon qui soit, en conscience. Ces dernières années, l'informatique m'a grandement aidé. Internet, vous voyez? J'essaie de correspondre avec des gens captivés par ce sujet. Partout dans le monde. J'y passe mes nuits. Je dors peu, vraiment peu, la nature m'a doté d'un organisme qui se contente d'un temps de sommeil tout à fait modeste.

A cet instant, Maxime réapparut sous la véranda. Il inclina légèrement le buste, invitant Monsieur Jacob à rejoindre la salle à manger. Deux couverts étaient dressés sur la table de chêne. Anabel prit place face à son hôte. Maxime servit les plats, un à un, accompagnés d'une bouteille de bordeaux dont Anabel renonça à déchiffrer l'étiquette, inutile, en matière de pinard, elle n'y connaissait rien de rien. Maxime allait et venait, silencieux, efficace, discret. Anabel scruta ses allées et venues, étonnée. Presque inquiète.

– Pour votre gouverne, chuchota Monsieur Jacob, je dois vous dire que Maxime est à mes côtés depuis plus de dix ans. J'ai aidé sa femme à franchir... le... le grand pas dont je vous parlais à l'instant. Disons que j'ai pu amoindrir ses souffrances. Maxime est un peu, disons, bourru ! Sachez que c'est quelqu'un de totalement sûr. Avant de travailler pour moi, il a connu bien des déboires. Une vie de guigne, de poisse, ça peut arriver à n'importe qui. La Légion étrangère, vous voyez, toutes ces choses à propos desquelles il vaut mieux rester discret... De ce fait, vos ex-amis, Brad et Ralph, ont parfaitement compris le langage d'extrême fermeté qu'il leur a tenu ce matin même, me suivez-vous, chère Anabel ?

*

Après le repas, elle reprit place dans la véranda, tandis que Monsieur Jacob descendait à sa bibliothèque. Elle écouta un nouveau disque, un Chet Baker particulièrement langoureux, mais bientôt l'orage qui avait tant tardé éclata. La pluie déferla sur la toiture de verre, avec une violence telle qu'Anabel crut qu'elle allait rompre. La nuit était tombée ; les éclairs lançaient leurs traits de lumière aveuglants, si bien qu'on y voyait comme en plein jour. Cela dura plus d'un quart d'heure, puis l'obscurité reprit tous ses droits. Maxime avait disparu. Anabel traversa la salle à manger, hésita un instant devant l'escalier qui menait au sous-sol. La porte était entrouverte, les néons allumés, là, en bas. Monsieur Jacob travaillait à ses recherches, sans doute installé devant l'écran de son ordinateur.

– Approchez, Anabel, ne soyez pas timide, lança-t-il d'une voix forte, devinant sa présence. Je viens de me connecter à un site très surprenant. Une vraie trouvaille. www.distéfano.com. Venez jeter un coup d'œil.

Anabel descendit la volée de marches, franchit le chemin qui la séparait du fond de la cave, se faufila entre des piles de livres amoncelées sur le sol, enjamba des amas de dossiers entassés en vrac pour rejoindre

Monsieur Jacob, installé devant son PC. Sur l'écran apparaissaient des photographies de cadavres en décomposition.

– Saisissant de réalisme, non ? Ce sont pourtant des faux, expliqua Monsieur Jacob. De vulgaires mannequins confectionnés avec du papier mâché, du carton, de la cire. Regardez. Ils coûtent 650 dollars pièce. Des gens les achètent, je suppose pour les exposer dans leur salon ou pour égayer une soirée, une sorte de gag ! Pour moins cher, 20 dollars, on peut se procurer un manuel de fabrication. Attendez, il y a mieux encore.

Anabel vit les doigts de Monsieur Jacob pianoter sur le clavier de l'ordinateur. Moins d'une minute plus tard, il s'était connecté à un autre site, qui relatait les exploits d'un collectif d'artistes chinois intitulé *Cadavre*, et qui, précisément, utilisaient des résidus humains comme matériau artistique lors d'« installations » destinées à être présentées en public.

– Répugnant..., soupira Anabel.

– Bien sûr, mais voyez comme c'est curieux ! La mort devient à la mode. Vos contemporains passent leur temps à supplier la médecine de prolonger leur vie, on leur promet déjà de reculer le moment fatidique de quelques décennies, de vivre jusqu'à cent vingt ans et plus ! Et dans la même foulée, une poignée d'illuminés commence à vouer un véritable culte au cadavre. Oh, certes, c'est encore marginal, mais...

– Mes contemporains ? s'étonna Anabel. Ce sont aussi les vôtres...

– Exact, j'ai parfois tendance à l'oublier ! concéda Monsieur Jacob.

Anabel resta un instant près de son hôte, à le regarder surfer de site en site avec dextérité. Prétextant un vague mal de crâne, elle regagna sa chambre, perplexe. La pièce lui était déjà devenue familière. *Vous habitez ici, désormais. Aussi longtemps qu'il vous plaira. Le jour où vous souhaiterez partir, nous aviserons, n'est-ce pas ?* La voix de Monsieur Jacob résonnait encore dans sa tête. Entortillée dans les draps de son lit, elle chercha le sommeil et, contre toute attente, finit par le trouver sans avoir recours aux anxiolytiques.

*

Durant les jours qui suivirent, le rituel se répéta. Anabel paressait toute la matinée, se baladait sur les bords de Marne l'après-midi, tuait le temps en écoutant de la musique, jusqu'au retour de Monsieur Jacob, accompagné de l'incontournable Maxime. La météo était particulièrement clémente, aussi à plusieurs reprises elle enfila un maillot de bain et s'autorisa des siestes au soleil, dans un transat, comme en vacances. Elle fit quelques incursions dans la bibliothèque souterraine pour survoler certains ouvrages, parmi les plus synthétiques. Elle s'attarda sur un recueil de reproductions de tableaux. Celui qui figurait sur la jaquette de couverture n'était autre que *La Mort du fossoyeur*, de Carlos Schwabe, qui représentait un vieil homme, affalé au fond du tombeau qu'il était occupé à creuser, une pelle à la main, alors qu'une étrange créature venait de se poser près de lui, au bord de la fosse. Un genre de fée ailée, toute de vert vêtue, au visage diaphane, qui tendait vers le pauvre homme une main indulgente mais captatrice, lui ôtant son dernier souffle de vie. La Mort – une femme au regard d'une grande douceur, aux traits délicats, et non pas le stéréotype du squelette armé de sa faux – se moquait de ses serviteurs, de ses mercenaires en quelque sorte. Anabel manipula le volume avec précaution. Certaines pages s'en détachaient. Au gré des chapitres, les représentations de la Faucheuse étaient d'inspiration plus classique. *La Danse des squelettes*, tirée du *Liber cronicarum*, montrait un quarteron de joyeux cadavres momifiés, dont l'un soufflait dans une flûte, pour convier un trépassé à se joindre à la fête. Puis une gravure sur bois de Dürer, *La Mort et le Lansquenet*, où un squelette rigolard montrait un sablier à un soldat en armure pour lui indiquer que son heure était venue. Et encore Holbein, Rembrandt Harmenszoon Van Rijn... Rowlandson proposait un tableau saugrenu montrant la Mort, chaussée de patins à glace, qui renversait de pauvres créatures sur la surface gelée d'un lac, comme une boule dans un jeu de quilles. Max Klinger avait une vision bien plus brutale, hallucinée : sa Mort pilonnait sans pitié une foule de passants à l'aide d'une masse de paveur de dimension gigantesque. Kublin, dans une litho à la plume, montrait la *Ville abandonnée*, couverte de brume et de fumée, dans les rues de laquelle errait une créature fantomatique. Edvard Munch, dans *La Jeune Fille et la Mort*, érotisait la scène fatale. La Mort devenait masculine et enlaçait une jeune femme aux formes pulpeuses, à la croupe rebondie. La belle se laissait aller, échangeait un baiser avec son amant, mais déjà – s'en rendait-elle seulement compte ? – un fémur desséché se frayait un passage entre ses cuisses.

Anabel frissonna et tourna la page. Il n'y avait dans ce recueil qu'un seul épisode où la Mort rentrait bredouille de ses sinistres parties de chasse. Un tableau de Hans Baldung Grien, *Le Chevalier, la Jeune Fille et la Mort*. On y voyait un paysage de campagne verdoyante. Un cavalier empanaché, vêtu d'une tunique rouge, arrachait à la Mort une jeune femme toute de rose parée. Il la hissait en croupe, après l'avoir tirée des griffes d'un squelette ricanant, et celui-ci, renversé sur le sol, se disloquait lamentablement. La Mort, tenace, refusait pourtant d'abandonner la partie et agrippait encore entre ses dents un des pans de la robe de la jeune femme. En vain. Le couple avait déjà pris la fuite.

*

Entre deux séances de bronzette dans le jardin, deux balades le long de la Marne, Anabel redescendit dans la cave et se plongea dans d'autres ouvrages, des revues de médecine agrémentées d'illustrations aussi hautes en couleurs que répugnantes, ou des relevés statistiques d'une grande sécheresse qui dressaient le bilan de diverses épidémies, de famines qui avaient ravagé telle ou telle région, continent par continent, depuis qu'une bureaucratie spécialisée s'était donné la peine d'aligner ces colonnes de chiffres macabres. Au beau milieu de cet océan de malheur, un recueil de poésie attira son attention. Des poèmes ? Elle s'en étonna, mais comprit aussitôt que cet ouvrage était parfaitement à sa place, dès qu'elle en eut parcouru les premières pages. L'auteur en était un certain Gottfried Benn. Un médecin légiste, officiant à la morgue d'un hôpital berlinois, poète dilettante, qui avait connu son heure de gloire au milieu des années 20. Benn avait puisé son inspiration au spectacle quotidien des cadavres qu'il devait autopsier, offerts à ses yeux, à ses mains, sur la table de dissection.

Belle jeunesse
La bouche d'une fille qui avait longtemps reposé
dans les roseaux était si rongée.
Quand on ouvrit la poitrine l'œsophage était si troué
Enfin dans une tonnelle sous le diaphragme
On trouva un nid de jeunes rats.

Belle jeunesse ? Soit. Après ces quelques jours d'oisiveté, sinon de léthargie, Anabel sentit qu'il était

162

temps de se ressaisir. Une semaine jour pour jour après son arrivée dans la villa de Nogent, elle fit part à Monsieur Jacob de sa décision de se rendre dès le lendemain dans une quelconque agence de l'ANPE pour y remplir un dossier. Elle lui annonça la nouvelle à la fin du dîner, dès que Maxime eut débarrassé la table. Monsieur Jacob humecta un cigare, l'alluma lentement, alla chercher une bouteille de cognac ainsi que deux verres, qu'il emplit avant d'en tendre un à Anabel.

– Écoutez, lui dit-il, j'ai réfléchi à la question. Qu'allez-vous pouvoir trouver comme emploi ? Vous me l'avez dit vous-même, avec votre casier, aucun hôpital, aucune clinique ne voudra ni ne pourra vous embaucher. Quant à retomber entre les pattes d'un confrère de Brad, je ne crois pas que cela vous tente, non ? Par contre... j'aurais une proposition à vous faire. Prenez tout le temps de la réflexion, rien ne presse. Voilà, Maxime est quelqu'un de très efficace, mais franchement, au magasin, nous sommes débordés. Déjà, avant de faire votre connaissance, j'envisageais d'embaucher un assistant pour l'accueil de la clientèle, la paperasserie, autant de tâches ingrates, mais incontournables. Si vous acceptiez, nous pourrions faire affaire.

Anabel ne put retenir un éclat de rire. Elle avala une rasade de cognac, toussa et se remit à pouffer. Consciente qu'elle risquait de vexer, sinon d'humilier Monsieur Jacob.

– Vous bénéficierez d'un contrat de travail en bonne et due forme, cela va de soi. Un salaire d'environ dix mille francs nets, les cinq semaines de congés réglementaires, plus un treizième mois. Qu'en dites-vous ?

Elle avait bien noté que le conditionnel n'était plus de mise.

– Je sais, je sais, reprit-il, avec le plus grand sérieux, c'est un bien curieux métier, et ceux qui l'exercent ne l'ont pas toujours choisi de gaieté de cœur. Moi-même...

– Vous-même ? demanda Anabel, après qu'il eut laissé sa phrase en suspens, les yeux perdus dans le vague, le regard voilé de tristesse.

– Moi-même, j'y suis venu d'une étrange façon ! Je vous raconterai tout cela un jour, peut-être. Alors, qu'en dites-vous ? N'hésitez pas, il y a dans la vie des moments où il faut savoir saisir les perches qu'on vous tend. Et puis vous ne serez pas condamnée à m'assister *ad vitam aeternam*. Un jour ou l'autre, quand il vous plaira, vous partirez. Nous nous dirons au revoir. Simplement au revoir. Et je serai très heureux de vous avoir aidée. Je ne vous cache pas que je mène une existence plutôt monotone, pour ne pas dire terne, alors, quand la chance m'est donnée de rendre service, à qui que ce soit, je ne la laisse jamais passer. Le marché est entre vos mains.

Anabel, troublée, se leva et arpenta lentement la pièce, son verre de cognac à la main. Elle n'avait plus envie de rire. Plus du tout. Elle était venue se planter devant la cheminée où Maxime avait enflammé quelques bûches. C'était totalement superflu : le temps persistait à l'orage, l'air était lourd et moite. Chaque soir pourtant, Monsieur Jacob passait un moment devant l'âtre, avant de descendre dans sa bibliothèque. Il semblait y éprouver un grand plaisir, goûter une sorte d'apaisement à la contemplation des flammes. Anabel sentit son visage s'empourprer sous l'effet de la chaleur. Des gouttes de sueur ruisselèrent sur ses tempes.

– OK, c'est oui ! acquiesça-t-elle enfin.

– A la bonne heure ! Ah, j'oubliais, il y a une condition !

– Laquelle ? lança Anabel, soudain méfiante.

– Que vous vous trouviez rapidement un petit ami. Je veux vous voir sortir, aller au cinéma, en boîte, n'est-ce pas, c'est comme ça qu'on dit ? Renouez le contact avec des gens de votre âge ! La vie est courte, Anabel, ne l'oubliez pas. Et la jeunesse passe si vite... je sais, vous allez me dire que je radote, que je parle comme un vieillard ! Ou comme tous les gens qui ont franchi le cap qui leur indique que le temps qui leur reste à vivre est inférieur à celui qu'ils ont déjà vécu, mais croyez en ma longue expérience, Anabel, tant que vous pourrez regarder droit devant vous, ne vous en privez pas ! A l'instant où il faut virer de bord, on ne fait que ruminer des regrets ! Le jour où, pour la première fois, l'on se met à parler de sa jeunesse en utilisant l'imparfait, on ressent un curieux malaise.

Il se leva, vint la rejoindre près de la cheminée, lui saisit la main, en ouvrit délicatement la paume.

– Permettez-moi, murmura-t-il avant d'y déposer un baiser, du bout des lèvres.

Il avait incliné la tête et se redressa pour fixer Anabel droit dans les yeux, un bref instant.

– Pardonnez-moi de vous abandonner, j'ai du travail, marmonna-t-il en se dirigeant vers l'escalier qui menait au sous-sol. Passez une bonne soirée. Demain sera un autre jour.

Anabel ne le quitta pas du regard tandis qu'il s'éloignait, que sa silhouette, qu'elle ne voyait plus que de dos, disparaissait au fur et à mesure qu'il descendait les marches. Elle remarqua que ses épaules s'étaient voûtées, comme sous le poids d'une intense fatigue. Elle avait refermé le poing pour y garder prisonnière la trace du baiser, l'empreinte des lèvres de Monsieur Jacob, à l'intersection de la ligne de vie et de la ligne de chance. Elle ne croyait pourtant pas à toutes ces balivernes, au triste baratin des gitanes souvent croisées dans le métro ou dans la rue. A Fleury, elle avait fréquemment rembarré une de ces paumées, une pauvre fille échappée de Bosnie qui harcelait les détenues dans la cour de la prison, profitant de leur crédulité, de leur détresse, pour leur promettre monts et merveilles – libération prochaine ou visite plus qu'improbable de leur amant au parloir – contre quelques misérables francs, voire une cigarette à demi consumée.

Ce soir-là, elle s'endormit paisiblement. Au réveil, elle tenait toujours son poing fermé. Encore engourdie par les brumes du sommeil, elle se souvint du geste affectueux de Monsieur Jacob. Quand elle descendit dans la salle à manger, le plateau du petit déjeuner était prêt, comme tous les matins. Une grande enveloppe reposait juste à côté. Elle contenait un contrat de travail en bonne et due forme.

9

Et c'est ainsi qu'Anabel fit sa réapparition dans le quartier voisin de l'hôpital Saint-Louis. La nature du commerce de Monsieur Jacob exigeait qu'elle laisse tomber ses jeans, ses tee-shirts et sa parka pour adopter un look plus strict. Monsieur Jacob l'avait accompagnée au Printemps pour y faire des emplettes.

– N'en rajoutez pas, ne versez pas dans l'excès, avait-il dit alors qu'elle s'apprêtait à ne se vêtir que de noir. Vous recevrez la clientèle, certes, et lorsqu'on pénètre chez moi, ce n'est pas pour faire la nouba, mais voyez-vous, à cet instant, les gens apprécient un peu de fraîcheur, croyez-en ma longue expérience.

Passant de rayon en rayon, elle fit son choix. Monsieur Jacob régla la facture avec sa Carte bleue. Anabel protesta, voulut participer, mais il refusa tout net.

– Il s'agit de tenues professionnelles, il n'y a aucune raison...

Anabel hocha la tête. Son nouvel employeur n'avait pas rechigné à la dépense, à l'inverse de Brad, c'était toute une garde-robe qu'il lui avait offerte. Ils se retrouvèrent sur les trottoirs du boulevard Haussmann, les bras encombrés de paquets. Maxime attendait un peu plus loin, garé en double file.

– Eh bien, conclut Monsieur Jacob, très content de lui, voilà une éternité que je n'avais accompagné une femme dans un magasin. Contrairement à ce qu'on dit, c'est ma foi assez agréable !

*

Anabel apprit très vite les rudiments du métier. Se montrer à l'écoute. Que dire aux familles. Comment préparer un contrat d'obsèques. Elle se familiarisa avec les tarifs des différents objets ornementaux, maîtrisa aisément le logiciel de comptabilité. Le magasin était de dimensions assez réduites, une soixantaine de mètres carrés à peine. La vitrine présentait toute une gamme de crucifix et de petits livres de marbre sculpté comportant des inscriptions diverses : *A notre père regretté*, *A mon épouse tant chérie*, etc. Face à l'entrée se tenait un bureau derrière lequel prenaient place Anabel ou Maxime, suivant leur disponibilité. L'arrière-boutique se divisait en deux parties : un autre bureau avec toutes les archives et le système informatique, ainsi qu'une salle d'exposition où l'on pouvait voir différents modèles de cercueils ou d'urnes funéraires. Il y avait de curieux moments. Les visites régulières d'un hypocondriaque notoire, qui passait deux fois par semaine montrer ses derniers résultats d'analyses et vérifiait que le cérémonial qu'il avait imaginé serait bien respecté lorsque son heure aurait sonné. Il tenait à être incinéré. Durant la crémation, ses proches écouteraient un concerto de Vivaldi, puis l'on emporterait l'urne contenant ses cendres jusqu'au sommet du mont Blanc, pour les y disperser. Une vieille dame du voisinage pénétrait aussi très fréquemment dans le magasin. Pour annoncer en riant qu'elle se portait comme un charme.

*

Le mois de juillet fila à toute allure. Anabel s'était habituée à sa nouvelle vie, à cette curieuse renaissance à laquelle elle aurait refusé de croire un mois plus tôt. Elle se sentait parfaitement à l'aise dans ses nouvelles fonctions. Parfois, Maxime et Monsieur Jacob lui abandonnaient la garde du magasin, le temps d'un bref séjour en province, une journée ou deux. Pour le travail. Bien qu'intriguée, Anabel ne posait pas de questions. Peut-être existait-il une succursale, quelque part en Bretagne ou dans le Pas-de-Calais ? Une sorte de filiale ? Il leur arrivait aussi de partir en pleine nuit, précipitamment, de quitter la villa de Nogent à la suite d'un coup de téléphone, pour ne rentrer qu'au petit matin, épuisés. C'était surprenant mais, après tout, pourquoi se mêler de ce qui ne la regardait pas ?

Tous les midis, Anabel déjeunait chez Loulou, y retrouvait son rond de serviette décoré à la pointe à pyrograver. Elle allait ensuite prendre l'air dans le square, près du canal. L'été provoquait un afflux de cars de touristes aux abords de l'*Hôtel du Nord*. Il lui arriva de croiser Brad, qui fuyait son regard et changeait même de trottoir sitôt qu'il l'apercevait.

A la mi-août, Maxime se blessa en taillant une haie dans le jardin. Une vilaine estafilade à la main droite, compliquée d'une fracture du deuxième métacarpien. D'un brusque mouvement du bras, il avait chassé une guêpe qui lui tournait autour, si bien que la débroussailleuse avait échappé à son contrôle. Rien de très grave, mais il ne pourrait plus conduire avant la cicatrisation définitive. Il fallait compter un mois au moins d'ici la guérison. Ce qui chagrina Monsieur Jacob.

– Je... je ne sais pas conduire, j'en suis totalement incapable, j'ai essayé d'apprendre, mais dès que je me retrouve avec un volant entre les mains, je tremble de peur, pas pour moi, mais pour les autres ! avoua-t-il à Anabel. Je vais être obligé d'embaucher un intérimaire !

Elle ne cacha pas son étonnement. Lors des déplacements en province de Monsieur Jacob, elle partait un peu plus tôt le matin, marchait jusqu'à la station RER de Nogent, et changeait à Nation, direction Dauphine. Elle descendait à Colonel-Fabien et gagnait la rue Bichat en moins de cinq minutes. Le trajet, dans sa totalité, ne prenait pas plus de trois quarts d'heure.

– Ce n'est pas cela qui me tracasse, expliqua-t-il. Le hic, c'est que Maxime conduit *aussi* le fourgon !

Il s'agissait d'une camionnette à la carrosserie grise servant au transport des cercueils, qui comportait deux banquettes de chacune trois places destinées aux proches du défunt. Maxime la garait dans un box proche de la boutique.

– Mais je l'ai, moi, le permis ! protesta Anabel. Je peux conduire la Mercedes aussi bien que la fourgonnette !

– Vous feriez ça pour moi ? s'écria Monsieur Jacob. Parfait, parfait, voilà un souci en moins !

*

Anabel franchit un nouveau pas dans le métier. Cette fois, elle ne se contentait plus d'accueillir la clientèle ou de classer de la paperasse. Elle assistait directement à la préparation des cérémonies, à leur déroulement, et même à la prise en charge de la dépouille. Elle était présente lors de la mise en bière, et devait mettre la main à la pâte. Elle s'accommoda très bien du contact physique avec les cadavres. Sans éprouver une quelconque répulsion. A tout prendre, les pauvres types qui venaient se faire charcuter chez Brad lui inspiraient nettement plus de dégoût.

La plupart du temps, les décès avaient lieu à l'hôpital, si bien que le travail était en quelque sorte « mâché » par les garçons morguistes. Ils s'occupaient de la toilette mortuaire, habillaient le défunt, installaient le corps dans le funérarium. Pour l'organisation des convois, lors desquels il fallait des bras solides pour porter le cercueil, Monsieur Jacob faisait appel à des employés qui partageaient leurs journées d'un confrère à l'autre, suivant la demande.

Plusieurs fois pourtant, elle dut accompagner Monsieur Jacob au domicile de ses clients. Il fallait agir en urgence, transporter sur place des pains de glace carbonique, le temps que les familles se décident pour le choix de tel ou tel cercueil, de tel ou tel capitonnage, suivant un barème de prix très variables. Toute une fratrie pouvait commencer à se chamailler sur le montant de la facture, alors qu'un père ou qu'une mère reposait là, inerte, dans la chambre voisine, et commençait à se décomposer. Monsieur Jacob se déplaçait toujours avec une mallette emplie de divers produits cosmétiques, de houppettes, de poudres, de brosses et de peignes. Il demandait aux proches de le laisser seul, puis s'affairait sur le visage du défunt, l'enduisait de crèmes, de lotions, travaillant les tissus par de savants massages, le maquillait enfin. Anabel le vit ainsi redonner une grande sérénité à des visages ravagés par les douleurs de l'agonie. Elle était fascinée par son savoir-faire, sa technique impeccable. Aussi bien dans le contact avec les familles que dans l'intimité des cadavres, jamais elle ne le vit commettre la moindre erreur.

*

Au début du mois de septembre, un midi qu'ils se retrouvaient attablés chez Loulou, tenaillée par la curiosité, elle lui posa de nombreuses questions à propos des produits qu'il employait, des techniques qu'il utilisait. Il la contempla avec le sourire, levant son verre empli de *Cuvée du patron* pour l'inviter à trinquer.

171

– Je ne m'étais pas trompé à votre propos, lui dit-il. Dès la première fois que je vous ai aperçue dans le square, j'ai su que vous étiez faite pour ce métier. Il faut avoir approché la mort de très près pour éprouver ce que vous ressentez à présent. Vous avez parfaitement compris qu'au-delà de l'événement, on peut encore aider son prochain. Faire en sorte que la dernière vision qu'en garderont les siens soit douce, apaisée. On vous a brutalement arrachée à Marc et la vision de son corps, ou plutôt de ce qu'il en advenait, jour après jour, semaine après semaine, vous a longtemps hantée, obsédée, n'est-ce pas ? Vous avez tenté d'imaginer ce que c'était, ce que c'était réellement ?

Elle approuva d'un hochement de tête, la gorge nouée. Il lui prit la main.

– Vous voyez, le modeste « croque-mort » que je suis n'est pas qu'un vulgaire marchand de cercueils ou de pierres tombales... Il faut respecter la mort, Anabel, la respecter profondément, savoir prendre soin d'elle, l'apprivoiser, elle n'est pas si farouche, croyez-moi. Vous voulez « apprendre » ?

– Oui, murmura-t-elle, dans un souffle.

– Tout au long de mon existence, j'ai eu de nombreux élèves, Anabel, mais je crois que vous figurerez parmi les plus doués. J'en ai eu l'intuition dès que je vous ai aperçue. Au premier coup d'œil. Vous avez le feeling. C'est indéniable.

– Vous voulez dire que vous... vous avez prémédité tout cela ? Que vous m'avez attirée chez vous, proposé de travailler au magasin, d'abord à l'accueil, en sachant parfaitement qu'un jour ou l'autre, nous... nous irions plus loin ?

Monsieur Jacob éclata de rire. Un rire sincère et jovial. Les clients attablés au comptoir tournèrent la tête vers le fond de la salle.

– Je n'ai rien prémédité, voyons ! Peu à peu, j'ai découvert dans quel pétrin vous vous étiez fourrée, et je n'ai fait que vous aider. Le reste du chemin, vous l'avez parcouru vous-même... Chez ce Brad, vous étiez en permanence au contact de la douleur, vous côtoyiez des pervers, vous n'en finissiez plus, pardonnez-moi, de tripoter de la viande en souffrance. Ce pauvre type qui a subi la séance de branding, celle que vous m'avez racontée, que cherchait-il en fait ? A voir son corps se modifier, devenir autre, entrer dans une sorte d'au-delà. Meurtrir les chairs, s'acharner sur elles en les lacérant, n'est-ce pas, en dernière instance, mimer, singer le travail auquel notre amie la Mort se livre dès lors qu'on s'abandonne à elle ? Lui réclamer un échantillon de ce qu'elle est capable de faire ? Je vais donc être votre professeur, chère Anabel. Un cadavre ne souffre pas. C'est là toute la différence.

*

Durant tout le mois de septembre, Anabel entama sa formation de thanatopraxie avec application. Elle apprit à masser les visages, à manier les différents produits cosmétiques. Monsieur Jacob était un pédagogue hors pair. Il indiquait les gestes à suivre, donnait les consignes, surveillait l'exécution. Sa voix douce, onctueuse, ponctuait chacune des étapes du travail de réparation. Quand les proches revenaient dans la chambre où gisait le corps, le regard qu'ils posaient sur le défunt témoignait de leur surprise, mais, plus encore, de leur gratitude. Les stigmates de la souffrance étaient effacés. Le père, le grand-père ou l'épouse qui venait de rendre l'âme n'affichait plus ce masque hideux – crispation des mâchoires, yeux exorbités, teint gris cendre –, mais semblait dormir paisiblement. Réconcilié avec son destin.

Le soir venu, Anabel s'installait au volant de la Mercedes pour rentrer à Nogent. Monsieur Jacob ne s'asseyait pas à l'arrière, comme à son habitude, mais prenait place à ses côtés. Bien qu'handicapé par sa blessure, Maxime continuait de préparer le repas du soir, d'entretenir le feu dans la cheminée. Anabel et Monsieur Jacob dînaient en commentant les menus événements survenus dans la journée. Puis elle regardait un film, écoutait de la musique, ou étudiait un des livres qu'il lui confiait. Elle devint vite incollable sur tout ce qui concernait le cadavre, les premiers soins d'hygiène à lui apporter, destinés à retarder le lent processus de la décomposition. Et plus encore. *Curtonèvres, grands sarcophagiens, dermestes, Piophila, Aglossa, corynètes, Lonchea, Ophyra*, elle mémorisa le nom des diverses colonies d'insectes, jusqu'aux plus infimes, aux plus microscopiques des acariens, qui viennent se repaître des corps abandonnés par le souffle de vie, dès les premières minutes de leur voyage vers l'au-delà, et jusqu'à des années entières après le dernier battement de cœur. Fermentation butyrique, fermentation caséique, puis ammoniacale... Autant de mots qui décrivaient la métamorphose qu'avait subie le corps de Marc, et ce avec une froideur, un détachement dépourvu du moindre affect.

*

Le 29 septembre, elle fut réveillée en pleine nuit par le téléphone, qui sonna dans la chambre de Monsieur Jacob. Elle perçut les échos étouffés de la conversation avec son interlocuteur. Dix minutes plus tard, elle entendit frapper à la porte de sa chambre. Elle se leva, enfila son peignoir et vint ouvrir. Monsieur Jacob attendait, la mine grave, soucieuse, en robe de chambre et pyjama.

– Anabel, il y a un problème, lui expliqua-t-il. L'épouse d'un client vient de m'appeler. Il est... vous avez compris ? Je dois me rendre immédiatement chez lui. Seulement voilà, il habite Troyes et il y a urgence. Accepteriez-vous de m'y conduire ?

*

Il était deux heures trente quand la Mercedes franchit le seuil du portail de la villa de Nogent. Anabel tenait le volant, concentrée. Juste avant le départ, elle avait vu Monsieur Jacob déposer deux lourdes valises métalliques dans le coffre de la voiture.

– L'homme chez qui nous nous rendons, expliqua-t-il alors qu'elle s'engageait sur l'autoroute, était diplomate. Vieille famille de l'aristocratie... il y a des frères, des sœurs, des neveux, des nièces dispersés un peu partout dans le monde. Les obsèques ne pourront avoir lieu que dans quatre ou cinq jours, le temps que tout ce petit monde soit averti et prenne ses dispositions pour venir en France. Les dernières volontés de mon client sont très claires et son épouse y souscrit. Il a tenu à ce que chacun puisse se recueillir devant sa dépouille. Et il n'y aura pas que la famille, le cortège devrait réunir une centaine de personnes, au bas mot.

– Vous avez bien dit quatre ou cinq jours ? s'étonna Anabel.

– Vous avez parfaitement compris ce que ça signifie. Si l'on ne fait rien, ce sera la catastrophe.

– Une... une chambre froide ? C'est la seule solution, non ? suggéra Anabel.

– Non, pas du tout. Jusqu'à présent, vous m'avez vu pratiquer des gestes de conservation ou de restauration très simples, mais on peut faire mieux, beaucoup mieux. En France, c'est encore marginal, mais dans certains pays, la technique est très largement utilisée...

– La « technique » ?

– L'embaumement, ma chère, l'embaumement... il y a très peu de spécialistes en France, et j'en suis un. Vous êtes d'accord pour m'assister ?

A cet instant, elle comprit la raison des départs précipités de Maxime et de Monsieur Jacob en province, parfois en pleine nuit. Elle hocha la tête en guise d'assentiment. Concentrée sur la conduite, prenant soin de ne pas se laisser aveugler par les phares des voitures qui roulaient en sens inverse, elle garda le silence quelques instants.

– L'embaumement, reprit-elle après avoir toussoté pour s'éclaircir la voix, l'embaumement... comme les Égyptiens ?

– Pas du tout, s'écria Monsieur Jacob, les Égyptiens, comme vous dites, en connaissaient long sur la question. C'étaient de véritables experts. Mais il ne s'agit pas du tout de la même chose. C'est bien moins ambitieux. L'objectif est de garantir la conservation des tissus pour deux ou trois semaines, et non pour des millénaires... Ne vous inquiétez pas, vous comprendrez dès que nous serons sur place.

*

A quatre heures du matin, Anabel engagea la Mercedes dans la cour d'un petit hôtel particulier, situé dans le centre-ville de Troyes. Une femme d'une soixantaine d'années à peine attendait sur le perron éclairé par une lanterne de fer forgé. Monsieur Jacob ouvrit le coffre, s'empara de ses valises, franchit les quelques marches, et fit rapidement les présentations. Anabel serra la main tremblante de la veuve aux yeux rougis.

– Ne perdons pas de temps, si vous en êtes d'accord, proposa-t-il.

Anabel ne prêta aucune attention à l'ameublement ni à la décoration de la maison. Plus tard, bien plus tard, durant les années de sa vieillesse, chaque fois qu'elle évoqua le souvenir de cette nuit, tout ce qui lui revint en mémoire, ce fut simplement l'image des mains de Monsieur Jacob, crispées sur les poignées de ses lourdes valises de métal.

L'épouse s'arrêta devant la porte d'une chambre, au premier étage.

– Il est ici..., chuchota-t-elle, essoufflée.

– Bien ! Laissez-nous, allez vous reposer ! ordonna Monsieur Jacob.

Anabel observa cette femme qui s'éloignait en sanglotant. Monsieur Jacob avait déjà ouvert la porte. Anabel le suivit à l'intérieur de la chambre. Un vieillard vêtu d'un pyjama bleu était allongé sur le lit. Il flottait une odeur rance qu'un brûle-parfum déposé sur la table de chevet ne parvenait pas à dissiper. Anabel aperçut aussi tout un assortiment de médicaments – ampoules, cachets, gélules, sirops – qui ne serviraient plus à rien. Le défunt était plus âgé que sa femme. Son visage sec, décharné, s'enfonçait dans la profondeur des oreillers, presque jusqu'à y disparaître.

Durant quelques brèves secondes, Anabel revit le visage mouillé de larmes de son épouse, imagina le roman de leur rencontre, de leur idylle, lui, le fringant quadragénaire, séduisant une toute jeune fille, de vingt ans sa cadette. D'une simple œillade, l'affaire était dans le sac, peut-être déjà un polichinelle dans le tiroir, et hop, le mariage, la mairie d'abord, l'église ensuite, à moins que ce fût l'inverse, les familles réunies sur la place d'un village, les serments échangés, pour le meilleur et pour le pire, tout le tralala habituel. Et puis le sablier, implacable, qui égrenait la poudre des jours, des semaines, des années. Deux destins entrelacés.

– Il avait quatre-vingt-deux ans, précisa Monsieur Jacob, comme s'il avait deviné les questions qu'Anabel se posait. Il a eu une belle vie, brillante, mondaine. Probablement entouré d'une quantité de maîtresses. De quoi est-il mort ? De tout et de rien. De fatigue, ou de lassitude, tout simplement. Il m'avait téléphoné, la semaine passée. Il avait pressenti que le rendez-vous était proche. Ce qui est fréquent, vous pouvez me croire. Et voilà, c'est fini. Dépêchons-nous.

Il déposa ses valises sur le parquet, au pied du lit, les ouvrit et commença à déballer le matériel qu'elles contenaient. Paquets de coton hydrophile, ruban de sparadrap, flacons d'alcool, d'éther, sacs-poubelle, gants et masques chirurgicaux, blouses soigneusement repassées, cathéters, mais surtout un curieux appareil – une sorte de pompe munie d'un moteur électrique qui comportait deux cuves reliées entre elles par des tubulures de caoutchouc – ainsi que plusieurs bidons de plastique emplis d'un liquide mordoré. Il saisit une des blouses, tendit l'autre à Anabel. En la dépliant, elle constata qu'elle était bien trop grande pour elle.

– Eh oui, évidemment, c'est la taille de Maxime..., soupira Monsieur Jacob, contrarié. Dès demain, il faudra en commander d'autres, pour vous. Elles ne servent qu'une fois. Le masque, les gants, par contre, ça devrait convenir, c'est standard.

Anabel enfila le tout, retroussa les manches de la blouse, la boutonna. Elle dévisagea Monsieur Jacob, dont la silhouette, masquée de blanc, évoquait celle d'un chirurgien. Elle aperçut la sienne, identique, dans un miroir orné de dorures et dressé sur l'un des murs de la chambre.

– Vous pourriez m'aider à le dévêtir ? demanda Monsieur Jacob.

Le corps était encore flasque. Elle se souvint de ce qu'elle avait retenu de ses lectures. La rigidité cadavérique survient généralement entre deux et six heures après le décès et commence par la tête avant de se propager le long du corps. La rapidité de l'intervention, ce trajet en pleine nuit de Nogent jusqu'à Troyes avaient permis de la devancer. Les mains d'Anabel et de Monsieur Jacob s'affairèrent jusqu'à ce que le cadavre fût totalement dénudé. Elle contempla ce corps rabougri, amaigri, vaincu. La poitrine, velue, foisonnait de poils blancs, les côtes saillaient sous la peau jaunâtre, la verge et les testicules, bordés d'un duvet tout aussi pâle, semblaient singulièrement rétrécis.

– Passez-moi les paquets de coton et l'alcool, je vais... je vais nettoyer et colmater les orifices. Ne restez pas là ! Allez dans la salle de bains, ouvrez les robinets de la baignoire, vérifiez que l'évacuation fonctionne correctement. Allez, Anabel, allez, le temps presse !

Elle obéit, ouvrit grand les robinets, actionna la bonde. L'eau s'engouffra dans le conduit en tourbillonnant. Quand elle revint dans la chambre, Monsieur Jacob lui tendit un sac-poubelle empli de cotons sales ainsi qu'un long tuyau de caoutchouc, relié à la pompe.

– Rangez ça dans la salle de bains ! ordonna-t-il. Prenez ce tuyau. Enfoncez-le profondément dans le conduit d'évacuation de la baignoire. Insistez au besoin, scotchez-le avec du sparadrap contre l'émail, qu'il ne s'échappe pas ! Et revenez.

Il manipula le corps inerte, palpa les jugulaires, la saignée des coudes, les creux poplités, concentré, avant de se tourner vers le jeu d'aiguilles et de cathéters qu'il avait préparé.

– Regardez, regardez bien, Anabel, c'est en fait très simple, il faut pénétrer dans le système artériel, dans le sens de la circulation sanguine. Tenez-lui la tête, légèrement incurvée sur la droite. Prenez garde, assurez chacun de vos gestes, la moindre égratignure peut être fatale, un cadavre, c'est une bombe chargée de bactéries, de toxines, ne l'oubliez jamais... Oui, comme cela, et maintenant, soulevez sa cuisse, il faut que j'accède à l'artère fémorale... voilà, j'y suis !

D'une main habile, il enfonça ses aiguilles, posa les cathéters, les relia à la pompe. Il ne restait plus qu'à l'actionner. Il planta la fiche d'alimentation dans une prise murale, et actionna la touche de mise en marche. Le moteur électrique ronronna aussitôt. La pompe vidait le corps de son sang pour le remplacer par la solution à base de formol contenue dans les bidons de plastique qui tapissaient le fond d'une des valises. Les deux cuves entraient en synergie, l'une pour s'emplir du sang extrait, l'autre pour injecter la solution destinée à irriguer progressivement les tissus, afin de les préserver de la décomposition. Une prothèse cardiaque externe, en quelque sorte. Anabel vit l'échange s'opérer, à travers les parois de verre des deux cuves. Au fur et à mesure que Monsieur Jacob vidait les bidons dans la première, la seconde se remplissait. Le sang aspiré était évacué par le tuyau qu'elle était allée enfouir dans le conduit d'évacuation de la baignoire.

– Voilà, dit simplement Monsieur Jacob, il suffit d'attendre.

La pompe continua de ronronner. Peu à peu, le corps desséché se raffermit. Le jour se levait. Monsieur Jacob tira les rideaux, ouvrit grand les fenêtres. L'air frais du petit matin envahit la pièce. Anabel était stupéfaite. La peau du cadavre avait repris une teinte rose, sur toute la surface du corps. Monsieur Jacob arracha les cathéters, posa un pansement sur chacun des points d'incision. Des vêtements étaient empilés sur un fauteuil, près du lit. Caleçon, chaussettes, chemise, cravate et costume, sans oublier une paire de souliers vernis, rien ne manquait.

– Habillons-le, voulez-vous ?

En moins de cinq minutes, ce fut réglé. Monsieur Jacob massa patiemment le visage, l'enduisit d'onguent, le maquilla, peignit soigneusement la chevelure grise, boutonna le col de chemise, noua la cravate. Le défunt semblait avoir rajeuni de dix ans. Monsieur Jacob disparut dans la salle de bains en emportant la pompe et les flacons d'éther. Anabel l'entendit rincer tout l'attirail. Il revint dans la chambre, rangea le matériel dans les valises, bidons de formol et flacons d'éther vides inclus. Il se débarrassa de sa blouse, de son masque, de ses gants, encouragea Anabel à faire de même, fourra le tout dans un sac-poubelle, tira les rideaux, referma les fenêtres.

– Voilà, tout est fini en ce qui nous concerne, annonça-t-il. D'ici une heure ou deux, un confrère des environs viendra mettre le corps en bière... si l'on a suivi les consignes, une cloche de verre le recouvrira et permettra aux proches de le contempler une dernière fois. Tel qu'il est. Ou plutôt tel qu'il était. Descendons, nous n'avons plus rien à faire ici.

Il souleva ses lourdes valises, Anabel saisit les sacs-poubelle. Ils descendirent l'escalier. Anabel trouva aussitôt un conteneur dans un appentis, sur un des côtés de la maison. Elle se débarrassa de son fardeau et revint prendre place au volant de la Mercedes tandis que Monsieur Jacob serrait longuement dans les siennes les mains de la veuve.

10

Oleg s'était mis au travail sur le contrat Moedenhuik. Il lui fallait recruter une petite équipe, quatre ou cinq hommes, tout au plus. Rien ne pressait. C'était mieux ainsi. Il détestait agir dans l'urgence. Recruter. Sélectionner. Choisir. Parmi les siens ? Non. Surtout pas parmi les siens. Mieux valait écarter cette faune prête à trucider le moindre quidam pour une misérable poignée de roubles. A Moscou, à Kiev, à Rostov, tout un Lumpenproletariat errait dans les décharges proches des grandes villes à la recherche d'une improbable pitance. De pauvres femmes, épaves gorgées de vodka frelatée, s'étaient fait pincer la main dans le sac alors qu'elles s'apprêtaient à vendre leur bébé au plus offrant. Quel usage leur réservaient les acquéreurs ? Un petit rôle de figuration dans un *snuf movie* ou une consommation strictement privée, dans le cadre familial ? Ils étaient des milliers à rôder sur un territoire immense, progressant au flair, attirés par l'odeur du sang, de l'argent. L'implosion de l'Empire soviétique avait libéré la pègre qui prospérait dans ses bas-fonds, en terrain fertile. Le volcan avait vomi sa lave. Ses coulées s'étaient répandues dans tous les interstices de la société, décennie après décennie, s'y étaient incrustées, stratifiées. Al Capone, Meyer Lansky, Lepke Buchalter, Lucky Luciano, Bugsy Siegel, Dutch

Schultz, toutes ces stars du syndicat du crime *made in USA*, dont les studios hollywoodiens avaient glorifié la légende dans d'innombrables films en noir et blanc ou en Technicolor, feraient bientôt pâle figure face à leurs confrères slaves. Il suffisait de patienter pour le vérifier. Oleg avait bien conscience de n'être lui-même qu'une modeste bactérie parmi la multitude qui rongeait le corps d'une société en pleine décomposition. Il était parvenu à s'évader, à s'éloigner de l'épicentre de l'infection, et agissait désormais en franc-tireur, exilé à l'affût d'un nouvel organisme à phagocyter. Paris, Venise, New York, Amsterdam ou Berlin, quelle importance ?

Il passa un mois entier à réunir le petit staff qui l'aiderait à filer Ruderi dès sa sortie de prison, à l'épier ainsi que Margaret Moedenhuik l'avait exigé, puis, quand le signal lui serait donné, à l'acheminer jusqu'à Venise pour l'achever. Ensuite, il agirait seul. Il donna de multiples rendez-vous, contacta ses intermédiaires habituels, lança la rumeur : on recrutait pour une affaire de grande envergure. Il tenait par-dessus tout à ce que ses adjoints aient un casier judiciaire vierge. Ils ne devaient pas fréquenter le milieu, la truandaille, sous quelque forme que ce soit. De plus, il était indispensable qu'ils parlent couramment le français. Tous ces critères éliminaient d'emblée bien des impétrants. A force de patience, pourtant, il réussit. Cinq hommes. Des professionnels de la sécurité rapprochée version mafieuse. L'équipe s'avéra très cosmopolite. Un Allemand, deux Anglais, un Espagnol, plus un Roumain, ancien de la Securitate, spécialiste des écoutes clandestines. Il munit ce petit monde de faux passeports de bonne facture, acheta tout un lot de voitures, des berlines puissantes mais pas trop voyantes, autant de motos, de camionnettes, y ajouta un assortiment de vêtements aussi variés que possible et loua des boxes pour abriter toute cette panoplie.

Chaque membre du groupe reçut un solide acompte sur ses futurs honoraires et fut averti qu'il devrait se tenir prêt pour la sortie de Ruderi de la centrale de Darnoncourt. A dater du 16 octobre, et pour une durée indéterminée, chacun devrait faire preuve d'une disponibilité totale, vingt-quatre heures sur vingt-quatre. La tâche risquait d'être harassante. Le sommeil serait rare, chaotique. Une provision d'amphétamines était à prévoir. Pour parfaire ce dispositif, Oleg se fit livrer un matériel d'écoute sophistiqué, ainsi que des appareils photographiques, des jumelles, etc. Dernier point, il baptisa les membres de son équipe de noms de code. Avec le procédé le plus simple qui soit : en les numérotant de 1 à 5.

11

Maxime était guéri de sa blessure, aussi reprit-il le volant de la Mercedes pour accompagner Anabel et le patron au magasin tous les matins. Il put constater qu'Anabel avait acquis de plus en plus d'assurance dans le travail et que Monsieur Jacob l'encourageait dans ses initiatives. Il y eut trois autres séances d'embaumement comparables à celle qui s'était déroulée à Troyes ; chaque fois, elle fit preuve d'un grand sang-froid, d'une parfaite maîtrise de ses gestes.

– Maxime désire s'en aller depuis quelque temps déjà, lui expliqua Monsieur Jacob un jour, alors qu'ils étaient attablés chez Loulou. Il ne l'a pas fait jusqu'à présent pour me rendre service, parce que j'avais besoin d'un assistant. Mais si vous souhaitez continuer de travailler avec moi, je pense qu'il s'en ira. J'embaucherai un autre domestique, pour tenir la maison et me servir de chauffeur.

Anabel le regarda, étonnée.

– Allons, allons, reprit-il, vous ne resterez pas long-temps chez moi. Même si vous continuez de travailler au magasin, tôt ou tard, vous reprendrez votre indépendance, c'est incontournable. Il faudra bien qu'un jour vous ayez votre appartement à vous et que vous meniez une vie normale, en compagnie d'un garçon de votre âge !

Anabel haussa les épaules. C'était l'évidence, mais pour le moment, elle ne tenait pas à bousculer ses toutes récentes habitudes de vie. En dépit du cours imprévu qu'avait pris son existence, des sensations paradoxales qu'elle éprouvait à l'apprentissage de son nouveau métier, elle se sentait parfaitement sereine, apaisée. Pour faire plaisir à son protecteur, elle sortait le week-end, prétextant des rendez-vous avec des amis, mais passait ses après-midi et ses soirées seule, au cinéma, au restaurant, dans des expos, ou se livrait à de longues parties de lèche-vitrines. Elle prenait soin de rentrer très tard, en taxi, et voyait toujours la porte de la bibliothèque entrouverte en bas de l'escalier. Elle ignorait si Monsieur Jacob était dupe de ces petits stratagèmes. L'expérience l'incitait à penser que non. Comme pour confirmer cette impression, un vendredi soir, au début du mois d'octobre, alors qu'ils revenaient du travail, Monsieur Jacob se tourna vers Anabel, assise à ses côtés sur la banquette arrière de la Mercedes.

— Avez-vous prévu de sortir, ce week-end ? lui demanda-t-il. Si la réponse est oui, nous en resterons là ; dans le cas contraire, j'aurais quelque chose à vous proposer...

Elle alluma une cigarette pour se donner le temps de la réflexion. La semaine avait été plutôt éprouvante, mais elle avait perçu dans la voix de Monsieur Jacob la petite inflexion annonciatrice de nouvelles surprises qu'elle avait déjà appris à décrypter.

— Rien de spécial, enfin, rien qui ne puisse être décommandé, répondit-elle, intriguée.

— Eh bien ce soir, il faudra vous coucher tôt ! Nous partirons de très bonne heure demain matin : je vous emmène en Allemagne. A Mannheim. Nous passerons la nuit dans une auberge, et nous rentrerons dimanche.

Il n'en dit pas davantage. Tout au long du dîner, il resta silencieux. Le visage de Maxime était impénétrable, comme d'habitude. A la fin du repas, Monsieur Jacob fuma son cigare en contemplant la cheminée, puis descendit l'escalier qui menait au sous-sol. Après avoir tourné en rond dans le salon, Anabel se décida à l'y rejoindre. Elle l'aperçut, assis au fond de la bibliothèque, un grand livre ouvert sur ses genoux.

– Vous n'êtes pas encore au lit ? s'étonna-t-il.

– J'ai bien peur de ne pas trouver le sommeil...

A présent qu'elle s'était suffisamment approchée, elle pouvait voir le livre dans lequel son hôte s'était plongé. Un ouvrage très ancien, couvert de dorures, orné d'enluminures. Elle fut incapable de déchiffrer le texte, rédigé en latin, mais les nombreuses gravures que les mains de Monsieur Jacob firent défiler devant ses yeux étaient parfaitement explicites. Il s'agissait de cadavres écorchés, représentés non sur la table de dissection, mais dans diverses postures de la vie quotidienne. Sur l'une des planches, un squelette, les bras appuyés sur une bêche, tournait le dos à un paysage de montagnes ; un autre méditait à quelques pas d'une falaise. Plus loin, un supplicié suspendu à une corde lui entravant le bras et passant entre les deux orbites, la mâchoire inférieure absente, les jambes pliées, se tenait adossé à l'arête d'un mur, la plupart des muscles du torse disparus, tandis que pendaient les tissus de ses avant-bras sur ses mains décharnées. Ces planches d'inspiration hyperréaliste provoquaient toutes une impression saisissante, horrifique.

– Ne vous y trompez pas, expliqua Monsieur Jacob, il s'agit d'un ouvrage pédagogique. D'un traité d'anatomie. *La Fabrica.* Du grand maître Vésale. Le fondateur de l'anatomie moderne. Il a vécu au XVIe siècle. C'est en partie grâce à l'étude de *La Fabrica* que... que... que j'ai appris ce que je sais.

Anabel s'empara du recueil, très lourd, s'assit près de Monsieur Jacob, et continua à le compulser. Une fois surmontée sa répugnance première, elle put apprécier à sa juste valeur le prodigieux talent de l'auteur. Vésale avait suivi le travail de l'illustrateur jusque dans ses moindres détails et s'était efforcé de « soigner » la présentation en fonction de critères artistiques mais aussi de saynètes destinées à désamorcer le propos sacrilège de l'ouvrage, paru à une époque où la médecine n'en était qu'à ses balbutiements.

– L'Église veillait, précisa Monsieur Jacob. Un saint Augustin, pour ne citer que lui, ne put s'empêcher de clamer son horreur de la dissection, s'insurgeant contre « ceux qui ont voulu pénétrer de manière inhumaine dans le secret du corps humain ». Ah, ce cher Vésale... il a dû batailler pour qu'on lui réserve les corps des suppliciés pour ses recherches ! Il pataugeait dans la boue du gibet de Montfaucon et disputait leurs restes aux chiens et aux corbeaux !

Plus d'une heure durant, Monsieur Jacob se livra à un cours improvisé sur l'histoire de l'anatomie, des origines, l'école d'Alexandrie avec Hérophile, en passant par Dioclès, Galien, Mondino dei Liucci. Et enfin, Vésale.

– L'idée que le corps n'est qu'une machine dont on peut percer le secret, démonter le mécanisme, est somme toute assez récente, conclut-il. Quelques siècles à peine. Mais c'est un grand tournant dans l'histoire de l'espèce humaine. Un autre regard. Lourd de conséquences. Et disons que...

Le bâillement qu'Anabel tentait de réprimer ne lui avait pas échappé.

– Nous en reparlerons sans doute. Allez dormir, lui dit-il en souriant. Ne pensez plus à tout cela, demain, la route sera longue. Pour ne rien vous cacher, nous irons rendre visite à un lointain successeur de Vésale !

*

188

Une immense file d'attente serpentait depuis l'entrée du musée de Mannheim jusque dans l'avenue adjacente. Des centaines et des centaines de personnes battaient la semelle sous une pluie fine, insidieuse, en attendant de pouvoir pénétrer dans le hall où se tenait l'exposition. Les couples quadragénaires, endimanchés, côtoyaient des ados en jean, aux cheveux teints en rose : la foule était totalement hétéroclite. Autant de visages anonymes dans le regard desquels Anabel put discerner une lueur d'impatience, d'intense curiosité. Monsieur Jacob s'était procuré des coupe-files, aussi dépassa-t-il tous ces curieux qui piétinaient en attendant d'acheter leur ticket d'entrée. A sa suite, Anabel pénétra dans la première des salles d'exposition.

Durant le trajet de Nogent jusqu'à Mannheim, elle s'était assoupie, mais elle avait eu tout le temps de lire attentivement le catalogue que lui présenta Monsieur Jacob. Il en avait fait l'acquisition depuis la France, en le commandant via Internet. La brochure explicitait la démarche qui avait progressivement amené von Hagens à déserter le terrain de la médecine pour rejoindre celui de l'art. A l'origine, Gunther von Hagens était médecin anatomiste. Chargé de l'enseignement de cette discipline à l'université, il s'y consacra de longues années, avant que sa carrière ne s'infléchisse progressivement vers un tout autre domaine, dès 1977.

Anabel constata que le catalogue ne mentait pas. Les « œuvres » à découvrir n'étaient autres que des cadavres, d'authentiques cadavres. Des cadavres humains préservés, en parfait état de conservation grâce à un procédé inventé par von Hagens : la « plastination ». En l'occurrence, des bains progressifs d'acétone à diverses températures, destinés à éliminer peu à peu les graisses et l'eau contenues dans les tissus. Une dernière étape consistait en une vaporisation grâce à un mélange gazeux dont von Hagens tenait la composition secrète, et qui durcissait les tissus. A la suite de tout ce processus, les corps, débarrassés de leurs substances putrescibles, figés de l'intérieur par la résine, pouvaient se plier à bien des caprices de leur « metteur en scène ». Car c'était là, et Anabel put le constater en apercevant les premières compositions, le but de la manœuvre.

L'un des corps, écorché, assis devant une table dans une attitude de joueur d'échecs plongé dans ses calculs, captivé par la recherche de sa stratégie, laissait admirer au visiteur tout son système nerveux, épluché de la nuque jusqu'aux talons. Cortex, cervelet, moelle épinière et nerf sciatique étaient à nu. Un autre, un homme encore, debout, bras levé, tenait dans son poing fermé sa peau comme une enveloppe brandie vers le ciel. Il semblait s'être éveillé du sommeil de la mort pour agiter son suaire en signe de défi. Plus loin, une femme enceinte, au ventre ouvert, désignait délicatement le fœtus, de cinq mois environ, qu'elle recelait dans ses entrailles. Les organes se présentaient, bien visibles, écartés les uns des autres et maintenus grâce à des filaments d'acier. Tout ce dispositif, agencé à la perfection, paraissait artificiel. Comme s'il se fût agi de vulgaires maquettes de cire ou de plastique. Les visiteurs, fascinés, ne s'y trompaient pourtant pas. S'ils avaient fait la queue des heures durant, ce n'était pas pour défiler devant des figurines en toc. Ce qu'ils étaient venus admirer, c'étaient bien d'authentiques cadavres. Enjolivés, apprêtés, subtilement éclairés pour mieux se donner en spectacle. Celui de la mort apprivoisée. Les badauds circulaient de place en place, happés par une sensation vertigineuse, presque magique.

Il n'y a aucun dégoût, parce que le cadavre ne porte pas les traces de la décomposition et qu'en plus de sa valeur instructive, il véhicule une attirance esthétique..., précisait von Hagens dans sa brochure.

– Une attirance esthétique ! balbutia Anabel. Quel culot !

– Le bonhomme est assez curieux, en effet, admit Monsieur Jacob. J'ai tenté de l'approcher, mais il a refusé tout contact. Son parcours est tout à fait passionnant. A la faculté de médecine, il prépare des coupes anatomiques destinées aux étudiants. Làdessus, il invente son procédé, la plastination. Il continue ses découpes, et un beau soir, en contemplant le résultat de son travail, il réalise que, ma foi, comment dire, le résultat est assez joli... vous me suivez ? Dès lors, il commence à assembler ses pièces anatomiques non plus dans un but pédagogique, mais en fonction de préoccupations purement esthétiques. Il franchit le pas. Il se découvre une vocation de sculpteur. Sa matière première, au lieu de la pierre ou du bronze, c'est le cadavre ! Vous avez lu ses déclarations ? Bien qu'il s'en défende, qu'il se présente comme un « art-natomiste » – curieux néologisme –, sa démarche est bel et bien artistique ! Pour lui, le cadavre est un miroir. En fait, dit-il, *je ne fais que rendre à l'autopsie son sens étymologique : celui de se voir soi-même !*

Anabel, troublée, balaya les salles d'exposition d'un dernier regard. De braves mères de famille promenaient leurs marmots, le sourire aux lèvres. Certains badauds se donnaient des coups de coude et ne pouvaient s'empêcher de glousser en détaillant d'un air gourmand la collection d'écorchés exhibés sous les sunlights.

– Ne soyez pas choquée, Anabel, murmura Monsieur Jacob, en lui prenant le bras. Souvenez-vous de ce que je vous ai dit hier soir. Sachez qu'il n'y a pas si longtemps, les autopsies auxquelles se livraient les médecins avaient lieu en public. Les spectateurs appartenaient à l'aristocratie et appréciaient grandement cette mise à nu des chairs. De jolies dames au visage poudré, des petits messieurs engoncés dans leur pourpoint venaient se régaler, se rincer l'œil en prétextant s'instruire. C'était une distraction très prisée, le cinéma de l'époque, pourrait-on dire ! En fait, ils obéissaient à un rituel d'exorcisme, comme les badauds que vous voyez autour de vous aujourd'hui. Ce corps qu'on charcutait sous leurs yeux, c'était bien le leur, par procuration, par anticipation. Les séances se tenaient en hiver, vous comprenez pourquoi ? Les procédés de réfrigération n'avaient pas encore été inventés, si bien qu'il fallait travailler à une température avoisinant zéro, sinon, la puanteur était insupportable. Rembrandt, mais aussi d'autres peintres beaucoup moins célèbres, nous ont légué des images de ces scènes assez... assez hautes en couleurs, si vous me permettez ! A l'époque, la mort ne paraissait pas aussi effrayante qu'aujourd'hui. Les moyens de la combattre étaient bien maigres, rudimentaires, alors on s'accoutumait à sa compagnie, de sorte que...

Monsieur Jacob laissa sa phrase en suspens. Son visage s'était éclairé d'un curieux sourire. Anabel ne parvint pas à élucider ce qu'il exprimait. Un sentiment qui échappait à tout ce qu'elle pouvait elle-même ressentir.

– Aujourd'hui au contraire, on la tient à distance tout en sachant que le rendez-vous est inéluctable, reprit-il. Mais, dès que l'occasion en est donnée, on vient la narguer, on s'imagine autorisé à la défier, comme vous pouvez le constater ! Un peu comme on va voir le lion ou la panthère enfermés dans leur cage, au zoo. Et qui ne peuvent pas mordre, à travers les barreaux ! L'exposition de von Hagens va bientôt plier boutique mais elle a déjà reçu plus de sept cent mille visiteurs ! L'Église catholique a eu beau protester, et la vertueuse association des anatomistes allemands lui emboîter le pas, von Hagens a remporté la partie. Le succès est international ! Au Japon, c'est près de deux millions de personnes que son show a attirées. La mort fait toujours recette. Toujours. Von Hagens ne compte plus le nombre de candidats à la «plastination» qui prennent contact avec lui dans l'espoir d'être ainsi immortalisés. Un vieux rêve, n'est-ce pas ?

Ils se retrouvèrent au-dehors, sous le crachin. Maxime les attendait au volant de la Mercedes. Monsieur Jacob avait réservé des chambres dans une auberge située en pleine Forêt-Noire. Comme prévu, ils y passeraient la soirée et la nuit, avant de regagner Nogent le lendemain matin. Ils se mirent en route alors qu'un faisceau de nuages coiffait la petite ville de Mannheim, jusqu'à l'ensevelir peu à peu sous une obscurité froide et humide.

*

Au cours du dîner, Monsieur Jacob resta tout d'abord silencieux. Le décor de la *Gasthaus* était rustique à souhait, la cuisine savoureuse, la serveuse gironde, et un grand feu de bois craquait dans la cheminée, près de la table où il avait pris place en compagnie d'Anabel. Maxime, qui souffrait d'une migraine, avait déjà rejoint sa chambre.

– La journée a été bien éprouvante, dit enfin Monsieur Jacob, et je vous ai volé votre week-end pour vous entraîner de nouveau sur un terrain, disons, «professionnel». Vous ne m'en voulez pas ?

– Pas du tout, c'était réellement très instructif, protesta Anabel. Dites-moi, von Hagens, comment se procure-t-il tous ces cadavres ?

– Oh, au début, il a sans doute un peu triché avec la déontologie en utilisant les corps qui lui étaient confiés à des fins inavouables, mais je vous l'ai dit, à l'avenir, il n'aura plus ce genre de souci puisque les candidats se bousculent pour lui offrir leur dépouille.

193

Anabel avait découvert le prospectus distribué à la sortie de l'expo, cacheté dans une enveloppe blanche, prospectus sur lequel étaient indiquées les formalités permettant aux volontaires de faire don de leur corps à l'institut dirigé par von Hagens, installé à Heidelberg.

– Il peut bénéficier d'un véritable engouement mondain, qui sait ? reprit Monsieur Jacob. Les gestionnaires du site web dont je vous ai montré quelques réalisations doivent se faire des cheveux blancs. Avec leurs pitoyables mannequins de carton-pâte, les voilà dépassés sur leur propre terrain ! Von Hagens pourrait révolutionner l'art funéraire ! D'ailleurs, il a déjà suscité des vocations en ouvrant une école pour enseigner sa technique. C'est un véritable marché qui s'ouvre. Dans dix, vingt, trente ans, voire après-demain, le quidam occidental lambda pourrait bien se fourrer dans la tête qu'au lieu d'aller pourrir au cimetière ou flamber au crématorium, son cadavre préservé par la plastination ferait un objet ornemental tout à fait convenable, séduisant.

– Pharaon à domicile, exposé dans le salon du pavillon de banlieue, entre la cheminée et la télé, sous les yeux des enfants, des petits-enfants ? suggéra Anabel.

– Pourquoi pas ? Von Hagens est peut-être un illuminé, mais c'est un expert en marketing. Ce qui effraie dans la mort, c'est l'idée de l'effacement, de l'oubli. Votre allusion aux Égyptiens de l'Antiquité est très pertinente. C'était bien là leur obsession. Le corps momifié défiait le temps et assurait à son propriétaire une présence à perpétuité. Et il n'y avait pas que le monarque qui cherchait désespérément à échapper à la réduction de ses restes en poussière ! A une certaine époque, la momification s'est réellement démocratisée, répandue dans des couches de plus en plus larges de la société. La différence avec von Hagens, c'est que les Égyptiens déployaient des trésors d'imagination pour dissimuler leur momie, pour lui assurer le repos éternel dans la paix la plus totale, à l'abri de tout regard. C'est même pour cela qu'ils ont construit des pyramides. Von Hagens cherche l'effet contraire. Montrer la mort. En faire l'objet d'un spectacle.

– Des dizaines de siècles écoulés, tout ça pour revenir au point de départ ?

– Qui sait, Anabel ? L'avenir le dira. Von Hagens marche en éclaireur, il brise un tabou, celui du cadavre, qui suscite d'ordinaire la répulsion, en le rendant au contraire familier, voire attractif ! Un retour au point de départ, oui, c'est exactement cela. Mais avec quelques modifications. Rien de vraiment surprenant ! Les hommes ont vécu durant des millénaires sans aucune notion réellement pertinente de ce qu'était leur enveloppe de chair. Quand ils ne crevaient pas de faim, ou à la guerre, ils s'habituaient à tomber malades. Sans grande possibilité de répliquer à l'ennemi : un microbe, une bactérie, un virus ? Ils n'en savaient rien et mouraient, voilà tout. Et puis, c'est très récent, cinq siècles à peine, ils ont commencé à comprendre et, fatalement, se sont habitués à ne plus considérer leur carcasse comme une compagne qui s'acquitte de sa tâche du mieux qu'elle le peut, et à l'égard de laquelle il faut avoir la plus haute indulgence, mais comme une traîtresse en puissance, qui menace de déclarer forfait trop tôt, de les abandonner au détour d'un chemin. Eh bien, c'est terminé ! Ils peuvent désormais prétendre lui demander des comptes et, en attendant de la contraindre à obéir, la tenir sous haute surveillance ! Les anatomistes l'ont disséquée sous toutes les coutures, avec maladresse au départ, puis avec de plus en plus de précision, les médecins ont commencé à en percer les mystères à l'aide d'instruments toujours plus sophistiqués, microscope, radiographie, endoscope, IRM, que sais-je encore ? Et voilà le résultat, devant nous ! Cette chair récalcitrante, qui s'obstine à s'user au fil des ans, à se gorger de sucres, de graisses, et dont les rouages s'oxydent comme ceux d'une vulgaire mécanique d'horloge oubliée au fond d'un grenier, on va enfin pouvoir la mettre au pas ! La bombarder d'hormones anti-vieillissement, la régénérer à coups de xénogreffes, ou au contraire lui constituer des banques de foies, de cœurs, de reins de rechange à l'aide de culture de cellules souches issues de l'embryon, ou encore lui adjoindre des prothèses dont on ne fait qu'entrevoir l'esquisse ! Pompes à insuline pour les diabétiques, microcaméras reliées au nerf optique pour combattre certaines formes de cécité, minuscules robots nettoyeurs qui pourront voyager au sein du système cardio-vasculaire pour le débarrasser de ses plaques d'athérome ! Et tout cela n'est rien... Voilà que l'organe le plus noble – ou qui passe pour tel, le cerveau –, on va l'accoupler avec l'ordinateur ! Je ne divague pas, Anabel, une équipe américaine de l'université d'Emory, à Atlanta, a déjà implanté des électrodes sur le cortex d'un tétraplégique qui avait perdu jusqu'à l'usage de la parole ! Il s'agissait de lui permettre de suivre sur un écran d'ordinateur la marche d'un curseur défilant sur des lettres, l'autorisant ainsi à communiquer de nouveau en les désignant l'une après l'autre. Lettre après lettre, puis mot après mot ! Pour aboutir à une phrase. Le plus extraordinaire, c'est qu'en quelques mois les neurones de ce pauvre type sont entrés en parfaite osmose avec l'implant, composé de cônes de verre creux. Les neurones du cortex se sont développés à l'intérieur de ces cônes et se sont connectés aux électrodes ! La « communication », ou plutôt l'osmose, entre le cerveau du cobaye et le disque dur n'a fait qu'aller en s'accélérant ! Les promoteurs de cette expérience défrichent un terrain encore vierge, mais aux promesses infinies. C'est le premier pas vers la fusion définitive entre l'homme et la machine, le cyborg ! Une créature dont les facultés intellectuelles pourront être décuplées. Ne parlons pas du clonage ! Ce n'est pas demain, c'est aujourd'hui. La dissociation de la reproduction et de la sexualité, ni plus ni moins ! Une transgression inouïe dans l'histoire de l'évolution ! Les repères volent en éclats, Anabel, jour après jour, inexorablement. Les comités d'éthique de tout poil peuvent bien rechigner, renâcler, pinailler, tout ce qui est possible, faisable, sera accompli, pour le meilleur et pour le pire ! Par des crapules ou par des génies ! Des crapules géniales ou des génies tenaillés par le remords, mais qui finiront bien par céder. Parce que ce sera trop tentant. Trop absurde de rester à l'entrée du tunnel obscur sans oser aller chercher ce qui s'y cache. Dès lors, la boucle est bouclée, les provocations de von Hagens ne peuvent que prêter à rire. Il expose des cadavres comme on exposerait des machines ? En pièces détachées ? Et alors ? Engrenages, bielles, ressorts ? Ou tendons, cellules, organes ? Quelle différence ? Un vulgaire Meccano dont les pièces sont interchangeables, disponibles à profusion ! Vous aurez des enfants, Anabel, et des petits-enfants, lesquels auront eux-mêmes des enfants, des petits-enfants, etc., il y a tout à parier qu'ils seront bien différents de vous. Non seulement ils seront assurés de vivre bien plus longtemps, mais, en outre, ils pourront, comment dire, agencer leur existence en fonction de leurs désirs, de leurs obligations professionnelles, en développant telle faculté plutôt que telle autre, avoir une vue plus perçante, mieux résister au froid ou à la chaleur suivant l'endroit où ils auront décidé de séjourner, ou adapter leur squelette, leurs muscles, à la vie en apesanteur, lors d'expéditions qui les entraîneront bien loin de leur planète d'origine ! Ils seront forts, résistants, et pour cause : ils auront été sélectionnés dès les premières semaines de la vie ! Ceux qui porteront les gènes annonciateurs de maladies graves auront été impitoyablement éliminés...

Monsieur Jacob se tut brusquement. Anabel le contemplait, fascinée. L'avenir qu'il évoquait était aussi effrayant qu'attrayant. Il lui prit la main avec douceur.

– Vous êtes jeune, Anabel, vous assisterez aux prémices de toute cette mutation. Mais seulement aux prémices. Et cela vous donnera le vertige. Tour à tour, vous aurez peur, puis vous serez séduite. Et vous regretterez de ne pas connaître la fin de l'aventure qui se dessinera progressivement sous vos yeux. Le hasard vous aura fait naître au milieu du gué. Un peu trop tôt. Juste un peu trop tôt.

12

Conformément au règlement, ce fut au gardien-chef Tierson qu'échut l'honneur d'escorter le matricule 2057 C jusqu'au portail de la prison de Darnoncourt, le 16 octobre 2001. En se dirigeant vers la cellule, peu avant dix heures, son lourd trousseau de clés à la main, Tierson était tendu, inquiet. Comme s'il craignait qu'une catastrophe de dernière minute ne vienne révéler sa crapulerie. Sans lui avouer le motif réel de son angoisse, il était allé consulter un médecin de ville qui lui avait prescrit une batterie de médicaments à même de le calmer. Il n'en avait rien dit à Mme Tierson et avait planqué toute la provision de gélules au fin fond de la paire de cuissardes où dormait déjà son précieux magot. Il y puisait sa ration journalière dès que son épouse partait animer une réunion Tupperware auprès des ménagères des cités environnantes. Un petit boulot qu'elle avait déniché après s'être fait licencier de l'usine de robinetterie dans laquelle elle avait travaillé plus de vingt-cinq ans, à Creil. Mois après mois, année après année, Mme Tierson avait pris le car tôt le matin, s'était abrutie à la chaîne de montage à répéter les mêmes gestes machinaux. Lorsqu'il contemplait ce corps avachi et alourdi de cellulite, aux jambes percluses de varices, aux seins flasques, aux hanches striées de vergetures, le gardien-chef Tierson se sentait submergé par la pitié et la colère. Il ne s'était pas montré à la hauteur. Il était cependant trop tard pour réparer. Le destin lui avait joué un bien mauvais tour. A lui-même et à sa dulcinée. Leur vie n'avait pas été rose. Restaient la tendresse, l'indulgence. Autant faire avec.

*

Depuis plusieurs jours, Ruderi manifestait lui aussi quelques signes de nervosité. Il refusait de se rendre à la promenade, de descendre au réfectoire, et passait toutes ses journées cloîtré dans sa cellule, à y faire les cent pas, inlassablement. Le rhumatisme dont il souffrait au genou droit ne le tourmentait visiblement plus. Tierson lui portait ses plateaux-repas et le regardait manger à travers l'œilleton du judas. A en croire les surveillants qui s'occupaient de sa rangée de cellules, Ruderi se levait tôt le matin et se livrait à une séance de gymnastique plus d'une heure durant. Pompes, tractions, exercices d'assouplissement divers, il ne ménageait pas ses efforts, malmenant sans vergogne son corps de vieillard jusqu'à se retrouver allongé les bras en croix, épuisé, sur le sol dallé de la cellule. Après le repas de midi, il s'octroyait une longue sieste, puis s'exerçait derechef, pompes, tractions, exercices d'assouplissement divers, avant le dîner. Pauvre Ruderi, qui espérait vaincre la marche du temps ! A ce régime, Tierson craignit qu'il ne lui claque entre les doigts quelques jours à peine avant sa libération ! Il n'en fut rien.

Le 16 octobre 2001, à dix heures, le détenu 2057 C se tint prêt, droit comme un I, planté près de son lit, son baluchon sous le bras. Le sourire aux lèvres, avide de savourer la liberté. Il avait revêtu un vieux costume à rayures passablement élimé, une chemise froissée, affreusement défraîchie après quatre décennies de séjour au fond d'un tiroir, et avait même noué une cravate autour du col, une cravate aux couleurs criardes et parsemée de taches. Ses chaussures accusaient elles aussi l'usure des ans ; la semelle bâillait à l'avant du pied droit. Ainsi accoutré, il était pathétique. Un clown contraint à effectuer un dernier tour de piste.

– Ça ira, Ruderi ? marmonna Tierson, la gorge nouée.

– Pensez donc, chef, c'est un grand jour ! rétorqua celui-ci d'une voix enjouée.

– Tu n'as... rien à me dire ? insista Tierson.

– Des matons, j'en ai connu des bien plus pires que vous, chef ! Surtout à Bapaume, mais c'est du passé, tout ça, faut plus que j'y pense, hein ? Vous voyez, chef, tout ce que je vous souhaite, c'est de connaître une retraite heureuse, vous pigez ? Que votre vieillesse, elle soit pas trop pénible. Parce que c'est dur de se sentir partir, petit à petit, vous me suivez, chef ?

Le gardien-chef ne put réprimer un frisson. Il fixa son prisonnier droit dans les yeux avant de l'accompagner jusqu'au greffe pour lui faire signer les divers formulaires de sa levée d'écrou. Il lui confia une carte d'identité neuve, plastifiée et infalsifiable. Le document portait, faute de mieux, le nom de Ruderi accolé à une photographie récente. Avec des gestes empreints d'une grande solennité, il lui remit l'enveloppe qui contenait le pécule amassé année après année, les cinquante mille francs qui avaient tant intrigué le psychiatre Goldstayn. Ruderi palpa les billets avec gourmandise et les fourra en ricanant dans une des poches intérieures de son veston. Puis ils traversèrent la cour pour se diriger vers le portail. Le matricule 2057 C avait abandonné sa canne dans sa cellule. Des détenus occupés à passer un coup de balai saluèrent leur compagnon d'infortune, puis détournèrent aussitôt le regard. Pour eux, ce 16 octobre 2001 n'était en rien un jour de fête. Le maton de garde au portail, surnommé Popeye, inutile de se demander pourquoi, déverrouilla les serrures les unes après les autres. Le temps était très clément. Quand les battants s'écartèrent, Ruderi, hébété, scruta les feuilles mortes qui voletaient sur le trottoir, au-dehors, emportées par une brise légère. Puis ses yeux fixèrent le ciel gris-bleu, vierge de tout nuage. Il resta un long moment figé, à quelques centimètres de la liberté, prit une profonde inspiration, franchit le seuil du portail et s'élança.

– Bon vent, Ruderi, et ne traîne plus dans les parages ! ricana Tierson.

– Pauvre vieux ! soupira Popeye, en rajustant sa casquette qui avait glissé sur son front.

Tenaillés par la curiosité, les deux hommes gagnèrent un bureau voisin dont la fenêtre s'ouvrait sur l'extérieur. Ils virent Ruderi qui traversait la nationale. La prison était située en rase campagne, à l'écart de la ville. En face, une jeune femme attendait, adossée à la carrosserie d'un taxi. Une fille d'une vingtaine d'années, en minijupe et hauts talons. Sa poitrine gonflait impétueusement un corsage de satin d'un rose éclatant. Elle portait un blouson de velours, sur les épaules, sans en avoir passé les manches, et tirait sur une cigarette. Son visage parsemé de taches de rousseur était auréolé d'une épaisse chevelure brune, ébouriffée. Elle n'avait pas lésiné sur le maquillage, cela creva les yeux du gardien-chef, même à distance. Il y avait dans son allure, ses attitudes, son port de tête, comme un défi. C'était une rebelle, une sauvageonne. Un peu plus loin, un motard coiffé d'un casque intégral s'affairait sur la chaîne de son bolide, garé sur l'accotement. Ruderi se dirigea droit vers la créature, laissa tomber son baluchon à terre et la prit dans ses bras.

– Vous le saviez, vous, chef, qu'il avait une petite-fille ? s'étonna Popeye. Ou une petite-nièce ? Elle aurait pu venir lui rendre visite de temps en temps, quand même !

Tierson grommela quelques mots d'approbation.

– Vous voyez, chef, reprit Popeye, moi, si un jour admettons que je soye grand-père, je laisserais pas ma petite-fille se saper comme ça, vous me comprenez ? De quoi elle a l'air, chef, j'ai pas besoin de vous faire un dessin, hein ? J'le vois bien, que vous pensez comme moi ! Alors, chef, vous le saviez qu'il avait de la famille, Ruderi ?

Non, Tierson ne savait pas. Popeye l'agaçait. De l'autre côté de la route, l'ex-matricule 2057 C étreignait toujours sa *petite-nièce*. Elle lui caressait le visage, affectueusement, mais soudain elle l'embrassa à pleine bouche.

– Le salaud, je rêve ou quoi ? s'étrangla Popeye.

Tierson hocha la tête, bouche bée. Un filet de salive coula sur son menton, qu'il essuya d'un revers de manche. Ruderi embrassait toujours la fille et commençait même à la peloter gaillardement. Elle l'écarta avec gentillesse, et ouvrit la portière du taxi. Ruderi s'engouffra dans l'habitacle. Elle l'y rejoignit, puis la voiture démarra vers Creil. Le motard avait réparé sa chaîne défaillante et enfourcha son engin qui fila dans la même direction. Popeye, sidéré, se frappa bruyamment les cuisses.

– Ce vieux cochon, il a claqué tout son pécule pour se payer une pute le jour de sa sortie ! s'écria-t-il. Elle est pas dégoûtée, la gonzesse ! Vous me direz, c'est son boulot ! Ruderi veut finir en beauté, mais si vous voulez mon avis, chef, à son âge, tout ce qu'il va réussir à faire, c'est à la tripoter un peu, pas plus, hein, chef ? Vous êtes bien d'accord avec moi, hein, chef ?

Il n'y avait aucun moyen de contraindre Popeye au silence. Aucun. Tierson s'éloigna d'un pas lourd en direction de son bureau. L'anecdote allait faire des gorges chaudes dans la petite communauté de Darnon-court. On pouvait compter sur le dénommé Popeye pour la colporter à la vitesse du son. D'ici une heure tout au plus, tout le monde serait au courant. Y compris les prisonniers. Le soir, dans la solitude de leur cellule, nombre d'entre eux salueraient la mémoire de Ruderi en tentant vainement de se masturber. Durant le reste de la journée, le gardien-chef, prétextant la préparation du planning des congés de fin d'année, interdit qu'on le dérange. Il tourna en rond dans son réduit, partagé entre la perplexité et la colère.

La perplexité parce que la scène à laquelle il avait assisté était franchement suspecte. Depuis des décen-nies, Ruderi ne communiquait plus avec l'extérieur. Jamais il n'avait expédié le moindre courrier, et jamais il n'en avait reçu. Rompue à la méfiance envers ses proté-gés, l'administration pénitentiaire surveillait soigneuse-ment les lettres qui entraient et sortaient des maisons d'arrêt. Y compris à Darnoncourt. Les parloirs ? Oui, c'était une hypothèse. Ruderi avait peut-être convaincu un de ses codétenus de lui procurer une fille... Darnon-court hébergeait quelques vieux caïds qui pouvaient, pourquoi pas, continuer d'entretenir des liens avec le milieu du proxénétisme. Quoique entre la période des années 60 où ils exerçaient leurs talents à Pigalle et l'année 2001, ce petit monde avait encaissé bien des tor-nades. Les filles en provenance d'Europe de l'Est ou d'Afrique tapinaient sur les boulevards extérieurs, shoo-tées à l'héro ou abruties au crack, et n'avaient plus rien en commun avec les gagneuses du temps jadis. Avec un peu d'imagination, d'indulgence, Tierson pouvait toute-fois admettre que le matricule 2057 C ait fait preuve de suffisamment d'obstination et de ruse pour s'offrir un ultime feu d'artifice avant de tirer sa révérence.

La colère. Le gardien-chef était un lourdaud, un type dont le QI ne cassait pas des briques, et il en avait tout à fait conscience. Bien qu'il eût du mal à assembler ses idées, ou tout succédané s'y apparentant, il eut l'intuition qu'en acceptant de sortir en catimini un double du dossier d'incarcération de Ruderi pour deux cent mille francs, il s'était fait rouler dans la farine. Le petit kilo de photocopies qu'il avait remis à la commanditaire rencontrée sur la nationale 16 quatre mois plus tôt valait sans doute plus, beaucoup plus. Et à présent que le détenu 2057 C s'était éclipsé, Tierson ne saurait jamais pourquoi. En fin d'après-midi, la porte de son bureau s'ouvrit à la volée. Il sursauta. Le directeur se tenait devant lui, les deux mains sur les hanches, rigolard.

– Alors, Tierson, s'écria-t-il, qu'est-ce que j'apprends à l'instant, Ruderi a économisé sou après sou pour s'offrir une ultime partie de jambes en l'air le jour de sa sortie ? Ma parole, je suis toujours le dernier informé, dans ce foutoir ! Ruderi ! Et dire qu'on nous accuse de ne pas prendre soin de nos pensionnaires ! On les bichonne, la preuve ! Faites pas la gueule, Tierson, c'est pas tous les jours qu'on a l'occasion de rigoler, dans la boîte !

13

De Darnoncourt, le taxi dans lequel Ruderi et la fille avaient pris place gagna Paris en à peine une heure et demie. Les pisteurs réunis par Oleg n'eurent aucune difficulté à localiser son point de chute. Numéro 1, au guidon de sa moto, ne les avait pas lâchés... Ruderi et la donzelle pénétrèrent bras dessus, bras dessous dans un immeuble situé au 17 de la rue Clauzel, à deux pas de la place Pigalle. Les pisteurs aperçurent la fille qui fermait des fenêtres avant de tirer des rideaux, au septième étage, juste sous les toits.

– Ce pauvre Ruderi va s'envoyer en l'air, ricana Numéro 1, sitôt après avoir rejoint Oleg qui, assis sur un banc de la place voisine, observait une petite vieille occupée à nourrir des pigeons. Tu vois pas qu'il claque entre les pattes de la fille ? A son âge, tout de même...

– Patientons..., soupira Oleg.

*

Vers vingt heures, le couple quitta l'appartement et partit en vadrouille dans le quartier. La place Pigalle, la rue Fontaine, la rue des Martyrs, la rue Victor-Massé... Ruderi avait délaissé son vieux costume anachronique. Il portait à présent un complet de coupe très sobre, manifestement neuf, et donnait le bras à sa jeune compagne. Le simple fait de s'être débarrassé de ses hardes l'avait transformé. Il semblait marcher d'un pas plus sûr, moins saccadé, moins hésitant. Le couple s'arrêta devant les vitrines des sex-shops, des peep-shows, des boutiques de lingerie coquine, des cabarets où l'on proposait des spectacles de strip-tease. Rue des Martyrs, Ruderi et sa compagne échangèrent quelques mots en compagnie des travestis qui arpentaient le bitume près de *Chez Michou*, avant de finir par s'attabler un peu plus haut, dans une brasserie de la place des Abbesses. Oleg fut averti de leur progression minute après minute par Numéro 4.

Rue Clauzel, la voie était libre. Numéro 2 et Numéro 5 s'introduisirent dans l'appartement. Trois chambres de bonne mansardées dont on avait abattu les cloisons, et qui, réunies, formaient un studio d'une bonne quarantaine de mètres carrés. Ouvrir la porte ne posa aucun problème à Numéro 2. Ruderi et la fille s'étaient contentés de claquer le battant sans prendre la peine de fermer le verrou. Numéro 2 glissa un bout de film de radiographie médicale dans le chambranle, fit vibrer la serrure en la martelant à petits coups de poing, remonta peu à peu le film jusqu'à ce que celui-ci rencontre le pêne, lequel coulissa sans rechigner. Ruderi eût-il pris soin de cadenasser son refuge à triple tour que cela n'aurait servi à rien. Numéro 2 était un virtuose en la matière. Natif de Liverpool, il avait vu son père, honnête serrurier, sombrer dans l'alcool durant les sinistres années Thatcher, et tabasser tous ses frères et sœurs avant de finir au trou pour avoir égorgé leur mère un soir de grande biture. Son paternel aurait pu s'offrir une brillante carrière dans la cambriole, et subvenir ainsi paisiblement aux besoins de sa petite famille, mais de vieilles séquelles d'éducation religieuse – tu ne voleras point ! – lui avaient interdit d'emprunter cette voie royale. Durant les entretiens préliminaires au recrutement de l'équipe, Oleg l'avait patiemment écouté narrer sa lamentable histoire avant de décider de s'adjoindre ses services.

Numéro 2 entreprit donc une fouille en règle, tandis que Numéro 5, qui le suivait pas à pas, prenait des photographies de quasiment chacun de ses gestes à l'aide d'un appareil numérique. Ses mains gantées ouvrirent un à un les tiroirs des commodes, fouinèrent dans les placards, les étagères, l'armoire à pharmacie de la salle de bains, sans rien y dénicher d'intéressant. La fille semblait occuper les lieux comme en transit, entre deux escales. Il n'y avait là aucun bibelot, aucune photo, rien qui pût rappeler un quelconque attachement à un passé, aux divers souvenirs qui jalonnent une vie, incitent à la baliser de quelques points de repère... Numéro 2, concentré sur sa tâche, se livra scrupuleusement à l'inventaire des biens réunis sous ses yeux. Les meubles ? Fonctionnels, sans aucun effort d'harmonie. Le lit était défait, les draps froissés. Les vêtements que Ruderi portait à sa sortie de prison gisaient en vrac dans un coin de la pièce. L'appareil numérique flasha en rafales ce décor sinistre. Table, chaises, commode, canapé, gazinière et quelques ustensiles ménagers tout à fait communs. On se serait cru dans une chambre d'hôtel parfaitement anonyme. L'armoire à pharmacie – d'ordinaire lourde de secrets – recelait toute une profusion de produits cosmétiques, mais, curieusement, aucun médicament. Des fards à paupières, des crèmes, une collection de rouges à lèvres, de vernis à ongles, oui, en grand nombre, mais rien d'autre. En tapotant avec les poings, patiemment, Numéro 2 sonda les cloisons, le parquet, et finit par dénicher une cachette rudimentaire sous une des lattes, qu'il suffisait de soulever. Quelques liasses de billets usagés, des coupures de deux cents francs y étaient dissimulées, enveloppées dans un torchon. Dix mille francs au total. Numéro 2 remit le tout en place. Dans un des tiroirs de la commode, il mit la main sur un classeur de toile cartonnée. Quelques papiers administratifs y figuraient, bail, formulaires de contraventions pour racolage sur la voie publique, factures d'électricité ou de téléphone. Numéro 2 s'intéressa à plusieurs lettres recommandées avec accusé de réception émanant du propriétaire de l'appartement, et qui informaient sa locataire de sa grande colère due au fait qu'elle n'avait pas réglé son loyer depuis quatre mois. Elle se voyait ipso facto menacée d'une visite de l'huissier, qui se chargerait de la faire déguerpir. Numéro 2 poursuivit son inspection. Aucune trace de la moindre consultation médicale ou dentaire dans toute cette paperasse. Aucun relevé bancaire. Aucune trace non plus d'une quelconque affiliation à un régime d'assurances, privé ou public. Une existence pour ainsi dire en pointillé, suspendue au-dessus du vide. La fille s'appelait Ava. Ava Durier. L'inspection terminée, Numéro 2 et Numéro 5 quittèrent les lieux, non sans avoir sonorisé tout l'appartement à l'aide d'un matériel très performant. Au total, l'opération avait duré une heure à peine.

Au restaurant, Ruderi se tapa copieusement la cloche. Ava veillait sur lui avec des airs enamourés et l'embrassait fréquemment, nullement gênée de s'afficher ainsi en compagnie d'un homme qui aurait pu être son grand-père. Numéro 4 s'était installé au bar et ne les avait pas quittés des yeux. Ruderi régla son addition en liquide, à l'aide d'un billet de cinq cents francs, et quitta l'établissement sans même attendre sa monnaie. A vingt-trois heures, il était de retour avec Ava dans leur petit nid d'amour.

Oleg avait eu le loisir de visionner les photographies de l'appartement prises par Numéro 5. Numéro 4 l'avait rejoint dans sa voiture garée rue des Martyrs, à moins d'une centaine de mètres de chez Ava. Il était temps de brancher le matériel d'écoute. Le son était impeccable. Oleg entendit des râles, des soupirs, sur un fond de bruit de sommier qui couinait à n'en plus finir.

– Ma parole, mais il la saute vraiment ! s'écria Numéro 4.

– Mais non, elle lui joue la comédie, c'est une pro..., corrigea Oleg. Chez elle, on a trouvé des PV d'amendes pour racolage sur la voie publique !

– Alors, si elle joue la comédie, elle la joue vraiment bien ! s'entêta Numéro 4.

Au bout d'une vingtaine de minutes, râles et soupirs cessèrent. Une conversation s'engagea, chuchotée. Oleg distinguait parfaitement la voix flûtée de la fille et celle, un peu chevrotante, de Ruderi. Le hic, c'est qu'il ne comprenait strictement rien de ce qu'ils se disaient.

– Ce n'est ni du français, ni de l'anglais, ni de l'espagnol. Encore moins de l'italien ! constata Numéro 4.

– Ni de l'allemand, ni aucune langue slave, ajouta Oleg. Merde !

De temps à autre, au fil des phrases, un mot français se glissait dans ce charabia. *Voiture, télévision, téléphone...* Après plus d'une demi-heure d'écoute attentive, Oleg put constater que ces mots concernaient tous des objets d'invention récente, comme s'ils n'avaient pas eu d'équivalent dans le dialecte qu'utilisaient Ava et Ruderi. Puis, après cette pause, râles et soupirs reprirent de plus belle.

Oleg se passa la main sur le visage, décontenancé. Ava s'appelait Durier ? L'anagramme totalement translucide de « Ruderi » ? Lui qui passait sa vie à jouer à saute-frontière en usant de divers pseudonymes, d'identités hasardeuses, ne put s'empêcher de saluer un tel culot.

– Je m'en vais, annonça-t-il. Tu prends le premier tour de garde. Numéro 3 viendra te relayer d'ici deux heures. Ne restez pas toujours garés à la même place, circulez dans le quartier, baladez-vous, la sono peut fonctionner à plus d'un kilomètre !

Il quitta la voiture et sauta dans un taxi en maraude.

*

– C'est dingue ! lui annonça Numéro 3, qu'il rejoignit vers huit heures le lendemain matin, au comptoir d'un café de la place Pigalle. Tous les trois quarts d'heure, ça a recommencé, jusqu'à l'aube ! Ruderi a ouvert une des fenêtres et a grillé une cigarette, torse nu. Il faisait plutôt frisquet, mais ça n'avait pas trop l'air de le déranger. C'est seulement à ce moment-là qu'il s'est décidé à roupiller : on a commencé à l'entendre ronfler !

– Va te reposer, ordonna Oleg en haussant les épaules. On les lâche plus. Ni lui ni Ava. Mais si tu veux mon avis, quand elle aura décidé que la comédie a assez duré, elle le virera. Il a à peu près cinquante mille francs sur lui, il peut flamber autant qu'il veut, elle aura vite fait de les lui éponger !

Ava quitta l'immeuble de la rue Clauzel en fin de matinée. Selon les dires de Numéro 2, Ruderi lui en avait encore refilé un petit coup au bas des reins avant qu'elle ne prenne le large sur les environs de onze heures. Numéro 1 la pista dans le métro. Elle descendit à Arts-et-Métiers, longea le square, traversa le boulevard Sébastopol, et, parvenue rue Saint-Denis, prit la faction près de la devanture d'un sex-shop après avoir salué les quelques filles qui tapinaient dans les parages. Numéro 1 appela aussitôt Oleg sur son portable. Ava se prostituait. Dont acte. Elle venait d'ailleurs de monter avec un client.

Peu après midi, Numéro 3 signala que Ruderi quittait lui aussi l'appartement de la rue Clauzel. Numéro 4

211

s'accrocha à ses pas. L'ex-taulard sillonna tout le quartier, le nez au vent, en ménageant de fréquents arrêts devant certains immeubles, certains passages... il n'était pas fatigué, mais sans doute prenait-il ainsi la mesure des transformations qu'avait subies la ville durant les années de son incarcération. Il passait de longues minutes à contempler le flot des voitures dont la carrosserie devait lui paraître bien étrange, les vêtements tout aussi surprenants qui ornaient les vitrines. Une sanisette plantée sur le boulevard de Clichy sembla le passionner. Peu à peu, il entraîna Numéro 4 vers le Sacré-Cœur, puis Montmartre. Ruderi flâna place du Tertre, les mains dans les poches. Il se retournait fréquemment pour lorgner le corsage, les cuisses, ou les fesses des jolies touristes, en connaisseur, et se permettait même d'émettre un petit sifflement de temps à autre. La filature était de tout repos. Ruderi n'affichait aucune méfiance, aucune inquiétude, comme si l'idée qu'on puisse s'intéresser à lui s'était avérée totalement saugrenue. A quatorze heures, il déjeuna dans une brasserie près du pont Caulaincourt. Numéro 4 constata qu'il avait décidément un bon coup de fourchette. La douzaine d'escargots, suivie de la choucroute qu'on lui servit, fut rapidement engloutie avant qu'il ne s'attaque à une part de tarte Tatin recouverte de crème Chantilly. Il vida trois demis au cours du repas, puis commanda un digestif, avant de reprendre sa balade, sans but apparent. Au milieu de l'après-midi, il héla un taxi boulevard des Batignolles. Numéros 1 et 5 se mirent aussitôt en chasse.

La destination n'était autre que Rueil-Malmaison. Il descendit du taxi près du centre-ville puis marcha au hasard des rues. Peu à peu, pourtant, il devint évident qu'il cherchait son chemin. Il s'engagea dans une portion de la ville assez retirée, tranquille. Les passants se firent rares. Ruderi semblait hésiter, franchissant tel carrefour pour battre aussitôt en retraite avant d'emprunter une avenue des plus calmes, bordée de villas cossues, entourées d'un parc où s'épanouissaient des saules pleureurs, des chênes au tronc couvert de lichen, des jardins agrémentés de plan d'eau. Nullement découragé, il rebroussait chemin, zigzaguait sans manifester le moindre signe d'impatience, d'agacement. Il prenait son temps. Tout son temps. Oleg, au courant de ses pérégrinations, savait déjà à quoi s'en tenir. Aussi, quand Numéro 1 l'avertit enfin que Ruderi s'était arrêté devant la façade d'une maison à l'abandon, à la toiture éventrée, accueillit-il la nouvelle avec flegme. Ruderi revenait sur les lieux du crime, selon le vieil adage.

*

Margaret Moedenhuik avait bien entendu hérité de la villa de ses parents. Sa mère Clara avait continué d'y séjourner, des années après le drame, pour la fuir soudain, dès qu'elle fut convaincue que sa fille ne se relèverait jamais des séquelles consécutives à la séance de torture à laquelle elle avait été soumise. Elle avait tout abandonné sur place, le linge, la vaisselle, les meubles, la bibliothèque, jusqu'aux vêtements qui avaient appartenu à son mari, et qui moisirent au fond des penderies, livrés aux mites.

La maison ne fut plus jamais habitée et se délita peu à peu. Parvenue à l'âge de la majorité, Margaret ne se résigna pourtant pas à s'en débarrasser, malgré les offres, nombreuses, qui lui parvinrent par l'intermédiaire de son notaire. A la suite de ses longs voyages, elle s'y rendit une dernière fois, avant de s'installer définitivement à Venise, au milieu des années 90. Comme en pèlerinage sur les lieux de son enfance broyée. Sa voiture s'arrêta devant le portail de fer forgé rongé par la rouille, cadenassé à l'aide d'une chaîne qu'il fallut faire cisailler par un serrurier appelé en renfort. La gouvernante qui veillait sur elle guida son fauteuil roulant sur l'allée recouverte d'un tapis de feuilles mortes, jusqu'au seuil de la villa. Margaret contempla longuement les vestiges d'un cheval à bascule qui n'en finissait plus de pourrir sur le perron. Les couleurs s'étaient estompées, le bois avait moisi. Un couple de pies avait élu domicile sur les débris de la selle de cuir pour y nicher et se mit à piailler, furieuses d'être ainsi dérangées. Margaret renonça à progresser plus avant. De ce qu'il était advenu du reste – et notamment de sa chambre de petite fille – elle ne voulut rien voir. Depuis tant d'années, les pillards avaient eu le loisir de se livrer à leurs razzias, délestant la demeure de tous ses trésors.

*

Ruderi rôda un moment autour de la maison, pensif. Elle était entourée d'un mur d'enceinte haut d'environ deux mètres. Soudain, il s'en écarta, prit une profonde inspiration et courut sur quelques pas pour prendre son élan. Au pied du mur, il fléchit les genoux, se tassa, accroupi, puis bondit. Ses mains agrippèrent le rebord. Il opéra ensuite un rétablissement à la force des bras. Le visage tendu par l'effort, il engagea sa jambe droite par-dessus l'obstacle, avant que le reste de son corps ne bascule à son tour. Sidéré, Numéro 1 avertit aussitôt Oleg.

– Répète, ordonna celui-ci, l'oreille rivée à son portable.

– Je te jure qu'il a escaladé le mur, confirma Numéro 1. Il a eu un peu de mal, mais il y est arrivé ! Qu'est-ce que je fais, j'y vais, moi aussi ?

– Non ! Trop risqué ! Tu attends, trancha Oleg.

Ruderi s'avança prudemment dans le parc qui entourait la villa. Il progressa à pas de loup, de bosquet en bosquet, écartant de ses mains les arbustes en friche qui se dressaient sur son passage. Sur le perron, il aperçut les vestiges de quelques jouets qui avaient appartenu à Margaret. Les vitres des fenêtres étaient toutes brisées, quant à la porte d'entrée, elle avait carrément été démontée par des cambrioleurs, aussi pénétra-t-il sans difficulté dans le vaste séjour, vidé de ses meubles. Le parquet, moisi, empestait l'urine de chat. Une végétation dense avait colonisé les lieux. Un lierre épais, aux teintes mordorées, s'était lancé à l'assaut de l'escalier menant à l'étage. C'est à peine si Ruderi put distinguer la cheminée. Il quitta la maison à reculons, s'assit sur un banc et alluma une cigarette qu'il fuma lentement, en ruminant ses souvenirs devant ce décor dévasté. Puis il se dirigea vers les restes d'un appentis dont les parpaings vacillèrent quand il y prit appui afin de franchir le mur d'enceinte, en sens inverse.

Numéro 1 le vit atterrir avec souplesse sur le bitume du trottoir. Ruderi poursuivit son chemin en sifflotant et revint d'un pas rapide vers le centre-ville pour prendre un taxi. Trois quarts d'heure plus tard, il était de retour chez Ava, rue Clauzel. La fille le rejoignit en début de soirée après avoir tapiné toute la journée, et, ainsi qu'Oleg s'y attendait, un nouveau concert de gémissements et de râles commença. Ils sortirent deux heures plus tard pour aller dîner dans un restaurant. Comme à l'accoutumée, Ruderi s'empiffra, pelotant sa belle entre deux bouchées, sous le regard désapprobateur mais un rien envieux des clients de l'établissement. Au retour des deux tourtereaux au bercail, Numéro 2 et Numéro 4 prirent le relais pour la surveillance de nuit. Les autres pisteurs avaient déjà regagné les cham-

215

bres d'hôtel où ils avaient établi leurs quartiers, à proximité de la rue Clauzel pour se trouver à pied d'œuvre et limiter ainsi leurs déplacements...

Oleg rendit visite à Numéro 1. Il lui fit répéter ce qui s'était exactement passé près de la maison de Rueil. Numéro 1 ne put que confirmer ses dires antérieurs. Ruderi avait bel et bien escaladé d'un bond le mur d'enceinte, sans trop d'efforts, après avoir pris son élan. De même, en quittant la villa, il avait atterri sur le trottoir avec souplesse, sans aucune grimace, sans aucun signe qui aurait pu indiquer que ses articulations encaissaient un choc bien trop violent chez un homme de cet âge. Oleg insista pour obtenir plus de détails. Numéro 1 ne sut que répondre.

– On continue, sans prendre aucun risque, évidemment ! ordonna Oleg, décontenancé.

Numéro 1 hocha la tête. Il se chargerait de répercuter la consigne. Oleg décida d'aller se reposer, lui aussi. En cas d'urgence, il pouvait être joint sur son portable. Il fila jusqu'à son appartement du quai de Béthune et prit un somnifère. En attendant le sommeil, qui tardait à venir, il rumina sa colère envers Margaret Moedenhuik, qui lui avait menti, ou du moins ne lui avait pas dit toute la vérité. Elle voulait savoir qui était *réellement* Ruderi. Oleg commençait tout juste à entrevoir ce que cela signifiait. Réellement.

14

Pour Anabel et Monsieur Jacob, la journée du 17 octobre fut des plus tranquilles. Depuis le début de la semaine, personne n'avait franchi la porte du magasin de pompes funèbres de la rue Bichat, comme si la mort avait décrété une trêve dans le quartier. Maxime prépara le dîner, comme tous les soirs. Mais peu avant vingt heures, alors qu'ils s'apprêtaient à passer à table, Monsieur Jacob reçut un coup de téléphone. Le combiné à l'oreille, il ne tarda pas à afficher une mine soucieuse. Il écouta longuement son correspondant, puis hocha la tête, avant de lancer quelques mots dans une langue qu'Anabel identifia sans peine.

– Chère Anabel, lui dit-il après avoir raccroché, il va falloir vous dépêcher de dîner. Vous monterez ensuite dans votre chambre. Je vais recevoir de la visite, d'ici trois quarts d'heure. Les hommes qui vont venir toléreraient très mal votre présence à mes côtés. Vous n'êtes pas choquée ? Ni vexée ? Dans certains pays, certaines cultures, on s'obstine à se méfier des femmes...

Anabel le rassura et avala sans rechigner le contenu des plats que Maxime déposa sur la table. Puis elle se retira. Peu avant vingt et une heures, Maxime ouvrit le portail pour laisser entrer une imposante limousine dans le parc. De sa fenêtre, Anabel vit deux hommes en descendre. Le chauffeur resta installé au volant. La plaque minéralogique portait les initiales CD. Corps diplomatique. L'un des deux hommes était vêtu à l'occidentale, d'un costume sombre, mais l'autre, plus âgé, portait une djellaba blanche, et un chèche autour du front. Le premier manifestait une grande déférence envers le second. Ils prirent place sur les canapés, près de la véranda. Maxime servit du thé. La conversation s'engagea. Tenaillée par la curiosité, Anabel avait laissé la porte de sa chambre discrètement entrouverte et épia la scène qui se déroulait au rez-de-chaussée, en retenant son souffle. Monsieur Jacob lui tournait le dos, mais ses visiteurs lui faisaient face. Leurs paroles, à cette distance, ne lui parvenaient qu'étouffées et, de toute façon, la discussion se déroulait en arabe. A Fleury-Mérogis, elle avait bien appris quelques insultes dans cette langue, mais pas plus... Soudain, elle réprima difficilement une envie d'éternuer et se sentit gagnée par la panique. Elle quitta sa faction et vint s'allonger sur son lit, enfouissant son visage dans l'oreiller pour plus de précaution. Une demi-heure plus tard, les visiteurs firent leurs adieux à Monsieur Jacob, qui les raccompagna jusqu'à leur voiture. L'homme à la djellaba s'inclina avant de serrer la main de son hôte. Son jeune compagnon fit de même alors que Maxime ouvrait le portail. Dès qu'ils furent partis, Anabel redescendit au rez-de-chaussée. Monsieur Jacob méditait devant la cheminée.

– Je vais devoir partir en voyage pour plusieurs jours, probablement une semaine, lui annonça-t-il. Maxime m'accompagnera. Acceptez-vous de garder le magasin ? Vous serez seule, et, bien évidemment, en cas d'urgence, vous renverrez la clientèle auprès d'un confrère...

– Pas de problème, assura Anabel.

– Je vous confie la voiture pour plus de commodités, mais il faudra nous accompagner demain matin à

Roissy. Maxime et moi, nous nous rendons à Al-Dawha, c'est au Qatar.

Elle donna son accord et s'abstint de poser la moindre question. Depuis leur rencontre, chaque fois qu'elle avait découvert un nouvel élément de la vie de Monsieur Jacob, ou plutôt de ses curieux talents, ç'avait été à l'initiative de celui-ci. Au tout début de son installation dans la villa de Nogent, elle s'était habituée à ses départs inopinés, sans en comprendre la raison, et ce ne fut qu'après l'accident de Maxime que Monsieur Jacob se décida à l'emmener avec lui, pour une séance d'embaumement, lui enseignant ainsi la technique. Elle savait pertinemment que l'opération ne durait que deux heures tout au plus, c'était donc autre chose qui motivait un séjour d'une semaine complète dans cet émirat.

Le lendemain matin, Monsieur Jacob n'emporta qu'un sac de voyage. Et non pas les deux lourdes valises métalliques qui contenaient le matériel – pompe, cathéters, tubulures et flacons de formol – qu'elle avait elle-même appris à utiliser. Anabel était pourtant convaincue que Monsieur Jacob ne se rendait certainement pas dans cette région du monde pour un séjour d'agrément. Qui vivra verra, se dit-elle, fataliste.

*

Dès que l'avion eut décollé, elle quitta les halls de Roissy et prit le volant de la Mercedes pour regagner le magasin de la rue Bichat. Les jours qui suivirent furent plutôt calmes. Elle reçut quelques couples du troisième âge soucieux de préparer dignement leurs obsèques, des représentants de sociétés fabriquant des ornements funéraires, et, ainsi que Monsieur Jacob le lui avait recommandé, elle aiguilla les urgences vers un confrère installé à proximité.

Tous les soirs, elle rentrait à Nogent et flânait sur les bords de Marne. La solitude ne lui pesait nullement. Elle lui permit au contraire de ménager une pause, une sorte de retraite propice à la réflexion. Dans la villa de Nogent, elle n'éprouvait jamais aucune angoisse, aucune inquiétude. Comme si Monsieur Jacob, par quelque sortilège, s'était ingénié à préserver son domaine de toute influence néfaste. Elle passait ses soirées dans la bibliothèque à parcourir les livres les plus accessibles, au fil de son inspiration. La mort était devenue une compagne, presque une amie, timide, réservée, qui ne demandait qu'à dévoiler ses secrets pourvu qu'on veuille bien lui prêter attention. Quant à l'ordinateur, Anabel tenta de s'intéresser au contenu de sa mémoire, mais elle s'aperçut qu'un code verrouillait l'accès au disque dur.

*

Au quatrième jour de l'absence de Monsieur Jacob, un samedi matin, alors qu'elle flemmardait en écoutant un CD allongée sur un des sofas du rez-de-chaussée, un bruit soudain la fit sursauter. Elle se redressa vivement. Elle sortait de son bain, les cheveux encore emmaillotés dans une serviette, et ne portait qu'un peignoir dont elle n'avait pas noué la ceinture. Elle se retrouva ainsi à moitié nue face à un homme qui se tenait au beau milieu du séjour. Il lui fallut quelques longues secondes avant qu'elle ne rabatte les pans du peignoir sur ses seins, son ventre.

– Désolé de vous avoir fait peur ! annonça le nouveau venu. Le spectacle était assez... agréable !

Il semblait sincèrement réjoui du tour qu'il venait de jouer à Anabel qui le fixait, aussi furieuse qu'intriguée.

– Le portail était bouclé, j'ai cru qu'il n'y avait personne, poursuivit l'intrus. Je suis passé par le jardin de la maison voisine, il suffit d'enjamber un muret. Et voilà, la porte de la véranda était entrouverte, vous dormiez, je vous ai surprise...

Anabel continuait de le dévisager, sans pouvoir articuler le moindre mot. Il venait de laisser tomber à terre un lourd sac à dos dont la toile était lacérée et couverte de multiples taches – boue, cambouis. Chaussé de Pataugas, vêtu d'un pantalon kaki et d'un battle-dress, il avait tout du baroudeur de retour d'expédition. Mais à tout cela, Anabel ne porta aucune attention. Seul son visage la captiva. Il ressemblait comme un jumeau à Monsieur Jacob. Ses traits étaient aussi réguliers, aussi fins, son nez aussi droit, ses sourcils idem, broussailleux, ses yeux de même, d'un brun sans éclat. Sa mâchoire inférieure, massive, anguleuse, prognathe, suggérait une certaine rudesse de caractère, aussitôt corrigée par un sourire d'une grande douceur. A cette différence près qu'il était bien plus jeune. Il ne devait pas avoir dépassé la trentaine. Ses cheveux bouclés, hérissés d'épis comme autant de tiges folles, couraient sur sa nuque, lui retombaient sur le front. Une barbe de plusieurs jours assombrissait ses joues.

– Eh bien, dit-il, quand vous aurez fini de me fixer comme si j'étais le grand méchant loup, nous pourrons peut-être faire connaissance ?

– Je... je travaille avec Monsieur Jacob ! balbutia Anabel. Je... je suis son assistante !

– Ah oui ? Son « assistante » ? Et en quoi l'assistez-vous exactement ?

– Au magasin, je travaille au magasin !

– Certainement ! répliqua le nouveau venu. C'est sans doute pour cela que vous vous prélassez ici, en petite tenue !

– Mais pas du tout ! s'écria Anabel, qu'est-ce que vous vous imaginez ? J'habite ici ! Il est en voyage !

– Oui... oui... oui... il a toujours eu un grand savoir-faire pour recruter ses « assistantes » ! En voyage, où ça ?

– Al-Dawha, au Qatar. Il ne m'en a pas dit plus...

– Eh bien, bonjour, mademoiselle « l'assistante ». Je suis le frère de Jacob. Appelez-moi Tom.

– Moi, c'est Anabel.

Il se laissa tomber dans un des canapés, allongea ses jambes, et sortit une boîte de cigares de la poche de son battle-dress. Il en alluma un, et aspira quelques bouffées, les yeux clos, avant de se gratter vigoureusement la tête.

– Maxime n'est pas là ? demanda-t-il. Lui aussi est parti en voyage ?

Anabel confirma avant de se diriger vers l'escalier et de regagner sa chambre. Elle s'habilla, se maquilla, songeuse. Elle se demandait pourquoi Monsieur Jacob lui avait caché l'existence de ce frère. Et pourquoi Tom n'avait guère paru surpris quand elle lui avait annoncé la destination du voyage de Monsieur Jacob. Une demi-heure plus tard, elle redescendit. Tom n'avait pas quitté son canapé. Il regardait le journal de la mi-journée sur France 2. Il haussa les épaules à plusieurs reprises en écoutant les commentaires, puis finit par éteindre. Il se dirigea vers la cuisine et en revint avec deux verres et une bouteille de scotch. Ils reprirent place dans le salon, face à face. Tom souriait, et détaillait la silhouette d'Anabel sans aucun scrupule, mais sans vulgarité. Simplement satisfait du spectacle qui s'offrait à ses yeux.

– Vous étiez en voyage ? demanda-t-elle en désignant le sac à dos au beau milieu de la pièce.

– On peut appeler ça un voyage, oui.

– Vous... vous êtes journaliste ?

– Non. Je vous expliquerai plus tard. Peut-être.

Alors qu'il se penchait pour reposer son verre sur une table basse, il ne put retenir une grimace de douleur et porta la main à sa poitrine, près de l'aisselle droite.

– Vous pourriez me rendre un service ? demanda-t-il. Aller à la pharmacie la plus proche, acheter des pansements, de quoi désinfecter une plaie... je me suis blessé.

– Je suis infirmière, enfin, je l'ai été, si vous voulez, je veux bien regarder ! proposa Anabel.

– Merci, c'est très gentil à vous, mais je peux me débrouiller tout seul... Ah, rapportez-moi aussi une lotion anti-poux, je crois bien que j'en héberge une sacrée colonie ! Je vais prendre un bain, et si vous acceptez, nous irons déjeuner dehors, je meurs d'envie d'un steak-frites ! Depuis le temps... Nous pourrons bavarder. J'ai toujours été vivement intéressé par les assistantes de mon cher frère !

*

Quand elle fut de retour, moins d'un quart d'heure plus tard, elle entendit Tom qui sifflotait dans la salle de bains.

– Vous avez trouvé ? cria-t-il avec ironie. Vous êtes parfaite, je comprends pourquoi mon frère vous a installée ici !

Elle monta jusqu'à l'étage, entrouvrit la porte de la salle de bains et déposa la pochette qu'elle avait rapportée de la pharmacie sur le sol carrelé. La pièce était emplie d'un épais nuage de vapeur d'eau, si bien qu'elle discerna à peine la silhouette trapue qui jaillissait de la baignoire. Elle regagna le rez-de-chaussée. Le contenu du sac à dos était répandu sur le sol. Chemises trouées, tee-shirts en lambeaux, caleçons douteux, chaussettes au fumet puissant, le résultat n'était guère brillant. La veste de battle-dress reposait sur un canapé. Un portefeuille pointait de l'une des poches intérieures. Anabel prit une profonde inspiration et s'en saisit. Même si Tom sortait de la salle de bains à cet

223

instant, elle disposerait de quelques secondes pour le remettre à sa place, avant que son propriétaire ne fasse le tour de la coursive et ne la surprenne en flagrant délit de vilaine curiosité. Elle ouvrit un passeport au nom de Serge Cadier, citoyen suisse. C'était pourtant bien Tom, le frère de Monsieur Jacob, qui souriait sur la photo de la page de garde. Elle découvrit en outre une liasse de billets, dollars, marks, roubles, francs... Elle rangea le tout en s'efforçant de contenir le tremblement qui agitait ses mains.

– Encore quelques minutes de patience, et j'arrive ! lança Tom.

Sa voix ressemblait beaucoup à celle de Monsieur Jacob. Aussi douce, aussi onctueuse. Mais avec une inflexion de gaieté, de joie de vivre si communicative qu'Anabel ne se sentait pas prête à y résister. Elle appuya son front contre une des vitres de la véranda. Son cœur battait de plus en plus vite. Le ciel obscurci de lourds nuages s'entrouvrit lentement et les eaux grises de la Marne qui ondoyaient non loin de là se mirent à scintiller.

– Anabel, calme-toi ! murmura-t-elle en effaçant du plat de la main l'auréole de buée que son souffle avait fait naître sur la surface de verre.

Elle resta ainsi songeuse, durant un long moment. Soudain, une main se posa sur son épaule. Elle se retourna. Tom s'était rasé, avait coupé quelques boucles de ses cheveux. Il avait enfilé un sweat-shirt propre, un jean. Anabel vit un renflement sous le tissu du sweat, à droite, de la région pectorale jusqu'à l'aisselle.

– Me voilà un peu plus présentable, non ? J'ai faim. On y va ?

– Votre blessure, ça ira ? demanda-t-elle en pointant son index vers le pansement dont elle devinait la présence.

– Aucun souci, assura-t-il, c'est en voie de cicatrisation. Pardonnez-moi d'insister, j'ai vraiment *très* faim, vous m'accompagnez ?

Ils quittèrent la villa et s'engagèrent sur le chemin qui bordait la Marne. Tom sifflotait et marchait d'un pas vif. Ils prirent bientôt place dans un restaurant où Anabel était souvent allée déjeuner. Dès que Tom fut servi, il avala son steak en quelques bouchées. Anabel levait les yeux de son assiette de temps à autre, en fuyant son regard. Il lui souriait avec insistance, tout comme le faisait Monsieur Jacob à chacun de leurs tête-à-tête.

– Alors, Anabel, si vous m'expliquiez un peu qui vous êtes ? s'écria-t-il lorsqu'il eut avalé la dernière frite qui baignait dans un fond de sauce au poivre. Je veux dire, comment vous avez pu tomber entre les pattes de mon frère ? J'imagine que vous avez une longue histoire à me raconter ? Les « assistantes » ont *toujours* eu une longue histoire à raconter...

Anabel le contempla, désemparée. Sans qu'elle comprenne pourquoi, des larmes perlèrent à ses paupières. Elle ne se sentait pas triste, ni malheureuse, bien au contraire. Dès la première seconde où elle avait aperçu Tom, crasseux, hirsute, nonchalant, goguenard, elle avait compris ce qui lui arrivait. Et elle n'avait pas la force de lutter. Advienne que pourra, s'était-elle dit en marchant à ses côtés, le long des bords de Marne.

– Allons bon, voilà qu'elle pleure, constata Tom, en lui tendant une serviette de papier. J'ai dit quelque chose qui... qui t'a choquée, blessée ? Si c'est le cas, pardonne-moi.

Il lui prit la main. Leurs doigts se mêlèrent. Anabel caressa ceux de Tom. Sans qu'elle proteste, il fit glisser le bracelet de perles fines qui dissimulait les cicatrices qu'elle portait au poignet depuis sa tentative de suicide et hocha la tête. Anabel délia sa main de cette étreinte. Elle l'éleva jusqu'au visage de Tom.

Il fouilla dans ses poches, en sortit quelques billets froissés et entraîna Anabel à sa suite. Dès qu'ils eurent quitté la salle, il passa un bras autour de ses épaules et l'attira contre lui.

*

Depuis son arrestation, la sexualité d'Anabel avait connu une longue éclipse, une mise entre parenthèses interminable, à tel point qu'elle s'y était résignée. Chaque fois que son regard croisait l'image d'un corps de femme dénudé, sur une affiche ou la page de pub d'un magazine, elle percevait son propre sexe comme une cicatrice refermée sur une absence, à l'instar des amputés d'une jambe ou d'un bras qui continuent de ressentir de vagues sensations fantômes, parfois très douloureuses. Tom était un amant attentif, inventif et inlassable. Il trouva les mots, les gestes qui surent réconcilier Anabel avec elle-même.

Plus tard, allongée près de lui, elle lui raconta comme promis sa pitoyable histoire à voix basse, le front blotti au creux de son cou. Tom lui caressa doucement les cheveux durant cette confession, puis déposa un baiser sur son poignet, là où la lame de rasoir avait entaillé ses veines. Les volets de la chambre étaient clos. Anabel se redressa sur un coude et, dans la demi-pénombre, explora le torse, les cuisses, les bras de Tom, concentrée. Il y avait bien sûr ce pansement, près de l'aisselle, mais ses doigts rencontrèrent aussi les traces d'autres blessures, au gré de ses caresses.

— Je peux ? souffla-t-elle en tendant la main vers la lampe de chevet.

Tom acquiesça d'un hochement de tête. Anabel cligna des yeux et découvrit de multiples cicatrices, certaines très profondes, d'autres superficielles, en si grand nombre qu'elle en resta stupéfaite. Elle les effleura du bout des ongles, avec douceur, craignant de raviver des souffrances oubliées.

– Tom... mais qu'est-ce qui t'est arrivé pour que... ?

Il posa son index contre les lèvres d'Anabel pour couper court à toutes les questions qui s'y bousculaient.

– Non ! Je veux savoir ! protesta-t-elle. Ce sont des blessures... des blessures de guerre !

Elle balaya de nouveau du regard ce corps labouré d'entailles, d'estafilades dont la plupart n'avaient pas été soignées, suturées correctement ; les cicatrices boursouflées en témoignaient.

– Oui... des blessures de guerre ! confirma-t-il.

– Mais... laquelle ? balbutia Anabel. Quel âge as-tu ?

– Celui que tu me donnes.

– Vingt-huit, peut-être trente ?

– Alors voilà, j'ai trente ans, reprit Tom.

– Tu ne réponds pas à la question ! protesta Anabel.

Il s'écarta d'elle, s'assit sur le bord du lit pour allumer une cigarette. Son dos était marqué des mêmes stigmates. Au creux des omoplates, le long des côtes, ainsi que dans la région lombaire. Il se retourna, s'allongea de nouveau près d'Anabel.

– Depuis quand connais-tu mon frère ? demanda-t-il.

– Six mois, à peu près...

– Et tu lui as posé beaucoup de questions, à lui aussi ?

Anabel secoua négativement la tête. Tom écrasa sa cigarette et prit le visage d'Anabel entre ses mains.

– Si je reste, si je m'attarde, je t'expliquerai. Mais je ne suis pas certain qu'il le faille. Tu vois, moi et mon frère, nous menons une vie, comment dire, très, très différente de la tienne... n'attends rien de moi. De lui, je ne sais pas.

Un long moment de silence s'ensuivit. Le cœur d'Anabel battait à tout rompre. Depuis sa première

227

rencontre avec Monsieur Jacob, dans ce square, près du canal Saint-Martin, elle s'était laissé porter, bercer par les événements et n'avait pas eu à le regretter. Son existence à la dérive avait retrouvé une direction, sinon un sens. Et Tom venait de clore un nouveau chapitre dans ce lent retour à la vie. Elle ne tenait pas à rompre le charme. Qu'importaient les mensonges par omission de Tom ou de Monsieur Jacob, leur curieuse manie du secret ?

– Dis-moi simplement d'où tu viens, murmura-t-elle.

– D'Afrique... je suis arrivé dans la nuit au Havre, à bord d'un cargo. Dix jours de mer. Et quatre heures de train. La gare Saint-Lazare au petit matin, les rues de Paris.

– En Afrique ? C'est là-bas que tu as été blessé ?

– Oui... une guérilla à laquelle j'ai participé. Dans un pays dont tu n'as jamais entendu parler. Aux côtés de gens dont tu n'entendras jamais parler. Ils ont voulu se révolter contre leur sort misérable. La sinistre farce qui n'en finit plus de se répéter, depuis la nuit des temps. Ils sont morts. Tous. Dans l'anonymat et la détresse. J'ai préféré rentrer.

Anabel hocha la tête, compréhensive. Au hasard des actualités télévisées, elle avait souvent, trop souvent, vu des images atroces de tueries, de massacres. Le regard de Tom se voila de tristesse. Anabel effleura son visage, puis son torse, puis son sexe.

– On... on n'a même pas mis de capote ! constata-t-elle sans trop s'en émouvoir.

– Tu as peur ? Avec moi, tu n'as rien à craindre !

– Ouais... On dit toujours ça, et puis...

– Avec moi, tu n'as rien à craindre ! répéta-t-il.

– Et toi, qu'est-ce que tu sais de moi ? Ex-taularde, ex-toxico...

Tom haussa les épaules, insouciant, avant de l'embrasser.

Le soir, Tom proposa à Anabel de l'accompagner jusqu'à Paris, où il avait une course à faire, à propos de laquelle il resta évasif. Ils s'y rendirent dans la Mercedes de Monsieur Jacob, qu'Anabel gara rue Oberkampf entre deux camionnettes couvertes de tags, juste devant la façade d'un bar à *tapas* dont l'enseigne lumineuse à demi déglinguée à la suite d'un court-circuit clignotait à la manière d'un flash stroboscopique. Anabel plissa les yeux sous ce jet d'éclairs bleutés qui hachuraient la nuit, puis pénétra à la suite de Tom dans une librairie minuscule située tout au fond d'un passage dallé de pavés moussus. La salle était décorée de vieilles affiches jaunies, flétries, de la guerre d'Espagne, du Front populaire, de la révolution russe. Et de photographies célèbres : celle de cette fillette vietnamienne brûlée au napalm, qui courait nue sur une route, en pleurs, ou celle du dingue qui brava les chars, seul, sur la place Tian an-men, ou encore des athlètes noirs qui dressaient leur poing vengeur sur le podium des Jeux olympiques de Mexico. Sans oublier l'incontournable poster de Guevara, cigare au bec, le sourire énigmatique, le regard perdu dans le lointain. Des jeunes gens occupés à compulser les brochures et les livres entassés dans le plus grand fouillis sur des tables à tréteaux dévisagèrent les nouveaux venus avec un mélange de curiosité et de méfiance. Un solide gaillard moustachu d'une cinquantaine d'années au visage fortement couperosé jaillit alors d'une pièce voisine, les bras chargés d'un paquet de journaux : la dernière livraison du *Monde libertaire*. Lorsque ses yeux croisèrent ceux de Tom, ses gestes se figèrent. Il resta ainsi, un long moment, stupéfait, avant de se débarrasser de son fardeau. Il fit alors un pas en direction de Tom pour lui donner l'accolade. Anabel, qui ne parlait pas un mot d'espagnol, ne comprit rien à ce qu'ils se dirent ensuite.

– C'est impossible ! murmura le libraire, les larmes aux yeux. C'est complètement dingue ! Depuis le temps !

– J'ai appris que tu t'étais installé à Paris, par des copains, ça serait un peu compliqué de t'expliquer, annonça calmement Tom. Du coup, comme j'étais de passage, je me suis dit : autant aller voir Miguel.

Celui-ci demeurait pétrifié face à son interlocuteur. Ses mains tremblaient.

– Tom, c'est toi, c'est bien toi ? Là, excuse-moi, mais j'ai comme l'impression que je rêve, que c'est pas possible.

– Mais si, mon vieux, c'est moi, c'est bien moi ! Je t'avais dit qu'on s'en sortirait, tous les deux, je te l'avais juré... tu vois, j'ai tenu ma promesse. Tu te souviens du rat ? Il venait pointer le bout de son museau à travers le soupirail, dans la cellule ?

– *Augusto*, confirma Miguel, c'est le surnom qu'on lui avait donné ! *Augusto*, finalement, il était plutôt sympa, ce rat ! On lui refilait des miettes de pain. Tom ? J'y crois pas ! On n'était que tous les deux, dans la cellule, alors, à part toi et moi, personne ne pourrait se souvenir d'*Augusto* ? Hein ?

– Tu parles s'il était sympa, il venait nous grignoter les oreilles ! Un soir, on a fini par le choper, on l'a écrasé à coups de talon et on l'a foutu dans la cuvette des chiottes !

Miguel fixait Tom, toujours aussi incrédule. Soudain, il s'ébroua, fouilla dans un placard, près de la caisse de la librairie, en sortit une bouteille de rhum et des verres assez douteux.

– Allez, on trinque ! s'écria-t-il. Putain, j'ai pas oublié ! Vingt-sept ans ! J'étais dans un sale état ! Et toi aussi ! Ils ne nous avaient pas fait de cadeaux, ces ordures !

Tom revit les gradins du grand stade de Santiago du Chili, ces gradins où s'entassaient les captifs raflés durant le mois de septembre 1973. Miguel en faisait partie. Comme tous les autres, il attendait qu'on vienne le chercher pour le soumettre à la question, à la torture. Les électrodes qui pinçaient les seins, la verge, le courant à 220 volts qui galopait le long des chairs, les hurlements, les coups de matraque, les copains qui pissaient dans leur pantalon – ou pire encore ! – avant de pénétrer dans la salle d'interrogatoire, l'haleine alcoolisée des militaires, tous ces souvenirs étaient gravés dans la mémoire de Tom, à jamais. Parmi tant d'autres, de même nature.

– Et depuis... tu... qu'est-ce que... où tu étais passé ? balbutia Miguel.

– Depuis ? Je me suis un peu « promené ». La routine. Les défaites, une à une... je te raconterai ! Et toi ?

– Tu vois, je vivote ! Je vends des livres aux petits jeunes, j'essaie de maintenir le flambeau, je fais ce que je peux. Un jour, le vent tournera, merde, on ne peut pas toujours perdre ! Tom ? C'est incroyable ! Tu n'as vraiment pas changé ! Comment tu fais ? Moi, j'ai pris comme un sale coup de vieux !

Il montra son ventre, très rebondi, son visage alourdi d'un double menton, ses cheveux blancs, la bouteille de rhum déjà bien entamée, dans un geste à la fois fataliste et désinvolte. Tom lui souriait, ému.

– Miguel, je suis venu te... enfin, j'ai besoin d'un coup de main...

– Bien sûr, tout ce que tu voudras, tu penses ! Tom ! J'en reviens pas... c'est impossible, complètement impossible !

Miguel le serra de nouveau dans ses bras, avant de se tourner vers Anabel.

– Anabel, une amie ! précisa Tom, en français.

– Une camarade ?

– Non, une amie !

Miguel fronça les sourcils et serra la main de la jeune femme. Anabel avait bien perçu le trouble, la stupéfaction de Miguel à l'instant où son regard avait croisé celui de Tom, mais rien de plus. La nature tout à fait extraordinaire de leurs retrouvailles ne pouvait que lui échapper. Et pour cause.

*

Elle n'avait qu'une envie, quitter au plus vite cette librairie où elle se sentait mal à l'aise. Elle n'avait jamais eu la moindre préoccupation politique. Avant que Marc ne verse dans la toxicomanie, la délinquance, et ne l'entraîne dans cette spirale mortifère, il s'était vaguement entiché d'un groupe anarchiste. Il rapporta dans leur studio des livres de Proudhon ou de Bakounine qu'il avait commencé à étudier, mais il s'était lassé. Parfois, dans les interminables discours qu'il était capable de tenir revenaient des arguments fumeux selon lesquels le mode de vie marginal qu'il avait choisi n'était qu'une adhésion sauvage aux idées révolutionnaires, une posture de contestation radicale de la société, de ses codes et de ses tares. Tom, c'était tout autre chose. La guérilla, quelque part en Afrique, puis la visite dans cette librairie indiquaient que son engagement n'était en rien superficiel, mais qu'au contraire il structurait toute son existence.

Les deux hommes continuaient de parler, toujours en espagnol. Tom fouilla dans son portefeuille, en sortit deux photos d'identité en noir et blanc et les confia à Miguel.

– Ça peut être rapide ? lui demanda-t-il.

– Une semaine tout au plus ! assura Miguel. En attendant, fais attention à toi ! Enfin, je sais que tu as l'habitude.

– Pour les frais, on s'arrangera ? proposa Tom.

– Les frais, quels frais ? ricana Miguel.

232

Tom lui serra longuement la main avant d'entraîner Anabel vers la sortie. Ils reprirent place dans la voiture, sans que Tom ne prononce la moindre parole. Il resta inerte, les épaules voûtées, les yeux écarquillés, assis sur le siège du passager avant, pris d'un malaise soudain. Son visage se creusa, ses traits s'affaissèrent. Anabel tendit une main vers lui mais il l'écarta d'un revers de manche. L'enseigne de néon du bar à *tapas* continuait de clignoter près de la voiture si bien que dans la pénombre elle eut l'impression de contempler une succession de clichés pris en rafales. Trois longues minutes passèrent avant qu'il ne secoue la tête, ne se redresse.

– Excuse-moi, dit-il, j'ai eu un petit passage à vide, ça m'arrive, parfois ! Tu sais ce qui me ferait plaisir ? Que tu m'emmènes en balade, ça fait un bail que je ne suis pas revenu à Paris... vas-y au hasard !

Il avait retrouvé son entrain, son enthousiasme, et son visage, redevenu lisse, n'accusait aucune séquelle de la crise par laquelle il venait de passer. Anabel démarra et engagea la voiture en direction de l'avenue de la République. Puis ils arrivèrent place de la Bastille, prisonniers d'un embouteillage inextricable. Tom souriait, indifférent aux coups de klaxon. Il haussa les épaules en découvrant la silhouette massive et disgracieuse de l'Opéra. Son regard errait à ras du bitume, remontait le long de la façade des immeubles, épiait le moindre détail à la recherche de souvenirs dont il ne restait plus aucune trace ou presque. Ils roulèrent ainsi plus d'une heure, des quais de la Seine au Champ-de-Mars, de la place Vendôme aux Invalides. Tom scrutait la ville, inlassablement, la passait au crible de sa mémoire, partagé entre la nostalgie et la curiosité devant ses récentes métamorphoses. Anabel conduisait en respectant son silence, devinant qu'il s'agissait là d'une sorte de pèlerinage dont elle ne devait en rien troubler la liturgie.

– Les Buttes-Chaumont, conduis-moi aux Buttes-Chaumont, décréta-t-il soudain, alors qu'ils étaient devant le jardin des Tuileries, après avoir dépassé la grande roue dressée face à l'obélisque depuis le début des festivités du millénaire.

Anabel obéit. Elle connaissait bien l'endroit. Une de ses tantes habitait tout près de là et, durant son enfance, elle avait souvent passé ses mercredis à faire du vélo autour du lac, et à manger des gaufres à la crème Chantilly après avoir assisté à la représentation du spectacle de Guignol, dans un petit théâtre enfoui sous la verdure. Quinze minutes plus tard, elle gara la Mercedes place Armand-Carrel, face à la mairie du XIXe arrondissement. Tom lui prit la main et l'entraîna près de l'imposant portail d'entrée du parc, cadenassé. La nuit était noire, la place, déserte.

– C'est fermé, on ne pourra pas entrer ! constata-t-elle.

Tom s'abstint de répondre. Il remontait déjà la rue Manin à grandes enjambées, longeant la grille, moins haute que le portail. Elle était hérissée de piques, mais leur espacement, assez large, les rendait purement dissuasives. Pour qui voulait réellement le franchir, l'obstacle ne posait aucun problème. Tom joignit ses mains, doigts entrecroisés, paumes vers le haut.

– Allez, la courte échelle ! Fais attention en atterrissant de l'autre côté, souffla-t-il, tu fléchis bien les genoux !

Anabel hésita à peine une seconde, puis s'exécuta. Elle posa son pied en appui sur les mains de Tom et agrippa les barreaux de la grille. Il la propulsa vers le haut, si bien qu'elle franchit la grille sans effort. Tom bondit avec souplesse, opéra un rétablissement à la force des bras et bascula à son tour à l'intérieur du

234

parc. Ils coururent parmi les allées, fuyant la lumière des réverbères pour s'enfoncer dans l'obscurité. Le ciel était limpide, la surface du lac où somnolaient quelques couples de cygnes luisait sous la clarté d'un quartier de lune. Tom guida Anabel jusqu'au pont surplombant le plan d'eau, puis vers le belvédère qui domine l'ensemble du parc. Les échos de la circulation automobile, assez réduite dans cette partie de la ville, ne leur parvenaient plus qu'étouffés par la distance et le rempart de la végétation. Perché tout en haut du belvédère, Tom scruta les reliefs du parc en contrebas. Accoudé à la balustrade, il emplit ses poumons d'un air surchargé en dioxyde de soufre.

– Tout est si tranquille..., murmura-t-il d'une voix tremblante. Le temps a tout effacé. Tout le monde a oublié. Tu n'as pas idée des scènes d'épouvante qui se sont déroulées ici.

Anabel resta à ses côtés, sans mot dire, sans comprendre. L'endroit était si paisible, sa géographie si douce, le calme qui régnait alentour était si profond que cette remarque lui parut totalement incongrue. Les mains de Tom se crispèrent sur la balustrade, avec une violence telle qu'elle entendit les jointures de ses articulations craquer.

– Des milliers de prisonniers hagards, qui attendaient qu'on les emmène pour les exécuter à coups de chassepot ! reprit-il, d'un ton plus affermi. Imagine des monceaux de cadavres, toute cette viande qui pourrissait, là, dans le lac ! La Commune... tu as bien dû étudier ça au lycée ? Non ? Ou tu séchais les cours ? Après la défaite des Fédérés, les rues étaient emplies de cadavres, alors on les amenait ici, de Belleville ou de Ménilmontant, pour les brûler, et en même temps, les Versaillais entassaient de nouveaux captifs sur les pelouses, où ils pouvaient contempler les charniers, les bûchers, en attendant leur tour de passer devant le peloton ! Viens, allons-nous-en !

Il redescendit à toute vitesse les marches qui les avaient conduits jusqu'à ce promontoire. La tête emplie de nouvelles questions, Anabel courut à sa suite. Tom avait semblé réellement bouleversé à l'évocation de cette page d'histoire tragique. Sa participation récente à des combats qui, à ses yeux, en étaient le prolongement expliquait sans doute son état d'exaltation et l'amenait à s'y référer avec une sensibilité à fleur de peau.

Elle arriva essoufflée près des grilles d'enceinte, escaladées à peine dix minutes plus tôt. Tom lui fit de nouveau la courte échelle, et ils se retrouvèrent sur le trottoir de la rue Manin. Anabel s'apprêtait à regagner la Mercedes, mais Tom lui prit la main et fit quelques pas avenue Laumière.

– Et ici, tu sais ce que c'était ? demanda-t-il. Avant, bien avant la Commune... des siècles auparavant ! Je parie que mon frère t'a parlé de Vésale, son cher Vésale ?

Anabel se souvenait de Vésale, mais avoua son ignorance quant au reste. Pour elle, ces trottoirs ornés de colonnes Morris, ces vitrines de magasins, boulangeries ou boucheries aux rideaux clos ne constituaient qu'un décor familier, rassurant, resté quasi intact depuis son enfance.

– Figure-toi que ça s'étendait dans tout ce secteur, poursuivit Tom en désignant le pâté de maisons d'un geste circulaire. Un vaste cimetière, avec le gibet, le gibet de Montfaucon, les pendus qui se balançaient au bout de leur corde, dépecés par les corbeaux, ou les chiens... partout, à perte de vue, de la boue, des mottes de terre remuées en tous sens où pointaient des ossements ! Des crânes, des fémurs, des tibias ! Une puanteur terrible ! C'est ici que Vésale venait se fournir en cadavres pour ses études ! Tu ne savais pas ? Quand tu n'étais qu'une petite fille, tu n'as jamais fait de cauchemars ? Quand tu dormais chez ta chère tante, aucun fantôme n'est jamais venu te déranger ? Ils grouillent, partout, ils n'en finissent plus de se faufiler dans les caves, les égouts, au fil de tout ce temps qui s'est écoulé, ils forment un cortège sans fin, une pitoyable armée de la misère, du désespoir, tous ceux qu'on a exécutés, suppliciés... tu ne les entends pas ?

Il avait parlé d'une voix hachée, avant de saisir Anabel par les épaules pour la secouer violemment. Elle comprit alors que sa blessure récente n'était qu'une peccadille dans un tableau d'autres souffrances sans doute bien plus lourdes à supporter.

– Je te fais toutes mes excuses, dit-il après avoir retrouvé son calme, parfois, je me conduis comme un sauvage ! Un primitif ! Mon frère me l'a très souvent reproché. Là où j'ai passé tous ces derniers mois, il faut dire que je n'ai pas trop eu l'occasion de...

Anabel posa un doigt contre ses lèvres pour le faire taire.

– Tu m'as dit que je ne devais pas poser de questions, alors je n'en pose pas, murmura-t-elle avec indulgence. Mais toi, tu dois choisir ! Jusqu'à présent, tu as trop parlé... ou pas assez ! Viens, rentrons !

*

Sitôt qu'ils furent de retour à Nogent, Tom alluma un grand feu dans la cheminée. Anabel le vit disposer les bûches, le petit bois avec attention et, bien plus encore, avec plaisir, comme si le contact de ses mains avec les fagots, les lourdes souches qu'il alla chercher dans la remise où Maxime les entassait, l'apaisait, l'aidait à chasser de sa mémoire les images qui le tour-

237

mentaient. Il disposa quelques couvertures devant l'âtre et attira Anabel près de lui.

– Regarde, dit-il, il n'y a rien de plus rassurant qu'un feu ! Imagine-toi perdue dans la nuit, au fond de la forêt. Entourée d'animaux sauvages, féroces. Tant que le feu est là, rien ne peut t'arriver !

Elle frissonna, lui empoigna la tête, lui caressa longuement les cheveux. Tom appuya son front entre ses seins et lui saisit les hanches.

– Il ne faut pas que tu restes ici, reprit-il. Tu as eu de la chance de croiser mon frère, il a toujours eu le cœur sur la main et il t'a rendu service, mais crois-moi, reprends le cours de ta vie, oublie-nous, ça vaudra mieux pour toi.

– Mais pourquoi ? Pourquoi ?

Tom ne répondit pas. Ses mains glissèrent des hanches d'Anabel pour s'insinuer entre ses cuisses. Elle s'abandonna, fermement décidée à ne pas suivre le conseil qui venait de lui être donné.

15

Au fil des cinq jours qui suivirent la sortie de prison de Ruderi, Oleg sentit peu à peu son esprit vaciller. Les membres de son équipe réagissaient avec bien plus de flegme, de détachement que lui. Leur job était de filer un type dont ils se contrefoutaient, de ne pas le lâcher une seule seconde, d'épier ses moindres faits et gestes, et même si le résultat était plus que déconcertant, ils s'y consacraient consciencieusement, sans états d'âme. Quand le chef annoncerait la fin de la mission, chacun regagnerait ses pénates, les poches bourrées d'argent frais, sans remords ni regret. Pour Oleg, il en allait tout autrement.

Jour après jour, Ruderi avait continué de se promener dans Paris, le nez au vent, tandis qu'Ava tapinait rue Saint-Denis. Les pisteurs opérèrent à pied, le petit parc de berlines et de motos qui se trouvaient à leur disposition s'avéra inutile : Ruderi ne quitta plus Paris, s'y cantonna intra-muros. Il marchait au hasard des rues, dès la fin de la matinée, faisant une halte dans un restaurant le midi et bâfrait sans vergogne avant de reprendre ses déambulations, sans but apparent. Le spectacle de la ville, des avenues et des boulevards semblait le ravir, le combler d'aise. On pouvait le comprendre après toutes les années qu'il venait de passer confiné dans une cellule de quatre mètres sur deux.

Oleg eut pourtant très vite la confirmation que quelque chose clochait. Et dérapait carrément dans l'anormal, l'inadmissible. Certes, il y avait eu l'incident de la visite à Rueil-Malmaison, dans la maison des parents de Margaret Moedenhuik. La facilité, l'aisance – stupéfiante pour un homme de soixante-quinze ans – dont Ruderi avait fait preuve en escaladant à la force des bras le mur d'enceinte de la villa. Sans compter les roucoulements enamourés, les râles de plaisir qui commençaient à retentir aux oreilles d'Oleg dès que l'extaulard retrouvait sa chère Ava dans l'appartement de la rue Clauzel.

Tout cela n'était rien en comparaison de ce qui advint au fil des jours qui suivirent, d'heure en heure, et quasiment minute par minute. Les pisteurs d'Oleg ne cessaient de photographier Ruderi dès que l'occasion s'en présentait et que les circonstances ne risquaient pas d'éveiller les soupçons de la cible. Ruderi avait un faible pour les rues de Montmartre, truffées de touristes et eux aussi grands amateurs de photos souvenirs, si bien que ce fut souvent le cas. Oleg était averti en temps réel du moindre de ses déplacements, et, grâce aux documents visuels qui lui parvenaient, il constata, ébahi, sidéré, la métamorphose du pensionnaire de Darnoncourt.

*

Ruderi rajeunissait. Du verbe rajeunir, *redevenir jeune, être ramené à l'état de jeunesse*. Remonter dans le temps à contresens du processus naturel qui atteint tout organisme vivant, sans que jamais il ne soit possible de s'y opposer. C'était indéniable, incontestable. Oui, Ruderi *rajeunissait*. Sa démarche n'avait plus rien de saccadé, elle était souple, son pas, auparavant hésitant, devenait ample et léger ! Et mieux encore, son visage strié de rides retrouvait inexorablement l'élasticité, le teint rose et frais qu'il avait dû présenter autrefois. Ses cheveux repoussaient, bouclaient sur son front, ses tempes, sa nuque. Aussi incroyable que cela pût paraître, le processus se déroulait sans à-coups, avec lenteur, régularité. La fatigue, l'usure de toute une vie, se résorbait. Exactement comme si on avait doucement effacé les années écoulées, à petits coups de gomme, pour revenir à un schéma initial, ancien d'une quarantaine d'années. De même pour la voix. Encore chevrotante, éraillée, alors que les matons de Darnoncourt venaient tout juste d'ouvrir les portes pour libérer leur prisonnier, elle avait retrouvé un timbre clair, limpide. Cinq jours, cinq misérables jours, avaient suffi pour aboutir à ce résultat.

Au soir du cinquième jour, Ruderi bouscula par inadvertance un passant, s'excusa aussitôt, l'aida à récupérer son équilibre avant de s'éloigner à grandes enjambées. Les deux hommes se dévisagèrent durant deux ou trois secondes, sans toutefois échanger un seul mot. L'incident, totalement anodin, eut lieu près d'une agence de la Société générale, rue Blanche. Le docteur Goldstayn ne put réprimer un léger tressaillement. Ce visage entr'aperçu l'espace d'un instant, il eut l'intuition de l'avoir déjà croisé quelque part. Sans qu'il puisse préciser où, ni quand. Dans quelles circonstances. Peut-être n'était-ce qu'une fausse impression, un de ces curieux tours de malice que vous joue parfois la mémoire, un dérapage dans la spirale du temps. On croit alors, en pénétrant dans un magasin, en longeant la rue d'un village, en y croisant une femme, un enfant, se souvenir d'une rencontre antérieure. Il n'en est rien. La logique assène ses arguments pour vous convaincre du contraire. Et cette sensation fugace de déjà-vu, de déjà-vécu, quelques fragments de seconde à peine, infiniment désagréable, voire angoissante, s'évanouit aussitôt pour se perdre dans le tumulte d'autres souvenirs, ceux-là bien réels, imprégnés de joie ou de tristesse. Sans qu'ils sachent l'expliquer, les psychiatres décrivent ce phénomène sous le vocable d'*effet Glapion*, du nom du premier d'entre eux à l'avoir décrit. Une sorte de court-circuit neuronal, une erreur d'aiguillage dans la transmission synaptique. Rien de plus.

*

Oleg n'en finissait plus de scruter les photos que son équipe lui transmettait. Le résultat constituait un véritable défi au bon sens. Il n'avait jamais cru aux miracles, au surnaturel, à toutes les sornettes que racontaient les babouchkas, chez lui, à tous ces contes qu'il avait entendus durant son enfance. Envoûtement, sorcellerie, les mêmes radotages se répercutaient dans la bouche édentée des grands-mères, de génération en génération. Et ces pauvres babouchkas, toujours prêtes à colporter le moindre ragot, n'avaient rien compris quand, dans la nuit du 26 avril 1986, le maléfice suprême s'était abattu sur elles, pour de bon, sur leurs enfants, leurs petits-enfants. La grande colonne de fumée consécutive à l'explosion de la quatrième tranche du réacteur de Tchernobyl s'élevait dans le ciel, impétueuse, drapée dans un panache de volutes noires. Cinquante millions de radionucléides furent propulsés dans l'atmosphère, dont la plupart retombèrent à proximité immédiate du point d'émission : zirconium, strontium... Et à des centaines, voire à des milliers de kilomètres à la ronde, emportées par les vents, d'autres particules : l'iode 131 et 133, le césium 134 et 137. Les babouchkas virent de curieux débris atterrir dans leurs jardins, leurs potagers. Des résidus luisants, bleutés, qui essaimèrent parmi les plants de navets ou de choux, ou au beau milieu des cerisiers, des noisetiers. Pauvres babouchkas, d'ordinaire si crédules, si attentives au moindre présage du mauvais œil, comment auraient-elles pu se douter que ces misérables poussières apportaient la mort dans leur sillage ?

*

Durant cette matinée du 26 avril 1986, Oleg, et avec lui des centaines et des centaines d'enfants, d'adolescents, participèrent à un « marathon de la paix », entre la ville de Pripiat et le village de Kopachy, situé à huit kilomètres seulement du réacteur dévasté. Dans la plus grande insouciance. Personne ne se préoccupa de les mettre à l'abri, de les évacuer en urgence. Vêtus de shorts et de maillots marqués aux emblèmes de la ville, chaussés de baskets, ils donnèrent le meilleur d'eux-mêmes pour remporter la coupe, passèrent sous des banderoles vantant la supériorité de la technologie et de la science soviétiques, clamèrent quelques slogans en arrivant sur le podium. Et respirèrent à pleins poumons l'air printanier chargé de particules radioactives. Invisibles, impalpables, et pourtant omniprésentes. Rien ne signalait le danger. Rien ne venait le souligner. Depuis, Oleg avait appris à se méfier des apparences.

*

Cinq jours après la libération de Ruderi, il dut pourtant se rendre à l'évidence : un événement tout à fait extraordinaire venait de se dérouler sous ses yeux, quoi qu'il puisse en penser. Le vieillard miné par l'âge, affaibli par la détention, avait opéré une mue qui défiait la raison. Une mue, c'était bien le terme exact. A l'instar des vipères qui se débarrassent de leur peau usée et s'en vont derechef serpenter dans les sous-bois, ragaillardies par leur nouvelle jeunesse, Ruderi avait fait *peau neuve*. Le doute n'était pas de mise. Le jeune

243

homme qui déambulait mains dans les poches place du Tertre ou dans les jardins du Sacré-Cœur ne faisait qu'un avec celui qui avait été condamné par la cour d'assises de Douai le 26 janvier 1966, quarante ans auparavant. Avec le recul, Oleg comprenait les réticences de Margaret Moedenhuik à expliciter les raisons exactes de sa demande. Elle voulait savoir qui était *réellement* Ruderi. Ce qu'Oleg estima parfaitement légitime au vu des derniers événements. Il était fermement décidé à foncer à Venise pour questionner sa commanditaire et lui faire avouer tout ce qu'elle savait, au besoin en usant d'arguments percutants. Il se livra pourtant à une autre démarche avant de se résoudre à effectuer le voyage. Au matin du sixième jour, il se rendit chez les seules personnes pour lesquelles il éprouvait un réel sentiment d'amitié, de tendresse. Les seules qui lui inspiraient reconnaissance et affection.

*

Guillaume Monteil habitait à Chatou un vaste pavillon entouré de serres tropicales dont il prenait le plus grand soin. C'était même là sa principale occupation depuis son départ à la retraite. Sa femme Nadine, de sept ans sa cadette, travaillait encore à l'hôpital Necker. C'est chez eux qu'Oleg avait séjourné lors de sa première venue en France, en 1991. Avec deux ou trois autres « moniteurs » aussi perdus, aussi désemparés que lui, il fut chargé de veiller sur les enfants, de les rassurer, d'aller les réconforter dans leur chambre, à la Salpêtrière, à Necker ou à Trousseau, de tenter de leur expliquer la nature des soins qui leur étaient prodigués, avec ses mots à lui, ou plutôt leurs mots à eux, de les aider à écrire des lettres destinées à leurs parents restés en Ukraine ou en Bélarus. Le soir, Oleg et les autres moniteurs rentraient chacun dans leur famille d'accueil, tandis que les mômes restaient seuls, isolés, dans leur chambre d'hôpital. Un contingent de gosses qu'on pouvait qualifier de chanceux en dépit de ce qui leur arrivait. Leurs copains restés à la maison, réfugiés à Kiev notamment à la suite de la contamination de toute la zone entourant Pripiat, cette cité-dortoir côtoyant la centrale, ne pourraient jamais bénéficier de la qualité de soins que connaissaient les petits veinards accueillis à Paris.

Au moment de la catastrophe, les autorités avaient tout simplement été incapables de distribuer des cachets d'iode stable, dont l'administration précoce, prolongée pendant une dizaine de jours, bloque l'organification de l'iode et les étapes ultérieures de la synthèse hormonale, et limite sensiblement l'irradiation secondaire à une contamination. Dans les années qui suivirent apparurent les premiers cas de cancers de la thyroïde chez les enfants. Le Centre franco-ukrainien de Kiev fournit la logistique qui permit d'assurer le suivi médical de plus de cinq mille d'entre eux, évacués de la zone la plus contaminée. On en expédia à l'étranger, en petit nombre. La plupart restèrent, parmi les plus touchés, qui souffraient déjà de métastases pulmonaires ou ganglionnaires. Macha, Anatoli et Sacha, la sœur et les deux frères d'Oleg, n'eurent pas droit au voyage. Pour eux, il était déjà trop tard.

*

Dès le début des opérations, Guillaume et Nadine Monteil firent partie de la petite cohorte de médecins qui se démenèrent avec des moyens dérisoires en regard de l'ampleur de la tâche. Sitôt qu'il en avait l'occasion, Oleg ne manquait jamais de leur rendre visite. Ils ignoraient évidemment tout de sa nouvelle vie. Pour eux, il était toujours le gamin paumé aux grands yeux tristes qui, lorsqu'il déambulait dans leur salon, progressait avec la prudence d'un chat sauvage, de crainte de bousculer un bibelot ou de tacher un tapis en renversant son verre de Coca. Le gamin qu'ils avaient apprivoisé avec patience en respectant sa pudeur, et dont ils corrigeaient patiemment les nombreuses fautes de français. Nadine et Guillaume avaient pleuré sans retenue lorsque Oleg leur avait raconté *les jours d'après*. C'était toujours l'expression qu'il utilisait, sans avoir besoin de préciser à quelle chronologie il faisait référence. *Les jours d'après*. Trois mots blottis l'un contre l'autre à l'étroit au détour d'une confidence. *Ce qui s'est passé les jours d'après*.

*

Kostia, le père d'Oleg, était pompier. Toute la famille vivait dans les bâtiments de la caserne de Pripiat. Ils disposaient d'un appartement de trois pièces, assez exigu, et d'une cuisine communautaire qu'il fallait partager avec les autres foyers, mais tout cela était finalement très confortable en comparaison des normes en vigueur en Union soviétique. A 1 h 23 précises, le 26 avril 1986, les sirènes se mirent à hurler. Oleg vit son père s'habiller à la hâte et rejoindre ses copains dans la cour de la caserne. Les moteurs diesel des camions tournaient déjà à plein régime.

Kostia et ses collègues furent à pied d'œuvre en quelques minutes, dans un décor de cauchemar. Un puissant faisceau de lumière bleuâtre s'échappait du cœur du réacteur tandis qu'à la source de l'incendie c'était le rouge qui prévalait. Ils montèrent sur le toit de la centrale pour dominer le foyer, traînèrent derrière eux des dizaines de mètres de tuyau, braquèrent leurs lances droit sur la fournaise et y projetèrent des tonnes d'eau et de mousse. Aucun d'entre eux ne portait d'équipement spécial et n'était pourvu de dosimètre. A peine croyaient-ils avoir réduit les flammes ici qu'un nouveau foyer se déclarait là, au simple contact d'un morceau de graphite incandescent. Sous leurs pieds, le goudron fondait, se transformant en une boue brûlante où ils s'enfonçaient jusqu'à la cheville. Vers cinq heures du matin, l'incendie était apparemment maîtrisé. Ce n'était pas un incendie normal, habituel, il n'existait aucun précédent, aucune comparaison n'était possible. Les flammes avaient disparu mais le cœur nucléaire et le graphite continuaient de bouillonner, à feu doux pourrait-on dire. Les pompiers restèrent à proximité deux heures durant encore avant qu'on ne les autorise à rejoindre un local souterrain où ils purent se laver, changer de vêtements. Sous la lueur des néons, ils constatèrent alors qu'ils avaient tous la peau brunie, comme après une très longue exposition au soleil. Certains d'entre eux commencèrent à vomir un mélange de sang et de salive, plusieurs perdirent connaissance. Ils avaient absorbé des doses de radiations inouïes – 800 rems, soit deux fois la dose mortelle.

Dès le lendemain, les hélicoptères prirent le relais, par vagues successives, pour déverser sur le réacteur des milliers de tonnes de sable, d'argile, de plomb, de bore, de borax et de dolomite. Oleg et les enfants de Pripiat assistèrent, fascinés, au ballet de ces monstres de métal – Mi-6, Mi-8, Mi-26 – capables d'engranger d'énormes cargaisons dans leurs soutes et qui survolaient la campagne alentour, sans ordre apparent, perdus comme des hannetons dispersés par un vent d'orage. Les membres des équipages étaient vêtus de combinaisons de caoutchouc et portaient des bottes, des masques, des gants censés les protéger des radiations. Ils passaient en rase-mottes au-dessus de l'objectif, avec la consigne de ne pas y stationner plus de quelques secondes, et larguaient leur charge, la plupart du temps au petit bonheur la chance.

La ville de Pripiat fut enfin évacuée. La radio distribua des consignes aux habitants qui ne comprenaient rien à ce qui se passait. On leur demandait de préparer des vêtements chauds, des chaussures de sport, il était question de villages de tentes qu'on allait installer dans la forêt. Une petite virée dans la campagne pour les fêtes du 1er Mai, sacro-saintes en Union soviétique, cette date où l'on célébrait la victoire contre la bête nazie ? Soit. La population, disciplinée, obtempéra.

Oleg participa lui aussi à la lutte contre la catastrophe, à la mesure de ses moyens. Pendant plus d'une semaine, il fit partie d'une brigade chargée de remplir des sacs de sable, ceux-là mêmes que les hélicos allaient larguer au-dessus de la fournaise. Il mania la pelle dans une carrière des environs en compagnie d'un millier de civils rassemblés à la hâte ; tout le monde travaillait en bras de chemise, voire torse nu. Au moment de la pause, chacun sortait son sandwich, et des camions venaient ravitailler les volontaires en fruits et légumes frais, cueillis dans les environs. Le vent soufflait du sud, depuis la centrale jusqu'à la carrière, et rabattait une suie qui se mêlait à la poussière soulevée par les pelles, les pioches...

Oleg n'avait plus de nouvelles précises de son père depuis la nuit du 26 avril. Ses frères et sa sœur avaient été hébergés par une tante qui vivait dans les environs, à la campagne. Le 2 mai, il parvint à joindre sa mère par téléphone. Elle avait remué ciel et terre pour partir à Moscou, au chevet de son mari. Les pompiers qui s'étaient rués sur la centrale dès les premières heures y avaient tous été évacués par avion spécial. A l'hôpital numéro 6, Chtchoukinskaia. Oleg y arriva le 4, après un voyage d'une vingtaine d'heures, épuisant, chaotique. Toutes les liaisons aériennes étaient perturbées, les listings de réservations confisqués par la noria de spécialistes en tout genre, médecins, biologistes, radiologues, ingénieurs, qui convergeaient soudain vers Tchernobyl, via l'aéroport de Kiev. Sans compter les bureaucrates du Parti, habitués à voyager dans le plus grand confort, et qui accouraient à présent pour venir prononcer des discours apaisants. Les avions repartaient quasiment à vide, dans la précipitation la plus totale. Au beau milieu de cette pagaille, Oleg parvint pourtant à se frayer un chemin jusqu'à la capitale.

Hôpital numéro 6. Chtchoukinskaia. Il lui fallut montrer ses papiers d'identité, voire verser quelques roubles aux miliciens, afin de franchir plus vite les barrages. Il ne tarda pas à se rendre compte, en effet, que le bâtiment où avaient été accueillis les « héroïques pompiers » était entouré d'un cordon sanitaire. Il fut reçu par un médecin hagard, auquel il raconta son histoire. Son père était là-haut, dans une des chambres du deuxième étage. Le médecin, outre son stéthoscope, portait un dosimètre autour du cou. L'appareil crépitait.

– Même ici, au rez-de-chaussée, il s'affole, tu entends ? lui dit-il. Je reviens des chambres où ils ont été placés. J'ai encaissé une sacrée dose, rien qu'à les approcher.

– Mais... ma mère est là-haut ! protesta Oleg.

– Je sais, lui répondit le médecin, et elle n'est pas la seule. Les femmes, elles y sont toutes. Personne n'a eu le courage de prendre la décision de leur interdire d'aller au chevet de leur mari... mais c'est du suicide. Tu es jeune, solide, tu as l'air intelligent, et puis il faut bien que je dise la vérité à quelqu'un. Alors voilà, ton père, efforce-toi de penser à lui en gardant un souvenir d'avant. D'avant toute cette merde.

Le médecin était épuisé. Oleg le dévisagea, vit ses yeux injectés de sang, ses mains qui tremblaient.

– Je veux le voir..., murmura-t-il.

– Qu'est-ce que tu t'attends à voir, mon pauvre gars ? rétorqua calmement le médecin. Il perd ses cheveux, il perd sa peau, il suffit qu'on le retourne dans son lit pour que des lambeaux entiers s'en détachent, tout son corps est couvert d'ampoules, il vomit sans arrêt, ses intestins n'en finissent plus de... crois-moi, il est déjà passé de l'autre côté. Et le seul service qu'on puisse encore lui rendre, c'est de faire en sorte qu'il ne contamine personne d'autre. Pour ta mère, c'est déjà trop tard. Elle est restée trop de temps auprès de lui. Voilà. Et moi, ça fait trois jours que je circule dans ce couloir. D'une chambre à la suivante. Pour leur serrer la main. Pas trop fort, parce que ça leur fait mal. Tout ce que je peux faire, c'est les aider à mourir. Pour moi aussi, c'est fini, alors toi, au moins, essaie de tenir le coup, de résister à la tentation. La pitié, ça ne sert plus à rien ! Plus tard, on aura besoin de toi, des gars qui pourront raconter, témoigner !

Oleg le dévisagea, de nouveau. Il eut envie de serrer dans ses bras ce type qu'il n'avait jamais vu, qu'il ne reverrait jamais plus. Il esquissa un geste, une tentative d'accolade, mais le dosimètre suspendu au cou du médecin crépitait.

– Éloigne-toi, allez ! ordonna celui-ci. Écoute cette petite musique, écoute-la bien, et ne l'oublie jamais !

Tic, tic, tic. Tic, tic tic. La mélodie des röntgens. Le menuet de la mort.

*

Le surlendemain, un convoi militaire apporta les cercueils dans l'enceinte de l'hôpital numéro 6. La mère d'Oleg, et, avec elle, les autres épouses revêtirent les dépouilles de l'uniforme des pompiers. Il fut impossible de leur passer les bottes, leurs pieds étant démesurément gonflés. La casquette d'apparat, celle qu'ils portaient lors des défilés, des cérémonies, reposait sur leur poitrine. Les employés de la morgue s'acquittèrent de leur tâche à toute vitesse. Ils glissèrent les corps dans des housses de plastique, avant de les déposer dans des cercueils de bois, cercueils qui furent eux aussi enveloppés de plastique, puis logés dans des cercueils de zinc, de dimensions bien plus importantes. Et le convoi se mit en route, escorté par la milice, vers un cimetière de la périphérie. Des sépultures enrobées de béton et de plomb y avaient déjà été aménagées.

Tout au long du transfert depuis l'hôpital numéro 6, Oleg ne cessa de dévisager le colonel qui dirigeait les opérations. La sueur coulait sur ses tempes et sa pomme d'Adam était agitée de soubresauts irrépressibles. Il se tenait tassé sur la banquette, contre la carrosserie, comme si les maigres centimètres qu'il gagnait ainsi en recroquevillant sa viande pour la préserver du contact direct avec les veuves suffisaient à tracer un minuscule no man's land à même de le protéger de la contamination. Les allées du cimetière étaient truffées de miliciens et de policiers en civil censés écarter les curieux qui auraient pu s'aventurer jusque-là, mais ce ne fut pas nécessaire. La cérémonie fut expédiée à la sauvette ; les veuves et les quelques enfants qui les avaient rejointes furent reconduits à Kiev, où des immeubles avaient été réquisitionnés pour héberger les familles de Pripiat.

*

Les jours d'après n'en finirent plus de s'écouler, apportant leur lot de malheurs, de chagrins. Aux environs immédiats de la centrale, le travail des « liquidateurs » se poursuivit. On commença à amasser les matériaux qui serviraient à construire un sarcophage de confinement. A plusieurs dizaines de kilomètres à la ronde, il fallait convaincre les paysans d'abandonner leurs maisons, de fuir en emportant le strict minimum. Certains refusaient. Quand on venait les chercher, ils montraient le ciel bleu, les arbres en fleurs, l'herbe foisonnante. Où est le danger ? demandaient-ils, incrédules. D'autres étaient partis, puis, constatant qu'il ne se passait rien de spécial, ils réintégraient leurs villages en catimini... Partout couraient les rumeurs les plus contradictoires. Tantôt on disait que les conséquences allaient être terribles, tantôt que tout cela n'était qu'une plaisanterie. Certes, les gars ayant participé aux premières équipes de secours avaient trinqué, mais à présent que la situation était sous contrôle, il n'y avait plus rien à craindre. Avec quelques pastilles d'iode, tout serait réglé. A la télévision, les spécialistes de la propagande s'en donnaient à cœur joie, déversant leurs slogans rassurants entre deux refrains patriotiques. Dans les mois qui suivirent, près de six cent cinquante mille hommes affluèrent vers Tchernobyl. Pour abattre les arbres, les brûler sur de gigantesques bûchers. Des appelés du contingent qui croyaient participer à de vulgaires manœuvres. Des régiments entiers se déployèrent autour de la zone, mais les barrages n'étaient pas rigoureux et il suffisait de graisser la patte d'un gradé sans scrupule pour entrer ou sortir du périmètre interdit. Dans les bois circulaient de petites bandes d'hommes armés. Ils étaient chargés d'abattre le bétail, et aussi les chiens, les chats, de faire en sorte qu'aucun animal ne s'évade de la zone la plus contaminée. On leur distribuait de la vodka à foison. Dans cette curieuse partie de campagne printanière, ils cueillaient des champignons, des fraises, des framboises, s'en régalaient, se ruaient sur les poulaillers, gobaient les œufs avant de tirer en rafales sur la volaille affolée. Les chemins étaient bordés de place en place de cadavres d'animaux, vaches ou cochons mitraillés à la kalachnikov et dont la viande se décomposait en attirant de copieux nuages de mouches.

*

En se rendant chez Guillaume et Nadine Monteil, à Chatou, Oleg se remémora les moments les plus douloureux de ces *jours d'après*. La maladie de sa mère, qui se déclara très vite, à l'automne 86. Et les premiers symptômes qui frappèrent ses frères, sa sœur. Ces souvenirs cauchemardesques venaient le visiter toutes les nuits depuis plus de quinze ans.

Nadine Monteil était en voyage aux États-Unis, pour un congrès médical, aussi Guillaume le reçut-il seul, l'accueillant sur le perron de sa villa avant de le prendre dans ses bras, de l'étreindre longuement, et de le questionner sur son état de santé. Oleg lui mentit à propos de la fréquence des transfusions auxquelles il devait se soumettre, prétendant qu'il en était toujours à quatre mois d'intervalle entre chacune d'elles.

– Je n'y ai jamais rien compris à toutes vos histoires de lymphocytes, de leucocytes et de plaquettes..., ajouta-t-il. Tout ce que je sais, c'est que je vais bientôt y passer !

– Tu n'as pas le droit de dire ça ! protesta Guillaume. Il faut patienter, les perfusions peuvent te permettre de tenir longtemps, très longtemps, jusqu'à ce qu'on te trouve un donneur de moelle ! Ça va marcher, je suis certain que ça va marcher ! Si ça ne tenait qu'à moi, tu le sais bien, je serais déjà sur la table d'opération pour me faire charcuter !

Oleg haussa les épaules. Ses frères étaient morts en 94, sa sœur en 95, et les chances qui lui restaient de tomber sur un donneur compatible étaient infinitésimales. Les médecins qui le suivaient l'avaient inscrit au fichier international HLA qui recensait les possibilités, sans résultat jusqu'alors.

– Tout ira bien, reprit Guillaume, je le sens. Tant que la leucémie n'est pas franchement déclarée, tes chances restent entières, entières ! Et quand bien même cela arriverait, sache que la recherche va vite. C'est une question d'années. Regarde, entre le moment où tu as été soumis aux radiations et aujourd'hui, il s'est déjà écoulé plus de quinze ans. Des habitants d'Hiroshima ou de Nagasaki ne sont tombés malades qu'au bout de trente ans ! Nous ignorons encore tant de choses, dans ce domaine... et puis, pense à tous ceux qui ne sont plus là !

Oleg haussa les épaules une nouvelle fois. Il connaissait le refrain par cœur. Ceux qui n'étaient plus là ? Ils défilaient devant ses yeux toutes les nuits, en cortège. Toute la brigade de pompiers et nombre de leurs épouses, sa mère au premier rang. Les voisins les plus proches. Les collégiens, les étudiants qui avaient chargé les sacs de sable destinés à recouvrir le foyer d'incendie... Et les bébés qui étaient nés un an, deux ans, trois ans plus tard. Avec des malformations atroces. Des cirrhoses du foie. Des encéphalopathies. Et tous ceux dont il était interdit de parler. Tous ceux qui avaient disparu, un beau jour, sans crier gare, enlevés par une ambulance, emportés vers un centre de soins dont on ne savait rien.

*

Les deux hommes avaient pris place dans le salon. Guillaume servit un thé et questionna son visiteur à propos de son travail. Oleg répondit évasivement. Pour ce genre de circonstances, il avait concocté quelques anecdotes tout à fait plausibles qui lui permettaient de faire illusion. Des salades de groupes de touristes perdus dans les aéroports, des histoires de chambre d'hôtel, vaguement cochonnes... Guillaume n'était guère méfiant et, de toute façon, la réalité de la vie de son protégé était tellement monstrueuse qu'il ne pouvait simplement pas l'imaginer. Un long moment de silence s'installa entre eux. Guillaume avait bourré sa pipe d'écume de tabac aromatique et la savourait, les paupières baissées.

– J'ai... j'ai une question à vous poser..., dit enfin Oleg.

Guillaume et sa femme l'avaient toujours tutoyé, lui-même n'avait jamais pu se résoudre à cette familiarité. Dès leur première rencontre, alors qu'il n'avait que dix-neuf ans, il les avait placés sur une sorte de piédestal symbolique qu'il ne pouvait contempler qu'en levant les yeux très haut.

– Je t'écoute, Oleg.

– Voilà, récemment, dans mon travail, j'ai rencontré un client qui... qui a rajeuni. C'est tout à fait étonnant. Il était vieux, et à présent, il semble jeune. Comme s'il avait suivi un régime, je ne sais pas, sauf que là, au lieu de perdre des kilos, il a perdu des années.

– Si tu as la recette, ou plutôt le brevet, dépose-le vite, parce que je peux t'assurer que ta fortune est faite !

– Vous ne comprenez pas, protesta Oleg, ou bien vous allez croire que je vous raconte n'importe quoi. Mais je suis très sérieux. J'ai rencontré un homme qui a été isolé pendant très longtemps. Pour vous dire toute la vérité, en prison. Il a purgé l'intégralité de sa peine, une quarantaine d'années, et, à présent, il va effectuer un long voyage. Il ne le sait pas encore : une de ses amies lui a préparé une belle surprise. Elle règle tous les frais. Pour le moment, il est en instance de départ... Eh bien, sitôt après sa libération, cet homme s'est... transformé. Il a retrouvé une nouvelle vigueur. De nouvelles forces. Il a... il a rajeuni. Il n'y a pas d'autre mot ! Est-ce qu'il existe des médicaments suffisamment puissants, je ne sais pas, des traitements totalement nouveaux qui... ?

La naïveté de la question laissa Guillaume pantois. Il mit quelques secondes à se ressaisir.

– Il est tout à fait possible que quelqu'un longtemps maintenu en détention, comment dire, s'étiole, se racornisse et que le retour à la liberté lui dope le moral au point de le transformer physiquement, concéda-t-il. Et de donner ainsi l'illusion qu'il ait rajeuni. Mais les années ne s'effacent jamais, Oleg, elles s'accumulent, au début sans qu'on y prenne garde, comme si elles cachaient bien leur jeu, puis, petit à petit, l'heure n'est plus aux coquetteries, alors elles se mettent à peser de tout leur poids. Dans les décennies qui vont venir, deux ou trois, les choses évolueront de façon spectaculaire. Il existe des molécules très prometteuses qui permettront de freiner le vieillissement. Pour l'instant, il n'y a rien de bien concret. De freiner le vieillissement, je répète, et non pas d'inverser le processus !

En prononçant ces mots, Guillaume avait conscience de retourner le couteau dans une plaie à vif. Oleg était obsédé par l'idée de sa mort prochaine et il lui parlait d'un futur presque palpable, auquel il risquait pourtant de ne jamais avoir accès.

– Il a rajeuni, s'entêta Oleg. Ses rides ont disparu, sa démarche... Sa voix...

– La chirurgie esthétique ? suggéra Guillaume. Elle peut effectivement faire illusion, mais pas longtemps !

– Non ! Il ne s'agit pas de cela, c'est beaucoup, beaucoup plus troublant ! Plus spectaculaire ! Rien à voir avec les mémères qui se font lifter la peau du visage, je vous le jure ! D'ailleurs, il n'a pas eu le temps... Je vois bien que vous ne me croyez pas.

– Et ce... ce curieux spécimen, tu l'as donc rencontré dans le cadre de tes activités professionnelles ?

– Oui, un contrat à mener à bien, avec lui..., confirma Oleg. Un gros contrat. Je suis le tour operator exclusif. Je dois veiller aux moindres détails du voyage. Un très long voyage. Je suis chargé de préparer les escales, une à une, jusqu'à la destination finale. Le bout du monde, le grand éblouissement devant le soleil de minuit. L'aurore boréale. Tout est déjà planifié.

Sans même deviner à quel point les mots qu'Oleg venait de prononcer étaient lourds de sens, Guillaume Monteil le regarda d'un œil qu'il voulut indulgent. Il quitta son fauteuil, posa sa pipe d'écume sur une tablette, en saisit une autre, l'alluma. Il fit quelques pas dans le salon, s'attarda devant la baie vitrée qui s'ouvrait sur le jardin, inquiet alors qu'il s'efforçait de n'en rien laisser paraître. Oleg devait suivre scrupuleusement son traitement, se soumettre avec une régularité sans faille à tous les examens qui lui étaient prescrits, c'était là sa seule chance – si tant est qu'il en ait une – de sauver sa peau. Guillaume savait à quoi s'en tenir. Du syndrome pré-leucémique, Oleg glissait doucement vers la maladie déclarée. Abrupte et sans appel, à l'échéance de quelques années. Cinq ? Six ? Et toute cette histoire de rajeunissement miraculeux empestait l'irrationnel, le charlatanisme. L'arnaque. C'en était à se demander si, à force de lassitude, Oleg ne s'était pas laissé aller à tomber sous la coupe d'un gourou quelconque, d'un marchand de promesses, d'un escroc. Nadine Monteil traitait des patients VIH sur lesquels les trithérapies ne donnaient plus les résultats escomptés. Nombre d'entre eux, désespérés, désertaient les consultations hospitalières pour se tourner vers des vendeurs de poudre aux yeux, de promesses de guérison à la petite semaine.

– Je ne sais pas qui est ton fameux prisonnier, reprit Guillaume, mais s'il a bel et bien remonté le fil du

257

temps après un séjour à l'ombre, alors c'est peut-être un lointain cousin du tardigrade !

– Un cousin de qui ?

– Du *tardigrade*, Oleg, du tardigrade ! Un curieux animal, microscopique. Doté de pouvoirs qui feraient pâlir ce bon docteur Faust ! A cette différence près qu'il est bien réel, le bougre ! Il passionne nombre de scientifiques, partout dans le monde. Et c'est bien normal. C'est un étrange personnage. Très étrange.

Guillaume se leva, déplia sa longue carcasse filiforme, se massa les reins, passa ses doigts dans son épaisse tignasse blanche et remit en place les lunettes qui s'obstinaient à glisser sur son nez. Oleg ne put s'empêcher de sourire en dévisageant cet homme qui avait toujours évoqué pour lui la silhouette d'un professeur Nimbus égaré sur son nuage. Guillaume lui fit signe de le suivre sur le perron, puis dans les allées du jardin à travers lesquelles il le guida en lui tenant le coude.

– Regarde, il y en a partout, expliqua-t-il, le tardigrade est un de nos compagnons les plus fidèles, il pullule autour de nous alors même que nous ne le voyons jamais. Un peu comme les acariens qui infestent nos draps de lit et se régalent des débris de notre peau, de nos ongles, de nos cheveux... Avec de la chance, je vais peut-être pouvoir t'en montrer un !

Tout au fond du jardin, Guillaume se pencha sur la souche d'un arbre, un chêne que la tempête du tournant du millénaire avait déraciné. Du bout de la pointe d'un Opinel, il arracha quelques centimètres carrés de mousse verdoyante incrustée sur l'écorce craquelée de l'arbre mort et rongée par des champignons.

– Viens, on va étudier ça ! s'écria-t-il en portant son butin entre ses deux mains jointes, réunies en coupelle.

Oleg le suivit jusqu'au premier étage de la villa, sous les combles. Durant son premier séjour en 91 chez les

Monteil, il avait croisé Marc, leur fils, du même âge que lui. A l'époque, étudiant en biologie. Un garçon taciturne, en permanence plongé dans ses manuels.

– Il est au Brésil, à présent, annonça fièrement Guillaume en gravissant l'escalier qui menait à sa chambre. Dans la forêt amazonienne ! Il participe à un programme d'étude de la canopée. Il faut croire que c'est une vocation. Quand il était gosse, il passait déjà des journées entières dans une cabane perchée en haut du chêne abattu dont tu as vu la souche. Sa mère se faisait un sang d'encre de peur qu'il ne tombe, mais il était agile comme un singe. Et aujourd'hui, il surplombe d'autres cimes, exotiques, celles-là !

Oleg ferma les yeux, l'espace d'un instant. Malgré toute sa sollicitude, et sans même qu'il s'en rende compte, Guillaume Monteil lui faisait bien plus de mal en évoquant la carrière de son fils qu'en s'inquiétant de l'évolution de sa maladie. Le sort avait jeté les dés, Marc était né à Chatou, Oleg à Pripiat. De quoi faire radicalement bifurquer un destin. L'un survolait la canopée, le regard tourné vers l'azur, l'autre scrutait la nuit, en permanence à la recherche d'une proie.

Arrivé dans la chambre de son fils, Guillaume déposa sa cargaison de mousse sur une coupelle et ôta la housse qui recouvrait le microscope dont s'était longtemps servi Marc. Il reposait dans un coin de la chambre sur une paillasse carrelée de blanc munie d'un lavabo et d'un bec Bunsen, le tout composant un véritable petit laboratoire domestique. Le microscope autorisait un grossissement suffisant pour la « leçon de choses » à laquelle Guillaume envisageait de procéder. Oleg le regardait opérer avec curiosité. L'idée qu'il puisse exister un rapport entre Ruderi et ces grammes de mousse ramassés dans le jardin l'intriguait au plus haut point. Guillaume avait disséminé la mousse sur la paillasse, avant d'en disposer quelques résidus sur une lamelle à l'aide d'une pince à épiler. L'œil rivé à la lunette, il étudiait le prélèvement en manipulant délicatement la mollette de mise au point du microscope entre le pouce et l'index. Il abandonna plusieurs fois son échantillon pour le remplacer par un autre, et poussa enfin un petit grognement de satisfaction.

– Mon cher Oleg, je te présente monsieur le tardigrade ! s'écria-t-il en l'invitant à se pencher sur la lunette. Notre ami est discret, deux dixièmes de millimètre à peine.

Oleg ne se fit pas prier. Il distingua très nettement une sorte de ver replet qui s'agitait sur la lamelle, au beau milieu de fragments de mousse épars. Le corps était boursouflé, composé d'une série d'anneaux, chacun d'entre eux se prolongeant par de minuscules griffes.

– Ces petites pattes, comme des crochets, on les appelle des logopodes, précisa Guillaume. Par transparence, tu vois l'intérieur de son corps au travers de la membrane qui lui sert de peau... n'est-ce pas ? Eh bien, dis-toi qu'il possède un organisme presque aussi complexe que le nôtre : appareil digestif, locomoteur, reproducteur. D'ordinaire, il vit dans un milieu plutôt humide. Nous sommes à l'automne et il a beaucoup plu ces derniers temps. Mais son biotope peut être soumis à dessiccation régulière et répétée sans qu'il s'en incommode, au contraire, c'est bien là ce qui fait sa singularité ! Et son intérêt du point de vue scientifique ! Attends, tu vas comprendre très vite : regarde !

Guillaume inclina une lampe au support flexible placée sur la paillasse, amenant l'ampoule à proximité immédiate – quelques centimètres à peine – de la lamelle gorgée d'eau où s'agitait le tardigrade. L'œil toujours rivé au microscope, Oleg vit très distinctement l'eau s'évaporer sous la chaleur produite par la lampe. Les brindilles de mousse qui flottaient sur la lamelle virèrent peu à peu du vert au brun, comme calcinées. Toute trace d'humidité avait disparu. La petite boule formée par le corps du tardigrade subissait en apparence le même traitement.

– Observe bien, poursuivit Guillaume, il s'est rétracté, ses anneaux se sont racornis, il a à présent la forme d'un tonnelet, comme s'il avait voulu retenir la moindre particule d'eau qu'il sentait disparaître autour de lui, n'est-ce pas ?

Oleg approuva d'un simple hochement de tête.

– Il a, disons, « réempaqueté » ses organes pour les préserver de la mort, reprit Guillaume. Une réorganisation qui se produit à un échelon infiniment petit et dont nous n'avons pas encore décrypté le mécanisme, la dynamique, la biochimie. Tout ce que nous savons, c'est qu'il sécrète une substance qui lui permet de caler les édifices moléculaires en plein chambardement ! Il s'agit du tréhalose, un sucre complexe. Tout se passe comme si ce sucre prenait la place des molécules d'eau, s'y substituait. Dès lors, le tardigrade se moque comme de l'an quarante de son environnement immédiat, même devenu profondément hostile, puisqu'il a su puiser en lui les moyens d'y résister !

– Il s'est asséché, momifié ?

– Si tu veux le formuler comme ça, pourquoi pas ? acquiesça Guillaume. Les biologistes ne comprennent pas grand-chose à ce processus. Il n'existe pas de terme exact pour le qualifier. C'est unique, absolument unique. Ce sucre miraculeux, le tréhalose, permet au tardigrade de résister à la mort par dessiccation. Il se laisse pour ainsi dire lyophiliser, mais en conservant toute la faculté d'inverser le processus.

– Il n'est pas mort, mais simplement en sommeil, en suspens ?

– Peu importent les qualificatifs. Seul compte le résultat. On a retrouvé des... des « momies » de tardigrades dans des herbiers datant d'un ou deux siècles, tu sais, ces cahiers où les jeunes filles romantiques collectionnaient les pétales de rose ou de violette que leur offraient leurs soupirants. Eh bien, figure-toi qu'il a suffi qu'on asperge les mousses desséchées de quelques gouttes d'eau tiède pour que ces braves tardigrades se réveillent en pleine forme. Deux siècles plus tard ! Ils se sont même reproduits, comme si de rien n'était ! Il existe des animaux qui hibernent, qui sont capables de placer leur organisme en sommeil des mois durant, comme les marmottes pour ne citer qu'elles ! Leur débit cardiaque se ralentit à l'extrême et elles puisent dans les réserves énergétiques accumulées durant le printemps et l'été pour se maintenir à flot. Mais le tardigrade fait beaucoup plus fort ! Durant sa dessiccation, il est tout bonnement impossible de détecter la moindre trace de vie dans ce qui ne semble plus être qu'un cadavre ! Quelques grains de poussière. On a mené quantité d'expériences à ce propos. Dans cet état, il peut résister à des températures de 151 degrés à sec, à moins 272 degrés dans de l'azote liquide, à un bombardement d'électrons, de rayons X, à un vide relativement poussé ! On en a ranimé alors qu'ils étaient sortis d'un microscope électronique à balayage et tout récemment une équipe de chercheurs japonais a soumis des spécimens à des pressions absolument phénoménales !

Oleg cala une nouvelle fois son œil sur la lunette de visée du microscope, sans discerner le moindre mouvement à la surface de la lamelle.

– Maintenant, regarde bien, poursuivit Guillaume.

Il s'empara d'une pipette, l'emplit d'eau, la réchauffa entre ses doigts et en déversa une goutte tiédie sur la préparation. Après une minute d'attente, le tardigrade recommença à s'agiter. Ses logopodes frétillèrent, les minuscules griffes jaillirent de leur écrin, comme celles d'un chat des coussinets tapissant l'extrémité de ses pattes. L'animalcule palpait les débris végétaux qui l'entouraient et qui, eux, restaient figés, à jamais desséchés. Il s'agitait, se démenait dans la solution liquide, repartant à l'assaut de sa pitance, comme si la mort ne l'avait qu'effleuré, et en définitive épargné.

– Il a conservé la conformité de ses édifices moléculaires, expliqua Guillaume. Et il les réactive à volonté. Tu vois, Oleg, il existe dans la nature des organismes capables de défier la mort. Non pas des chimères, des créatures de légende, mais des êtres bien réels, si microscopiques soient-ils. Un jour viendra, et ça peut être très rapide, où nous saurons transférer avec aisance les gènes d'une espèce à sa voisine. Les croiser. Imagine un peu qu'on perce le mystère du Meccano chromosomique qui autorise le tardigrade à placer son organisme en état de latence entre la vie et la mort, et que, ma foi, on parvienne à « bouturer » sur d'autres espèces le talent, appelons-le comme ça, dont sait faire preuve cette misérable bestiole ? Mmm ? Nous n'en sommes pas là, vraiment pas là. Il s'agit encore de scénarios de... science-fiction. A cette différence près que tout est à portée de la main ! Plus personne n'est capable de tracer la moindre frontière entre le possible et le probable à l'échéance de trois ou quatre générations. J'enrage parfois de ne pas être né un tout petit siècle plus tard. Les choses avancent vite, très vite. Les transfusions, par exemple : un sang artificiel est déjà au stade de l'expérimentation. Dans peu de temps, qui sait, nous n'en serons plus à quémander quelques centilitres au coin des rues, à l'affût de donneurs.

– Du sang artificiel, soupira Oleg, le regard perdu dans le vide. Mon problème, c'est la moelle ! Et de ce côté-là... ?

– De ce côté-là, il n'y a rien ! avoua Guillaume, la gorge serrée. Inutile de te mentir.

Oleg hocha longuement la tête en s'efforçant de sourire.

– Ne rêve plus, reprit Guillaume, apprends à te battre avec les armes dont tu disposes, ici, maintenant. Et avec un peu de chance, tout ira bien !

Il s'épongea le front du revers de la main, avant de la poser sur l'épaule d'Oleg et de le fixer droit dans les yeux.

– Je sais, lui dit-il, j'ai encore gaffé. Tu es venu chercher du réconfort, et j'ai été incapable de t'en apporter !

Oleg haussa les épaules, fataliste. Dès qu'il fut parti, Guillaume appela le service d'hématologie de l'hôpital Saint-Louis, dont il connaissait le patron. Il voulait simplement vérifier si Oleg suivait correctement son traitement. Ce qui lui fut confirmé, mais ne le rassura qu'à moitié.

16

La nuit suivante, Oleg somnola durant toute la durée du trajet jusqu'à Venise. Il avait réservé une cabine individuelle dans un wagon-lit au départ de la gare de Lyon. Les paroles de Guillaume Monteil résonnaient encore à ses oreilles. Regretter de ne pas être né un tout petit siècle plus tard ? Oleg se serait volontiers contenté de la moitié, voire du quart. Il avait l'impression de croupir dans un puits aux parois abruptes, dont il tentait de s'échapper pour atteindre le disque de ciel bleu qu'il voyait poindre au-dessus de lui. Une ascension sans cesse recommencée, qui l'épuisait, le vidait de ses forces, à quelques centimètres à peine de la délivrance.

La nuit fut longue, interminable. Il absorba des amphétamines avant de rejoindre, dès le début de la matinée, la villa de Margaret Moedenhuik. La jeune femme au visage lisse qui faisait office de gouvernante, ou de secrétaire, ou d'infirmière – sans doute remplissait-elle alternativement ces trois fonctions –, lui ouvrit le portail de la demeure, sans prononcer une seule parole. Le petit corps miné par la douleur et le désespoir l'attendait dans le salon, tassé sur son fauteuil roulant, comme lors de leur premier entretien. Oleg prit place face à Margaret, qui l'épia, percevant son trouble. Il était partagé entre la colère et la curiosité et s'efforçait de maîtriser le tremblement qui agitait sa main droite, sans trop y parvenir.

– Vous m'avez menti... et je déteste ça ! annonça-t-il en guise de préambule.

Il avait pris contact à plusieurs reprises avec sa commanditaire depuis la sortie de prison de sa cible, mais ne lui avait rien révélé de la métamorphose de l'ex-pensionnaire de Darnoncourt. Margaret Moedenhuik émit un petit rire de gorge. Elle ne paraissait pas outre mesure étonnée par la colère de son interlocuteur, comme si elle avait prévu que la mission qu'elle lui avait confiée allait réserver bien des surprises.

– Je ne vous ai pas menti, je vous ai demandé de le suivre, afin de savoir qui il est, qui il est *réellement*. Et je crois comprendre que ma patience va enfin être récompensée, n'est-ce pas ?

– Vous saviez ce qui allait se passer, s'entêta Oleg, vous m'avez donc menti.

– Par omission, peut-être, mais rien de plus ! Que s'est-il donc passé ?

– Dites-moi ce que vous savez, *tout* ce que vous savez ! Ne cherchez plus à tergiverser ! reprit Oleg, d'un ton où suintait la menace.

– Je sais que je suis à votre merci. Ma gouvernante serait bien incapable de s'opposer à vous. Je suis sans défense. Je ne vous ai tendu aucun piège. J'ai simplement envie de savoir. Je vous écoute.

La voix de l'infirme était toujours aussi terrible, mais Oleg y perçut une réelle inflexion de sincérité. Il prit une profonde inspiration, ouvrit la sacoche qu'il avait apportée et en tira un jeu de photographies classées dans l'ordre chronologique, jour après jour, qu'il déposa sur les genoux de son interlocutrice. Elle les consulta sans précipitation aucune, soulevant sa voilette pour les approcher, l'une après l'autre, de son seul œil valide. Oleg lui narra l'épisode de la visite de Ruderi jusqu'à la villa de Rueil-Malmaison et lui fit un court récit de ses pérégrinations dans les rues de Pigalle ou des abords de la place du Tertre. Parmi le lot que lui avait confié Oleg, Margaret isola un portrait d'Ava.

– Elle.... elle est bien venue le chercher à sa sortie de prison ? Comment s'appelle-t-elle ?

– Ava... Laissons-la de côté, pour le moment, voulez-vous ?

Les mains de Margaret se figèrent, pour signifier son refus.

– Ava, dites-vous ! Oh non, elle m'intéresse, elle m'intéresse beaucoup. Ava... Ava..., murmura-t-elle. Oui, c'est bien ainsi qu'ils l'appelaient : Ava ! Quand ils m'ont amenée dans le salon, près de la cheminée, mon père était déjà mort. Je ne l'ai pas compris, évidemment. Une enfant de cinq ans ne peut pas comprendre ça, il faut du temps, beaucoup de temps pour approcher la réalité de la mort. Je l'ai simplement vu allongé sur un tapis, la tête en sang. Et ma mère hurlait. Je ne comprenais rien à ce que les autres se disaient. Ils parlaient une langue étrangère, ou plutôt étrange, que ma mère n'était pas parvenue à identifier, elle a bien insisté sur ce point, lors du procès ! Tout ce que j'ai retenu, c'étaient ces deux syllabes, A-VA. Le nom de la fille. Et la voix, la voix de Ruderi ? Pourriez-vous me la faire entendre ?

Margaret s'agitait dans son fauteuil. Elle avait parlé d'une traite et peinait à reprendre sa respiration. Oleg entendit le corset craquer, grincer. Il sortit un magnétophone de sa sacoche, y enclencha une des nombreuses cassettes que ses pisteurs avaient enregistrées et mit l'appareil en marche. Margaret entendit la voix de Ruderi, et celle d'Ava, s'exprimant dans leur dialecte. Quelques minutes passèrent.

– Rembobinez et recommencez ! ordonna Margaret.

Oleg obéit. Margaret ne bougeait plus, ne respirait plus, suspendue à ces voix qui sortaient du magnéto, si claires, si limpides, pour entrer en résonance avec celles qui s'étaient insinuées dans sa mémoire, quarante ans plus tôt.

– C'est lui, c'est bien lui, murmura-t-elle enfin. Et la fille, c'est elle aussi ! Ava ! La petite sauvageonne !

– Ce pourrait être une simple ressemblance ? Ou sa fille, ou quelqu'un de sa famille ! Quarante années se sont écoulées et elle n'aurait pas vieilli ? protesta Oleg.

– Ruderi a bien rajeuni, heure après heure, jour après jour, et cela, sous vos yeux ! rétorqua Margaret.

Elle eut un mouvement rapide de la main, pour souligner son agacement. Le lot de photos chuta sur les dalles.

– Je vous dois en effet quelques explications, reprit-elle. Si je ne vous les donne qu'aujourd'hui, c'est tout simplement parce que si je les avais ne fût-ce qu'évoquées lors de notre premier rendez-vous, vous m'auriez crue folle. Et vous vous seriez enfui, me privant de vos précieuses compétences !

Margaret désigna un dossier cartonné qui reposait sur un guéridon, exactement comme lors de la première visite d'Oleg. Il contenait trois grandes enveloppes de papier kraft. Oleg ouvrit la première, où étaient rangés les photos de Ruderi et les portraits-robots de l'homme qui l'avait torturée, ainsi que ceux d'Ava, parus dans la presse quarante ans plus tôt.

Les documents étaient protégés par des pochettes de cellophane. En quarante ans, les feuillets avaient jauni et partaient presque en lambeaux. Les portraits-robots étaient grossiers, maladroits, mais indéniablement ressemblants. Oleg dédaigna celui d'Ava et s'intéressa à l'autre. L'homme avait un air de parenté évident avec Ruderi. Même dessin de la mâchoire, mêmes sourcils broussailleux, même brutalité suggérée, exagérée par le caractère obligatoirement caricatural du document. Oleg s'était souvent amusé de l'incapacité manifestée par la flicaille – en dépit de tout l'arsenal technique dont elle dispose aujourd'hui grâce à l'informatique – à se doter de documents fiables. Dans les années 60, c'était bien pire ! On devait faire appel à un gendarme ayant obtenu un premier prix de dessin au certificat d'études pour réaliser ce genre de prouesse. Soucieux de ne pas démériter, le pandore ne pouvait s'empêcher d'insister sur la mine fatalement « patibulaire » du suspect et forçait donc le trait. C'est dire si l'on était loin du compte !

– Observez-le bien, lui conseilla Margaret.

Oleg détailla la cicatrice qu'il portait au cou, une balafre impressionnante, boursouflée, chéloïde. Le type avait été victime d'une tentative d'égorgement. Ou de pendaison, la corde, raclant la peau contre le larynx, avait très bien pu entamer les chairs pour les marquer à ce point. Quoi qu'il en soit, il avait survécu à la blessure, ou au supplice.

– Laissez les portraits-robots et ouvrez la deuxième enveloppe.

Oleg obéit et découvrit un document en noir et blanc, aux contours indécis. Un cliché face/profil de l'homme à la cicatrice. Un portrait rudimentaire, anthropométrique, de qualité plus que médiocre. On y distinguait malgré tout les traits, la forme si particulière de la mâchoire, et surtout la cicatrice, sans aucune confusion possible.

– Il s'agit d'une photographie ancienne, très ancienne, précisa Margaret. Les appels à témoin parus dans la presse avec la publication des portraits-robots de Ruderi, d'Ava et de... de leur chef n'ont jamais rien donné. Des années durant. Et puis un jour, plus tard, beaucoup plus tard, il y a une dizaine d'années, j'ai reçu une lettre. D'un historien amateur. Une sorte d'illuminé. Un policier à la retraite qui s'amusait à fouiller dans les archives, à la recherche des daguerréotypes, puis des premières photographies de criminels conservées par les forces de l'ordre, bien avant que cette pratique ne devienne systématique, voire réglementaire. Le portrait que vous avez entre les mains a été réalisé en 1878, au bagne de Cayenne, est-ce que vous réalisez ? Mon historien a remonté jusqu'à cette date, et même en amont, patiemment, tranquillement. Il a collecté les fiches signalétiques de centaines de détenus, de condamnés exécutés, de bagnards. Pour finir par publier une sorte de mémoire, à compte d'auteur, quelques centaines d'exemplaires qu'il n'est jamais parvenu à écouler. Le procès de Ruderi l'avait fortement impressionné et il s'en souvenait très bien. Il m'a donc écrit, par l'intermédiaire de l'avocat auquel ma mère avait fait appel pour nous y représenter, nous, la partie civile. La concordance entre le portrait-robot publié par la presse en 1961 et cette photographie oubliée au fond d'une malle d'archives policières près d'un siècle plus tôt lui a semblé trop parfaite pour être fortuite. Qu'en pensez-vous ?

Oleg ne pensait rien. Comme après chaque tirade, Margaret s'accorda un moment de répit pour reprendre sa respiration.

– Ce retraité de la police est décédé au début des années 90, quasi centenaire, sans pouvoir m'en dire plus, poursuivit-elle. Tout ce que je sais, c'est que l'homme photographié en 1878 à son arrivée au bagne avait été arrêté au Vigan, dans le département des Cévennes, un an plus tôt. Avec deux complices, un homme et une jeune femme, il s'était introduit dans une auberge des environs. Ils avaient ligoté les propriétaires et, sous leurs yeux, ils avaient torturé leur fillette, âgée de six ans, pour faire avouer à ses parents où ils planquaient leur magot, vous me suivez ? Les complices n'ont jamais été rattrapés. La petite est morte. L'homme prétendait s'appeler... Marcus Ruder ! Ce n'est pas tout. Figurez-vous qu'il a disparu du bagne. En 1884. Évadé. Jamais retrouvé. Le bagne de Cayenne était entouré de marais infestés par la malaria, la dengue, quantité d'autres maladies exotiques, et de plus encerclé d'une jungle où grouillaient les serpents, de marigots où proliféraient les crocodiles. Un cauchemar. Impossible d'y échapper. De s'en échapper. Surtout après des années de détention épuisantes. De maigres rations, un travail harassant, les mauvais coups de la part des gardiens finissaient par venir à bout des plus endurcis. Et pourtant Marcus Ruder s'est envolé.

Il y eut un nouveau temps de silence, ponctué par la respiration sifflante de Margaret.

– Tout cela n'a aucun sens, balbutia Oleg.

– Oh que si ! Maintenant, ouvrez la troisième enveloppe, voulez-vous ? proposa-t-elle.

Oleg découvrit un autre jeu de photographies, de meilleure qualité, très récentes. Des hommes au visage blafard fixaient l'objectif au travers d'une rangée de barbelés. Squelettiques. Leur regard témoignait d'une frayeur intense.

– Le camp d'Omarska, en Serbie. A l'été 1992, précisa Margaret. Les miliciens serbes y avaient entassé leurs prisonniers bosniaques. Mâles. Durant la même période, leurs collègues torturaient et violaient leurs femmes, leurs sœurs, leurs filles. Pour les engrosser et les faire accoucher de bâtards dont elles auraient honte pour le restant de leur vie. Passez aux photos suivantes, je vous prie.

Oleg obéit.

– Voilà qui est déconseillé aux âmes sensibles, n'est-ce pas, mais je pense que vous êtes assez endurci pour supporter !

Oleg découvrit, l'un après l'autre, des clichés pris lors de séances de torture. Ou d'exécutions collectives. Les visages des suppliciés en gros plan, leurs corps ravagés par la souffrance, leur regard fou devant le canon de la mitrailleuse qui s'apprêtait à les faucher. Des cachots obscurs soudain inondés de lumière par l'éclair cru d'un flash photographique. Ici une baignoire d'où émergeait un torse, là un corps tassé, affaissé contre un recoin de mur, encore lardé d'électrodes. Ou une fillette aux yeux écarquillés par la terreur, accroupie devant un tas de planches, contrainte à redresser la tête pour fixer l'objectif, parce que la botte d'un soldat fichée sous son menton ne lui laissait pas d'autre choix.

– Ces photographies ont été prises par les bourreaux, précisa Margaret. Entre 1992 et 1997. Omarska, Srebrenica, Keraterm, Trnolopje... peu importe...

– Peu importe, en effet, confirma Oleg.

– Vous l'avez bien reconnu ? Il ne peut subsister aucun doute ?

– C'est troublant ! Je dois bien l'avouer !

Sur chacun des clichés, l'homme au cou balafré ricanait devant l'objectif, tantôt un coutelas à la main, ou, le pantalon sur les genoux, posait complaisamment, sexe dressé, à l'instant même où il s'apprêtait à violer une gamine.

– Vous le recherchiez ? reprit Oleg. Pourquoi là, en Bosnie, pourquoi pas n'importe où ailleurs ? Les tortionnaires, il y en a sous toutes les latitudes !

– Je ne le cherchais pas, c'est lui qui ne m'a jamais laissée en paix. Je n'ai eu que très peu d'amis au cours de mon existence. Mon apparence physique a toujours provoqué la répulsion. Quand j'étais pensionnaire au lycée, une institution très chic pour les jeunes filles de la bonne société, je me suis liée avec une de mes condisciples. Elle veillait sur moi, et en échange, comme j'étais beaucoup plus douée qu'elle pour les études, je l'aidais en rédigeant les dissertations à sa place. Nous ne nous sommes jamais perdues de vue. Depuis, elle est devenue magistrate. Récemment, elle a travaillé auprès du Tribunal pénal international chargé de poursuivre les criminels serbes. Ce lot de photos lui est tombé entre les mains lors d'une de ses enquêtes et elle en a été bouleversée. Elle me les a montrées. Sans se douter à quel point je pouvais être concernée, évidemment. Et je ne lui ai rien dit. Quoi qu'il en soit, j'en suis convaincue, le Marcus Ruder évadé du bagne de Cayenne en 1884 était toujours vivant dans les années 1990.

– Ça n'a pas de sens, reprit Oleg. Il ne peut pas s'agir du même homme !

– Aucun sens, en effet. Je n'avais pas oublié l'autre, « Ruderi », ni la date de sa sortie de prison, et je ne tolérais pas qu'il puisse jouir ne serait-ce que de quelques mois de liberté, aussi ma décision était-elle prise : le faire tuer. Mon but est toujours le même, mais je veux en savoir plus. Savoir qui sont réellement ces gens. Les deux hommes et la fille. Maintenant, voudriez-vous me suivre ?

Elle actionna la manette de son fauteuil électrique et se dirigea vers une pièce voisine. Oleg y pénétra à sa suite, découvrant une salle d'une cinquantaine de mètres carrés, climatisée et pourvue de vitrines derrière lesquelles étaient exposés des tableaux. Il balaya l'ensemble du regard, en évaluant le nombre à une trentaine. Les cadres décorés de dorures lui parurent fort anciens. De minuscules spots halogènes mettaient en valeur chacune des toiles dans un éclairage d'une grande douceur.

– L'humidité ambiante m'a obligée à les protéger, sinon ils se détérioreraient, les moisissures, n'est-ce pas ? Ici, l'air est profondément malsain, gorgé d'humidité. Vous vous intéressez à la peinture ?

– Absolument pas, répondit Oleg.

– Dommage, il y a là quelques petits joyaux des XVIᵉ-XVIIᵉ siècles, entre autres. Cette collection m'a coûté une fortune. Mais c'est sans intérêt. Ma dernière acquisition, c'est celui-ci, l'année passée.

Margaret désignait une toile de dimensions respectables, d'un mètre carré, au bas mot, placée tout au fond de la pièce. A l'inverse des autres, elle était jusqu'alors restée dans l'obscurité. Margaret s'empara d'un boîtier de commande, pressa sur une touche et déclencha ainsi un éclairage autonome, qui la mit aussitôt en relief. Oleg s'approcha.

– Une vente aux enchères à Londres, reprit Margaret. Le catalogue avait retenu toute mon attention. Pourquoi m'était-il tombé entre les mains ? Je n'en sais rien ! Le destin, sans doute. Je peux bien vous l'avouer, ce tableau n'a aucune valeur sur le marché de l'art, excepté son ancienneté. Une antiquité qui mérite d'être préservée, conservée, comme tant d'autres, mais rien de plus. Personne n'en voulait, mais pour moi, il est d'un prix inestimable. L'auteur en est totalement inconnu. Ou plutôt oublié. Peu importe son nom. Un petit maître espagnol du XVIe. Il a voyagé, beaucoup voyagé. Durant sa jeunesse, il s'est embarqué à bord des navires, ces caravelles qui partaient pour les Amériques. Il a accompagné les conquistadores dans leurs expéditions, et a ainsi engrangé quelques souvenirs qui le tourmentaient. De retour chez lui, à Tolède, sa ville natale, où subsistent des traces de sa biographie dans les registres municipaux – je les ai consultés –, il n'a eu de cesse de peindre les scènes auxquelles il avait assisté, et ce jusqu'aux années de sa vieillesse. Les conquistadores, vous le savez peut-être, se sont conduits comme des brutes, des sadiques. Ils ont massacré, torturé, éventré, brûlé, empalé de pauvres gens auxquels ils n'accordaient pas le statut d'êtres humains. A leurs yeux, ce n'étaient que des bêtes, des singes dépourvus d'âme. Approchez-vous encore. La scène qui est ici retracée s'est déroulée en Haïti.

Oleg se pencha sur la toile et la détailla. On y voyait quelques soldats espagnols, casqués et engoncés dans leur armure, se livrer à un massacre en bonne et due forme. Ils s'acharnaient sur des indigènes captifs, ficelés à des poteaux, auxquels ils fendaient l'abdomen à coups de sabre ou de lance, en libérant ainsi les entrailles qui ne tardaient pas à se répandre sur le sol, alors que leurs propriétaires étaient toujours vivants, les condamnant ainsi à une atroce agonie. Une loupe était placée au bas du tableau, sur le rebord de la vitrine. Margaret la désigna du doigt, encouragea Oleg à s'en saisir.

– Attardez-vous sur le deuxième personnage, à gauche, celui qui se tient près de l'arbre ! ordonna-t-elle.

Oleg inspecta cette portion du tableau à l'aide du verre grossissant. Un homme adossé à un cocotier penchait la tête en arrière pour s'humecter le gosier à l'aide d'une gourde de peau d'où s'échappait un filet de liquide violacé. Son visage n'avait été saisi ou plutôt restitué par les pinceaux de l'artiste que sur une portion de toile d'une vingtaine de millimètres carrés à peine. Ce qui était largement suffisant. La loupe était superflue.

– Qu'en dites-vous ? demanda Margaret.

Oleg se redressa, reposa la loupe sur son support et massa sa main droite, qui s'était remise à trembler. Il se détourna pour tenter de dissimuler cette défaillance.

– Marcus Ruder, n'est-ce pas ? insista Margaret. Vous avez bien vu la balafre qui lui barre le cou, et ce dessin curieux de la mâchoire, ces sourcils, ce regard ? C'est lui ! Il se gave de mauvais vin en assistant à une scène de torture !

– En Haïti, au XVIᵉ siècle ! ricana Oleg.

– Capturez son frère, son double, appelez-le comme vous voulez, celui qui vient de sortir de prison, pour lui faire avouer où l'autre se cache !

– Vous m'avez payé pour tuer un vieillard, et cela peut être réglé dans les vingt-quatre heures qui vont

suivre. Je le tiens à votre disposition. D'un simple cla-
quement de doigts, on peut en finir. Ici, demain, si ça
vous chante. Vous voulez le voir crever, souffrir ? Alors,
allons-y !

– Allons, allons... ne me dites pas que vous n'avez
pas envie d'en savoir plus ! s'esclaffa Margaret.

Oleg se retourna d'un bloc. Il fit face à son interlocutrice, empoigna brutalement les deux accoudoirs du
fauteuil, se pencha vers le visage couvert de la voilette,
jusqu'à respirer l'haleine de l'infirme.

– Que savez-vous d'autre ? souffla-t-il.

– Rien.

Les traits d'Oleg se crispèrent. Il souleva la voilette,
délicatement, pour la rabattre sur la toque de soie. Le
visage ravagé de Margaret se trouvait à quelques
centimètres à peine du sien. Face à face.

– Vous m'avez menti une première fois, reprit-il, nullement troublé, pourquoi ne continueriez-vous pas ? Il
y a encore d'autres photos, d'autres tableaux ? D'autres
pistes ?

– Non. Pas à ma connaissance. Mais vous pouvez
très bien ne pas me croire, admit Margaret. C'est à
vous de décider. Surveillez-le encore, prenez patience.
Moi-même, j'attends depuis si longtemps !

– Si vous m'avez réellement dit tout ce que vous
savez, alors, je n'ai plus besoin de vous ! Je peux
m'acharner sur eux, leur arracher leur... leur « recette »
de survie sans avoir besoin de vous rendre compte !

– Je vois que vous avez parfaitement compris ! Je
n'ai fait que vous mettre sur la piste. Je vous aiderai
jusqu'au bout, même s'il faut les poursuivre des mois
durant ! Et peu importe où cela vous conduira ! Je ver-
serai à fonds perdus, jusqu'à sacrifier tout ce que je
possède. L'argent n'a aucune importance pour moi. Ni
le temps ! Mais pour vous sans doute, il en va diffé-
remment ! Vous êtes malade, n'est-ce pas ?

– Oui ! souffla Oleg.

– Je l'ai deviné dès notre première rencontre. C'est dans votre regard que j'ai pu lire la vérité. J'ai appris à discerner tout cela. Mon passé m'a fait expérimenter la souffrance sous toutes ses facettes, à un point tel que vous ne pouvez pas l'imaginer ! Combien de temps vous reste-t-il ?

– Je ne sais pas, cinq, six années, peut-être, à moins d'un miracle, avoua-t-il.

Margaret posa sa main droite sur la poitrine d'Oleg. Cette main saccagée, marbrée de cicatrices de brûlures, avait conservé une étonnante agilité. Du bout des doigts, à travers le tissu de la chemise, elle palpa les pectoraux, le relief osseux des côtes, sans qu'Oleg n'esquisse le moindre geste de recul. Il eut l'impression d'être radiographié, sondé, passé au crible par un appareil infaillible, bien plus performant que tous ceux auxquels il avait déjà dû se soumettre.

– A présent, je vous connais, je vous connais vraiment, haleta Margaret. Je vous en supplie, allez jusqu'au bout, et revenez me dire ce que vous aurez découvert. Simplement me dire. Ne m'abandonnez pas !

Oleg suivit le tracé des larmes qui s'écoulaient sur les joues de son interlocutrice. Des paupières jusqu'au menton. Puis ses doigts tremblants rabattirent le voile de tulle qu'il avait soulevé quelques instants auparavant. Il chercha désespérément une réponse, deux, trois mots, n'importe lesquels, ne les trouva pas, se racla la gorge et se redressa.

– Il est temps de nous quitter, murmura-t-il.

17

Comme il l'avait annoncé à Anabel, Monsieur Jacob fut de retour à Nogent une semaine exactement après son départ pour le Qatar. Un taxi les amena, lui et Maxime, jusqu'au portail de la villa, un soir, peu avant vingt heures. Il avait plu toute la journée, une pluie fine, glacée. Anabel dînait avec Tom. Monsieur Jacob pénétra dans le vaste séjour de la villa, pâlit en découvrant la présence de son frère et se précipita vers lui pour le prendre dans ses bras. Les deux hommes s'étreignirent longuement, sans échanger un seul mot. Le feu flamboyait dans la cheminée ; ils s'en rapprochèrent, restèrent encore quelques instants côte à côte, à s'imprégner de sa chaleur, à savourer le silence ponctué par les craquements de la bûche qui se consumait. Ce fut Monsieur Jacob qui prononça les premières paroles.

Anabel, qui n'avait pas quitté sa chaise, se tenait tout près d'eux. Elle ne comprit strictement rien de ce qu'ils se dirent. Ils parlaient dans une langue qui lui était totalement inconnue, qui ne ressemblait à nulle autre, et qui pourtant résonnait de sonorités familières. Absorbés par leur conversation, ils ne prêtèrent d'abord aucune attention à elle. Tom s'exprimait avec volubilité, tandis que Monsieur Jacob écoutait, la tête penchée de côté, attentif. Maxime s'était réfugié dans la cuisine pour se confectionner un sandwich, puis, avec sa discrétion coutumière, il monta rejoindre sa chambre, sans faire le moindre bruit. Anabel se leva enfin.

Le regard des deux hommes convergea dans sa direction. Elle ne voulait nullement troubler la scène de leurs retrouvailles et les rassura d'un geste de la main, avant de s'éloigner vers l'autre extrémité de la pièce. Elle s'installa dans un des canapés, coiffa le casque hi-fi relié à la chaîne, enclencha un CD sur la platine et ferma les yeux pour mieux savourer la musique. Vingt minutes plus tard, Tom vint s'asseoir auprès d'elle et lui prit la main. Elle se défit du casque et posa la tête contre son épaule. Monsieur Jacob n'avait pas quitté sa place devant le feu, pensif.

– Pardonne-moi, murmura Tom, nous avions beaucoup de choses à nous dire.

Anabel avait compris que le retour de Monsieur Jacob allait, d'une façon ou d'une autre, sonner le glas de sa relation avec Tom. Elle avait vécu cette semaine sur un nuage, heureuse, sans se tourmenter à propos des lendemains incertains. Elle ne ressentait aucune tristesse, persuadée que cette aventure resterait un des meilleurs souvenirs de sa vie. Un moment charnière, un de ces tournants de l'existence qui permettent d'affronter l'avenir avec confiance, et dont, plus tard, on attise paisiblement la nostalgie, comme des braises toujours brûlantes sous les cendres de la mémoire.

– Toi et ton frère, vous ne vous étiez pas vus depuis longtemps ? chuchota-t-elle.

– Quelques... quelques années, oui, le temps passe vite !

Monsieur Jacob avait les traits creusés par la fatigue. Il ne tarda pas à gravir l'escalier qui menait au premier étage et disparut dans sa chambre. Anabel se blottit contre Tom, lui caressa la poitrine.

– Tu me conseilles toujours de partir ? demanda-t-elle.

– Oui. Et pour ne pas te mentir, moi-même, je crois que je ne vais pas m'attarder ! Je t'avais prévenue...

– Pour aller où ?

Tom ne put s'empêcher de rire. Il ferma les yeux, tendit la main vers le globe terrestre juché sur son support de bois verni, lui donna une impulsion pour le faire tournoyer et attendit qu'il achève sa rotation, l'index pointé dans le vide, à quelques millimètres de la surface. Comme une roue de loterie foraine, le globe effectua plusieurs tours sur son axe, puis se stabilisa. Le doigt de Tom ne tremblait pas.

– Alors ? demanda-t-il, les paupières toujours closes.

– En plein océan Pacifique ! constata Anabel.

– Il y a bien un archipel à proximité, non ?

– Inutile de demander dans quelle langue vous avez parlé, toi et ton frère ? Évidemment ?

– Va-t'en, Anabel, va-t'en ! murmura Tom, avec gentillesse.

Elle haussa les épaules, quitta le canapé et se dirigea vers l'escalier. Tom l'y suivit d'un bond, lui agrippa les hanches pour stopper son élan, se hissa à sa hauteur en gravissant quelques marches et, sans qu'elle se retourne, glissa les doigts sous son pull-over pour lui effleurer les seins. Elle frissonna, cambra les reins, leva les bras au-dessus de sa tête et saisit le visage de Tom entre ses mains. Il déposa un baiser sur sa nuque, lui caressa la poitrine avec plus d'insistance.

*

Le lendemain matin, la routine reprit tous ses droits. Sortant de sa chambre, Anabel descendit l'escalier et aperçut Maxime qui préparait le petit déjeuner. Monsieur Jacob ne tarda pas à les rejoindre. Anabel le mit au courant des événements survenus au magasin depuis son départ. Rien de bien bouleversant.

– L'hiver pointe déjà le bout de son nez, constata-t-il, fataliste, une tasse de café à la main, en contemplant la pluie qui dégoulinait sur les vitres. Nous allons avoir davantage de travail. Les personnes âgées sont plus fragiles. Quelques suicides, aussi, comme tous les ans. Les dépressifs supportent mal l'approche des fêtes de fin d'année.

Maxime les attendait au-dehors. Il avait mis en route le moteur de la Mercedes et répandait des pelletées de gravier sur l'allée, gorgée de boue après les pluies pénétrantes des derniers jours.

Durant le trajet jusqu'à Paris, Monsieur Jacob garda tout d'abord le silence. Il s'agitait sur le siège arrière, agacé, contrarié, tandis que Maxime se faufilait dans les embouteillages.

– Ne vous faites aucune illusion à propos de mon frère, dit-il soudain en se tournant vers Anabel. Si j'avais pu prévoir qu'il débarquerait chez moi en mon absence, je ne vous aurais pas laissée seule. Je m'en veux d'avoir commis cette erreur. Pardonnez-moi, c'est assez abrupt de vous le dire ainsi, mais il ne faut pas que vous vous fassiez du mal en croyant qu'il va s'amouracher de vous, et encore moins rester à vos côtés ! C'est sans espoir !

– Je le sais, répondit posément Anabel. Il m'a avertie.

– Il vous a parlé ? Je veux dire, il vous a expliqué qui il était ? reprit Monsieur Jacob, inquiet.

– Il m'a simplement dit qu'il était votre frère. Il y avait autre chose à avouer ?

Elle avait lancé cette dernière réplique avec un soupçon d'ironie, de défi, suffisamment appuyé pour qu'il n'échappe pas à son protecteur. Son regard croisa brièvement celui de Maxime, dans le rétroviseur, qui avait tout entendu de leur conversation, et détourna les yeux.

18

Oleg reprit contact avec son équipe. Ruderi et Ava n'avaient en rien dérogé à leurs habitudes durant son absence. Ruderi, plus en forme que jamais, passait le plus clair de son temps à se balader dans les parages de Montmartre, tandis qu'Ava tapinait consciencieusement rue Saint-Denis, enchaînant passe après passe, client après client. Numéro 1 livra un compte rendu aussi détaillé que monotone de leurs allées et venues respectives. Le seul élément nouveau à se mettre sous la dent, c'était que le propriétaire du studio d'Ava n'en pouvait plus de ronger son frein devant les loyers impayés. Un huissier s'était présenté rue Clauzel pour signifier à la jeune femme son arrêté d'expulsion, et ce une heure à peine avant qu'Oleg ne pose le pied sur le quai de la gare de Lyon, à son retour de Venise.

*

Qu'à cela ne tienne, le couple déménagea à la cloche de bois en n'emportant que deux maigres valises et trouva refuge dans un hôtel trois étoiles situé rue La Fayette. Le réceptionniste tiqua en examinant la carte d'identité de Ruderi : le visage de son propriétaire ne correspondait absolument pas à celui consigné sur le document. Ava régla quelques jours d'avance, en liquide, et ajouta deux billets de cinq cents francs en guise de pourboire. Le réceptionniste préféra ne pas insister. Numéro 2 proposa à Oleg de s'introduire dans l'établissement pour sonoriser la chambre, mais celui-ci déclina l'offre. Il ne servait plus à rien de continuer d'enregistrer des propos incompréhensibles. Le problème était ailleurs.

– Service minimum! décréta Oleg. On ne les perd pas de vue, mais inutile de faire du zèle. Maintenant qu'ils sont à court d'argent, ils vont peut-être faire appel à quelques-unes de leurs connaissances!

Durant le briefing qui réunit toute l'équipe, à l'exception de Numéro 3, de faction devant l'hôtel où Ruderi faisait la sieste, il s'efforça d'afficher la froideur, la détermination qui lui étaient coutumières devant ses adjoints depuis le début de l'opération, angoissé à l'idée qu'ils se rendent compte à quel point la donne avait changé. Il avait toujours besoin d'eux, mais à la suite des dernières révélations de Margaret Moedenhuik, il savait désormais qu'à l'heure du face-à-face décisif avec Ruderi, il ne pourrait mener sa barque qu'en solitaire. Il ne tenait en aucun cas à s'encombrer de comparses certes disciplinés mais qui pourraient bien exiger d'en savoir plus, beaucoup plus.

Le lendemain soir, Ruderi prit un taxi et se rendit au casino d'Enghien. Numéro 1 et Numéro 3 le virent s'installer à une table de roulette et commencer à miser gros. Il avait échangé vingt mille francs contre une petite provision de plaques multicolores et les répartit au hasard, tantôt sur le rouge, tantôt sur le noir. En moins de cinquante minutes, il avait tout perdu. Il s'obstina le soir suivant, sortant de son portefeuille une nouvelle liasse de billets froissés, et vit derechef toute sa fortune se disloquer sur le tapis, happée par les mains agiles du croupier. Ce qui ne parut pas le contrarier outre mesure. Oleg, informé en temps réel de ses déboires, comprit aussitôt que pour Ruderi les petites vacances post-carcérales étaient terminées. Même si Ava redoublait d'ardeur sur son coin de trottoir, elle peinerait à subvenir aux besoins du « ménage ».

Ruderi sortit du casino à deux heures du matin. Les pisteurs le virent suivre un couple de quinquagénaires qui venaient eux aussi de quitter l'établissement et prenaient le frais en arpentant les rives du lac, désertes à cette heure avancée. Ils avaient joué à la même table que Ruderi, mais ne s'étaient pas laissé plumer, bien au contraire. Sous les yeux admiratifs de sa maîtresse, l'homme avait amassé un copieux lot de plaques dont il s'était fait remettre l'équivalent en billets de banque à la caisse du casino. Alerté, toujours en temps réel, Oleg crut que l'ex-taulard allait se consoler de sa déveine en détroussant ces imprudents qui avaient eu la mauvaise idée de croiser sa route. Il n'en fut rien. Ruderi les laissa s'éloigner. Il poursuivit son chemin à pied, seul, les mains enfouies dans les poches de son veston. A l'aube, après un long périple agrémenté de quelques pauses-café dans des bistrots où commençait à s'agglutiner une humanité modeste et besogneuse, il était de retour à son hôtel de la rue La Fayette.

*

En début d'après-midi, Numéro 4 et Numéro 2 aperçurent le couple qui prenait place à bord d'un taxi, dans le coffre duquel ils avaient chargé les valises réchappées de la rue Clauzel. Oleg était à l'écoute. Minute après minute, son équipe lui rendit compte de l'itinéraire emprunté par les deux tourtereaux. Le taxi les déposa à Nogent, devant le portail d'une imposante villa agrémentée d'un jardin qui jouxtait les bords de Marne. Ruderi et sa compagne trouvèrent porte close, actionnèrent la sonnerie sans que personne ne se manifeste, mais ne se découragèrent pas pour autant. L'extaulard n'hésita pas à contourner la façade de la maison et tandis qu'Ava veillait sur leurs bagages, il se faufila le long d'un muret couvert de lierre et de mousse, l'escalada sans peine, puis il vint ouvrir le portail. Il se saisit des deux valises et, suivi de sa compagne, pénétra tranquillement dans la demeure, un peu comme s'il revenait enfin chez lui. Dès qu'il apprit la nouvelle, Oleg ne put retenir un cri de joie. L'espoir qu'il nourrissait de mettre la main sur Marcus s'en trouvait conforté.

19

Après l'arrivée d'Ava et de Ruderi dans la villa de Nogent, l'équipe de pisteurs s'acquitta de sa tâche avec son efficacité habituelle. Oleg put en apprécier le résultat le soir même. Tout un jeu de photographies apparut sur l'écran de son ordinateur. Il cliqua de l'une à l'autre, détaillant une série de nouveaux visages sur lesquels il ne pouvait pas encore mettre de nom : deux hommes qui ressemblaient à Ruderi comme des frères, plus une jeune femme rousse, sans oublier un sexagénaire à la mine lugubre. Tous avaient rejoint Ruderi et Ava en début de soirée. Pas de Marcus en vue.

Oleg dut fragmenter son équipe pour obtenir davantage de renseignements. Le lendemain matin, un des deux « frères » de Ruderi, le plus âgé, prit place à bord d'une Mercedes en compagnie de la jeune femme rousse, laquelle avait enfourné deux lourds sacs de voyage dans le coffre. La voiture était pilotée par le sexagénaire, qui semblait faire office de domestique. Numéro 1 les fila à moto. Oleg grimaça en apprenant que le trio s'était dirigé vers le Xe arrondissement de Paris, aux abords immédiats de l'hôpital Saint-Louis, à l'endroit même où il se faisait soigner, pour pénétrer dans un magasin... de pompes funèbres. Manifestement, ils en assuraient la gérance. Ruderi et Ava, quant à eux, firent la grasse matinée, avant de quitter la villa vers midi, à pied, bras dessus bras dessous, en direction de Joinville. Numéro 3 leur emboîta le pas jusqu'à la guinguette *Chez Gégène*, où ils s'attablèrent, insouciants, devant une friture de goujons et une bouteille de gros-plant. Sur la piste de danse, quelques couples de retraités enchaînaient gaillardement tangos et paso doble au son de l'accordéon. Ruderi avait acheté une boîte de cigares et savourait le spectacle en crachant des ronds de fumée. Ava se lima puis se vernit consciencieusement les ongles. Vers quatorze heures enfin, le deuxième frère de Ruderi, escorté par Numéro 4, quitta à son tour la villa, gagna la station du RER et se rendit à Paris, dans une librairie située au fond d'une impasse qui donnait dans la rue Oberkampf.

La voie était libre. Oleg disposait de plus d'une heure au moins avant que l'un ou l'autre des occupants de la maison ne puisse venir le déranger. Il savait déjà qu'elle appartenait à un certain M. Jacob. Son nom figurait dans l'annuaire consultable par Minitel. En compagnie de Numéro 5, qui ouvrit les serrures sans aucune difficulté, il s'introduisit dans la villa. Chacun d'eux portait un sac contenant plusieurs charges explosives dont on pouvait actionner la mise à feu à distance à l'aide d'une commande radio. Oleg ne savait pas encore si elles seraient utiles ou non. Il s'agissait d'une simple précaution : disposer de moyens qui permettaient de mettre l'adversaire aux abois, de le terroriser. Il demanda à Numéro 5 d'effectuer une visite rapide des chambres situées à l'étage, et s'attarda au rez-de-chaussée. Il inspecta le mobilier, passa quelques instants près de la véranda, puis, fatalement, son regard fut attiré par l'escalier qui s'enfonçait dans le sous-sol. Il s'y engagea.

Ses doigts trouvèrent sans peine le commutateur qui commandait les rampes de néon. La cave s'illumina. Comme Anabel l'avait fait avant lui, Oleg s'avança d'un pas prudent le long des travées, examina les couvertures des volumes entassés sur les étagères, levant les yeux vers les plus hautes d'entre elles, déchiffrant les titres, un à un, tout du moins les plus accessibles, et poursuivit sa progression vers le fond de la salle. La teneur de cette foisonnante documentation le laissa perplexe. Il fit le même chemin à reculons et retrouva Numéro 5 au rez-de-chaussée. Celui-ci n'avait rien déniché d'intéressant, à l'exception de la présence d'une arme de poing dans une des chambres. Oleg décida de placer les charges explosives dans la bibliothèque souterraine. Le fouillis phénoménal qui y régnait fournissait autant de caches indétectables. Les centaines et les centaines de kilos de papier entassés là constituaient un combustible idéal. L'incendie remonterait du sous-sol, ravageant tout sur son passage. La tâche ne leur prit que quelques minutes. Les deux hommes quittèrent la villa sans avoir laissé de traces visibles de leur visite.

Anabel vécut une journée des plus pénibles. Il n'y eut aucun surcroît de travail particulier au magasin, mais la soirée précédente lui avait laissé un goût amer. En arrivant à Nogent, elle avait découvert la présence des nouveaux venus. Monsieur Jacob, qui ne s'attendait pas à pareille surprise, était aussitôt entré dans une violente colère, déversant sa hargne sur ce frère qui rentrait inopinément au bercail, alors qu'il avait réservé un accueil des plus chaleureux à Tom. Anabel resta les bras ballants, affreusement gênée d'assister à cette dispute familiale. Elle ne comprit strictement rien de ce que les deux hommes se dirent. Ils s'exprimaient dans cette langue curieuse, aux accents chantants, qu'elle avait déjà entendue dans la bouche de Monsieur Jacob et dans celle de Tom.

Hors de lui, Monsieur Jacob gesticulait, vociférait, pointait un doigt accusateur sur son cadet, lequel répliquait sur le même ton, en haussant de temps à autre les épaules. La jeune femme qui l'accompagnait ne desserra pas les dents et fixa le bout de ses chaussures, sans prendre part à l'altercation. Quant à Tom, il garda le silence un long moment, avant de s'interposer. Il prononça quelques paroles apaisantes, qui parvinrent à calmer Monsieur Jacob. Celui-ci se tourna alors vers

Anabel et la dévisagea d'un air désolé. Il lui prit le bras avec douceur.

– Montez dans votre chambre, lui dit-il, vous n'auriez jamais dû être le témoin de cette scène ridicule. Maxime va préparer votre dîner. Rangez vos affaires, vous ne pouvez plus habiter ici. Demain, nous trouverons une solution. Je suis vraiment navré, Anabel, mais je ne peux faire autrement.

Anabel lança un coup d'œil en direction de Tom, qui l'encouragea à obéir d'un simple hochement de tête. Elle ne toucha pas au plateau-repas que Maxime lui apporta. Au rez-de-chaussée, l'engueulade avait repris de plus belle. Elle dura plus d'une heure, puis Anabel entendit les portes des chambres claquer l'une après l'autre. Tom vint lui rendre visite et la regarda plier ses vêtements avant de les enfourner dans ses sacs de voyage.

– Ce n'est vraiment pas possible que tu restes, soupira-t-il. Mon second frère est incontrôlable ! Pour te dire la vérité, il sort juste de prison, et il y a fort à parier qu'il fera tout pour y retourner ! Dans le passé, il nous a déjà attiré bien des ennuis ! Mieux vaut que tu t'écartes de son chemin, que tu n'aies aucun contact avec lui. C'est la seule façon de te protéger. Il n'a nulle part où aller, pas d'autre point de chute qu'ici. On ne peut tout de même pas le laisser à la rue !

– Et alors ? Moi aussi, j'y ai été, en prison, répondit Anabel en continuant de boucler ses bagages.

– Oh, ça n'a rien de comparable ! Lui, il est réellement capable du pire. Et toutes les années qu'il a passées derrière les barreaux ne lui ont rien appris. Strictement rien.

– Toutes les années ? s'étonna Anabel.

Elle lui donnait à peine vingt-cinq ans. Tom lui sourit, apitoyé.

290

– Tu ne peux vraiment pas comprendre, je t'assure. Il faut que tu nous oublies au plus vite, moi et mes frères !

– Tu veux dire que nous ne nous verrons plus ?

Elle s'attendait à la réponse, s'y était préparée.

– Je vais repartir en... en voyage ! confirma Tom. J'ai réglé mon problème de passeport. Il était périmé.

– Non ! La vérité, c'est que tu en as dégotté un faux !

– Exact. Pourquoi prétendre le contraire ? Tu ne me croirais pas, de toute façon, concéda Tom.

– Alors laisse-moi, va-t'en, j'ai horreur de ce genre de situation ! murmura-t-elle, la gorge serrée.

Il s'éclipsa sans oser affronter son regard.

*

Dès son arrivée au magasin de la rue Bichat, le lendemain matin, Monsieur Jacob s'empara du téléphone et contacta différents hôtels dans les parages. Après une demi-heure de tâtonnements, il arrêta son choix sur l'*Holiday Inn* de la place de la République.

– Je viens de vous réserver une chambre, annonça-t-il à Anabel. C'est très confortable, et de plus, c'est à deux pas d'ici. Que demander de mieux ? Maxime va vous y conduire.

– Non ! Je vais me débrouiller toute seule ! protesta-t-elle.

– Anabel, je vous ai proposé de vous héberger chez moi le temps qu'il faudrait pour que vous retrouviez vos marques, et voilà qu'un événement inattendu m'empêche de tenir ma promesse. Vous logerez donc dans cet hôtel. Tous les frais seront à ma charge. Je ne transigerai pas. C'est une affaire de parole donnée ! Allez, Anabel, suivez Maxime, emportez vos affaires dans votre chambre et nous nous rejoindrons chez Loulou pour le déjeuner !

291

Il plongea le nez dans sa paperasse, signifiant par là même que toute discussion était inutile. Anabel obtempéra. Le conseil de Tom – tourner la page, oublier, prendre la tangente – était sans doute judicieux. Avant de se résigner à le suivre, elle se réservait toutefois le droit d'exiger sa part de vérité. Plus tard. Sans trop se bercer d'illusions sur ses chances d'y parvenir.

21

Six semaines auparavant, puisant dans les fonds octroyés par Margaret Moedenhuik, Oleg avait loué une maison située près d'une bourgade de Seine-et-Marne, Crécy-la-Chapelle. L'endroit n'était ni trop désert, ni trop fréquenté. De nombreux Parisiens possédaient en effet des résidences secondaires dans les parages, si bien que les habitants du cru étaient habitués aux va-et-vient des voitures qui s'égaillaient sur les routes environnantes chaque week-end. Il s'agissait d'une lourde bâtisse, construite au début du siècle, sans grâce aucune. Le parc qui l'entourait était en friche, envahi par la ronce. Elle se dressait à deux cents mètres de la première maison voisine et était entourée d'un muret sur toute la circonférence du parc ; on y accédait par un chemin privé, en très mauvais état, parsemé de nids-de-poule. Quoi qu'il en soit, le réseau EDF l'alimentait toujours. Oleg avait pris soin de renouveler le contrat pour ne pas se trouver pris au dépourvu.

*

Tandis qu'Anabel pénétrait dans sa chambre, à l'*Holiday Inn*, il se rendit à Crécy-la-Chapelle pour vérifier que tout était en ordre. Avant même la sortie de prison de Ruderi, il avait apporté sur place un matériel de survie rudimentaire mais conséquent : sacs de couchage, camping-gaz, provision de boîtes de conserve, etc. Selon son plan initial, la maison devait servir de point de chute à son équipe après la capture de Ruderi, dans l'attente du transfert de celui-ci à Venise. Oleg avait agi en professionnel consciencieux et s'était préparé à toute éventualité. A Crécy, il pouvait héberger la cible, mais aussi de possibles complices, et mener toutes les investigations nécessaires pour répondre à la question posée par Margaret Moedenhuik. A présent, il se sentait à même de pouvoir apporter une réponse. Mais rien ne fonctionnait plus comme il l'avait espéré.

*

De retour à Paris, il prit note des derniers événements :

a) Ruderi et Ava avaient sagement réintégré la villa de Nogent après avoir flâné sur les bords de Marne.

b) Monsieur Jacob avait fait de même, à bord de la Mercedes, toujours pilotée par le domestique.

c) Le second frère de Ruderi avait un peu traîné dans le quartier de la Bastille, avant de rejoindre l'*Holiday Inn* de la place de la République.

d) Il y avait retrouvé la fille rousse (Mlle Lorgnac, Anabel, chambre 222, deuxième étage, dixit Numéro 4) dans le hall, après quoi, ils étaient sortis tous les deux sur la place. Ils en avaient fait le tour, lentement, main dans la main, avant d'échanger un long baiser devant le magasin GO Sport, tout près de l'hôtel. Puis le frère de Ruderi était rentré à Nogent.

*

Oleg n'était plus disposé à attendre. Marcus ou pas, Ruderi était à sa portée. L'un mènerait à l'autre. Le lendemain matin, Numéros 3, 4 et 5 prirent leur faction aux abords de la villa de Nogent dès sept heures trente. Ils virent Monsieur Jacob et son domestique monter dans la Mercedes, qui franchit le portail à huit heures quinze. Les consignes d'Oleg étaient claires : ne prendre aucun risque. Ils auraient certes pu entrer en force dans la maison, embarquer tous ses occupants, mais Oleg se méfiait. La rapide inspection à laquelle il avait procédé ne lui avait permis que de repérer partiellement les lieux. L'arme de poing découverte dans une des chambres du premier étage sonnait comme un avertissement. Numéros 3, 4 et 5 s'étonnèrent de cet excès de prudence. Le coup leur semblait totalement jouable.

– Aucun risque, aucun..., avait obstinément répété Oleg. Vous... vous ne savez pas à qui vous avez affaire !

Dociles, les pisteurs durent patienter jusqu'à onze heures avant que le portail ne s'ouvre de nouveau. Ava fit son apparition, au bras de Ruderi. Elle frétillait de la croupe, blottie contre son compagnon qui lui flatta deux ou trois fois le bas des reins d'un geste aussi affectueux que machinal. Ils se dirigèrent vers le carrefour le plus proche, là où se tenaient quelques commerces. Allaient-ils acheter des cigarettes, le journal du matin, ou simplement faire un tour ? Aucune importance. Numéro 3, qui dirigeait l'opération, retint sa respiration. La rue était déserte.

– On y va, ordonna-t-il.

Numéro 4 pilotait une camionnette et remontait la chaussée en roulant au pas. Le hayon était entrouvert. Numéros 3 et 5 marchaient calmement sur le trottoir, à quelques mètres derrière Ava et son amant. Ils se mirent soudain à courir, parfaitement maîtres d'eux-mêmes, comme en terrain conquis.

*

Le plus insignifiant grain de sable peut gripper les engrenages les mieux lubrifiés. Quelques dixièmes de seconde avant que le poing de Numéro 5 ne s'abatte sur la nuque de Ruderi, une sirène hulula au loin. Une ambulance, les flics, ou les pompiers ? Numéro 5 n'eut pas le temps de se poser la question. Ruderi, les sens soudain aux aguets, pivota d'un quart de tour, esquiva le coup qui allait lui être asséné, plongea à quatre pattes entre deux voitures garées à proximité, se redressa aussitôt et se précipita dans une ruelle proche. Numéro 5 s'apprêtait à le poursuivre. Un camion s'avança alors dans la rue en sens inverse, menaçant de leur barrer la route.

– Non ! La fille, la fille ! hurla Numéro 3. Allez, on se tire !

Il ceintura Ava, la souleva de terre sans effort et la propulsa dans la camionnette.

– Accélère ! ordonna-t-il à l'intention du conducteur.

Numéro 4 obtempéra. Numéro 5 les rejoignit d'un bond à l'intérieur du véhicule. Numéro 4 donna un coup de volant audacieux, contourna le camion en faisant une rapide incursion sur le trottoir et dépassa le carrefour tout proche. A l'arrière, Ava se débattit tant qu'elle le put, mais dut céder. Quand elle fut mise hors d'état de protester, Numéro 3 contacta Oleg et lui fit l'aveu de son échec. Ruderi lui avait échappé.

– D'accord, admit Oleg, dépité, mais déterminé à ne pas se laisser décourager, on a une fille, il nous faut l'autre ! Vite !

Angoissé, il alerta aussitôt la seconde équipe, à savoir Numéros 1 et 2, qui faisaient le pied de grue aux alentours de la rue Bichat. Après le lamentable ratage de Nogent, la chance sembla lui adresser un clin d'œil bienveillant. En effet, dans les minutes qui suivirent, les pisteurs virent Anabel quitter le magasin. Elle devait se rendre chez un fleuriste de l'avenue Parmentier, avec lequel Monsieur Jacob était en affaires. Deux cérémonies d'obsèques étaient prévues pour les jours à venir, dont une particulièrement fastueuse. Un avocat de renom décédé d'un infarctus. La famille n'était pas du genre à lésiner sur le décorum. Il fallait donc prévoir en conséquence, régler les détails, agencer le cérémonial. La routine.

Anabel remontait la rue de la Grange-aux-Belles d'un pas vif, lorsqu'elle sentit soudain un objet lui meurtrir les côtes, tandis qu'une main lui empoignait fermement le bras, à la saignée du coude.

– Continuez d'avancer ! ordonna une voix.

Elle tourna la tête de côté, vit à peine le profil d'un homme d'une quarantaine d'années et, plus bas, le canon d'un revolver à demi dissimulé sous un imperméable que l'inconnu portait replié sur son avant-bras. A quelques mètres devant elle, le hayon d'une camionnette s'ouvrit à la volée.

Elle se retrouva soulevée et projetée à l'intérieur de l'habitacle, sans pouvoir esquisser le moindre geste de défense. L'eût-elle voulu qu'elle n'aurait vraiment pas été de taille à s'opposer. Les portières claquèrent. Une main lui saisit la mâchoire pour la contraindre à ouvrir la bouche, avant d'y introduire une balle de mousse. Un ruban adhésif fut plaqué sur ses lèvres. On lui tira les bras dans le dos pour les entraver au niveau des poignets à l'aide d'une cordelette. Ses chevilles et ses genoux subirent un traitement identique. Elle fut allongée sans brutalité à même le plancher de la camionnette. L'opération n'avait duré que quelques secondes. Elle lutta contre la sensation d'étouffement et parvint à reprendre sa respiration en inspirant par le nez. La camionnette démarra.

*

Dans les secondes qui suivirent le départ d'Anabel, Monsieur Jacob reçut un coup de fil de Tom. Ava venait d'être enlevée en pleine rue alors qu'elle était partie faire quelques courses avec leur frère !

– Ne bougez pas, ordonna Monsieur Jacob. Restez ensemble, tous les deux, barricadez-vous ! Soyez méfiants !

Saisi d'un triste pressentiment, il se précipita au-dehors, courut jusque chez le fleuriste de l'avenue Parmentier, qui l'accueillit avec un sourire étonné. Non, il n'avait pas vu Anabel, dont il appréciait toujours les visites, trop rares à son goût. Mais peut-être avait-elle fait un détour, pourquoi s'inquiéter ? Monsieur Jacob rebroussa chemin et, par acquit de conscience, se rendit place de la République, à la réception de l'*Holiday Inn*. Pressé de questions, l'employé expliqua qu'il n'avait rien remarqué d'anormal. La pensionnaire de la chambre 222 n'était pas repassée depuis le matin. Monsieur Jacob quitta l'hôtel à reculons, bouleversé. Il regagna la rue Bichat.

*

Dès qu'il eut obtenu la confirmation de la réussite de l'opération, Oleg, soulagé, appela le magasin de pompes funèbres. Il demanda à parler à Monsieur Jacob.

– Voilà, lui dit-il simplement, ne posez aucune question, peu importe qui je suis, tout cela ne vous mènerait à rien, ni vous ni moi n'avons de temps à perdre. Taisez-vous et écoutez. Deux personnes de votre entourage, Anabel et Ava, viennent d'être capturées selon mes instructions. Vous ne les reverrez plus, à moins que vous me donniez satisfaction.

A l'autre bout du fil, Monsieur Jacob avait blêmi. Il se passa lentement la main sur le visage.

– Que voulez-vous ? parvint-il à articuler, après un long moment de silence.

– Chaque chose en son temps. Je vous rappellerai ce soir, à vingt heures, à ce numéro. Prenez pleinement conscience de la situation. Réfléchissez.

Monsieur Jacob resta figé tandis que résonnait le signal sonore indiquant que la communication avait été coupée.

22

Anabel s'efforça de ne pas céder à la panique. La camionnette, pilotée avec douceur, filait à travers les rues, d'un carrefour à l'autre. Empêchée de consulter sa montre, elle fut incapable d'évaluer la durée du trajet. La balle de mousse qui lui emplissait la bouche lui donnait la nausée, si bien qu'elle dut consentir un effort permanent pour maîtriser sa respiration. Peu à peu, son cœur affolé parvint à reprendre un rythme raisonnable, sinon normal. Il lui sembla que la camionnette avait quitté la ville. Les arrêts aux feux rouges devinrent moins fréquents, les coups de freins plus rares, de même, les échos de la circulation alentour décrurent-ils en intensité. La camionnette filait sans doute à présent sur une route de campagne. Il y eut soudain d'autres cahots. Le véhicule s'engagea sur un chemin, avant de stopper. Les sens aux aguets, elle entendit des chants d'oiseaux, perçut des odeurs de feuilles moisies. Le hayon de la camionnette s'ouvrit et ses ravisseurs la saisirent à bras-le-corps, l'un lui agrippant les pieds, le second la soutenant sous les aisselles, pour la transporter à l'intérieur d'une maison à la façade vermoulue, lézardée de multiples fentes. Celui qui l'avait abordé sur les rives du canal Saint-Martin trancha à l'aide d'un cutter les cordelettes qui lui liaient les jambes et les bras. Il sortit une paire de menottes de la poche de son blouson, referma une des tenailles sur le poignet droit de la prisonnière et arrima l'autre sur la rampe d'un escalier qui menait à l'étage. Anabel s'étira, s'agita pour se dégourdir les membres. Elle devait toujours respirer par le nez, mais le fait d'être délivrée de ses liens lui procura un soulagement intense. Elle fixa ses ravisseurs en écarquillant les yeux. Ils l'observaient sans agressivité aucune, guettant simplement ses réactions.

— Je vais vous retirer votre bâillon, tout va aller très bien, dit l'un d'eux. C'est totalement inutile de crier, personne ne pourrait vous entendre.

D'un geste brusque, il arracha le ruban adhésif qui lui obstruait toujours les lèvres. Elle ressentit comme une brûlure sur la peau des joues, fourra aussitôt les doigts de sa main gauche, libre, à l'intérieur de sa bouche pour en extraire la balle de mousse, aspira de grandes goulées d'air, toussa, cracha quelques glaires de bile sur le sol. Celui des ravisseurs qui venait de lui permettre de retrouver une liberté de mouvement partielle l'observait avec prévenance et lui administra plusieurs claques entre les omoplates pour mieux l'aider à se ressaisir. Il parut satisfait de constater qu'elle y parvienne.

— Vous allez rester ici, lui dit-il. Ne posez aucune question, je ne suis pas habilité à vous fournir de réponse.

Son collègue s'était éloigné durant quelques secondes. Il revint d'une pièce voisine avec un seau hygiénique, un rouleau de papier toilette, une bouteille d'eau minérale ainsi qu'un sandwich. Il déposa le tout devant l'escalier, à portée de main d'Anabel.

— Patientez, reprit-il, vous aurez bientôt de la visite.

Ils la quittèrent en refermant la porte, sans ajouter un mot. Anabel éclata en sanglots. Elle ne comprenait évidemment rien à ce qui lui arrivait. La première idée qui lui avait traversé l'esprit, c'était qu'elle avait affaire à un pervers quelconque et que ce qui l'attendait une fois parvenue à destination n'avait rien de bien réjouissant. Mais, au fur et à mesure que le temps passa, elle s'efforça de se persuader du contraire. Les gestes extrêmement précis, dépourvus de toute violence superflue – sinon celle, minimale, mesurée, qui avait été nécessaire à la contraindre à monter dans le véhicule, puis à son saucissonnage éclair –, témoignaient d'un savoir-faire méthodique. L'attitude ultérieure des deux ravisseurs, exempte de toute agressivité, ne pouvait que renforcer cette impression.

Elle s'était assise sur la première marche de l'escalier et s'efforçait de mettre de l'ordre dans ses pensées. Les paroles de Tom lui revinrent en mémoire. Ses conseils réitérés de prendre le large, puis l'attitude très ferme de Monsieur Jacob lui-même, insistant pour qu'elle quitte la villa de Nogent, et les mesures qu'il avait prises sans tarder pour l'héberger à l'hôtel. Comme s'ils avaient pressenti un danger, une menace...

Le temps passa. Elle eut besoin d'uriner, se tortilla pour baisser son jean d'une seule main, s'installa à califourchon sur le seau hygiénique, puis se redressa pour se rajuster. Son estomac était noué, douloureux. Elle avala quelques rasades d'eau minérale, en versa dans sa main pour se rafraîchir le visage, puis balaya du regard la pièce vide où elle se trouvait recluse. Une épaisse couche de poussière recouvrait le parquet. Les volets clos, la porte verrouillée. Et son poignet menotté : elle n'avait aucune chance de s'échapper.

*

Moins d'un quart d'heure plus tard, elle entendit au loin le bruit d'un moteur. Puis des claquements de portière. Le cœur battant, elle se redressa. Elle vit entrer un homme qui portait Ava dans ses bras, Ava dûment ligotée et bâillonnée comme elle l'avait elle-même été. Il la déposa près de l'escalier, lui arrima le poignet à la rampe avec une paire de menottes, avant de trancher les cordes qui lui enserraient bras et chevilles, et de lui ôter son bâillon. Ava toussa, cracha, peina à reprendre son souffle. Tout fut réglé en quelques secondes. Une nouvelle bouteille d'eau minérale, un second sandwich. Et l'homme disparut.

A l'inverse d'Anabel, Ava ne versa pas la moindre larme. Elle poussa un profond soupir, dévisagea sa compagne d'infortune, s'assit près d'elle et attaqua avec appétit le jambon-beurre qui lui était destiné. Presque sereine. Anabel l'observait, effarée. Elle hésita près d'une minute avant de lui adresser la parole.

– Vous... vous savez pourquoi on nous fait ça ? balbutia-t-elle.

Ava s'essuya la bouche du revers de la main, haussa les épaules et marmonna quelques phrases à la syntaxe hasardeuse. Contre toute attente, la situation ne paraissait guère l'inquiéter. Son hypothèse était qu'on les avait kidnappées en vue de l'obtention d'une rançon et que tout allait se tasser très vite. Anabel en resta bouche bée. Elle la questionna encore. Comment s'était déroulée sa capture ? Ava raconta, du même ton indifférent. Sa sortie de la villa de Nogent à onze heures, les deux types qui avaient surgi derrière elle, un troisième au volant d'une camionnette, puis le voyage. La camionnette qui était tombée en panne, le conducteur qui avait dû s'arrêter dans une station-service pour changer une courroie de ventilateur. Le chef du groupe qui semblait furieux de ce contretemps. Elle l'avait entendu s'engueuler avec le garagiste, qui ne réparait pas assez vite.

A onze heures. Ils avaient capturé Ava à onze heures. Anabel était sortie du magasin de la rue Bichat à onze heures cinq. Elle s'en souvenait parfaitement. En se rendant chez le fleuriste de l'avenue Parmentier, elle avait assuré à Monsieur Jacob qu'elle serait de retour avant onze heures trente. Cinq minutes d'écart entre les deux enlèvements. Tout avait été soigneusement planifié. La panne du ventilateur expliquait qu'Ava soit arrivée à destination après elle. Les questions se bousculaient dans sa tête. Elle les ressassa, sans parvenir à formuler ne serait-ce que l'esquisse d'une réponse.

– Mais toi, reprit Ava, t'es comme nous ?

– Comment ça, « comme nous » ? demanda Anabel.

– Ben comme Jacob, ou Tom, ou moi, tu comprends pas ?

– Non, il y a beaucoup de choses que je ne comprends pas ! avoua amèrement Anabel.

– Laisse tomber..., marmonna Ava en finissant son sandwich.

Elle se lécha les doigts, émit un rot, bâilla, et s'installa comme elle le put, le moins inconfortablement possible sur les premières marches de l'escalier, dans l'intention évidente de dormir. Anabel n'osa plus la questionner. Le calme, voire le flegme, dont faisait preuve Ava la laissa sans voix.

De longues heures s'écoulèrent. Ava dormit tout son saoul, s'éveilla au milieu de l'après-midi, étira ses bras, se soulagea dans le seau hygiénique, puis, constatant qu'Anabel n'avait toujours pas touché à son sandwich, se mit à lorgner dessus avec insistance.

– Vas-y si ça te tente, je ne sais pas comment tu peux avaler quelque chose ! murmura Anabel, écœurée.

Ava ne se fit pas prier. La dernière bouchée engloutie, elle commença à se curer les dents de la pointe d'un de ses ongles peints en rose, levant les yeux vers le plafond, totalement absorbée par la tâche.

En début de soirée, Anabel tressaillit en entendant une voiture qui s'approchait. Quelques secondes plus tard, les deux filles virent entrer un homme à la silhouette filiforme. Il tâtonna dans le vestibule. Une ampoule nue déversa une lumière pâlotte dans la pièce, et elles purent alors discerner ses traits, son visage émacié. Il saisit d'une main tremblante le menton d'Ava, la fixa droit dans les yeux, la délaissa, et fit de même avec Anabel, avant de reculer d'un pas. Il semblait décontenancé, hésitant. Il s'approcha de nouveau d'Ava, scruta son visage, lui palpa la chair des joues. Sa main descendit le long du cou, effleura sa nuque, puis ses seins, son ventre, à travers le tissu de son tee-shirt. Il poursuivit son inspection en palpant différentes parties de son corps, les cuisses, les bras, les chevilles, comme incrédule. Anabel l'observait, effrayée. Il n'y avait aucune connotation sexuelle, aucun signe d'excitation dans ces gestes qui évoquaient plutôt ceux d'un médecin. Ce fut bientôt son tour d'être ainsi examinée. Il lui prit le pouls à la jugulaire, lui fit ouvrir la bouche, tirer la langue...

– Où est Marcus ? lui demanda-t-il dans un murmure.

– Je ne connais pas de Marcus..., dit-elle d'une voix fluette.

– Et toi, tu sais où il est ? insista l'homme, en se tournant vers Ava.

– Je sais pas, ça fait longtemps que je l'ai pas vu...

– Ah, toi, tu le connais ! Tu étais bien avec lui, quand vous avez... quand vous avez... torturé la petite Margaret ? Tu t'en souviens, de... de la petite Margaret ? Hein ? Ne me dis surtout pas que tu as oublié !

L'homme s'exprimait avec difficulté, d'une voix rauque, ménageant des pauses involontaires entre chaque mot ou presque. Ava plissa le front dans un effort de réflexion qui semblait sincère. L'homme lui empoigna le cou, le serrant de la main gauche, la droite dressée, prête à frapper.

– Ça fait longtemps..., répéta Ava.

– Quarante ans !

– Oui, si on compte comme ça ! articula Ava, qui commençait à suffoquer.

– Si on compte comme ça ? Comment pourrait-on compter autrement ?

Il la lâcha, la laissant reprendre sa respiration. La trace de ses doigts, de ses ongles, était encore inscrite sur la gorge de sa captive, en une empreinte rouge et palpitante.

– Et toi ? Quel âge as-tu ?

– Vingt-cinq ans ! murmura Anabel, sidérée par la banalité de la question, ne sachant comment l'interpréter, la décrypter, quel présage y lire.

– Je t'ai demandé quel âge tu as réellement ? répéta l'homme, d'un ton où perçait la colère. Ne mens pas !

– Vingt-cinq ans, pourquoi je mentirais ? s'entêta Anabel.

La réponse le mit en rage. Une volée de gifles s'abattit sur le visage d'Anabel. Sa tête dodelina de droite à gauche, et, sous la violence des chocs, heurta un des barreaux de la rampe d'escalier. Elle s'affaissa, évanouie, comme disloquée.

23

De retour à Paris, Oleg convoqua tous les membres de son staff à dix-neuf heures dans une brasserie de la place de la Bastille. A leur grande surprise, il leur annonça que l'affaire était close, qu'il leur rendait leur liberté. Selon les accords passés, ils recevraient le solde de leur rémunération dans un délai très rapide. Il commanda une bouteille de champagne et invita Numéro 2 à la déboucher, à emplir les coupes. La brochette de malfrats rassemblés sous sa houlette apprécia l'instant à sa juste valeur. Pour eux, l'opération avait été de tout repos. Ils étaient ravis de s'être empli les poches sans efforts démesurés. Oleg ne semblait pas tenir rigueur à l'équipe dirigée par Numéro 3 d'avoir échoué dans la capture de Ruderi. Paradoxalement, si près du but, il leur apparut distant, indifférent, sans qu'ils puissent s'expliquer les raisons de ce comportement. L'un après l'autre, ils le saluèrent, lui serrant longuement la main, avec des promesses de retrouvailles auxquelles ils ne croyaient pas. Seul Numéro 1 prit la peine de s'attarder.

– Tu n'as vraiment plus besoin d'aide ? demanda-t-il d'un ton doucereux. Ruderi m'intéresse beaucoup, vraiment beaucoup.

– Je te comprends. Mais pour toi, c'est terminé, répondit Oleg. Depuis le début, il y a une seconde équipe. Numéros 6, 7, 8 et 9. Ils vont prendre le relais.

Ce qui va suivre ne te regarde plus. Oublie tout. C'est un conseil.

Numéro 1 grimaça en triturant sa coupe de champagne presque vide. Il la pressa si fort entre le pouce et l'index qu'elle éclata. Les débris s'éparpillèrent sur la nappe. Numéro 1 suçota son pouce entaillé. Soit Oleg mentait et cela valait le coup de s'incruster pour réclamer une part de magot supplémentaire. Soit il disait la vérité. Alors, effectivement, la sagesse inclinait à mettre les voiles sans tarder. Numéro 1 opta pour la seconde hypothèse et s'éclipsa.

Oleg, satisfait de son petit numéro de bluff, se retrouva seul. Il tenta de faire le vide dans son esprit, en vain. Les souvenirs de son enfance montaient à l'assaut de sa mémoire. Il lui sembla que sa vie tout entière défilait en accéléré sur un écran pareil à celui du cinéma de Pripiat, cette salle poussiéreuse où il se rendait fréquemment quand il était gamin. Il revit les images en noir et blanc de l'inauguration de la centrale, quasi in extenso, un documentaire dont il connaissait la moindre séquence, le moindre plan. Une fanfare jouait un air martial. Machinalement, il en fredonna le refrain, d'une rare stupidité, un hymne patriotique que tous les gosses de son école avaient appris à brailler en chœur. Tout autour de lui, les serveurs de la brasserie commençaient à dresser les tables pour le dîner. L'un d'eux toussota avec discrétion, pour lui signifier qu'il était plus que temps de déguerpir. Il quitta la banquette, les jambes cotonneuses, le souffle court.

*

Maintenant, cela lui arrivait *maintenant*. Sa dernière transfusion remontait à moins d'un mois. Et depuis deux jours, le moindre effort lui coûtait. Les taches roses étaient réapparues en force sur ses mains, ses bras, son torse. Le fait de gravir un escalier le vidait de ses forces, le laissait pantelant, la poitrine creuse. La fatigue se faisait plus lourde d'heure en heure. Le verdict venait de tomber. Il fit quelques pas sur la place, éperdu, chancelant, zigzagua parmi la foule qui se pressait vers les restaurants, les salles de cinéma ou l'Opéra. Il prit un taxi et se fit conduire rue Bichat.

Parvenu à destination, il demanda au chauffeur d'aller se garer le long des berges du canal Saint-Martin, près de l'écluse. Avant de descendre de voiture, il lui tendit quelques billets de cinq cents francs en lui en promettant d'autres s'il avait la patience de l'attendre. Le type ne se fit pas prier.

Oleg pénétra dans un café. L'endroit était désert, à l'exception de deux clodos en fin de vadrouille qui se cramponnaient encore au comptoir, mais sans grande conviction. Il s'installa à une table située près de la rue. L'angle de vue lui permettait d'observer la vitrine du magasin de Monsieur Jacob, toujours ouverte et éclairée malgré l'heure tardive, à peine à une trentaine de mètres de l'endroit où il se trouvait. Il le vit faire les cent pas dans ce décor de crucifix, de bouquets de fleurs artificielles, de plaques de marbre. Le sexagénaire à la mine lugubre était assis derrière un bureau, impavide. Oleg sortit son téléphone portable et appela la boutique.

– Monsieur Jacob ? dit-il. Vous reconnaissez ma voix ? Bien ! Vous allez demander à vos frères de vous rejoindre immédiatement ! Faites vite !

– Pourquoi ?

– Parce qu'ils seraient en danger s'ils s'attardaient chez vous. Ne discutez pas. Obéissez.

Il raccrocha. Après un moment d'hésitation, Monsieur Jacob appela Tom et répercuta la consigne.

Oleg avait réglé pour vingt heures quinze la mise à feu par télécommande des charges explosives placées dans la villa de Nogent. Il consulta sa montre. Vingt heures quatorze. Les secondes s'égrenèrent. Une minute passa. La bibliothèque n'existait plus. L'incendie devait déjà remonter en tornade du sous-sol pour embraser l'ensemble de la villa. Il patienta. Monsieur Jacob ne tenait plus en place. Soudain, il tendit la main vers le combiné téléphonique posé sur le bureau d'accueil. Écouta. Le reposa lentement. Oleg composa de nouveau le numéro de la boutique.

– On vient sans doute de vous avertir ? murmura-t-il. Vous avez pu constater de quoi je suis capable ? Une simple petite démonstration. Vous n'avez aucune chance, aucune.

– Si vous espériez une rançon en échange d'Anabel et d'Ava, ça sera plus compliqué, à présent ! rétorqua Monsieur Jacob. J'avais un coffre, dissimulé quelque part dans la bibliothèque. Avec pas mal de liquidités.

– Mais qui vous a dit que je vous voulais de l'argent ? protesta doucement Oleg.

Une moto remonta soudain la rue de la Grange-aux-Belles, moteur rugissant. Oleg patienta.

– Vous obtiendrez de moi tout ce que vous voudrez à condition que vous libériez Anabel ! reprit Monsieur Jacob, dès que le bruit du pot d'échappement eut décru en intensité.

– Pourquoi Anabel plus que l'autre fille ?

– Parce qu'elle n'a rien à voir dans tout cela !

– Elle n'a rien à voir dans tout cela ? C'est à vérifier. Songez bien que je peux lui infliger le même traitement que celui qu'a subi Margaret Moedenhuik. Vous me suivez ?

– Je vous suis parfaitement.

– Alors à très bientôt !

Oleg coupa la communication, songeur. Le ton de Monsieur Jacob avait été ferme, mesuré. Il venait pourtant de se dévoiler. La nouvelle de l'incendie de sa maison ne l'avait en effet pas perturbé outre mesure. De même, il laissait entendre que si l'on s'en prenait à lui, ou plus exactement à ses proches, ce n'était pas sans raison. L'histoire de Margaret Moedenhuik ne lui était pas inconnue. Oleg le nota avec satisfaction. Son interlocuteur avait évoqué le versement d'une rançon, comme s'il se fût agi d'un incident de parcours auquel il était prêt à faire face sans encombre, un de ces mille et un petits ennuis, de ces petits tracas que peut rencontrer le commun des mortels durant le cours de son existence. Comme bien souvent dans les moments de grande tension, Oleg avait pensé en français, et non dans sa langue maternelle. *Le commun des mortels.* Ces mots, ces mots-là, s'étaient frayé leur chemin dans la galaxie de ses neurones, sans rencontrer de résistance.

Le commun des mortels ? Ce Monsieur Jacob gagnait décidément beaucoup à être connu. Trois semaines, un mois plus tôt, Oleg aurait savouré l'instant avec délectation. Ce soir, il était bien trop fatigué, bien trop las pour se réjouir, pour pavoiser. Un long quart d'heure passa. Le café où il avait trouvé refuge n'allait pas tarder à fermer ses portes. La fille qui lui avait servi un Coca s'impatientait derrière son comptoir. A force de persuasion, elle s'était gentiment débarrassée des clodos et s'apprêtait à passer un coup de serpillière sur le carrelage maculé de crachats, de tickets de PMU, de formulaires de Loto. Oleg la rassura d'un geste de la main. Il n'allait pas l'importuner encore bien longtemps. Son attente fut récompensée. Un taxi se gara de l'autre côté de la rue. Oleg vit Ruderi et l'autre frère de Monsieur Jacob en descendre et se précipiter à l'intérieur du magasin. A présent qu'il avait vérifié *de visu* que l'étrange fratrie était réunie, il ne restait plus qu'à laisser l'angoisse de l'adversaire croître en intensité. Monsieur Jacob perdrait son sang-froid, tôt ou tard. A condition qu'il ait suffisamment mariné dans son jus.

Oleg avait surtout besoin de réfléchir. Dans l'état où il se trouvait, la moindre faute pouvait être fatale. Il quitta son siège à grand-peine, sortit du bistrot, fit quelques pas dans la rue en direction du canal Saint-Martin, fuyant ainsi les abords de l'hôpital Saint-Louis dont la masse compacte se dressait dans l'obscurité. La fatigue, plus intense encore, pesait sur ses épaules comme si deux mains lui écrasaient les clavicules pour le forcer à s'agenouiller. Il se faufila de réverbère en réverbère, tituba, appuyant ses paumes moites sur les façades des immeubles, le temps de reprendre son équilibre.

Il échoua dans le petit square qui bordait l'écluse, s'assit avec soulagement sur un banc. La maigre distance parcourue depuis qu'il avait quitté le bistrot moins d'une minute auparavant l'avait épuisé. Il ne put retenir ses larmes, accablé par un sentiment d'injustice. A quelques misérables semaines de distance, tout aurait pu se jouer autrement. Le chauffeur du taxi qui l'avait accompagné jusque-là patientait encore, tout près. Oleg pouvait distinguer les contours de son visage à travers le pare-brise. Il rassembla ses forces pour rejoindre cette bouée de sauvetage.

*

Une fois arrivé chez lui, quai de Béthune, il pourrait se reposer. Dès le lendemain matin, il prendrait contact avec le service d'hématologie où il était suivi. Une nouvelle transfusion aurait lieu. Et puis une autre. Et puis une autre encore. Autant qu'il en faudrait. Tout irait pour le mieux. Guillaume Monteil l'avait bien dit. Si la maladie se déclarait – et à présent c'était une certitude –, rien n'était perdu. Ruderi et sa petite tribu étaient à sa merci. Enfermées dans la maison de Crécy, même sans nourriture, les filles pouvaient survivre le temps que la situation se décante. La monnaie d'échange conserverait toute sa valeur des jours entiers. La marchandise risquait de souffrir, certes, mais Ruderi allait livrer son secret. Oleg se répéta mentalement cet argumentaire, pour refouler son désespoir, l'enfouir dans les remous des eaux sales qui ondulaient à la surface du canal. Il se leva enfin. Deux silhouettes vinrent à sa rencontre. Elles lui parurent très floues, quasi fantomatiques. Les poivrots qui s'étaient attardés au comptoir du bistrot où il avait pris sa faction pour épier le magasin de Monsieur Jacob ne l'avaient pas quitté des yeux. Éméchés, certes, mais encore lucides, ils l'avaient vu sortir un billet de cinq cents francs d'une de ses poches pour régler son Coca. Et après qu'elle lui eut rendu la monnaie, abandonner un pourboire plus que royal à la serveuse. Ils étaient déterminés à tenter leur chance. Et c'est bien ce qu'ils firent, sans cruauté excessive. Ce n'étaient pas des salauds, juste de pauvres bougres poussés à bout par la guigne, incapables de résister à la tentation. Les nombreux verres de rouge qu'ils avaient ingurgités leur donnèrent le courage de passer à l'acte.

24

Oleg resta de longues minutes évanoui, allongé sur le quai du canal, sonné par les coups que lui avaient assenés les deux types. Il ouvrit les yeux avec peine. Ressentit une douleur sourde dans l'entrejambe. Une autre, à la mâchoire. Et puis le goût du sang dans sa bouche. Les larmes qui coulaient sur ses joues. Ses agresseurs auraient pu achever le boulot, le précipiter dans le canal, où il se serait noyé. Avaient-ils eu pitié ? S'étaient-ils seulement posé la question ? A moins que Numéro 1 n'ait fomenté une petite mutinerie ? Il savait où les filles étaient séquestrées, détenait les coordonnées de Monsieur Jacob... Non. A supposer que Numéro 1 se soit mis dans la tête d'en savoir plus à propos de Ruderi, il s'y serait pris tout autrement. Ne se serait pas contenté d'un simple tabassage.

Il demeura quelques instants immobile, le regard brouillé, vitreux. Des voitures longèrent le quai. Le taxi, sans doute las d'attendre, s'était découragé. A moins qu'il n'ait assisté à son cassage de gueule, confortablement installé derrière son volant, et n'ait préféré prendre le large. Oleg avait mal, très mal. Il avait lu de nombreux récits concernant les miraculés qui avaient frôlé la mort et étaient revenus du voyage in extremis, comme par miracle. Tous décrivaient un sentiment d'irréalité, une ascension, leur regard qui quittait leur enveloppe corporelle pour l'observer de haut, avec détachement. Les proches penchés à leur chevet, la chambre d'hôpital, son décorum glacé, toutes ces images se rétrécissaient progressivement, à l'infini, comme saisies par une caméra qui montait, montait, pour prendre son envol vers des cimes éthérées. Et puis la redescente. Le retour à la vie. Il frissonna, ses ongles raclèrent le granit.

– Pas maintenant, se dit-il, pas maintenant.

Il dut accomplir un effort démesuré pour basculer sur le côté et s'éloigner ainsi de la bordure du quai, de l'eau gorgée de détritus et qu'il entendait clapoter à son oreille, tout près, menaçante. Restait à se lever. Il prit tout son temps. La tâche était rude, mais il s'en acquitta vaille que vaille. Appuyé contre le tronc d'un arbre, il palpa les différentes parties de son corps. La douleur dans l'entrejambe allait en décroissant, en revanche il lui parut évident que sa mâchoire était fracturée. Dès qu'il l'eut effleurée du bout des doigts, il eut l'impression qu'une décharge électrique lui secouait le visage tout entier. Un peu plus haut, une plaie aux larges berges lui barrait la joue, de la paupière inférieure jusqu'aux premiers reliefs de la mandibule. Sa veste était en lambeaux, sa chemise idem, son portefeuille et son téléphone portable avaient disparu. Il ne lui restait que quelques misérables pièces de monnaie, perdues au fond de la poche de son pantalon.

L'hôpital. L'hôpital était là, tout proche. A deux cents mètres à peine. Ce qui, dans l'état d'extrême faiblesse où il se trouvait, constituait une distance considérable. Il avança une jambe, puis l'autre. S'obstina. Quitta le square. S'engagea dans la rue de la Grange-aux-Belles, ménageant de longues pauses. Un couple s'avança à sa rencontre. Il tendit la main dans leur direction, ouvrit la bouche pour leur demander de l'aide, mais ne parvint à articuler qu'un son pitoyable.

– Laisse tomber, s'écria la fille, alors que son compagnon commençait à s'émouvoir, c'est rien qu'un poivrot, il arrivera bien à se traîner jusqu'à l'hosto !

Oleg les vit le dépasser, s'éloigner. Il enragea. En d'autres circonstances, la donzelle aurait amèrement regretté sa petite facétie. Toute sa vie durant, elle ignorerait à quoi elle avait échappé. Il prit plusieurs inspirations, vidant consciencieusement ses poumons, puis les emplissant, furieux de constater que la machine renâclait, refusait d'obéir. Elle ne fonctionnait tout simplement plus. L'instinct de survie ou de conservation dont il avait parlé à Le Tallec avant de le précipiter dans l'eau glacée de l'Atlantique au large des côtes de l'île de Groix libéra la réserve d'énergie qui lui permit d'avancer encore. Il était enfin arrivé au coin de la rue Bichat. Tout près du portail d'entrée de l'hôpital. Il n'avait plus ses papiers, mais il pouvait fournir aux infirmières les coordonnées de son dossier. Le nom de la personne à prévenir en « cas d'accident ». Guillaume Monteil ne tarderait pas à être alerté et prendrait toutes les dispositions. Lui apporterait tout son réconfort.

*

Le portail. Une enseigne lumineuse la surplombait. La voie du salut. Pour la rejoindre, il devrait toutefois longer puis dépasser la boutique de *Pompes Funèbres Jacob*. A droite de la rue. Il se cabra, révulsé, révolté. Honteux, aussi. Cette défaite, il ne l'avait pas méritée. Il fixa la vitrine, toujours éclairée, aperçut Ruderi et ses frères. Ils restaient figés, attendant toujours les instructions du ravisseur d'Ava et d'Anabel, l'œil rivé sur le téléphone, obstinément muet, et pour cause. Il ricana en se promettant de faire durer le plaisir. Tenta de gagner la chaussée pour la traverser. Une misérable parcelle de bitume à franchir. Le vertige le saisit. Les muscles de ses jambes, de ses cuisses se contractaient, mais sans coordination aucune, si bien qu'il progressa comme à tâtons, risquant à chaque seconde de chuter sur le trottoir. Et ce fut contre la vitrine du magasin de Monsieur Jacob qu'il acheva sa course chancelante, hors d'haleine, les bras écartés, le visage plaqué contre la surface de verre, qu'il souilla de larges traînées sanguinolentes.

25

La maigre provision d'eau minérale était épuisée depuis des heures et Anabel avait la gorge sèche. La maison était très humide et la tombée de la nuit fit chuter la température de plusieurs degrés, si bien que les deux filles se mirent à grelotter, blotties l'une contre l'autre dans la pénombre. Après s'être réveillée de son évanouissement, Anabel avait tenté de faire parler Ava, en vain, la questionnant sur son passé, les raisons qui avaient conduit son amant en prison, et encore sur ce « Marcus » qu'elle avait reconnu avoir rencontré quarante ans auparavant, ce qui n'avait évidemment aucun sens.

– Faut attendre, faut attendre, répétait obstinément Ava en refusant d'en dire plus.

– Tu peux avoir confiance, supplia Anabel, moi aussi, je suis une ancienne taularde !

Elle se lança dans un long monologue relatant son passé, pour tenter de gagner la confiance d'Ava. Peine perdue. Par moments, celle-ci s'assoupissait, et Anabel sentait sa tête s'effondrer contre son épaule. Assise dans l'obscurité, les yeux grands ouverts, le bas du dos meurtri par l'arête de la marche d'escalier à laquelle elle s'était appuyée, elle ressassait sans fin les souvenirs des dernières heures, des derniers jours, des dernières semaines. Le temps. Tout semblait tourner autour du temps. Le ravisseur qui était venu les « examiner » était entré dans une rage profonde et avait commencé à frapper Anabel précisément lorsqu'elle lui avait dit son âge. Et puis il y avait cette histoire terrible de torture, cette Margaret dont le nom avait été mentionné au cours de l'interrogatoire. Plus elle s'interrogeait et plus elle butait sur de nouvelles questions, chacune d'elles en soulevant une autre. Le départ mystérieux de Monsieur Jacob pour un émirat dont elle ne parvenait plus à se rappeler le nom, et encore le corps lacéré de cicatrices de Tom, la clandestinité dans laquelle il semblait vivre, ses faux papiers... Anabel ne savait pas comment il fallait commencer à démêler l'écheveau, ni même si tous ces fils enchevêtrés, une fois dénoués, lui permettraient de comprendre dans quelle aventure elle s'était laissé emporter. Elle se souvint des nuits interminables passées dans sa cellule à Fleury-Mérogis, de ces instants où elle avait cru toucher le fond, du moment où elle avait pris la décision d'en finir, de l'éclat de la lame de rasoir avec laquelle elle s'était entaillé le poignet. La prison ? Monsieur Jacob lui avait avoué y avoir séjourné, lui aussi. Monsieur Jacob, si doux, si prévenant, si attentif, si généreux, en prison ? Pourquoi ? Mais après tout, n'était-ce pas à cause de lui qu'elle était retombée dans la débine ? Si elle l'avait ignoré, au premier jour de leur rencontre, si elle avait fait preuve de plus de fermeté devant ses tentatives de séduction, si elle s'était contentée du petit confort que lui octroyait Brad...

Hébétée, abrutie de fatigue, et pourtant incapable de sombrer dans le sommeil, elle entendit soudain des oiseaux gazouiller quelque part, tout près dans le parc qu'elle n'avait que très partiellement entrevu. De timides rais de lumière commencèrent à s'infiltrer dans les interstices des volets et les failles de la toiture, en piteux état. Ava dormait toujours. Et comme la veille au soir, l'écho d'un moteur de voiture, qui s'approchait, s'approchait, s'approchait... Anabel se raidit, terrorisée. Ava s'éveilla en sursaut. La porte s'ouvrit. Maxime se tenait dans l'embrasure, un revolver à la main. Et derrière lui, Monsieur Jacob.

Il se précipita sur Anabel, la prit dans ses bras, lui couvrit le visage de baisers.

– Anabel, mon amie, ma douce, ma tendre, murmura-t-il, c'est fini, c'est fini, c'est fini... tout ira bien, désormais.

Il se redressa, toisa Ava, lui adressa froidement un bref signe de tête. Maxime inspecta les menottes qui reliaient les poignets des deux captives à la rampe d'escalier, haussa les épaules, sortit d'une de ses poches un couteau suisse au manche muni de toutes sortes d'appendices, hésita entre un poinçon, un tournevis, une vrille, opta pour le poinçon et se mit à l'ouvrage. En trente secondes à peine, les jeunes femmes furent délivrées. Elles se levèrent, se massèrent les reins, se dégourdirent les jambes parcourues de picotements.

– Allez, il n'y a pas une minute à perdre ! ordonna Monsieur Jacob.

Il prit la main d'Anabel et l'entraîna au-dehors. Maxime et Ava suivirent. La Mercedes était garée le long d'un chemin boueux, moteur ronronnant et phares allumés. Maxime s'installa au volant et quitta le parc. Ava avait pris place à ses côtés tandis que Monsieur Jacob, installé sur la banquette arrière, serrait toujours la main d'Anabel entre les siennes.

– J'ai eu si peur, si peur, lui confia-t-il, le front ruisselant de sueur. Rassurez-moi, vous avez bien un passeport en cours de validité ?

Elle répondit par l'affirmative. Son passeport ? Elle l'avait laissé dans sa chambre d'hôtel. Pourquoi Monsieur Jacob se souciait-il de ce détail ?

– Parfait, parfait, s'écria-t-il, il faut aller le récupérer. Tout ira bien. Nous sommes dans les temps.

Après avoir consulté sa montre, il s'épongea le visage à l'aide d'un Kleenex. Anabel l'observait, incapable de prononcer le moindre mot, la lèvre inférieure agitée d'un tremblement irrépressible. Elle avait sauvé sa peau, sauvé sa peau, c'était tout ce qui comptait, elle se sentait en sécurité, il n'y avait aucun doute à ce sujet, Monsieur Jacob était là pour la protéger, elle avait eu tort de regretter d'avoir croisé son chemin, et nourrissait déjà des remords à l'évocation de cette pensée. A vrai dire, elle ne savait plus où elle en était. La privation de sommeil ne l'aidait guère à clarifier ses pensées.

Maxime s'était engagé sur une petite route départementale qui menait vers le centre-ville de Crécy-la-Chapelle. Il trouva aisément la gare où quelques travailleurs matinaux se rassemblaient déjà pour attendre le premier train qui les conduirait jusqu'à la capitale, et frissonnaient dans leur imperméable, leur attaché-case à la main, le visage gris, encore chiffonné de sommeil. Un échantillon d'humanité banal, modeste, sans relief particulier. Autant de destins sans aspérité, une poussière de vies qui se disperserait au fil du vent le moment venu, et dont le souvenir s'estomperait dans les brumes de l'oubli.

La Mercedes stoppa devant le parvis de la gare. Monsieur Jacob se pencha vers l'avant et tapota l'épaule d'Ava. Elle sursauta. Il lui tendit quelques milliers de francs tirés de son portefeuille, et la pria de déguerpir d'un geste impératif, sans prononcer le moindre mot. Docile, elle desserra la ceinture de sa jupe et enfouit le petit pactole dans sa culotte, contre son pubis, puis elle ouvrit la portière et rejoignit les quidams qui attendaient leur train. Anabel se tourna vers Monsieur Jacob, interloquée.

– Ne vous tourmentez pas pour elle, dit-il. Elle s'en sortira. Elle s'en est toujours sortie. Toujours.

Maxime redémarra. Monsieur Jacob pianota sur les touches d'un téléphone portable et lança quelques mots, dans cette langue inconnue, dont Anabel identifia aussitôt les sonorités. Quelques mots, vraiment, à peine une phrase. Un ordre sèchement donné avant de couper la communication.

– C'était Tom, expliqua Monsieur Jacob.

– Que lui avez-vous dit ?

– Que tout allait bien, que vous étiez saine et sauve. Ne vous faites aucune illusion. Vous ne le reverrez jamais.

26

Quelques minutes plus tard, un blessé arriva au service d'accueil des urgences de l'hôpital Saint-Louis. La mâchoire fracturée, le visage tailladé. Profondément choqué. Personne parmi le maigre personnel de garde ne fut à même de préciser qui l'avait escorté jusque-là. On l'avait simplement abandonné sur un banc, au coin d'un couloir, parmi la foule des éclopés, des rescapés des accidents de la circulation, des scènes de ménage, des bagarres de bistrot, des tentatives de suicide.

27

Tom s'éloigna des abords de l'hôpital et se dirigea vers la place de la République, quasi déserte à cette heure encore très matinale. Il n'avait pour tout bagage que le faux passeport que Miguel lui avait fourni. Et déjà un rendez-vous au bout du monde. Il avait souvent connu une telle situation, accablé de lassitude, tenté par le renoncement. Chaque fois pourtant, il avait trouvé le courage nécessaire pour ne pas capituler.

Anabel s'en était tirée : pour l'instant, c'était tout ce qui lui importait. Toute la nuit durant, il n'avait cessé d'enrager à l'idée qu'elle puisse y rester. En partie par sa faute. Certes, à part le fait de l'avoir rencontrée, puis séduite, il n'avait pas grand-chose à se reprocher. Il avait bien perçu le danger, intuitivement, sans parvenir à le cerner, à en identifier l'origine. Des siècles et des siècles passés à bourlinguer l'avaient doté d'un sixième sens, une sorte de sonar à même de capter les ondes négatives. L'alerte avait résonné, quelque part dans sa tête, sans qu'il y prête toute l'attention requise, et il ne se le pardonnait pas... Mieux valait ne plus y penser. Anabel s'en était tirée. Oleg était vaincu. Dans le passé, un passé qui se perdait dans le tourbillon du temps, Tom avait eu à affronter des adversaires autrement retors. Malgré toute sa rouerie, Oleg faisait figure d'amateur.

Il n'avait même pas eu besoin de le rudoyer pour en venir à bout. Quand il avait surgi, le visage en sang, contre la vitrine du magasin, Tom s'était précipité pour lui ouvrir la porte, le recueillir dans ses bras. Il l'avait installé dans un fauteuil, prêt à appeler un médecin. Mais brusquement, d'une voix pâteuse, presque inintelligible, le nouveau venu s'était mis à proférer des menaces. A propos d'Anabel et d'Ava. Monsieur Jacob avait aussitôt abaissé le rideau de fer du magasin.

*

Oleg tenait avant tout à savoir. Sa curiosité fut satisfaite, au-delà de tout ce qu'il aurait pu imaginer. La longue histoire qui lui fut révélée ressemblait à un conte qu'il écouta, les yeux écarquillés. Puis Monsieur Jacob usa de toute sa persuasion pour le convaincre qu'il ne pouvait rien pour lui. Depuis qu'il avait vu rajeunir Ruderi, Oleg avait formulé bien des hypothèses à propos de ses stupéfiantes facultés. Les devait-il à un médicament miracle ou, au contraire, le secret se trouvait-il niché dans son organisme, quelque part sur un gène, un chromosome ? Puis, son état empirant, rongé par l'angoisse de la mort, Oleg s'était peu à peu persuadé qu'il lui fallait s'approprier son sang, pour se le faire transfuser...

– L'idée est totalement absurde, infantile, ça ne servirait à rien ! trancha Monsieur Jacob. Nous ne pouvons pas vous sauver la vie. Nous ne le pouvons tout simplement pas. C'est impossible. Tout cela n'a rien à voir avec notre sang. Je l'ai vérifié. Dès que l'hématologie est devenue une science à part entière, j'ai fait analyser le mien. Il est absolument banal. O négatif. Un sang humain. Une fois transfusé à l'intérieur de vos artères, il connaîtrait le sort de celui de n'importe quel donneur...

– Réfléchissez encore, les filles vont crever de faim..., supplia Oleg.

– Tout ce que je sais, reprit Monsieur Jacob, c'est que si un médecin ne s'occupe pas rapidement de vous, vous allez mourir. Tant qu'Anabel ne sera pas libérée, vous resterez ici, avec nous. Le temps travaille contre vous. C'est un ennemi implacable, le temps, je pourrais disserter à l'infini à ce sujet. L'hôpital est là, tout près ! Vous nous l'avez dit, avec votre dossier, les indications qui permettent de vous traiter. Vous pouvez gagner encore quelques années. Ce n'est pas si négligeable. Libre à vous.

Au petit matin, enfiévré, délirant, Oleg capitula. Il lâcha les coordonnées de l'endroit où étaient retenues Anabel et Ava. Monsieur Jacob y fila sans tarder. Dès que le signal lui en serait donné, Tom pourrait transporter le malade à l'hôpital. Pas avant. C'était désormais chose faite.

*

Tom marcha longtemps, observant les rues de Paris, cette ville où il avait si souvent séjourné, à des époques très diverses. Combien de temps resterait-il sans y revenir ? Faudrait-il compter en années, en décennies, en siècles ? Il n'en savait strictement rien. Quand il avait appris qu'Oleg était originaire des environs de Kiev, toute une bouffée de souvenirs avait assailli sa mémoire. Kiev ? Il y avait vécu à la fin des années 50, quand les portes des camps du Goulag s'étaient ouvertes. Il y croupissait depuis la fin des années 20. Dès que la révolution russe avait éclaté, il s'était précipité sur place pour y prendre sa part, enthousiaste. Avec une expérience telle que la sienne, ç'aurait bien été le diable s'il n'avait pu se rendre utile ! Il déchanta. La terreur qui régnait à Moscou, à Petrograd, les massacres sans fin l'avaient poussé jusqu'en Ukraine, où il s'enrôla dans l'armée de Makhno, pour y combattre à la fois les Rouges et les Blancs. Il avait été capturé, expédié loin, très loin vers l'est, à la Kolyma. Tout comme son frère « Ruderi » – il ne s'appelait pas réellement ainsi, pas plus que lui-même ne s'appelait Tom, mais qu'importe, au fil de leur vie interminable, ils avaient porté tant de noms, vécu sous tant d'identités fictives ! –, il avait laissé son corps s'assécher, se rabougrir, pour mieux tromper la surveillance des gardiens. Des gardiens très insouciants, au demeurant. Parmi les millions de zeks dont ils avaient la charge, il constituait bien le dernier de leurs soucis. Le jour de sa libération, il n'était plus qu'un vieillard impotent, un vieillard qui se mit à rajeunir en moins d'une semaine, sept rapides petites rotations de la Terre autour du Soleil. Ses années de détention avaient filé à toute vitesse. Comparativement, elles n'auraient représenté que quelques heures à peine pour le commun des mortels. Une simple parenthèse. La durée d'une sieste, ou d'un repas de famille, le dimanche, sous la tonnelle d'une maison de campagne. Guère plus. Sitôt libéré, il avait mobilisé les forces qui sommeillaient tapies au fond de son organisme, les avait réveillées, effaçant ainsi les traces d'un léger engourdissement.

A Kiev, il avait goûté un peu de repos, de bonheur auprès d'une jeune femme, une infirmière qui travaillait dans un dispensaire de la ville. Et puis un matin, il avait repris sa route. En Union soviétique, il n'y avait rien à espérer. Par contre, à l'aube des années 1960, dans la péninsule Indochinoise ou en Amérique latine, la révolte commençait à gronder. Il n'avait qu'à faire son choix parmi les différents champs de bataille disponibles à l'étal...

28

—J'ai le droit de savoir, vous ne pensez pas ? demanda doucement Anabel.

La frayeur s'était évanouie. Elle avait repris tous ses esprits, recouvré toute sa lucidité. La voiture, coincée dans les embouteillages qui engorgeaient les abords de la capitale, progressait avec difficulté. Maxime louvoyait de file en file, gagnant ici quelques mètres, là quelques secondes.

—Bien sûr, Anabel, bien sûr, après ce que vous avez subi, comment vous le refuser ? acquiesça Monsieur Jacob. Si je ne vous disais pas la vérité, vous m'en voudriez pour tout le restant de votre vie ! Et je ne me le pardonnerais jamais. Je vous aime beaucoup, Anabel, beaucoup. Nous allons devoir nous séparer, nous ne nous reverrons plus, et croyez-moi, cela me peine.

—Nous séparer ? Où m'emmenez-vous ?

—Récupérer vos affaires et surtout votre passeport à votre hôtel, et ensuite, nous filerons à Roissy. J'ai fait réserver un billet d'avion à votre nom. Vous allez quelque part aux États-Unis, peu importe où exactement, je ne sais pas encore. La première destination qui sera disponible ! J'ai contacté un tour operator, il s'occupe de vous dénicher une place vacante, un voyageur qui se sera désisté à la dernière minute.

—Les États-Unis ! Pourquoi ?

– Parce qu'il est facile de s'y perdre. De s'y cacher. Il faut fuir, Anabel, pour votre sécurité ! Le chef, appelons-le comme ça, de la petite bande qui vous a enlevée était un type dangereux. Vraiment. Il n'y a plus rien à redouter de lui, mais les autres sont toujours dans la nature. Ne protestez pas ! Faites-moi confiance ! Vous me faites confiance ?

– Oui, bien sûr, mais vous ? S'il y a réellement un danger ?

– Je vais disparaître, Anabel, disparaître, ça m'est déjà arrivé tant et tant de fois dans le passé que je ne m'en formalise pas. C'est assez désagréable, une vraie corvée, il faut se reconstruire des habitudes, recommencer à apprivoiser des inconnus, c'est bien du tracas... Ma maison a brûlé. Vos ravisseurs se sont chargés de la besogne. Ce qui me chagrine un peu : rassembler cette bibliothèque m'avait donné un travail fou ! Mais je la reconstituerai ! Je ne suis pas pressé. Quant au magasin, mieux vaut ne plus y remettre les pieds. Ce serait trop dangereux. Je préfère couper les ponts, effacer toutes les traces. Écoutez-moi, Anabel, écoutez-moi attentivement, allons à l'essentiel, nous n'avons que peu de temps devant nous ! Ce que je vais vous dire, vous pourrez le raconter autour de vous, plus tard, mais personne ne vous croira. On vous prendrait pour une folle, une mythomane. Si bien que vous préférerez garder le silence...

Monsieur Jacob prit une profonde inspiration avant de poursuivre. De temps à autre le regard d'Anabel avait croisé celui de Maxime, dans le rétroviseur. Pour la première fois, il lui adressa un sourire.

– Il y a longtemps, Anabel, il y a très longtemps, à l'époque je n'avais pas les moyens de calculer avec précision, mais disons que j'évalue tout cela à une dizaine de milliers de... vos années.

– Comment ? murmura Anabel.

– Ne m'interrompez pas, sinon ce sera difficile. Écoutez simplement. Une dizaine de milliers d'années, oui. Ma tribu – c'est le terme le plus approprié – vivait quelque part en Asie du Nord. Du moins je le pense. Inutile de vous dire que je n'avais pas de carte et que la façon dont je me représentais le monde était assez rudimentaire. Mais plus tard, bien plus tard, je suis retourné dans cette contrée, comme en pèlerinage, j'ai reconnu le contour des montagnes, les méandres des fleuves, la végétation. C'est accessoire, totalement accessoire pour ce qui vous concerne. Nous étions nomades. Nous emportions nos troupeaux d'une place à l'autre, dans de longues migrations. Je n'étais qu'un jeune garçon, douze ans à peine. Tom, évidemment – à l'époque, il ne s'appelait pas Tom, pas plus que je ne m'appelle Jacob, mais tout cela n'a vraiment aucune importance –, Tom donc, n'avait que deux ou trois ans, et mon autre frère, celui qui a provoqué tous vos ennuis, et que vous avez croisé chez moi, n'était guère plus vieux... il y avait aussi « Marcus », plus âgé, vingt ans sans doute. Vous en avez entendu parler, n'est-ce pas ?

Anabel se passa la main sur le visage, secoua la tête en fixant les voitures qui entouraient la Mercedes, les panneaux publicitaires qui balisaient le parcours de l'autoroute.

– Non... non..., murmura-t-elle. Je ne peux pas vous croire !

Monsieur Jacob ignora sa réplique.

– Libre à vous de me croire ou non. Je vous dis la vérité, je vous le jure ! Combien étions-nous au total ? Trois cents, peut-être un peu plus. Mon père était le chef. Il y avait un autre terme mais, pour vous le désigner, ce vocabulaire est bien plus simple... Un soir, au cours de la transhumance de nos troupeaux, des chèvres, des moutons, nous étions tous réunis devant de grands feux. Nous nous sentions en sécurité. La présence d'un feu m'a toujours apaisé, elle m'est nécessaire, vous le savez... Et soudain, un souffle furieux a tout balayé autour de nous. Nous connaissions les vents, les saisons où ils se levaient, celles où ils étaient inexistants, et c'était bien le cas. Ce vent-là n'avait rien d'ordinaire. Il a emporté la végétation sur son passage, mais surtout, il charriait une odeur pestilentielle. Abominable. Nous nous bouchions le nez, nous suffoquions, sans parvenir à nous protéger de cette puanteur.

– Qu'est-ce que c'était ? balbutia Anabel.

Monsieur Jacob la contempla avec un regard d'une infinie tristesse.

– La Mort, Anabel, c'était la Mort. Son souffle était passé sur nous. Quand le soleil s'est levé, mes frères et moi avons découvert les cadavres. Ceux des bêtes et des humains. Il n'y avait aucun survivant, sauf nous. La Mort avait exterminé tous nos proches, mais en nous épargnant. Pourquoi nous ? Cette question n'a cessé de me hanter... Tous les quatre, nous sommes restés longtemps prostrés, blottis les uns contre les autres, tremblants, terrorisés. Des nuées de mouches et quantité d'animaux charognards se sont abattus sur ce charnier, si bien qu'il nous a fallu déguerpir. Nous avons marché droit devant nous. Des jours durant. Nous avons fini par rencontrer un autre clan, une autre tribu, qui nous a adoptés. Les années passèrent, en apparence immuables. Une vie de nomades. Autour de nous, les gens vieillissaient, puis mouraient. Pas nous. Quelques générations avaient vu le jour, étaient arrivées à l'âge adulte, puis s'étaient éteintes sous nos yeux. Cinq ou six siècles. Marcus en a grandement profité. Cette tribu primitive, et très crédule, il n'a eu aucune difficulté à la soumettre. En nous présentant comme des divinités, des créatures aux pouvoirs maléfiques. C'était facile, très facile. Et tentant, trop tentant. Un coup de tonnerre, un éclair dans le ciel passait pour un signe de colère de notre part. Un arc-en-ciel, au contraire, soulignait notre satisfaction... ces pauvres gens nous vénéraient, nous couvraient de cadeaux. Ce qui nous était arrivé avait rendu Marcus complètement fou. Il faisait preuve d'une cruauté infinie, exigeait des sacrifices... Peu à peu, j'ai compris que je devais me séparer de lui, veiller sur mes frères, les préserver. Un jour ou l'autre, il nous aurait tués, pour rester le seul «dieu» et profiter des avantages liés à ce statut! J'ai pris la fuite avec les petits. Nous avons marché, jusqu'à perdre haleine, une errance sans fin. Partout où nous passions, notre... «particularité» finissait par aiguiser les curiosités. Alors, nous reprenions la route. Pour rencontrer d'autres clans, d'autres tribus. Comment vous faire prendre conscience du temps colossal qui s'écoulait? Je ne pourrai jamais trouver les mots!

– Pardonnez-moi, vous avez vieilli... vous me parliez de Tom comme d'un très jeune enfant! Et vous-même comme d'un...

– Comme d'un adolescent, oui! Nous avons vieilli, et nous continuons de vieillir. Mais à un rythme très lent. Bien! Voilà donc le point de départ. J'aurais aimé disposer de jours entiers pour vous raconter mon histoire, cela n'aurait pas été de trop, mais les circonstances en ont décidé autrement. C'est cruel, mais c'est ainsi. Le temps presse. Nous en avons une perception bien différente, vous et moi. Bref, vous imaginez bien que ces tribus nomades auprès desquelles nous trouvions refuge ici ou là ont fini par se sédentariser, par s'installer dans des villages, des villages qui se sont peu à peu étoffés, au point de devenir des villes. Allons au plus court. Babylone, Anabel, mes frères et moi, nous avons assisté à la naissance de Babylone!

Anabel secoua la tête, abasourdie, anéantie. Monsieur Jacob lui caressa la main avec indulgence. La Mercedes était entrée dans Paris et filait en direction de la place de la République. Le moment de la séparation approchait, minute après minute.

– Continuez ! lança-t-elle, d'une voix haletante.

– J'avais acquis une grande familiarité avec la mort, cela va de soi. J'avais vu tant de gens mourir, les miens tout d'abord, et ensuite des générations entières, en un cortège qui pourrait faire plusieurs fois le tour de la planète... c'est inimaginable !

Anabel vit les yeux de Monsieur Jacob s'embuer de larmes.

– Je suis donc devenu un « spécialiste ». C'est le travail, la fonction grâce à laquelle j'ai trouvé ma place dans toutes les sociétés où j'ai vécu. De Babylone à Thèbes, de Ninive à Sparte, d'Athènes à Minos, de Rome à Paris et tant d'autres villes, d'autres pays que je ne pourrais mentionner. Sans compter les cités disparues, englouties, balayées par des cyclones, des typhons, des tremblements de terre. Je ne vous parle que de celles qui peuvent évoquer quelques images, quelques souvenirs scolaires dans votre mémoire. Apprêter les cadavres, les laver, les brûler pour les faire disparaître, ou au contraire les embaumer pour les conserver, tout ce que vous pouvez imaginer, tout ce qui a pu se pratiquer, je l'ai fait. Je n'ignore rien de cet... de cet art ! Un art mineur, certes, mais primordial. J'ai appris à pratiquer toutes sortes de rites, de coutumes... voilà qui je suis, Anabel, voilà qui je suis. Le serviteur de la Mort. Elle m'a désigné, condamné à ce destin. Je n'en ai tiré aucun plaisir, aucune fierté, j'aurais aimé mener une autre existence, mais, à tout prendre, ce « métier », je le considère comme noble. C'est pourquoi j'ai pris la responsabilité de vous initier aux quelques talents que je possède. J'ai formé bien d'autres élèves, je vous l'ai déjà dit. Tous les rites, toutes les coutumes. Rien ne se perd jamais.

– De Babylone à Thèbes ? reprit Anabel. Quand vous êtes parti pour le Qatar, vous...

– Oui. Les rites perdurent, leur légende persiste. Alors que j'étais tout jeune homme, je vous l'ai dit, j'ai longtemps vécu en Égypte. Je n'étais que le modeste assistant d'un grand prêtre, un type détestable, odieux, il m'avait chargé des basses besognes, mais j'ai beaucoup appris auprès de lui ! Je l'ai enterré, lui, son fils, son petit-fils, et ses descendants jusqu'à la quatrième génération. Je me suis éloigné. L'époque était trouble, agitée. Il y avait des révoltes d'esclaves, des tribus qui s'arrachaient au joug de Pharaon et s'enfuyaient à l'aventure dans le désert. Mais je m'en suis désintéressé, j'ai pris le large. J'avais séduit la fille d'un dignitaire de haut rang, ce qui était très mal vu... et même fortement déconseillé, pour ne pas dire interdit ! J'ai filé en douce sur une felouque à contre-courant du Nil, vers le sud, la Nubie. Je ne l'ai pas regretté. En matière de rites funéraires, j'avais encore bien des choses à apprendre. Cette fille, pardonnez-moi, c'est un joli souvenir, je m'en souviens comme si c'était hier !

– Je deviens folle ! s'écria Anabel.

Elle tendit la main vers la poignée de la portière, décidée à s'enfuir. Elle dut y renoncer. Maxime, prudent, avait verrouillé les commandes automatiques des serrures.

– Vous ne devenez pas folle, Anabel, poursuivit Monsieur Jacob. Votre vie allait à vau-l'eau, vous avez fait ma rencontre, je vous ai révélé bien des choses, sur vous-même, sur votre personnalité profonde, votre fascination pour la mort, et vous ne le regretterez pas. Malheureusement, un de mes frères a surgi au mauvais moment, poursuivi par un tueur, et vous avez bien failli y rester. Et à présent, vous allez partir loin, très loin, pour reconstruire votre existence en toute quiétude, en toute sécurité, je vous le garantis. Reprenez-vous, tout

334

ce que je vous ai raconté est l'exacte vérité. Le Qatar ?
C'est ce qui vous intrigue ? Une péripétie, rien de plus.
Si je m'y suis rendu, c'était simplement pour « momi-
fier » la dépouille d'un émir qui ne se résignait pas à
voir son corps partir en poussière. Il avait convaincu
ses fils de lui aménager un genre de mausolée. Bien
plus discret qu'une pyramide, évidemment, mais tout
de même... Il repose dans la crypte de son palais, grâce
à mes soins. Ce serait trop compliqué, trop fastidieux
à vous expliquer... Au fil des siècles, j'ai noué bien des
contacts, tissé bien des réseaux, de sorte que l'on fait
toujours appel à mes services en cas de besoin ! Ma
réputation n'a cessé de se transmettre de bouche à
oreille. Que voulez-vous, ça n'a l'air de rien, mais il
faut bien que je gagne ma vie !

Un coup de klaxon tira Anabel de son hébétude.
Maxime venait de garer la Mercedes devant la façade
de l'*Holiday Inn*, et un chauffeur de taxi mécontent le
priait de dégager le passage.

– Vite, Anabel, ordonna Monsieur Jacob, ne traînons
pas !

Il la poussa vers la réception, se fit remettre la clé
de sa chambre. L'employé, se méprenant sur la situation, leur adressa un sourire égrillard. Maxime faisait
les cent pas le long du trottoir, la main droite glissée
dans l'ouverture de son veston, palpant la crosse de son
revolver, scrutant le visage des passants.

29

Pressée par Monsieur Jacob, Anabel enfourna à toute vitesse quelques vêtements dans un sac de voyage, tandis qu'il vérifiait qu'elle ne s'était pas trompée à propos de son passeport. Il était encore valable pour les deux années à venir. Il tira les doubles rideaux, aperçut Maxime qui montait la garde en contrebas. Anabel avait bouclé son bagage qu'elle contemplait obstinément, les poings sur les hanches.

– Et Tom ? Vous ne m'avez plus parlé de Tom ? demanda-t-elle.

Monsieur Jacob empoigna le sac, poussa Anabel vers la sortie, lui prit le bras et lui fit dévaler l'escalier.

– Tom est resté très longtemps à mes côtés, ainsi que mon autre frère, Jacques. Marcus, celui-là, je vous l'ai dit, nous l'avions perdu de vue et c'était sans regret. Tom ? Il avait mûri, tout ce temps écoulé pesait sur lui comme un fardeau. Malgré son jeune âge, il avait été le témoin de tant de massacres, de guerres minables, d'escroqueries aux faux dieux, d'arnaques aux faux miracles, qu'il n'a pas tardé à s'endurcir, à se révolter. Il m'a toujours inquiété. Allez, dépêchez-vous !

Monsieur Jacob se fraya un chemin en jouant des coudes parmi les groupes de touristes qui encombraient le hall, déposa une liasse de billets sur le comptoir de la réception et propulsa sa compagne au-dehors sans attendre la monnaie. Maxime lui tint la portière ouverte d'une main, l'autre toujours enfouie dans son veston.

– Tom ! Parlez-moi de Tom ! reprit Anabel, à peine assise.

– Vous savez, en apparence, ce qui nous était arrivé aurait pu nous réjouir. Regardez tous ces gens, autour de vous, si vous leur proposiez une vie non pas éternelle, mais longue de seulement cinq fois ce à quoi ils peuvent espérer, ils sauteraient de joie, non ? Croyez-moi, ils finiraient par déchanter. Le temps qui passe est un poison. Marcus a tout de suite chaviré. Seule la violence pouvait apaiser ses angoisses. J'enterrais les morts pour calmer les miennes, lui tirait sa jouissance du meurtre et n'était jamais rassasié... Jacques, le pauvre, n'est qu'un imbécile. Influençable, faible. Il s'est toujours laissé manipuler. Tout ce qui lui importait, tout ce qui lui importe, c'est d'avoir une fille à sa disposition, un morceau de viande dans son assiette, un verre d'alcool à portée de main, et pour ce faire, il est prêt à tout. Il ne s'est jamais posé la moindre question et s'est vautré dans l'oisiveté, entre chacun de ses séjours en prison, au cachot, ou à fond de cale dans les galères, ou encore dans les mines de sel. Toutes les punitions que les hommes ont inventées pour mater les déviants, il les a expérimentées ! A chacun de ses retours à la liberté, Ava l'attendait, fidèle, heureuse des retrouvailles. Mais contrairement à Marcus, il n'est pas cruel. Sans doute est-ce le plus heureux de nous quatre. Ou plutôt le moins malheureux.

– Attendez ! s'écria Anabel. La fille, Ava, elle est... elle est comme vous ?

– Oui, « comme nous », confirma Monsieur Jacob. Mes frères et moi, nous nous sommes séparés, perdus de vue des siècles entiers à d'innombrables reprises. Et pourtant, nos chemins finissaient toujours par se croiser. Ava, nous l'avons rencontrée à Rome, sous le règne de Tibère, vous situez ?

Anabel haussa les épaules, elle ne situait absolument pas, mais c'était le cadet de ses soucis.

– C'était une prostituée. Les adeptes du culte dionysiaque en étaient très friands, elle faisait partie du cheptel d'un riche patricien, enfin, peu importe. Dès qu'il l'a rencontrée, Jacques s'est entiché d'elle, non, je ne devrais pas parler comme cela, je crois qu'il l'aime profondément, et c'est réciproque. Il était affolé à l'idée de la voir mourir, redoutait que son corps puisse se faner, il en pleurait, mais miraculeusement, rien de tout cela ne s'est produit. C'est moi qui lui ai fait avouer son histoire. Similaire à la nôtre. Une tribu perdue dans la steppe, regroupée autour d'un feu, un souffle fétide, et une seule petite fille épargnée. Ava. J'ai reçu un choc violent. Nous n'étions pas les seuls ! Il y avait autre chose : Ava, malgré sa très longue existence, n'avait jamais eu d'enfant. Tout comme nous. La Mort nous avait condamnés à vieillir en solitaires...

– Et Maxime ? demanda Anabel.

– Non, Maxime est tout à fait « normal ». Il sait, simplement. Comme vous, désormais.

Les questions se bousculaient en vrac, par dizaines, dans la tête d'Anabel, et déjà la Mercedes filait sur l'autoroute menant à Roissy. Les banlieusards avaient rejoint la capitale. En sens inverse, la circulation était fluide.

– Votre frère a été emprisonné, reprit-elle, mais vous aussi, vous me l'avez dit, un jour chez Loulou ! Pourquoi ?

– Des broutilles, Anabel, des broutilles. C'était à cause de Vésale. L'anatomiste. Vous vous souvenez ? J'ai été son assistant, mais surtout son ami. Pour ses séances de dissection il lui fallait des sujets en bon état. Alors j'écumais les cimetières pour lui en procurer, et une nuit, je me suis fait prendre près du gibet de Montfaucon ! J'ai passé quelques années à la prison du Châtelet...

– Et cette langue dans laquelle vous communiquez, vous et vos frères, elle ne ressemble à rien de tout ce que j'ai pu entendre ! Et en même temps, elle m'est familière !

– C'est celle que nous parlions quand nous étions enfants. Elle est très fruste, certes, mais nous ne l'avons jamais oubliée... Des milliers et des milliers de langues ont disparu, pas celle-là, même si nous sommes les seuls à la parler encore. Elle a servi de souche fondatrice à bien d'autres. Vous m'interrompez sans cesse ! Vous vouliez surtout que je vous parle de Tom, je me trompe ?

– Oui, c'est plus fort que moi, mais ce que vous me racontez est tellement fou, tellement...

– Alors taisez-vous ! Marcus massacrait et torturait tant qu'il le pouvait, haïssant tous ces gens qu'il savait de toute façon condamnés à la mort à l'échéance de quelques décennies, et Tom, lui, désespérait de les voir se réduire en esclavage les uns les autres, ou de se faire la guerre. Très tôt, il s'est persuadé qu'un autre chemin était possible. Il rêvait à la fraternité, à l'égalité, plein d'espoir, il l'est toujours, malgré toutes les désillusions qu'il a dû subir. Il a participé à tant de mutineries d'esclaves, tant de révoltes de la faim, tant de soulèvements, de jacqueries, d'insurrections, de révolutions, qu'il serait hasardeux de prétendre les dénombrer ; ça a été sa façon à lui de relever le défi. Qui sait, peut-être a-t-il raison ?

Anabel sentit sa poitrine se soulever, les sanglots monter dans sa gorge.

– Je ne veux pas partir, pas maintenant, supplia-t-elle.

– Vous n'avez pas le choix, votre vie est en danger. Et Tom est déjà loin. Je vous l'ai dit, vous ne le reverrez jamais. Le plus sage, c'est de m'obéir.

– Comment pouvez-vous être aussi dur ?

– Plus tard, quand vous réfléchirez à tout cela à tête reposée, vous admettrez que j'ai eu raison. Je ne suis pas dur, j'essaie de vous sauver la vie. Notre tête a été mise à prix. Par une pauvre femme que Marcus a torturée il y a quarante ans, une fillette vieillissante qui ne survit que grâce à sa haine ! Il faut couper les ponts, Anabel, couper les ponts. Cette femme connaît votre identité, détient nombre de photographies où vous figurez en ma compagnie, ou avec Tom. Si elle a mis tout ce dispositif en place, ce n'est certainement pas pour renoncer ! Sa première tentative a échoué, mais qui sait si elle ne recommencera pas demain ? Elle est richissime, elle peut recruter des bataillons de détectives pour retrouver notre trace, autant d'hommes de main pour nous capturer. Je vous l'ai dit, votre ravisseur était un chef de bande. Ses complices ont filé mon frère et l'ont vu rajeunir à toute vitesse à sa sortie de prison, admettez qu'il y a de quoi aiguiser bien des curiosités, non ?

– Rajeunir ? répéta Anabel, décontenancée.

– Oui, durant sa détention, il s'était volontairement laissé dépérir. Comment vous expliquer ? C'est un peu comme s'il avait suivi un régime... non pas une grève de la faim, non, plutôt une grève de la vie ! A la veille de sa libération, il avait officiellement soixante-quinze ans, et, en quelques jours à peine, il est redevenu un jeune homme. Celui-là même que vous avez croisé chez moi. Avec quoi comparer ? Souvenez-vous de votre propre expérience : au moment de notre rencontre, quand vous étiez si déprimée, si triste, vous aussi, vous vous étiez asséchée, racornie, non ? Vous aviez fini par ressembler à un petit épouvantail ! Et vous avez repris le dessus en quelques semaines. Eh bien, mon frère a agi à l'identique. Mais de façon décuplée. Vous avez vingt-cinq ans, Anabel, et lui, sans doute dix mille, c'est vous dire s'il a appris à maîtriser son organisme, à un point tel que vous ne pouvez l'imaginer. Moi-même, dans le passé – et quand je dis le passé, ce n'est pas à la légère, vous me suivez ? –, moi-même, quand je n'avais plus le courage d'affronter mon destin, je me suis souvent laissé mourir à petit feu. Et, chaque fois, je me suis réveillé. Un réveil assez pénible, douloureux, mais un réveil ! La nature n'est pas avare de tels phénomènes, pourvu qu'on veuille bien l'interroger à bon escient ! En ce qui nous concerne, c'est simplement une affaire d'apprentissage. Il suffit d'aller puiser les ressources là où elles se trouvent. Au plus profond de soi.

– Et ceux qui le filaient ont assisté à sa... sa métamorphose !

– Oui, et ils se posent bien des questions...

– Et cette femme ? La femme que Marcus a torturée, celle qui est à l'origine de tout ! Qui est-ce ?

– En apprendre davantage sur elle ne vous serait d'aucune utilité. Elle est redoutable. Marcus est sa cible. Pour mettre la main sur lui, elle est capable de tout, de tout.

– Marcus, où est-il ?

– Je n'en sais strictement rien. Peut-être est-il mort ?

– Mort ?

– Oui. Plusieurs fois, il a bien failli y passer. Sous l'Inquisition, il a dû répondre de quelques-uns de ses crimes, pour une fois. Il a été soumis au supplice, pendu, mais il s'en est sorti... rien de miraculeux, ou de surnaturel, la chance, tout simplement ! Mes frères et moi, nous sommes mortels, Anabel, mortels ! Si on me tirait une balle en plein crâne, ce serait fini. Et j'ai toujours eu peur pour Tom. Vous avez vu ses cicatrices ? Notre vie s'écoule au ralenti, une de vos années équivaut à peine à une de nos minutes, mais, en dernière instance, je ne doute pas de l'issue. J'ai été un enfant, et j'ai maintenant atteint l'âge mûr. La vieillesse approche. J'ai vu l'humanité prendre son essor, et je crois bien que je vais la voir disparaître, du moins dans sa forme actuelle. Elle est à présent à même de procéder à tant de manipulations sur sa descendance que le pronostic ne fait aucun doute – pour les esprits lucides. Elle a programmé son propre dépassement. Cela ne prendra que quelques dizaines de siècles, peut-être moins, tant l'accélération est prodigieuse. Je serai alors un vieillard.

Anabel s'agitait sur son siège, cherchant désespérément un argument pour différer la séparation. Le long de l'autoroute, les panneaux de signalisation indiquaient que l'aéroport était désormais tout proche.

– Il faut fuir. Nous n'avons pas le choix, reprit patiemment Monsieur Jacob. Moi-même, je vais me résoudre à quitter l'Europe. J'y vis depuis le Moyen Age et ma foi, j'y avais pris quelques habitudes. Ce ne sera pas sans nostalgie.

– Bon, d'accord, admit Anabel en refoulant ses sanglots, mais...

– Mais ?

– Pourquoi tout cela est-il arrivé ? Pourquoi avez-vous été épargnés ? J'ai besoin de savoir !

– Savoir ? Parce que vous pensez que j'ai des certitudes ? Que je peux apporter une réponse infaillible ? Non, Anabel, non... Ce que je crois, ce que je crois profondément, c'est que la Mort ne nous a pas épargnés, bien au contraire. Le soir où nous étions tous réunis autour du feu, le soir où nous avons senti son haleine passer sur nous et tout emporter sur son passage, elle nous a choisis, mes frères et moi.

– Choisis ?

– Oui. Depuis la nuit des temps, les hommes ont toujours cherché à la représenter, sous divers aspects, divers accoutrements. Ceux que vous connaissez, ceux qui vous sont les plus familiers, ceux qui se sont imposés en Occident depuis quelques siècles à peine, la montrent sous la forme d'un squelette, éventuellement armé d'une faux. Comme si ses pauvres victimes humaines la recréaient à leur image, incapables d'imaginer autre chose qu'un double d'eux-mêmes, un double décharné. Eh bien, moi, Anabel, je la vois tout autrement. J'ai eu le temps d'y réfléchir. Je l'imagine comme un de ces trous noirs dont parlent les astrophysiciens. Une nébuleuse obscure, repliée sur elle-même. Elle est là, tapie quelque part dans le cosmos, tous ses sens aux aguets. Elle épie toutes les formes de vie qui peuvent y naître, y prospérer, les étudie, les répertorie. C'est une collectionneuse, en fait. Comme on dirait de papillons... elle tient à détenir un exemplaire de chacun d'entre eux. Elle les épingle, desséchés, au fond de petites boîtes, avec une étiquette portant leur nom. Elle nous a choisis, mes frères et moi, comme elle a choisi Ava. Pour que, le moment venu, nous puissions figurer en bonne place dans sa galerie d'espèces disparues. Nous avons vécu si longtemps, assisté à tant d'événements, parlé tant de langues, notre mémoire est si riche d'images, de souvenirs, que nous sommes des sujets irremplaçables. Nous sommes *la* mémoire de l'espèce. La Mort a compris que ces hordes éparses d'*homo sapiens* qui erraient dans une nature hostile sans avoir pleinement conscience de leur destinée n'allaient pas tarder à dominer la planète, à y fonder des civilisations. Elle y a prélevé quelques spécimens, si vous préférez. Comme un laborantin sélectionnerait des gouttelettes dans un bouillon de culture pour les déposer sur une lamelle et les étudier au microscope ! Quand elle l'aura décidé, elle nous saisira de ses doigts habiles pour nous faire figurer au sein de son sinistre muséum. Vous me prenez pour un fou, n'est-ce pas ?

Anabel ferma les yeux un long moment. Elle ne savait que répondre.

– Mais s'il y a eu Ava, s'il y en a d'autres, pourquoi ne les cherchez-vous pas ? demanda-t-elle.

– A quoi croyez-vous que je consacre mon énergie ? A gérer ma boutique ? A vendre des cercueils ? Je les cherche, Anabel, je les cherche. Obstinément. La Mort a pris ses précautions. Elle a multiplié les échantillons. Sur tous les continents. Et je ne les ai pas encore trouvés. Jusqu'à une date récente, je n'avais que peu de moyens à ma disposition pour tenter d'entrer en contact avec eux, si du moins ils le souhaitent...

– Ah oui..., acquiesça Anabel, après un instant de réflexion. Tous ces sites qui traitent de la mort, sur Internet ? C'est votre terrain de chasse ?

– Disons de prospection. Depuis des années, je passe mes nuits à traquer les obsédés du cadavre. C'est un début de piste. Une approche. Bien plus efficace que toutes les bouteilles lancées à la mer. S'il existe, quelque part, un autre Monsieur Jacob, nous finirons bien par nous rencontrer, lui et moi, ce n'est qu'une question de patience. Voilà, nous sommes arrivés, Anabel.

Elle tressaillit. Maxime venait de garer la Mercedes devant l'accès à un terminal de l'aéroport. Monsieur Jacob saisit le poignet de sa protégée pour la contraindre à quitter la berline. Portant son sac en bandoulière, elle se laissa guider, vaincue, à l'intérieur du hall et fixa les panneaux qui annonçaient les vols en partance. Les voyageurs allaient et venaient tout autour d'elle, poussant des chariots surchargés de valises, rappelant à l'ordre les enfants qui ne demandaient qu'à batifoler et risquaient de s'égarer parmi la foule.

Un jeune homme adressa un grand signe de la main à Monsieur Jacob et vint à sa rencontre, une enveloppe à la main. Monsieur Jacob le remercia et ouvrit l'enveloppe, qui contenait un billet d'avion pour Miami.

– Parfait ! Vous partez dans trois quarts d'heure. L'enregistrement est déjà commencé. Allez, Anabel, le moment est venu de nous séparer.

Docile, elle confia son passeport et son billet d'avion à une hôtesse juchée derrière un comptoir et vit son sac de voyage partir sur le tapis roulant. Elle empocha sa carte d'embarquement. Monsieur Jacob la poussa vers les guichets de police.

– Je ne peux pas aller plus loin, dit-il en s'arrêtant à quelques mètres de la première guérite, désormais, vous allez vous retrouver seule, promettez-moi de ne pas rebrousser chemin, de monter dans cet avion et de laisser passer de très longues années avant de revenir en France. Tenez.

Il lui remit une pochette de cuir aux contours rebondis. Elle en ouvrit la fermeture éclair et vit apparaître des liasses de billets.

– Il y a soixante mille dollars, précisa Monsieur Jacob. Le montant des honoraires que j'ai perçus au Qatar. De quoi vous permettre de... de voir venir !

– Mais vous... comment allez-vous faire ? protesta-t-elle. Votre maison a brûlé, vous n'avez plus rien !

Elle esquissa un mouvement de recul, pour se débarrasser de cet ultime cadeau.

– Ne vous faites pas de souci. Vous êtes si naïve ! J'ai d'autres ressources disséminées ici et là... depuis le temps, vous pensez bien que j'ai des économies ! répliqua-t-il avec un large sourire.

Il la força à récupérer la pochette, posa sa main sur son cou pour une dernière caresse.

– Donnez-moi seulement une adresse, un point de chute ! supplia-t-elle. Dans dix ans, dans vingt ans, nous pourrions nous revoir !

– Non, Anabel, non. Il faut tourner la page. Je vous ai attiré assez d'ennuis comme ça !

Il l'entoura de ses bras, l'étreignit longuement.

—Adieu Anabel, murmura-t-il, je vous souhaite d'être heureuse. Vous le méritez.

Elle tendit son passeport au policier de faction et pénétra d'un pas mécanique dans la zone internationale, avant de se retourner.

Monsieur Jacob avait disparu.

30

Durant le vol, long d'une dizaine d'heures, Anabel resta figée sur son siège. Sitôt après le décollage, elle déchira du bout des ongles un des sachets de plastique que distribuaient les hôtesses et qui contenait un plaid, des oreillettes pour se connecter au programme musical diffusé à bord, ainsi qu'un bandeau destiné à ceux des passagers qui souhaitaient dormir sans être incommodés par la lumière. Elle s'en couvrit les yeux et médita, recluse dans ce simulacre d'obscurité. Elle ne parvenait pas à croire à ce qui lui arrivait, à la réalité de sa situation. L'histoire folle que Monsieur Jacob lui avait racontée ne pouvait être vraie. Et pourtant, elle avait bien été enlevée, il était bien venu la délivrer, elle était bien assise dans cet avion, la pochette de cuir bourrée de dollars reposait bien sur ses genoux. Des heures durant, elle mobilisa toutes les ressources de sa mémoire pour y fixer à jamais le souvenir des dernières semaines qu'elle venait de vivre, s'efforçant de ne laisser échapper aucun détail.

*

Pendant les premiers mois de son séjour aux États-Unis, elle erra de place en place, perdue, totalement désemparée. Elle passait ses journées à marcher dans les rues, tentant d'imaginer ce qu'avait pu être – ce qu'était toujours ! – la vie de Monsieur Jacob, de Tom, d'Ava. Malgré tous ses efforts, elle n'y parvenait pas. C'était une sensation vertigineuse, profondément angoissante. Elle s'entêta, s'enferma dans les bibliothèques, étudia quantité de livres d'histoire, cherchant leurs visages dans les illustrations, les gravures, les tableaux, en remontant jusqu'aux époques les plus anciennes. Peu à peu, elle parvint à se convaincre qu'elle devait abandonner cette quête, au risque de sombrer. Elle s'éveilla un matin dans sa chambre d'hôtel, soudain guérie d'un mal dont elle était bien la seule à pouvoir décrire les symptômes.

Déterminée à mettre fin à sa dérive, elle trouva un emploi dans sa spécialité, la thanatopraxie. Elle sut rentabiliser le savoir-faire acquis dans la modeste boutique de la rue Bichat, monta rapidement en grade dans la société qui avait accepté de la recruter. Elle la quitta cinq ans plus tard pour créer la sienne et ne tarda pas à la développer. De ville en ville, d'État en État, du Minnesota à La Nouvelle-Orléans, du Texas jusqu'en Californie, elle créa des succursales et même des filiales à l'étranger, évitant toutefois soigneusement la France. Lors de ses voyages d'affaires, des congrès internationaux qui réunissaient les professionnels de la thanatopraxie, elle épiait toujours l'assistance, espérant y apercevoir la silhouette reconnaissable entre toutes de Monsieur Jacob. Des années durant, elle visita avec acharnement les sites Internet qui traitaient de la mort. Elle avait bien entendu créé le sien, et y lançait des appels désespérés, dans l'attente qu'il lui fasse signe. Autant de bouteilles jetées à la mer. Elle ne reçut aucune réponse, sinon celles de plaisantins. Elle renonça.

Le vœu de Monsieur Jacob fut exaucé. Anabel connut une vie heureuse. Elle collectionna les amants, sans que jamais ils ne parviennent à lui faire oublier Tom, et finit par se décider à fonder une famille. Elle changea de nom, abandonnant le sien pour celui de son mari, mit au monde quatre enfants. Elle commença à vieillir. Ses enfants grandirent. Elle devint grand-mère.

Au printemps 2070, elle se rendit à Paris pour y marier un de ses petits-fils avec une jeune Française. Quittant discrètement la noce à la nuit tombée, elle se fit conduire à Nogent, se recueillit devant l'emplacement de la villa, qui n'avait jamais été reconstruite. La végétation avait envahi le parc, recouvert les décombres, en effaçant presque les traces.

*

Elle avait franchi le cap du centenaire sans encombre, entourée de toute sa descendance. Ainsi que Monsieur Jacob l'avait prédit, elle assista aux prémices, mais seulement aux prémices, de la lente mutation qui commençait à poindre. Elle-même en bénéficia. Ses médecins lui prescrivirent quantité de molécules destinées à freiner son vieillissement. Elle subit bien des opérations afin de remplacer un à un ses organes défaillants, suivant les différentes techniques ébauchées à l'époque de sa jeunesse et largement perfectionnées depuis. A l'issue de ce parcours, elle ne parvenait plus à discerner ce qui lui appartenait en propre, son corps réel, à le départager de la panoplie d'implants qui lui avaient été adjoints. Elle n'était plus qu'un rafistolage sans fin. Elle atteignit ainsi sa cent cinquantième année. Lasse de durer. Rongée par l'ennui. Monsieur Jacob ne s'était pas trompé. Le temps était un poison. Si elle s'était ainsi acharnée à différer l'instant fatal, c'était tout simplement dans l'espoir qu'un jour, un soir, au détour d'une rue, dans la salle d'un restaurant, sur le quai d'une gare, elle croiserait Monsieur Jacob, et qu'après une aussi longue attente ils pourraient reprendre la conversation interrompue dans le hall de l'aéroport de Roissy, à l'automne 2001.

*

Anabel mourut le 26 avril 2126. Un de ses arrière-petits-fils l'avait accompagnée à l'hôpital le plus proche de son domicile. La pile de son pacemaker manifestait quelques signes d'usure. Rien d'alarmant, c'était déjà souvent arrivé. Anabel attendit modestement qu'on veuille bien s'occuper d'elle. Dans la chambre où on l'avait installée, un écran de télé était allumé. Pour distraire les patients, les aider à tuer le temps. Anabel vit défiler le générique du journal de CNN. Dans un recoin perdu du Caucase, une milice dirigée par un psychopathe semait la terreur après avoir pris en otage l'ambassadeur de la Confédération européenne. Selon les premiers renseignements collectés par les services de sécurité, il se faisait appeler Marcus. Le présentateur de CNN passa au sujet suivant. A l'autre bout du monde, en Amérique latine, des guérilleros s'étaient emparés d'une minuscule parcelle de territoire et se préparaient à affronter les forces de répression. Leur leader répondait aux questions des journalistes.

Anabel reconnut aussitôt le visage de Tom, qui n'avait guère changé depuis leur séparation. Il s'était légèrement empâté, mais c'était à peine perceptible. Elle tendit la main vers l'écran de télé, tenta de quitter son fauteuil, en vain. La douleur qui montait dans sa poitrine était trop forte. Il lui sembla alors entendre une voix familière, tout contre son oreille.

350

– Va-t'en en paix, mon amie, ma douce, ma tendre, murmurait-elle. Tu as vu tout ce que tu avais à voir, et à présent n'aie pas de regrets, et encore moins de remords, c'est fini, c'est fini, c'est fini...

Note de l'auteur

L'intrigue de ce roman a trouvé sa source dans les travaux de divers chercheurs appartenant à des disciplines hétéroclites : David Le Breton, Yves Coisneaux, Jacques Marette, Louis-Vincent Thomas, Svetlana Alexievitch, Stéphanie Heuze, Christophe Bourseiller...

Mygale

Gallimard, «Série noire n° 1949», 1984
«Folio», n° 2684
et «Folio Policiers», n° 52

Mémoire en cage

Gallimard, «Série noire n° 2397», 1986
et «Folio Policiers», n° 119

Comédia

Payot, 1988
et Actes Sud, «Babel noir», n° 376
et «Folio Policiers», n° 390

Trente-sept Annuités et demie

Le Dilettante, 1990

Les Orpailleurs

Gallimard, «Série noire n° 2313», 1993
et «Folio Policiers n° 2», 1998

La Vie de ma mère !

Gallimard, «Série noire n° 2364», 1994
et «Folio», n° 3585

L'Enfant de l'absente

avec Jacques Tardi et Jacques Testart
Seuil, coll. «La Dérivée», 1994
et «Points» n° P 588

La Bête et la Belle

Gallimard, «Folio n° 2000», 1995
et «Bibliothèque Gallimard», 1998
et «Folio Policiers», n° 106

Le Secret du rabbin

L'Atalante, 1995
et Gallimard, «Folio Policiers», n° 199

Le pauvre nouveau est arrivé
Librio noir n° 223, 1998

Du passé faisons table rase !
Actes Sud, « Babel n° 321 », 1998
et « Folio Policiers », n° 404

Moloch
Gallimard, « Série noire n° 2489 », 1998
et « Folio » n° 212

La Vigie et autres nouvelles
L'Atalante, 1998
et « Folio » n° 4055

Le Bal des débris
Méréal, 1998
et « Librio noir », n° 413

Rouge, c'est la vie
Seuil, « Fiction et Cie », 1998
et « Points », n° P 633

Le Manoir des immortelles
Gallimard, « Série noire », n° 2066, 1999
et « Folio Policiers », n° 287

Jours tranquilles à Belleville
Méréal, 2000
et « Points », n° P 1106

La Folle Aventure des bleus
« Folio 2 », n° 3966, 2003

Mon vieux
« Seuil Policiers », 2004
et « Points Policiers », n° P 1344

Ils sont votre épouvante et vous êtes leur crainte
Seuil, « Thrillers », 2006

La Vie de ma mère, vol. 1 : Face A
(illustrations de Jean-Christophe Chauzy)
Casterman, 2003

La Vie de ma mère, vol. 2 : Face B
(illustrations de Jean-Christophe Chauzy)
Casterman, 2003

D. R. H.
(illustrations de Jean-Christophe Chauzy)
Casterman, 2004

RÉALISATION : IGS CHARENTE PHOTOGRAVURE À L'ISLE-D'ESPAGNAC
IMPRESSION : BRODARD ET TAUPIN À LA FLÈCHE
DÉPÔT LÉGAL: OCTOBRE 2006. N° 89093 (37374)
IMPRIMÉ EN FRANCE

Collection Points Policier

Collection Points